Gallmeister

LE GARÇON VENU DE LA MER

Garrett Carr

le garçon venu de la mer

Traduit de l'anglais (Irlande)
par Pierre Bondil

Gallmeister

Titre original: THE BOY FROM THE SEA

ISBN 978-2-35178-347-4
ISSN 1956-0982

Photo de l'auteur © DR
Illustration de couverture © David de las Heras
Conception graphique : Aurélie Bert

À mes fils

I

Nous étions un peuple résilient, nous avions grandi face à l'Atlantique. Quelques milliers d'hommes, de femmes et d'enfants qui s'accrochaient à la côte et essayaient de ne pas se faire mouiller. Notre ville n'était pas juste une ville, c'était une logique et un destin. Nous n'ignorions pas qu'il y avait des lieux plus cléments et agréables, nous les voyions à la télévision, mais ils semblaient mièvres en comparaison. Chacune des mouettes du soir tournoyait au-dessus des chalutiers qui rentraient au port, et le soleil d'un orange ardent s'enfonçait dans la mer, nous permettant de comprendre notre place sur cette terre ronde. Nous aimions ce sentiment, nous le savourions, mais nous ne nous étendions pas dessus. Les vents de l'Atlantique avaient chassé nos mots, et nous avions appris à nous en passer. Même si le site de notre ville était spectaculaire, il n'avait rien d'une carte postale, et nos pensées étaient orientées vers des choses pratiques. La présence de la mer aurait pu conférer à certains de la spiritualité, pas nous. Nous n'étions pas enclins à la spiritualité et si nous nourrissions des sentiments superstitieux nous gardions cela pour nous.

La baie du Donegal était boueuse et ne proposait rien en échange, mais nous possédions deux contre-mesures : nous savions ce que nous voulions et nous savions ce qu'est le travail. Nos ambitions consistaient à payer l'emprunt de notre maison, être le premier propriétaire de notre voiture, déterrer les pierres sur le devant et avoir une pelouse digne de ce nom. Il y en avait, parmi nous, qui après le dîner parlaient tranquillement d'usine de conditionnement ou de l'ajout d'une pièce supplémentaire. Nous étions prêts à travailler dur pour y parvenir et le travail n'était pas ce qui manquait dans notre ville. Nous pouvions obtenir une place sur un bateau et pêcher, travailler dans des usines de conditionnement ou conduire les camions qui emporteraient notre pêche à travers le pays et au-delà.

Nous travaillions aussi pour nos enfants. Nous voulions tous avoir quelques hectares proches pour les y installer quand ils seraient grands, même si un site pour bâtir leur maison était le moins important de ce que nous leur transmettions. Nous les regardions s'endurcir, profitions de les voir découvrir petit à petit la baie industrialisée où nous leur avions donné un foyer. Nous aimions les familles nombreuses, mais le risque existait toujours qu'un ou deux de nos enfants fassent le difficile ; qu'il soit du genre à lever le regard vers nous, un jour, consterné par les perspectives moroses et l'isolement, et à se lamenter : "Est-ce que nous sommes obligés d'habiter là ?" Nous lui expliquions que c'était un lieu unique, comme il y en avait peu, et nous espérions qu'il finirait par le comprendre. Mais en réalité, nous n'étions pas sans partager quelque peu cette impatience. Nous n'étions pas véritablement sûrs de vivre de la meilleure façon qui soit, ni que ce soit le meilleur endroit où le faire. Peut-être atteindre nos buts ne nous procurerait-il nulle satisfaction réelle et toutes ces rudes tâches nous tueraient-elles. En nous-mêmes, profondément, nous espérions que nos enfants trouveraient leur voie vers des vies meilleures.

Cette psychologie pourrait expliquer pourquoi il y eut tout ce tapage, cet énorme tapage, quand survint le bébé. Tout bébé nouvellement arrivé représentait une possibilité, mais celui-là n'avait pas de parents, pas de passé, un nouveau-né qui n'appartenait qu'au futur. De grandes aspirations naquirent quand il apparut au milieu de nous. Tout à coup, nul ne savait comment, il était là, dans les bras d'un homme dont l'expression restait muette, comme si lui-même n'était rien, avait uniquement ce seul rôle à remplir: être le porteur de l'enfant. C'était Mossy Shovlin, nous le connaissions tous. D'ordinaire, il était assis sur le mur du parking proche de la jetée, et il n'était pas du genre à ennuyer quiconque. Il avait remonté le chemin venant du rivage, là où il vivait avec ses parents et ses frères et sœurs, mais ce jour-là, nul ne savait pourquoi ni comment, il tenait un bébé dans ses bras. C'était un vendredi matin sous un ciel laid et couvert qui annonçait la pluie. Il y avait l'odeur forte des poissons et des filets mouillés, la jetée qui grouillait de chariots élévateurs bruyants, et des centaines d'oiseaux de mer qui criaillaient sur les toits des maisons et des boutiques. Le bébé ne criait pas véritablement, mais il poussait de petites exclamations et se tortillait, enveloppé dans une vieille couverture et un pull-over de laine. L'attitude raisonnable eût été de l'emmener à la clinique, mais Mossy passa devant sans s'arrêter et fit de même au poste de police. Des femmes sortirent des commerces en tendant leurs mains et en disant:

— Donne-le-nous, cet enfant.

Mossy le serra contre lui, se pencha en avant et leur tourna le dos jusqu'à ce qu'elles se taisent et décident plutôt de le suivre. Bientôt, le nombre de ceux qui marchaient derrière lui augmenta : les enfants qui se rendaient à l'école, les hommes qui ne travaillaient pas et John Cotter qui était sorti pour acheter le journal. Tous étaient impressionnés par Mossy, par son nouveau sens des responsabilités, par sa dignité. Le temps qu'il s'engage sur la pente menant à la chapelle, une douzaine de personnes le suivaient, pensant qu'il allait porter le bébé au prêtre. Mais pas du tout, il dépassa aussi la chapelle. Il ne s'arrêta pas avant de parvenir à notre succursale de la Banque d'Ulster. Visiblement, ce bâtiment représentait dans son esprit une certaine autorité, et de fait il possédait de hautes fenêtres, des grilles tout autour et de grandes marches de pierre. Il les monta puis se tourna vers la foule.

— Cet enfant, c'est la marée qui l'a apporté, il était allongé dans un tonneau.

Il y eut des tentatives pour lui faire entendre raison.

— À qui il est ? lui demanda Justine O'Donnell.

— C'est un don de la mer, répondit-il.

La religion dominante dans notre ville exigeait que nous croyions aux miracles, ce qui n'était pas le cas.

— Allez sur la plage des galets, si vous croyez que je mens, ajouta-t-il.

La plage des galets se trouvait au-delà des limites de la ville, près du puits de sainte Catherine et du cimetière de bateaux. C'était un lieu de la côte situé en retrait, pas plus long qu'un camion équipé d'une remorque. Elle se composait de pierres grises arrondies, d'algues et de déchets : des enroulements de cordes effilochées, des fragments de polystyrène, des flotteurs sphériques orange arrachés aux filets. Les courants, dans le Donegal, obéissent à leurs propres choix; la marée déposait son rebut sur cette portion de côte alors que sur la crique suivante elle faisait exactement le contraire, nettoyant les pierres deux fois par jour. Des objets jetés à la mer venaient toujours s'échouer sur la plage de galets de sorte que Mossy, en marchant de ce côté-là, n'avait pas prêté attention au demi-tonneau qui flottait sur des vagues basses à vingt mètres de la côte. Il était bleu, en plastique résistant, le genre que nous utilisions pour exporter du poisson salé. Il avait été scié en deux dans le sens de la longueur et la façon dont il bougeait avait incité Mossy à s'arrêter.

— Il était drôlement stable à la surface de l'eau, expliqua-t-il. Sinon j'aurais passé mon chemin. (Il secoua la tête en prenant conscience de ce fait.) J'aurais facilement pu ne pas le voir.

Il avait quitté le chemin pour se rapprocher de la limite de la marée. À sa manière de flotter sur l'eau et étant donné qu'il n'avait pas de quille, il avait conclu que le tonneau était lesté. Pendant qu'il l'observait, la mer avait progressé vers ses pieds. Il faudrait une demi-heure pour qu'il dérive jusqu'à la côte. Mais Mossy n'avait rien de très important à faire ce jour-là, juste du temps à passer sur le mur du parking. Peu après, il avait détecté un mouvement et un éclair d'argent dans le tonneau. C'était alors qu'il avait retiré chaussures et chaussettes pour marcher dans l'eau. À l'intérieur, le tonneau était recouvert de papier d'aluminium, probablement la notion que quelqu'un avait de l'isolation, et le lest s'était avéré être une petite plaque de béton avec une couverture repliée dessus. Ainsi reposait le bébé, rose, les yeux grands ouverts sur le ciel gris, bien enveloppé. Nous l'aurions, pour la plupart, fixé avec des regards saisis d'effroi, mais Mossy avait ce genre de cerveau capable de tout accepter dans l'instant, une aptitude sous-évaluée. Il avait tendu les bras et pris le bébé.

— Le tonneau y est toujours, si vous ne me croyez pas, dit-il sur les marches de la banque. Allez voir.

Plus tard, le médecin avait déclaré que l'enfant était plutôt en bonne santé, compte tenu des circonstances, et qu'il n'avait que quelques jours. L'infirmière locale proposa de l'héberger en attendant la décision qui serait prise. Elle était heureuse de l'avoir sous sa garde. Toute la ville parlait de lui et il y avait des chances qu'il ait droit à une pleine page dans le *Donegal Democrat.* L'idée que ce nourrisson fût arrivé avec la marée était pure folie, pourtant c'était la seule explication qui circulait et nous étions ébahis. Gauchement, nous fûmes plusieurs à nous rapprocher de l'allée où l'infirmière garait sa voiture, surveillant les fenêtres de sa maison et nous sentant ridicules. Nous fûmes contents d'en voir arriver d'autres qui avaient également l'air ridicules. Le soir était là quand elle commença à laisser entrer des gens, quatre à chaque fois, et bientôt sa maison ressembla à celles dans lesquelles se déroulent les veillées funèbres, avec des voitures garées sur tous les bords des trottoirs, et beaucoup parmi nous qui s'en venaient et repartaient en parlant d'une voix calme. Nous apportâmes des cadeaux : des peluches, des hochets et des bonnets en laine tricotés l'après-midi même dans la précipitation. Quatre par quatre nous étions introduits pour nous tenir près du canapé où une des filles adolescentes de l'infirmière était adossée avec le bébé, paisible et tout ensommeillé dans sa nouvelle grenouillère blanche.

— Il boit au biberon à la perfection, sans le moindre problème, déclara l'infirmière. C'est un petit amour.

Il avait des cheveux d'un noir stupéfiant, mais il n'était pas question de contes de fées dans notre ville, c'était à Galway qu'il fallait aller si on recherchait ce genre de choses. Ce bébé était juste un enfant comme un autre, ce qui ne nous empêcha pas d'être ébranlés par ce mystère et de tenir à exprimer notre considération. L'infirmière et ses filles veillèrent sur lui toute la nuit. La femme qui habitait dans la maison voisine plaça une bougie sur le rebord de sa fenêtre et, peu après, la ville entière l'imita, si bien que de minuscules lumières vacillèrent dans toutes les rues. Le dimanche, des gens qui n'étaient pas venus du côté de la chapelle depuis des années firent leur apparition et les services religieux attirèrent la foule. Des pêcheurs, ceux qui ne travaillaient pas, et d'autres hommes de la ville qui restaient normalement dans le fond de l'édifice s'approchèrent et s'agenouillèrent sur les bancs avec les anciens, les femmes et les gens pieux. Si un bébé avait été abandonné sur un parking d'hôpital, ou un autre lieu ordinaire, le prêtre n'aurait pas manqué de se déchaîner contre les grossesses des adolescentes en rejetant la faute sur la télévision et les Rolling Stones. À la place, ce dimanche, il nous guida vers la contemplation. Il parla de Moïse découvert flottant dans un panier. Hughie Devlin se tourna vers sa femme et on l'entendit murmurer :

— Je ne te l'avais pas dit que toute cette histoire me rappelait quelque chose ?

Comme l'infirmière devait aller à son travail et ses filles à l'école, elle décida de laisser le bébé passer à l'occasion une nuit chez d'autres familles de la ville. Un pêcheur nommé

Ambrose Bonnar l'apprit, monta dans sa voiture et alla droit chez elle. Debout sur le pas de la porte, il lui dit :

— Notre fils n'y dort plus, dans son petit lit, mais nous l'avons gardé ainsi que tout le matériel.

Ambrose était prêt à emporter le bébé séance tenante. Il montra du pouce l'arrière de la voiture.

— J'ai un panier pour l'emporter, ajouta-t-il. Très confortable.

L'infirmière fut surprise qu'un homme vienne chercher le bébé. Cela se passait en 1973.

— Est-ce que Christine est d'accord ? demanda-t-elle.

— Ma femme est heureuse avec les bébés, répondit Ambrose.

L'infirmière hésita.

— Et vous ?

— Encore plus qu'elle, dit-il en se redressant davantage.

Faussement immodeste. Beaucoup d'entre nous utilisions ce genre de présentation, Ambrose tout particulièrement.

— Ce sera uniquement pour ce soir, précisa l'infirmière. Les McGinley veulent l'accueillir demain. Je veux dire, les McGinley de Church Lane. Ceux de Crochna Road n'ont pas demandé, même si, à mon avis, ils vont le faire.

Quand Ambrose arriva chez lui, Christine était dans l'espace cuisine avec Declan, leur fils de deux ans ; il y avait aussi sa sœur Phyllis qui vivait un peu plus haut dans la ruelle et venait la voir tous les jours. Phyllis à son endroit de prédilection : le haut tabouret, près de la porte de derrière, un cendrier sur le genou. L'habitation des Bonnar était petite ; la partie salle à manger et l'espace cuisine n'étaient séparés que par la transition entre linoléum et dalles de moquette. Christine était dans sa position ordinaire, thé et cigarette, assise dans le fauteuil près de la machine à laver. Ce siège lui donnait une allure de grand-mère même si elle avait à peine dépassé la trentaine. Les sœurs fumaient des Silk Cut Red qui avaient teinté leurs doigts de jaune. Ambrose, lui, préférait les Benson & Hedges. Declan était dans son parc et il rit quand il entendit Ambrose qui entrait dans la maison en criant :

— Il y a quelqu'un, ici, qui souhaite faire votre connaissance à tous !

L'humeur de Declan changea quand il vit le visiteur dans les bras de son père. Il lâcha le bout de plastique sur lequel il se faisait les dents, se saisit des barreaux de son parc, se leva à la force des bras et regarda fixement.

— Pourquoi ? demanda-t-il.

Quelques mois plus tôt, “pourquoi” avait été son premier mot, comme s'il avait su qu'il allait en avoir besoin.

Phyllis exprima les choses de manière différente.

— Qu'est-ce que c'est que cette stupidité ?

Christine regarda son mari et attendit une explication. Ambrose n'en proposa pas, il s'assit simplement à la table, l'air plutôt satisfait de lui, posant le bébé assis sur son genou, face à la pièce. N'étant pas habitué à cette position verticale, le bébé ouvrit les yeux. Ils ressemblaient à deux raisins ne réfléchissant pas la lumière. Il les tourna vers le petit garçon qui s'essayait à marcher, puis en direction de Phyllis Lyons et, enfin, de Christine Bonnar née Lyons. À tous il ne témoigna rien de plus que de la neutralité.

— Quand est-ce que tu vas le rendre ? demanda Phyllis.

Declan émit un grognement.

— Pourquoi ? répéta-t-il.

Personne ne remarqua son excellente prononciation. Tous s'intéressaient au bébé.

— Un beau spécimen d'enfant, non ? dit Ambrose en s'adressant à la cantonade. Vous avez vu les cheveux qu'il a !

— Un père espagnol, je dirais, avança Phyllis. Il y en a eu un plein bateau, l'année dernière.

— *Pffft !* fit Ambrose.

— Moi, je pense à la mère, dit Christine, elle est probablement seule quelque part, maintenant. Malade, terrifiée.

— Bien sûr, dit Ambrose. N'a-t-il pas traversé la baie ? ajouta-t-il d'un ton désinvolte.

— Même toi, tu as trop de bon sens pour dire ça, rétorqua Phyllis.

Arrivé ce moment, certains n'étaient plus sensibles au charme du bébé et au mystère de sa venue. Nous retrouvions notre raison habituelle. Il y avait sûrement des explications plus simples que le surnaturel, ou qu'il avait dérivé dans la baie. Nous n'étions pas encore tous capables d'exprimer publiquement notre retour à la réalité, car plusieurs restaient sous le charme, mais Phyllis avait évité ce problème en se montrant ouvertement cynique dès le premier jour.

— Qui est-ce qui va changer les couches sales ? demanda-t-elle.

— Une couche quand il le faut, ça ne me fait pas peur, répondit Ambrose.

— Ne t'approche pas de ce bébé, intima Phyllis à sa sœur.

Elle avait quatre ans de plus que Christine et ne cessait de lui donner des ordres. Quand la cadette avait trouvé un mari, Phyllis s'était adaptée en apprenant comment lui donner des ordres à lui aussi. La position qu'elle avait adoptée sur le tabouret lui permettait de dominer tout le monde, non parce qu'il était haut, mais parce qu'il était inconfortable et près de la porte de derrière. Le choix de se tenir là lui permettait de maintenir les autres dans un état d'instabilité car elle semblait continuellement sur le point de partir. Pourquoi parlementer avec quelqu'un qui est à deux doigts de partir ? En donnant continuellement l'impression qu'elle allait s'en aller, Phyllis obtenait souvent ce qu'elle voulait et, en plus, elle était encore là une heure plus tard. Depuis que ce bébé était arrivé, elle ne cessa de reporter son départ durant tout l'après-midi.

Christine aspira la fumée de sa cigarette.

— Comment il s'appelle ? demanda-t-elle.

— Il n'en a pas, de nom, répondit sa sœur, il n'en a pas besoin.

— Tous les enfants ont besoin d'avoir un nom ! protesta Ambrose. On devrait lui en chercher un.

— De quel droit ?

Declan émit un autre grognement marquant son accord, ce qui attira l'attention de son père.

— À ton avis, qu'est-ce qui ferait un joli nom ? demanda le père à son fils en adoptant ce petit ton de plaisanterie qu'il utilisait quand il abordait un sujet essentiel pour lui.

De manière surprenante, Declan donna l'impression de savoir qu'on allait se servir de lui de manière abusive. Il frappa les barreaux de son parc et dit :

— Pourquoi ?

— Tu as dit quoi, Martin, c'est ça ?

Ambrose tourna le bébé vers lui et se leva, le tenant à bout de bras pour l'évaluer de nouveau.

— Non, je ne crois pas qu'il ferait un bon Martin. Il y a trop de douceur en lui.

— Pourquoi ? demanda Declan dont les yeux se mouillaient de larmes.

— Brendan ? Brendan, tu dis ?

Ambrose regarda à nouveau le bébé et, pendant que son regard restait sur lui, un enchantement s'empara de son visage à tel point que ses rides s'effacèrent et qu'il parut avoir cinq ans de moins. Ambrose avait toujours pensé que Brendan était un très beau prénom.

— Brendan, le garçon venu de la mer.

Christine sourit car elle aimait bien voir Ambrose s'amuser et elle avait toujours apprécié son originalité. Mais Phyllis l'étudiait avec froideur : quel genre d'homme rentre chez lui avec un bébé trouvé ? Il avait sûrement une idée derrière la tête. Depuis son parc, Declan observait lui aussi attentivement. Comme il ne parlait pas encore vraiment, ses instincts étaient à fleur de peau, frustes, et il comprenait ce qui se passait, il voyait même plus loin que Phyllis. Ce bébé n'allait partir nulle part, ce bébé allait rester là. Le monde tel qu'il l'avait connu avait pris fin.

Il va nous falloir remettre les choses dans le bon ordre. Il va vous falloir apprendre comment Ambrose était venu vivre dans cette ville et comment il était parvenu à s'y intégrer.

Il était né et avait été élevé à Arranmore, une île peu lointaine de la côte du comté de Donegal. Elle n'est distante que d'environ quatre-vingts kilomètres de notre ville en suivant la côte, mais cela suffisait pour qu'Ambrose semble venir d'ailleurs. C'était néanmoins un pur pêcheur qui avait débuté tôt, alors qu'il était jeune homme, un garçon réservé qui s'était affirmé quand il avait commencé à déployer des sennes pour prendre des maquereaux autour des îlots rocheux de la côte. La pêche au maquereau était une tâche collective et le jeune Ambrose découvrit qu'il avait du talent pour organiser les autres enfants puis, plus tard, les adultes aussi. Alors qu'il n'avait encore que onze ou douze ans, il avait été tenu en assez haute estime pour qu'on le laisse crier des ordres à tout le monde. Il ordonnait à des gens de l'île de jeter des pierres dans l'eau pour effrayer les poissons afin qu'ils nagent vers les mailles, et il disposait trois ou quatre familles pour qu'elles s'occupent du filet. Une fois rempli, celui-ci était traîné sur le rivage et tout le monde se précipitait dessus, attrapant les poissons qui se débattaient sur le sol, leur infligeant un grand coup sur la tête et les jetant dans des caisses. Il s'était consacré à ce travail avec ardeur, car il adorait la satisfaction primitive consistant à ramener à terre une belle prise et se sentait valorisé d'avoir réussi. Dans toute l'île d'Arranmore, des hommes et des femmes le saluaient par son nom sur la route en disant : "Il paraît que tu as fait du drôlement bon travail aujourd'hui", ou bien "On m'a dit que tu as bien travaillé." Tous disaient qu'il était un pêcheur né.

Quand ils étaient adolescents, Ambrose, un frère et deux cousins à lui avaient formé une équipe de quatre pour jeter des filets depuis un bateau de six mètres de long. Ils avaient travaillé tels des démons et n'avaient pas eu peur de la grêle ni des nuits d'un noir d'encre. Ils formaient l'équipage le plus prolifique et le mieux connu à terre, là où ils vendaient leur pêche. D'autres bateaux commencèrent à s'équiper de moteurs hors-bord ou de moteurs de camions adaptés, qu'ils installaient au milieu du bateau pour entraîner un arbre d'hélice, mais Ambrose avait ordonné à ses hommes de continuer avec les rames. Une notion adolescente de ce qu'est la virilité commandait à toutes ses décisions et il n'avait pas besoin d'un moteur entre lui et la mer, il était lui-même un élément naturel.

Ses frères et ses sœurs avaient migré selon un flux régulier et tout le monde voyait bien qu'Ambrose partirait, lui aussi. Il n'avait qu'une aspiration, travailler sur des bateaux plus grands, des chalutiers, de sorte qu'un jour, il divisa la dernière pêche avec son équipage et ils rentrèrent chez eux, sans lui. Il partit pour un port du côté opposé de l'Irlande, Dunmore East, dans le comté de Waterford, où il se fit engager sur des chalutiers et devint un habitué des pubs lorsqu'il était en ville. Il avait pêché et fait bamboche dans la ville pendant trois ans jusqu'à ce que de nouveau il n'en éprouve plus de satisfaction. Il ne pouvait maintenant être heureux avant de devenir le maître à bord, avec son propre équipage sous ses ordres, et il ne voyait pas comment cela pourrait se produire là-bas. Les pêcheurs du Waterford l'agaçaient, ils étaient assagis et appréciaient trop les prêtres. Il était matelot sur un bateau et, un jour, il n'y avait que trois heures qu'ils étaient en mer quand ils entendirent à la radio que le président Kennedy avait été assassiné en Amérique. Avec une grande solennité, le capitaine déclara qu'ils rentraient au port pour “témoigner de son respect”. Son respect ! Alors que la mer regorgeait de poissons ! C'était la déclaration la plus stupide qu'Ambrose eût jamais entendue. Des mots furent échangés.

Ambrose n'était jamais vraiment aussi content que quand il travaillait avec Tommy O'Gara. Tommy aussi était un jeune du Donegal qui parcourait le pays avant de s'installer. Il était originaire de notre ville et nous connaissions bien ses parents, les O'Gara de Three Mile Cross, des gens charmants. À ne pas confondre avec les O'Gara qui tenaient la poste, même s'ils étaient très bien eux aussi. La plupart des hommes qui travaillaient sur les chalutiers jouaient aux cartes pendant les moments de désœuvrement, mais Tommy et Ambrose s'étaient mis aux échecs, ils étaient allés ensemble choisir un jeu magnétisé dans un catalogue. Pendant que les gars du Waterford abattaient leurs cartes et rugissaient d'exaltation ou de déception, Tommy et Ambrose jouaient paisiblement aux échecs, ne prononçant qu'une remarque de loin en loin, des compliments ou une légère moquerie. Lorsqu'il jouait un coup modérément bien amené, Ambrose disait toujours :

— Cette fois, c'est toi qui es fichu.

Ils étaient d'accord : la pêche serait leur vie et, en quête d'autres expériences, ils étaient partis à Cork. Durant les années qui suivirent, ils y pêchèrent souvent en partant du port de Castletownbere.

Il y avait d'autres expériences à rechercher et, pendant ses voyages, Ambrose eut sa part de badinages amoureux avec des femmes. Les filles des boutiques irlandaises et les serveuses le trouvaient au moins original, et elles ne rechignaient pas à se laisser un peu peloter ou à pousser les choses plus loin de temps en temps. Lui et les filles étaient jeunes et cela se passait avant la contraception, par conséquent les choses étaient simples, si simples que certains, parmi nous, passions une année ou deux sans savoir si nous étions techniquement puceaux ou pas. L'éducation sexuelle avait tendance à consister surtout à regarder les vaches ou les chèvres dans leurs ébats de sorte que c'était une bonne chose que la campagne soit riche en cheptels. Le sexe restait un genre d'exercice consistant à tripoter à l'aveuglette, et son vocabulaire se composait uniquement d'interdictions plutôt que d'options. Le langage du sexe venant des femmes servait uniquement à instaurer des limites dans un chuchotement audible ou une sorte de sifflement. "Personne ne veut d'accident." "Ça suffit comme ça." "D'accord, si tu veux, mais là, pas ailleurs."

Très vite, Ambrose et Tommy commencèrent à trouver que les équipages de Cork étaient agaçants eux aussi. Les deux pêcheurs du Donegal étaient capables de se tenir l'un près de l'autre à réparer un filet en observant un silence satisfaisant pendant une heure entière, alors que ceux de Cork ne pouvaient s'empêcher de discuter.

— Et même comme ça, remarquait Tommy, ils aiment te donner l'impression qu'ils t'ont fait des cachotteries.

Ils n'étaient quand même pas aussi désagréables que ceux du Connemara, comme le découvrit Ambrose l'année suivante quand il pêcha au large de Galway. Ils étaient la proie des superstitions. Un grand et robuste pêcheur arrivait sur la jetée avant de prendre la mer, et il ne cessait de se tourmenter comme un gosse parce qu'il avait vu une femme aux cheveux roux sur la route, qu'il avait accidentellement empaqueté un nombre impair de chaussettes, qu'un oiseau au plumage noir avait crié à trois reprises dans sa direction, ou ce genre d'imbécillités.

Après Galway, il avait travaillé pendant plusieurs saisons avec Dublin comme port d'attache pour pêcher des bivalves. Il n'aimait pas non plus les gens de Dublin qui s'imaginaient que le Donegal était en Irlande du Nord et ne faisaient aucun effort pour comprendre son accent. Il avait maintenant son permis de conduire un bateau, mais son rêve ne s'arrêtait pas là : il voulait être propriétaire du sien. Il n'avait parlé à personne de cette aspiration jusqu'à l'après-midi où il repéra Tommy sur la jetée. Il ne l'avait pas vu depuis un an et faillit se précipiter vers lui. Il n'en fit rien, bien évidemment, mais de justesse. Ils s'appuyèrent contre un mur et fumèrent en parlant pendant un temps infini. Ambrose se plaignit de son nouvel équipage, mais avec le temps Tommy était devenu plus tolérant.

— Tu ne devrais pas t'attendre à trouver les hommes les plus intéressants de quelque ville que ce soit sur le pont d'un bateau, lui dit Tommy.

Ambrose en resta tout perturbé. Il avait toujours cru que la pêche attirait les hommes les plus intéressants.

— Je comprends ton problème, poursuivit Tommy. Tu veux être plus près de chez toi, sur des rochers qui te sont plus familiers. Et pour être honnête, je suis pareil. Faisons-le alors. Retournons dans le Donegal.

Ils le firent donc, pas à Arranmore, mais dans la ville de Tommy, notre ville, Killybegs. Ambrose se fixa très vite, il aimait bien notre rythme et les visages eux-mêmes lui paraissaient avenants. Ici, il pouvait franchir l'étape suivante. Il n'était en ville que depuis une semaine quand il se rendit au chantier de construction des bateaux. Le nôtre faisait tout, du début à la fin, les plaques métalliques et les chênes entraient d'un côté et, quelques mois plus tard, un bateau sortait de l'autre côté, passant par les immenses doubles portes qui donnaient directement sur la baie. Ambrose n'avait pas pris rendez-vous, il entra juste, se dirigea vers le premier homme qu'il vit et lui dit :

— Est-ce que je peux inscrire mon nom sur la liste, pour un bateau ?

La procédure n'était pas très orthodoxe, mais elle n'eut pas de conséquence négative. Très vite les pêcheries conclurent un marché avec Ambrose pour lui fournir un chalutier de dix-sept mètres pour la somme de 30 000 livres. C'étaient de gros chiffres pour un jeune homme. Les bateaux de quinze mètres étaient plus courants à l'époque, mais Tommy convainquit Ambrose d'aller plus loin en passant commande du genre de chalutier dans lequel lui aussi investissait. Deux mètres ne donnaient pas l'impression de faire beaucoup plus, mais le tirant d'eau et la taille du chalut augmentaient proportionnellement et on pouvait avoir un bateau plus robuste en choisissant un moteur de plus de cent chevaux-vapeur.

— Les bateaux anglais naviguent pendant des jours entiers pour accéder à nos eaux, dit Tommy, alors que notre flotte reste toujours en vue du rivage. Il nous faut aller plus loin, au-delà de l'horizon, c'est là-bas qu'il y a de l'argent à faire.

Ambrose et Tommy économisèrent pour avoir l'équipement le plus récent dans la timonerie et, tandis qu'ils attendaient la construction de leurs propres navires, ils travaillèrent sur des chalutiers où ils allaient apprendre comment s'en servir. Nous devenions plus intelligents, investissant dans des équipements qui signifiaient que la pêche dépendait moins du hasard et de l'instinct. Des propriétaires de bateaux allaient jusqu'en Suède, s'en revenant avec des filets et des techniques nouvelles. Une fois, un Suédois bien réel arriva et s'installa dans le bed and breakfast de Marie Cotter afin de pouvoir rester une semaine entière et parcourir la jetée d'un bout à l'autre pour leur dire à tous que ce qu'ils faisaient n'avait pas de sens. Cela ne dérangea pas Ambrose, car le Suédois s'y prenait avec une bonne humeur qui l'amusait. Assistés par les nouveaux sondeurs, les bateaux pouvaient s'en revenir avec soixante-dix ou quatre-vingts caisses de harengs. Haler les lourdes poches à bord devenait un problème pour les petits bateaux, car les culs de chaluts remplis de poissons pouvaient s'écraser contre la coque en causant une brusque perte de flottabilité. Si la mer était grosse, la manœuvre devenait risquée. Un jour, un quinze mètres sur lequel Ambrose travaillait avait tangué si violemment que lui-même avait été projeté droit dans les airs, sa tête décrivant un arc de cercle dont la destination finale était par-dessus bord. La mort frôlait les pêcheurs au chalut environ deux fois par semaine, mais Ambrose disait toujours que cette fois-là avait été, pour lui, la plus périlleuse. La première chose qu'il avait sentie, après, avait été la poigne de Tommy qui l'avait agrippé par le col, puis il avait encaissé le choc dans ses jambes lorsque ses pieds s'étaient retrouvés plaqués sur le pont.

— Tu choisis mal ta journée pour te baigner, lui avait dit Tommy.

Une des caractéristiques qui le rendaient différent de nous était qu'il avait foi dans la chance. Nous n'étions pas, nous-mêmes, sujets aux superstitions. Il semblait que tout avait été aligné pour qu'il ne finisse pas dans l'eau ce fameux jour, et il se sentait prodigieusement chanceux. Tard, ce soir-là, il était resté épuisé et néanmoins électrisé. Tommy et les autres membres de l'équipage étaient chez eux, dans leur lit, mais Ambrose avait appliqué une pleine paume de Brylcreem sur ses cheveux et s'était rendu à la salle de bal. La partie suivante de sa vie allait commencer.

Christine Lyons avait dû beaucoup batailler pour garder sa chevelure relevée, ce soir-là, grommelant et enfonçant des pinces à cheveux à l'arrière de son crâne, assise au bord de son lit, sa penderie ouverte afin d'utiliser le miroir ovale collé sur la face intérieure de la porte. Elle était incapable de mettre de l'ordre dans ses mèches et Phyllis ne bougeait pas, dans sa chambre attenante.

— *Ach*, s'il te plaît ? demanda Christine.

La cloison qui les séparait étant fine, elles avaient appris quand elles étaient enfants à parler pour se tenir compagnie quand leur père en envoyait une dans sa chambre, généralement Christine. À ce jour elles en avaient conservé l'habitude, se parlant le soir et en début de matinée.

— Tu ne veux pas les laisser tranquilles un moment ? dit Phyllis en plaidant et en la punissant en même temps. Ça ne fait que deux jours.

— Non, je sors, déclara Christine. Bon, tu veux bien venir m'aider ?

Christine entendit sa sœur quitter sa propre chambre mais sans pénétrer dans la sienne. Elle pensa que Phyllis était partie dresser à son père un rapport sur ce qu'elle faisait. Eunan Lyons avait plus de soixante ans et était un homme sévère. Il travaillait dur à pêcher des homards, mais chez lui il voulait – et obtenait – que tout soit fait selon ses désirs : il n'avait jamais plié une chemise, lavé une tasse ou préparé un repas quel qu'il soit. Christine recommença à se débattre avec ses cheveux. Elle se sentirait plus à son aise pour argumenter avec lui si elle réussissait à remettre de l'ordre dans sa coiffure ; personne ne pouvait lui résister, quand elle y parvenait. Mais Phyllis n'était pas allée trouver leur père, elle s'était arrêtée une seconde sur le palier pour faire peur à sa sœur avant d'entrer dans la pièce, quoique d'un air agacé. Sans aucune douceur, elle avait réuni les cheveux dans ses mains, les avait soulevés puis enroulés avec un élastique autour de leur base.

— Les gens de la ville seront ravis de te voir, avait-elle ajouté. Ça leur donnera l'occasion de jaser.

Les Lyons habitaient à un peu moins de deux kilomètres en dehors de la localité et prononçaient ce genre de paroles comme si la marche d'environ une demi-heure jusqu'au parking promettait une perspective grandiose. La distance n'était pas seule en cause, leur père avait instillé en elles l'idée qu'elles étaient différentes. Nous étions nombreux à vivre de manière interdépendante avec nos voisins, des cousins, et en fonction des mariages, mais cela n'était pas du tout le style de Eunan Lyons, lequel croyait uniquement que seule la famille proche avait de l'importance. Il vendait ses homards en ville, avait épousé une fille de la ville, ses filles allaient à l'école en ville, mais il avait décidé de ne rien avoir en commun avec la ville. Cet esprit de contradiction et cette indépendance lui avaient été inculqués par des générations de travaux pénibles et d'humeurs noires, ainsi que par l'absence d'opportunités. Son grand-père clamait qu'il se souvenait de la grande famine et, parfois, Eunan pensait que lui aussi.

Quand Phyllis eut terminé, Christine projeta un grand nuage de laque dans l'air, lequel retomba pour conférer à sa masse de cheveux comparable à une ruche une protection durable.

— De quoi ai-je l'air ? demanda-t-elle.

— Tu tiens plus de Tatie Brigit que de Brigitte Bardot, lui répondit Phyllis.

Les Lyons habitaient au bout d'une vieille allée marécageuse, non loin de la route principale partant vers l'ouest, juste après une courbe brutale et dangereuse que nous appelions le virage mauvais. Tous les jours, Christine avait longé la route jusqu'à la ville, elle en était arrivée à en connaître tous les nids-de-poule, et depuis qu'elle n'allait plus à l'école, elle avait suivi le même parcours des milliers de fois supplémentaires pour des emplois dans des conserveries, l'auberge du Bateau et, plus récemment, le magasin de chaussures de Conway. C'était ce dernier qui lui convenait le mieux; elle y trouvait la satisfaction d'être dans une boutique parfaitement ordonnée, avec l'agréable raideur du cuir récemment traité. On a aussi plus de chances de rencontrer une classe d'homme supérieure chez un chausseur. Lorsqu'elle s'agenouillait pour ajuster un soulier, il lui arrivait de poser un pied d'homme couvert d'une chaussette sur sa jambe, juste au-dessus du genou, d'un geste fortuit, presque plausible, juste par commodité. Elle l'avait fait à plusieurs reprises avant de se résigner en constatant que les hommes de notre ville n'étaient pas doués pour repérer une allusion discrète.

La salle du Foresters' Hall sentait la laque, le thé et les écailles de poissons sous nos ongles. L'orchestre en était à la première partie. Le dancing était à peine à moitié rempli, mais quatre videurs attendaient de pied ferme car des bagarres débutaient souvent quand les membres d'équipage de bateaux arrivaient. Il y avait des filles que leurs parents n'autorisaient pas à venir à ces bals en raison des bagarres, mais Eunan n'imposait plus de telles interdictions. Phyllis avait si bien repris ses objections à son compte qu'elles étaient désormais les siennes, tandis que Christine gagnait son argent et qu'il n'y avait pas de moyen de lui interdire de s'y rendre. Néanmoins, nous fûmes surpris de la voir venir ce soir-là. Une fois franchie la porte, elle se débarrassa de son long manteau noir et le lustre de sa robe turquoise fut soudain révélé, effronté et presque choquant. Elle se dirigea vers le côté des femmes en lançant des bonsoirs aux gens d'une manière très décidée. Elle acheta une tasse de thé à l'urne et s'installa seule en regardant l'orchestre. Elle était très calme. De l'autre côté de la salle, les hommes bavardaient en groupes compacts, adoptant immanquablement le dos voûté et portant plus ou moins la même tenue. Ils avaient l'air de voleurs de banques quand ils dirigeaient leurs regards vers les femmes. L'alcool n'était pas permis à ces soirées, mais certains hommes avaient avalé des pintes avant de venir. Ce soir-là, Christine se désintéressait complètement des hommes, elle ne leur jetait pas un regard. Elle tenait un bras un peu à l'écart de son corps et, dans ses longs doigts, à la façon dont une starlette pourrait tenir une cigarette, elle gardait sa tasse posée sur une soucoupe. La musique stimula plusieurs danseurs âgés et quelques couples à se mêler comme bon leur semblait des deux côtés de la salle. Leur présence aurait pu être la raison pour laquelle Ambrose, quand il entra, se trompa dans l'organisation de l'espace et se dirigea immédiatement du côté des femmes. Il était également attiré par le chatoiement de la robe de Christine. Il portait son pull-over d'hiver, mais cela ne servait à rien de lui dire qu'il avait l'air ridicule car il était imperméable à ce genre de choses. Plus tard, ils se souviendraient que l'orchestre avait joué *Strangers in the Night* lorsqu'Ambrose s'était approché de Christine, mais en réalité il s'agissait de *Crystal Chandeliers*. Il ne l'invita pas à danser car il n'était pas homme à aimer la danse.

— Belle soirée, lui dit-il.

Avec son grand sourire, on aurait pu le prendre pour un simple d'esprit.

— Qui êtes-vous donc ? lui demanda-t-elle.

Elle le savait pertinemment mais ne tenait pas à ce qu'il le sache.

— Ambrose Bonnar. Ravi de faire votre connaissance.

Ils échangèrent une poignée de main.

— Je suis propriétaire de mon propre bateau, précisa-t-il.

Quoique accompagnée de quelques gestes expansifs des bras, sa manière de faire la cour était pour l'essentiel ce à quoi une femme aurait pu s'attendre à l'âge de pierre.

Christine réprima un sourire.

— J'en suis contente pour vous, dit-elle.

— Ou plutôt, je le serai quand la construction sera terminée. Il y a une liste d'attente, mais je l'aurai d'ici un an, à peu près.

En donnant ces précisions, il voulait lui en imposer, car il lui avait attribué le rôle de femme qu'il était difficile d'impressionner et, par conséquent, il lui avait laissé la direction de la rencontre. Elle décida de relever le défi. Ambrose regarda autour de lui, il semblait ne pas savoir que faire de ses bras mais avait plaisir à lui parler, encore grisé par son coup de chance.

— Ça vous dirait, un Kit Kat ?

— Non, mais c'est gentil, répondit-elle.

Son expression était restée neutre, pourtant elle ne le quittait pas des yeux. Ambrose avait le teint très rougeaud comme si de toute sa vie il ne s'était jamais trouvé sous un toit, mais si on passait outre, il n'était pas vilain garçon. Elle savait que beaucoup de femmes auraient été heureuses d'être à sa place, le consensus étant qu'Ambrose était un bon parti. Il avait fallu du temps pour s'en rendre compte en raison de son attitude un peu rude et du fait qu'il avait élu domicile dans la caravane qui était derrière la maison de Big Jimmy, louée à l'occasion à des ivrognes ou à des gens sans attaches. Certes, il faudrait le domestiquer pas mal, mais il travaillait dur, s'entendait avec tout un chacun et serait bientôt le plus jeune propriétaire de bateau dans toute la ville. Il maîtrisait aussi les nombreux savoir-faire d'un habitant des îles ; en plus de pêcher, il savait réparer un moteur, conduire un camion, monter des briques, tondre correctement une pelouse, et découper un poulet. Certaines de ses compétences commençaient à dater un peu, mais leur éventail indiquait de la confiance en soi et un cerveau actif. Le fait qu'il soit de l'extérieur n'était pas un désavantage non plus, car cela indiquait qu'il était capable d'entreprendre. Arrivant ainsi comme quelqu'un de neuf et sans passif, il donnait le sentiment d'être un homme qui avait plus de chances de pouvoir réussir que la moyenne. Une femme ne reculait pas non plus devant une lueur d'espoir.

— Est-ce que vous croiriez que j'ai gagné plus de cinq livres sterling dans la baie, aujourd'hui ? demanda-t-il.

Christine décida de le tester en lui disant la vérité :

— Est-ce que vous croiriez que ma mère vient de mourir, qu'on l'a enterrée il y a deux jours et que je suis ici, à une soirée dansante ?

L'hésitation qu'il afficha fut minime, à condition qu'il y en ait eu une.

— Je le crois parce que je le vois, répondit-il.

— Je ne vais pas m'en tirer comme ça, ajouta-t-elle.

Ambrose réfléchit.

— Dans ce cas, déclara-t-il, il faut que ça en vaille la peine.

À ce moment précis, la double porte fut brutalement poussée par un groupe de jeunes gars en uniforme. Les musiciens perdirent leurs repères et il leur fallut plusieurs accords avant de se rattraper. Une corvette de la marine irlandaise s'était amarrée pour se ravitailler et il semblait bien que la moitié des membres de l'équipage avaient décidé de faire la fête. Affichant de grands sourires, ils traversèrent le plancher de danse en formation triangulaire, jaugeant les hommes, les femmes, le thé et les biscuits. Ils semblaient très contents d'eux avec leurs chapeaux de marins blancs, et leur comportement péremptoire fut ressenti comme un affront par les hommes de la ville. L'agitation qui s'empara de la foule était clairement visible, telle une charge électrique bondissant d'un homme à l'autre.

— Il va y avoir de la bagarre, annonça Christine en tendant sa tasse à Ambrose. Si vous alliez nous chercher du thé, nous pourrions trouver de bons sièges pour y assister.

Après la soirée, il la reconduisit chez elle, pas exactement jusqu'à sa porte, mais quand même jusqu'au virage mauvais. Là, ils firent halte et passèrent un très agréable moment sous les étoiles.

Un mois plus tard, l'après-midi, Ambrose rencontra le père de Christine pour la première fois. Elle le prévint, au sujet de Eunan, lui disant qu'il jugeait les gens, qu'il ergotait, et qu'il ne manquerait pas d'avoir des aspects désagréables, mais cela n'empêcha pas Ambrose d'entrer dans la maison d'un pas confiant; le père était un pêcheur de homard et le visiteur avait la certitude qu'ils trouveraient plein de sujets de conversation. La pièce de façade des

Lyons était le séjour, mais la table à manger s'y trouvait aussi alors que la cuisine venait après, au bout du couloir, sur l'arrière de la maison. Accumulés par la mère de Christine, divers vases et figurines décoraient ici et là la pièce principale, dont beaucoup sur le manteau de la cheminée, même si l'âtre n'avait pas été utilisé depuis son décès et si une broderie encadrée le dissimulait. Eunan, qui était assis à la table, ne se leva pas pour recevoir son visiteur. Il était visiblement nerveux.

— Belle maison, déclara Ambrose en s'asseyant en face de lui et en tapotant la nappe de la paume de sa main.

Il observa alentour, un sourire sur le visage, avant de reporter son regard sur le père de Christine.

— Vous travaillez dans la journée ? demanda-t-il.

Eunan l'étudia avec méfiance.

— Oui, répondit-il. Un homme, il faut que ça fasse des choses.

— Vous avez sacrément raison ! proclama le visiteur, ravi d'avoir réglé le sujet avec autant d'adresse.

Il se tourna vers Christine, qui était perchée sur le tabouret près du fauteuil de son père.

— N'est-ce pas qu'il a raison ? insista-t-il.

Christine hocha la tête pour l'encourager. Ambrose s'en tirait bien.

Eunan concentra davantage son regard. La vérité était qu'il avait besoin de lunettes, mais pendant encore deux ans il serait hors de question pour lui de l'admettre. Pour lui, Ambrose était essentiellement une forme rougeaude et bavarde à l'autre bout de la table.

— Il y a des gros homards à attraper ?

Le père de Christine n'aimait pas que les gens soient au courant de ses affaires. Il y eut un long silence avant qu'il réponde :

— Bien assez gros.

Phyllis vint servir le thé, en commençant par son père. Ambrose baissa les yeux sur la tasse qui était posée sur une soucoupe ridiculement petite et fragile. Cet objet le déstabilisa car il se sentit soudain étranger dans cette maison. Il se tourna vers Christine pour qu'elle lui vienne en aide, ce qu'elle ne comprit pas. Sans cesser de la regarder, Ambrose s'entendit dire :

— Le plus gros poisson que j'aie jamais pris était un poisson-lune.

Il avait parlé à voix basse.

— Un quoi ? interrogea Eunan.

— Un poisson-lune, répéta Ambrose en se tournant vers lui. Avez-vous déjà vu une de ces créatures ?

Eunan resta sur son quant-à-soi. Il eut juste un petit mouvement de la tête et Ambrose ajouta :

— Celui-là était plus gros qu'une roue arrière de tracteur. On l'a trouvé dans notre filet. Il avait de l'eau qui lui jaillissait de la bouche et ses yeux roulaient dans le vide. Nous nous sommes tous précipités de l'autre côté du pont pour lui rendre sa liberté. Massif, il était. Gigantesque.

Les mots lui manquèrent à nouveau pendant que ses souvenirs lui revenaient. Ce jour-là, il avait connu une crainte si intense et respectueuse qu'elle l'avait marqué à tout jamais. Il avait vu que des poissons monstrueux passaient tout le temps sous eux, mais c'était la première fois qu'il en avait regardé un dans les yeux.

— Gigantesque, dit-il encore une ou deux fois à la table des Lyons, d'un ton proche du murmure.

Eunan l'interrompit d'une voix sonore :

— Vous ne pouviez pas le couper en plusieurs parts ? On dirait que vous étiez beaucoup à pouvoir en profiter.

Ambrose garda le silence un moment.

— Non, nous ne l'avons pas fait, répondit-il avec prudence, nous n'en voulions pas sur le bateau, il occupait toute la largeur du pont.

Christine trouvait superbe le récit du poisson-lune.

— C'est stupéfiant, dit-elle les yeux rivés sur Ambrose.

Ce qu'Ambrose dit cet après-midi-là n'avait pas grande importance, Eunan ne l'aurait pas aimé de toute façon, car il était contre tout ce qui n'avait pas de raison définie, tout ce qui n'était pas complètement prévisible, et l'être humain répondait rarement à pareilles exigences. Il détestait les surprises, n'avait pas autorisé Phyllis à avoir un téléphone dans la maison pendant de nombreuses années car on ne savait jamais quand il allait sonner. Il tournait en ridicule tout ce qui était frivole : les dessous d'assiettes, les desserts, faire une sieste, avoir les nerfs à vif. "Ça suffit comme ça !" criait-il contre les gâteaux à la crème et les gens qui avaient le rhume des foins. Pour lui, les mots cassants n'avaient rien de négatif, c'était juste un petit coup de papier de verre qui conférait à ceux qui les employaient un aspect revêche. "On m'a souvent parlé sans ménagement et ça ne m'a jamais desservi", disait-il. Et personne n'osait le contredire.

Eunan détestait quiconque se mettait en avant et il désapprouva quand, un an plus tard, Ambrose prit livraison de son chalutier et le nomma le Christine Dawn.

— Le bateau d'Ambrose devrait simplement s'appeler le Bateau d'Ambrose, déclara-t-il. C'est comme ça que nous l'appellerons sous ce toit.

Il n'apprécia pas davantage quand ils se marièrent et qu'elle prit le nom de son mari, qu'elle sembla trop empressée de se débarrasser de celui de Lyons. Toutefois, il leur donna l'emplacement où faire construire une maison. Il était propriétaire de l'hectare qui longeait l'allée tourbeuse menant chez lui, et leur donna la section inférieure, la plus proche de la route principale.

— Ça vous suffira bien, dit-il.

Ambrose n'était pas enchanté de vivre à trois cents mètres de chez son beau-père, mais un site gratuit est un site gratuit et le vieux bonhomme n'avait sûrement qu'un nombre d'années limité à vivre. Ce n'était plus que des remblais de bruyères battus par les vents, mais la maison était légèrement en hauteur avec une vue vaste et magnifique sur la baie et l'horizon. Ils conclurent une hypothèque et construisirent un bungalow de deux chambres dans le style haut Donegal de la période : fenêtres excessivement larges, béton enduit qui s'arrangerait lorsqu'il aurait été peint ou crépi, mais conviendrait parfaitement tant qu'ils n'auraient pas assez d'argent, et une section de revêtement irrégulier, dans le genre pavage extravagant, sur le mur proche de la porte d'entrée. Ce dernier élément ne reposait sur aucune raison due à la structure, il n'était là que pour paraître moderne pendant plusieurs saisons avant de se désagréger et de devenir horrible pendant des dizaines d'années. L'habitation était posée sur une lande dégagée, à six mètres de l'allée d'accès, sans jardin ni rien pour indiquer les limites de la propriété. L'endroit où se garer avait été tracé par une pelleteuse JCB quand elle avait bifurqué de l'allée pour creuser les fondations tandis qu'Ambrose obtenait du conducteur de faire plusieurs fois des allers et retours jusqu'à ce que l'argile soit bien tassée.

Ambrose gagnait chichement mais régulièrement sa vie avec le Christine Dawn. C'était un bateau fougueux qui restait sec et agréable quel que soit le temps. Ambrose était heureux de sortir en mer, mais il ne figurait pas au nombre de ces hommes qui sont heureux d'être loin de leurs femmes ; il passait rarement au pub sur le chemin du retour, préférant rentrer chez lui. Maintenant que lui et Christine avaient un abri, et une source de revenus, nous nous attendions à ce qu'ils aient un enfant, mais plusieurs années passèrent sans que rien ne change. S'ils rencontraient des difficultés, elles disparurent car, trois ou quatre ans après le mariage, un bébé de trois kilos six arriva et fut baptisé Declan. Christine et Ambrose furent fous de joie et il y eut donc au moins une personne vivante que Eunan approuvait sans réserve. La maternité aida Christine à nouer des relations avec des femmes de la ville, ce qu'elle n'avait jamais fait auparavant. Leur poser des questions sur leurs hommes partis en mer avait tendance à les museler par stoïcisme, mais les enfants leur libéraient la parole. Nous voyions que Christine devenait davantage elle-même. Désormais, quand nous la croisions, nous lui posions des questions sur Declan et non plus sur Eunan. Phyllis demeurait esclave de son père, mais une certaine satisfaction régnait sur l'allée. Deux sœurs dans deux maisons, un fils, un père, une mère et un grand-père. C'était le décor lorsque le nouveau bébé fit son apparition, le garçon venu de la mer.

2

AMBROSE avait le sentiment qu'un bébé endormi conférait un silence spécifique à la maison : chaleureux et tangible, on pouvait s'en remettre à lui. Dans leur chambre, il avait enveloppé l'abat-jour d'une serviette de toilette afin de générer une lumière douce. Declan avait été transféré dans l'autre chambre afin de libérer le petit lit, et Ambrose y déposa le bébé langé. "Et voilà", murmura le père en tendant la main au-dessus de la table de nuit où se trouvait la radio et où les prévisions météorologiques s'entendaient tout bas, leur répétition faisant un peu office de berceuse.

Christine prit un bon moment pour arriver à apaiser Declan dans le lit inconnu. Plus tard, elle vint jusqu'à la porte et s'encadra sur le seuil, les yeux rivés sur Ambrose qui regardait le garçon. Elle décida de ne pas rompre cet instant de paix, s'esquivant vers la cuisine où elle prit un sac venant de l'épicerie pour l'emporter aux Lyons. Environ deux fois par semaine, Phyllis téléphonait à sa sœur pour lui demander de faire "un saut" en ville pour rapporter des provisions. Christine n'ignorait pas que cette requête était la façon qu'avait Phyllis de lui rappeler sa propre famille, d'autres responsabilités, mais elle ne s'en plaignait pas, c'était une petite contribution.

Une fine couche de bruine lui recouvrit les cheveux pendant le court moment qu'il lui fallut pour atteindre la maison des Lyons. Elle était en béton, avait été construite dans les années 1950 et donnait une impression de poids et de masse avec son revêtement non repeint, les épaisses plaques d'amiante ondulées qui servaient de toit et étaient couvertes de mousse, les fenêtres aux châssis métalliques divisées en petites vitres. Les tempêtes de l'Atlantique n'avaient jamais abîmé cette maison, les vitres des fenêtres étaient trop petites, les plaques du toit trop lourdes. La porte d'entrée s'ouvrit quand elle frappa, et elle déposa le sac de provisions sur le tapis. Phyllis apparut sur le seuil de la pièce principale.

— Entre, dit-elle.

Christine hésita, elle préférait remettre rapidement les achats mais sa sœur avait à nouveau disparu à l'intérieur. Depuis qu'elle avait choisi sa propre vie, Christine avait remarqué qu'elle rapetissait à chaque fois qu'elle pénétrait dans la maison de son père. C'était une sensation physique, quelque chose qui pesait sur ses épaules, mais également mentale, une impression d'inhibition, comme si sa personnalité était étouffée. Elle avait pris conscience d'avoir été écrasée sans le savoir pendant des décennies sous les lourdes plaques du toit.

La grande pièce des Lyons était éclairée par une ampoule électrique unique, mais d'une intensité vive, qui pendait au milieu du plafond. La lumière était dirigée droit vers le bas par un abat-jour épais qui conférait à la pièce une atmosphère de salle d'interrogatoire. Ne souhaitant pas s'avancer sous le cône de lumière, elle resta près de la porte. Normalement, son père était assis à table tandis que Phyllis le servait, ou dans son fauteuil à regarder la télévision, de sorte qu'elle fut déconcertée de le trouver debout près du mur opposé.

— Tu as un invité, déclara-t-il.

— C'est juste pour la nuit, répondit-elle.

— Nous n'avons jamais été du genre à pratiquer la charité, que ce soit pour recevoir ou pour donner, répondit son père.

— Juste cette nuit.

Une photographie encadrée était posée sur le meuble de la télévision, celle de Declan tout bébé. Mais cela ne signifiait pas que Eunan souhaitait voir la progéniture d'autrui obtenir droit de cité. La fierté qu'il tirait de son petit-fils était surtout de nature procréatrice ; il était bon de savoir qu'on allait demeurer dans le futur.

— Ambrose a beaucoup de frères et sœurs, intervint Phyllis qui se tenait dans l'ombre, près du buffet. Un homme qui a été élevé comme ça désire toujours avoir une famille nombreuse.

— Oh, toi et tes théories, répondit Christine.

— Attends de voir. Il va commencer par des insinuations sur le fait de garder le bébé et après il se mettra à faire la tête quand il n'obtiendra pas gain de cause. Demain matin à la première heure, tu devrais aller rendre cet enfant à l'infirmière.

C'était la limite de l'univers de Phyllis, pensa Christine, l'homme de la maison qui veut ceci ou cela et la femme qui est obligée de courir ici et là pour satisfaire ses désirs, à moins d'inventer des manières de ne pas céder en évitant une confrontation directe. Phyllis était simplement incapable de comprendre que sa sœur puisse faire quelque chose parce qu'elle avait des envies personnelles.

— Je crois qu'il vaut mieux que je redescende.

— Est-ce que tu as apporté le jambon pour les sandwichs de Papa ?

— Tu n'as pas mentionné de sandwichs.

Phyllis laissa son regard courir sur le sol, déçue une fois de plus.

— J'irai faire des courses demain matin, conclut Christine.

Elle retourna chez elle, les bras serrés autour du corps, tapant de son index contre sa veste parce qu'elle avait envie de fumer. La baie à marée haute était invisible à cause de la nuit, mais elle était partout dans l'air, émettant un bruit de fond qui provenait de tous les points situés à l'ouest. Chez elle, elle trouva Ambrose, étendu sur le canapé à deux places dans la grande pièce, qui lui sourit avec un doux contentement car la présence du bébé lui faisait un bien fou. Son mari avait toujours défendu une vision innocente du monde, une caractéristique qui la rendait parfois furieuse, même si elle pouvait également l'admirer. Elle prit la cigarette qu'il tenait entre ses doigts, aspira une longue bouffée et le regarda.

— Tu es ravi, hein ?

L'après-midi suivant, le téléphone sonna et Ambrose décrocha. C'était l'infirmière. Il écouta avant de poser la main sur le micro et de confier à sa femme :

— Finalement, les McGinley ne peuvent pas prendre le bébé, alors elle nous demande si nous pouvons le garder une nuit de plus ?

— Absolument, nous le gardons, répondit Christine sans hésitation.

Le changement d'avis des McGinley était un des signes montrant que notre enchantement pour le bébé diminuait. Nous inclinions toujours vers le réalisme manifeste et en serions arrivés là nous aussi, mais nous y parvînmes plus vite en raison de Phyllis. Elle avait colporté dans la ville quelques vérités qui n'étaient pas faciles à entendre. Ce matin-là, elle s'était rendue à la poste et avait trouvé une petite foule qui s'y tenait et parlait du bébé. Elle avait tendance à adopter un ton solennel pour ces échanges, et nous étions plusieurs qui venions de nous rendre en pèlerinage sur la plage de galets pour regarder le tonneau. Sally Keeney avait la main levée à sa gorge, une attitude de vénération.

— Magnifique, juste là, sans bouger, dit-elle.

Phyllis l'interrompit.

— Est-ce vrai qu'il est doublé de papier d'aluminium ? Comme s'il s'agissait d'une dinde de Noël !

Sally n'apprécia pas, mais les autres se regardèrent pour chercher confirmation qu'il était acceptable de rire avant de s'esclaffer. Jusqu'à ce moment-là, nous avions toujours dit que le tonneau était bordé de draps d'argent, sachant qu'il s'agissait en fait de papier d'aluminium, mais sans le reconnaître publiquement. Nous l'admettions désormais et la magie du berceau en était réduite.

Après, chez le boucher, Phyllis demanda à quel endroit il se trouvait : à dix mètres au-delà de la trace laissée par la marée haute, et près du chemin. Mossy pouvait assurément l'avoir tiré jusque-là, mais pourquoi aussi loin ? Ceux qui étaient présents reconnurent que c'était une bonne question. De plus, le tonneau reposait sur un amoncellement de pierres. Mossy n'avait eu aucune raison de fabriquer pareil tas de cailloux, tout ce qu'il avait à faire consistait à prendre le bébé et à se rendre en ville.

Les conversations se poursuivirent entre nous et, très vite, une autre version des événements prit forme, une version plus vraisemblable. Quelqu'un, probablement la mère, avait voulu laisser le bébé sans qu'il coure aucun risque mais n'avait pas oublié qu'il lui fallait disparaître ni vu, ni connu. La plage de galets était un choix qui se tenait, elle se trouvait à l'écart, mais les travailleurs et les enfants qui se rendaient à l'école étaient forcés d'emprunter cet itinéraire et de regarder droit dans le tonneau étant donné la manière dont il était placé près du chemin. Nous commençâmes à prendre conscience que le tonneau n'était pas arrivé là en dérivant sur l'eau, que ce bébé ne venait pas de la mer, c'était juste un nouveau-né abandonné de plus. Mossy avait simplement été le premier à le voir. Sa famille le harcela pour qu'il dise la vérité, mais il se tut totalement. "Est-ce qu'il pourrait être le père ?" s'interrogea à haute voix Manus McManus au milieu des autres clients au comptoir de l'auberge du Bateau. La question engendra quelques instants de réflexion avant que ne se déclenche un éclat de rire général.

— Pour y arriver, il faudrait déjà qu'il en embrasse une !

La conversation s'orienta vers une fille qui avait logé dans la rangée de maisons identiques et mitoyennes, derrière la caserne des pompiers. Les fenêtres de ces maisons avaient des vitres brisées, la peinture partait en lambeaux et les arrière-cours étaient envahies de mauvaises herbes qui avaient plus d'un mètre vingt de haut. Certains des hommes qui n'avaient pas de travail y habitaient, ainsi que des marginaux qui restaient quinze jours avant d'aller dormir ailleurs.

La jeune femme était rentrée puis ressortie de cet alignement plusieurs fois, ces derniers temps, et elle avait trouvé un emploi dans une conserverie, mais personne ne s'accordait sur son prénom : Colette ? Catherine ? Quelqu'un avança Christabel, qui semblait peu crédible, mais il y avait de tout, qui venait s'échouer dans ces maisons. Nous savions qu'elle n'était plus en ville, et les filles qui avaient travaillé à la chaîne à côté d'elle étaient persuadées qu'elle était enceinte.

Au début, nous avions associé le bébé avec l'Atlantique et l'air frais, mais maintenant il prenait des relents de rue mal famée, envahie d'humidité et de vagabonds qui cachaient des secrets. L'infirmière locale avait dit que le bébé n'était finalement pas si merveilleux que ça, il avait vomi sur son uniforme et l'avait lorgnée d'un œil mauvais. Elle appela les Bonnar et demanda à Ambrose de garder le nouveau-né une troisième nuit. Cette fois encore, il posa la main sur le micro pendant qu'il regardait Christine. Elle comprit son expression évidente, ses yeux pleins d'espoir, et hocha silencieusement la tête.

Ce soir-là, Ambrose plaça à nouveau le bébé endormi dans le petit lit. Il se rallongea alors sur le sien en écoutant sa respiration et le vent sur les plaques du toit. Il savait qu'il aurait dû aller à la cuisine, mais il sentait venir une discussion et son instinct lui disait de l'éviter ; il s'inscrivait parmi ceux qui préfèrent vivre au gré d'un flux régulier plutôt que d'affronter des décisions dont il faut négocier chaque point. Quand il entendit Christine arriver, il ferma les yeux et enfonça sa tête dans l'oreiller. Elle entra, regarda le bébé puis s'assit sur le lit. Elle choisit de ne pas contester le faux sommeil de son mari, se contenta de parler.

— Dis-moi ce que tu penses.

Cela paraît simple, mais Ambrose n'était pas franchement équipé pour ce genre de situation. Non pas parce que les mots lui manquaient, des mots, il en avait plus qu'assez, aussi bien en anglais qu'en irlandais ; ce qui lui manquait, c'était la capacité à se voir de l'extérieur, à se comprendre lui-même sous telle ou telle perspective. Il n'était pas le seul, nous avions tous des échéances à payer et pas assez de temps pour rester assis à penser à nous-mêmes comme si nous étions des énigmes fascinantes. Ambrose était issu d'une longue lignée d'hommes et de femmes qui étaient identiques à lui, n'éprouvant aucune facilité ni beaucoup d'intérêt à analyser leurs propres comportements.

— Tu sais que ce bébé n'est pas un de ceux que nous avons perdus.

Le visage de son mari se rida. Ce pouvait être dû à la douleur, mais également à l'hilarité.

— Ah, écoute, dit-il. Je ne suis pas complètement crétin.

— Et tu sais que sa véritable maman pourrait revenir le chercher ? insista-t-elle.

— Je le sais, répondit-il en ouvrant les yeux.

— Elle pourrait rappliquer n'importe quand.

— Mais d'ici là, qui est-ce qui va s'occuper de lui ? demanda-t-il avant de prendre une voix plus prudente. Qui va s'en occuper si elle ne le fait pas ?

Christine ne répondit pas. Elle avait appris à démonter sa rhétorique moins de deux semaines après avoir fait sa connaissance : il suffisait de le regarder en attendant qu'il donne sa propre réponse. D'ordinaire, cela durait cinq secondes, mais ce soir-là il en fallut vingt-cinq et elle patienta le temps qu'une succession d'expressions déferlent et refluent sur son visage. Finalement, il déclara :

— Je me disais qu'on pourrait le faire.

Quelques jours seulement plus tard, la demande d'adoption des Bonnar fut soumise, envoyée par la poste à Dublin, avec en soutien des lettres du prêtre et du sergent de la police. Après, ils attendirent. Christine se moquait de ce que son père en pensait mais, comme elle s'inquiétait à cause de Phyllis, elle ne dit rien ni à l'un ni à l'autre des Lyons au sujet de leur requête, car la perspective du visage plein de reproches de sa sœur l'en empêcha. Au lieu de le faire, elle se remémora que la demande pourrait même ne pas aboutir, et que par conséquent il n'était pas nécessaire d'en parler. La plupart d'entre nous aurions été d'accord pour appliquer pareille stratégie, nous savions qu'il valait mieux ne pas parler de quelque chose avant que ce ne soit devenu une nécessité, mais Ambrose était quelqu'un de férocement optimiste qu'il était difficile de brider quand il s'enthousiasmait. En ville, il ne pouvait pas s'empêcher de parler de leur requête, si bien qu'un soir Phyllis suivit l'allée et entra par la porte de derrière des Bonnar. Christine achevait de laver le linoléum, laissant un ersatz de senteur citronnée et des reflets mouillés, mais Phyllis marcha au travers de la pièce sans s'en préoccuper et Christine sut qu'elle avait entendu parler de leur demande.

— C'est vrai, hein ? s'enquit Phyllis.

— Oui, reconnut Christine.

— Un bébé qui n'a absolument rien à voir avec nous ! Un enfant qui pourrait venir de n'importe où !

Christine gardait ses mains serrées l'une contre l'autre, désolée d'avoir blessé sa sœur, mais ne répondant rien.

— Tu peux aller le dire toi-même à Papa ! conclut Phyllis. Ne compte pas sur moi !

Christine grimaça, l'idée que sa sœur se faisait de l'enfer consistait à devoir dire à son père quelque chose qui allait lui déplaire. Elle décida sur-le-champ qu'elle le lui dirait, et qu'elle montrerait qu'elle en était fière, qu'il était grand temps que quelqu'un lui tienne tête. Son attitude se raidit d'une manière qui aurait été imperceptible pour la plupart des gens, mais Phyllis s'en rendit compte.

— Tu n'as vraiment aucun respect du tout pour lui ? dit-elle, choquée par ce comportement.

Le regard de sa sœur était resté ferme.

— Et pour moi non plus ? poursuivit Phyllis.

Christine se radoucit en entendant ces mots.

— *Ach !* Bien sûr que si, Phyl. Je veux que tu sois heureuse.

— C'est pour ça que tu as des secrets vis-à-vis de moi ? demanda Phyllis d'une voix basse comme si toute résistance l'avait quittée.

Elle savait que le garçon exigerait toute l'attention de sa sœur, qu'elle disparaîtrait à nouveau dans ses obsessions de maternité, exactement comme quand Declan était né, mais lui au moins faisait partie de la famille, alors que Christine consentait pour cet autre enfant des efforts qui n'étaient pas naturels.

— Nous ne savons même pas encore s'ils vont accepter que nous le gardions, avança Christine.

— Oh, bien sûr qu'ils vont le faire, répondit Phyllis dont la voix redevint stridente.

Il n'était pas difficile pour elle de réactiver sa colère en se disant qu'elle se battait pour son père plutôt que pour elle-même.

— Tu ne cesseras pas de supplier à genoux jusqu'au moment où ils te le donneront. Tu ne sais plus quelle excuse inventer pour t'éloigner de Papa. Tu préfères t'occuper de l'enfant de quelqu'un d'autre que de m'aider à veiller sur ton propre père.

— Non, non, dit Christine qui se sentait mal et prise au piège.

Phyllis tourna les talons et partit en laissant la porte de derrière ouverte. Si Christine s'était élancée pour la retenir, cette brouille aurait pu être évitée, mais elle n'en fit rien. Elle regarda sa sœur s'éloigner.

Ce fut une soudaine méfiance concernant ses propres motivations qui l'avait rivée sur place. Elle avait senti monter la nausée. Il fallait de grandes raisons pour adopter un enfant. Une nécessité lui vint alors ; il y avait un test qu'elle devait faire sans délai.

Elle entendait Declan jouer dans sa chambre, mais aucun son ne provenait de celle qu'elle et son mari partageaient avec le bébé. Elle entra, une trépidation la poussant à avancer sur la pointe des pieds. Le bébé dormait dans le petit lit, enroulé sur lui-même comme une oreille. Il sentait le caramel et le talc. Elle le scruta attentivement et fut soulagée de ne pas avoir à fouiller en elle-même, l'impulsion de le garder étant spontanée et forte. Elle se pencha tout près, regarda son visage. C'était drôle de le faire sans avoir conscience de ce lien soudain avec lui, d'être en quête de traces rappelant son mari et elle-même. Il n'y avait rien de tel et cela faisait de ce bébé un être complet, unique, et un garçon qu'il faudrait aider à trouver sa propre place. Elle tendit les bras et le souleva très facilement. L'amour grandissait grâce aux expériences partagées, et elle était sûre qu'elle et ce garçon allaient en partager beaucoup. Elle posa la tête du bébé sur son épaule et sentit qu'une ébauche d'attachement mutuel s'instaurait.

— Tout va bien, dit-elle.

Il ne fallut que dix minutes à la commission statuant sur les adoptions pour valider la requête de la famille Bonnar. Ses membres auraient normalement discuté sérieusement de la religion du bébé, mais il n'y avait aucun indice en ce sens pour celui-là. Le travail dangereux d'Ambrose fut mentionné, mais ils décidèrent qu'il n'était pas périlleux au point d'invalider l'adoption. Ce fut tout, les papiers reçurent leurs tampons officiels. La commission n'avait pas considéré l'adoption comme un événement d'une très grande portée, un acte qu'ils devraient suivre de très près ; ils étaient seulement venus siéger et en avaient terminé. Les choses étaient plus faciles à cette époque. Le bébé resta donc chez les Bonnar, ses nouveaux parents devinrent fous de lui et une certaine satisfaction parcourut la ville. La majorité d'entre nous ne s'enquirent pas des détails, respectant la vie privée de la famille comme nous voudrions que la nôtre fût respectée si nous trouvions un jour un bébé dans un tonneau. Si une personne bruyante ou mal intentionnée se prenait à demander comment l'enfant était devenu un Bonnar, nous répondrions juste que tout était "réglé" et changerions de sujet. Nous considérions que le choix de ce terme suffisait à expliquer maints mystères : tout était "réglé". Un enfant devait être élevé, Christine et Ambrose étaient à la hauteur et cela, nous l'observions, le comprenions et l'acceptions avec un hochement de tête et une admiration sans réticences. Certains, bien sûr, aimaient prédire des ennuis, disaient qu'ils s'étaient laissé emporter par une notion romantique et regretteraient bientôt d'avoir accueilli cet enfant. Nous ne prêtions nulle attention à ce qu'ils disaient.

Les Bonnar appelèrent leur nouveau fils Brendan. Ils n'organisèrent pas de fête d'adoption mais, un soir, Tommy O'Gara se présenta à la porte de chez eux.

— Entre ! s'écria Ambrose tout content de le voir, et Christine s'agita autour de la table de la cuisine, lui libéra une place, leur plaisir à recevoir cette visite étant d'autant plus intense qu'elle était imprévue.

Cette façon de se présenter à l'improviste était souvent notre façon de faire, nous ne souhaitions pas que les gens se croient obligés de préparer à manger. Il eût été considéré comme un manque d'égards de dire à quelqu'un que nous venions. Tommy apportait un ours en peluche pour le bébé, exactement le même que celui qu'il avait acheté pour la naissance de Declan. Il en avait une pleine boîte dans son garage, qu'il avait récupérée lors de soldes car il y avait toujours des bébés qui naissaient. Non pas que Tommy fût un peu pingre, il avait juste le sens commun.

Ambrose sortit Declan de son lit afin que Tommy puisse le voir. Le bébé avait son pyjama à motif cachemire, trop ensommeillé pour se plaindre, les yeux baissés à cause des lumières.

— Tu es sacrément costaud, hein ? s'exclama Tommy en sachant ce qu'on attendait de lui.

Christine remit son fils dans le lit puis prit le risque de réveiller Brendan en allant le chercher dans le sien.

— Laisse-le-moi que je le voie bien, dit le visiteur en faisant un berceau avec ses bras et en se baissant pour qu'elle puisse le lui donner. Tu veux bien ?

Il se redressa et ajouta :

— Il est parfait, on dirait un ciel tout bleu.

Brendan dormit sur le bras de Tommy pendant qu'ils restaient assis dans la cuisine. Le visiteur refusa de boire un verre, mais il prit du thé et une tranche de pain aux raisins secs tartinée de beurre. Ni Ambrose ni Christine ne mentionnèrent les origines du bébé et Tommy s'en accommoda sans difficulté, discourant comme s'il était venu par la voie ordinaire. Ambrose lui en fut très reconnaissant ; nous étions des gens discrets, mais Tommy avait tout du diplomate accompli. S'il existait un trophée relatif aux choses qu'il ne fallait pas mentionner, il l'aurait remporté avant de le ranger au fond de son placard et de ne plus jamais en parler. Il avait le visage souriant baissé vers le bébé en lui faisant de grands compliments. Il n'avait lui-même ni femme ni enfant mais savait s'y prendre avec les petits. Depuis des années, chaque mois de décembre, il mettait une barbe factice et un déguisement rouge pour incarner le père Noël à l'école publique. Il s'en acquittait très bien, même si les enfants devaient forcément se rendre compte que c'était lui car il avait des dents très reconnaissables : jaunes et plantées de travers, elles semblaient appartenir à la tête d'un homme beaucoup plus âgé que lui.

— J'ai une proposition à te faire, dit-il à Ambrose en s'exprimant très lentement, un peu embarrassé de parler affaires, ne voulant pas qu'ils se disent que c'était la raison de sa présence.

Il n'aurait pas dû s'en inquiéter car les Bonnar avaient du bon sens et comprenaient parfaitement que la vie et le travail fonctionnent de pair. Ambrose sourit, prenant son temps.

— Si ça te dit, poursuivit Tommy prudemment. Nous pourrions accoupler les bateaux.

Il traça une ligne entre eux deux dans l'espace.

— Tu sais quoi, Tommy? J'ai cru que tu ne me le demanderais jamais, dit Ambrose en partant d'un grand rire.

Tommy sourit en attendant. C'était un comportement qu'ils avaient souvent ensemble. Ambrose s'amusait beaucoup de quantités de choses et Tommy l'observait, avec une certaine affection, et attendait patiemment qu'il revienne à leur sujet.

— Cela va représenter un investissement financier substantiel, dit-il en soulignant cette déclaration d'un signe de tête. Des filets et du matériel neuf.

— Plus de poissons en moins de temps, répondit Ambrose en négligeant l'équipement pour considérer les résultats.

Accoupler les bateaux signifiait tendre un seul chalut entre les deux, se déplacer en parallèle et remplir leurs caisses alternativement. C'était plus efficace et donnait l'impression d'être un progrès important puisque l'Irlande venait d'adhérer à la Communauté économique européenne et que les mers devenaient très fréquentées. Maintenant, quand nos chalutiers dépassaient la baie, leurs radios crachotaient avec des accents hollandais et français. La plupart des propriétaires de bateaux avaient exprimé leur opposition à rejoindre l'Europe et à ouvrir nos mers à la concurrence. Une foule d'entre eux avaient loué un minibus et ils s'étaient rendus à Dublin pour manifester contre le gouvernement. Le fait que tous les protestataires aient pu tenir dans un minibus vous en dit long sur le problème, car ils étaient en concurrence avec des milliers et des milliers d'agriculteurs qui étaient tous partisans de la CEE. La compétition avec les chalutiers étrangers était par conséquent féroce et, travailler à deux bateaux, pour Ambrose et Tommy, représentait une décision sage, peut-être même essentielle.

Satisfaite de ce projet, Christine s'adossa à sa chaise. C'était une grande amélioration et ils pourraient peut-être enfin déposer de l'argent à la banque. Il y avait longtemps qu'elle cherchait une perspective à laquelle se raccrocher. Phyllis se tenait à l'écart de chez eux et ne téléphonait plus jamais. La brouille était toujours présente à l'esprit de la cadette et la poussait à se ronger les ongles. Elle avait assisté à des désaccords comparables par le passé : Phyllis se mettait en colère contre différentes personnes et les punissait en ne leur parlant plus, une technique héritée de Eunan. Ce soir, la proposition de Tommy lui libérait l'esprit : que Phyllis, amère et toujours culpabilisante, continue à se comporter de la sorte si ça lui chantait. Christine choisit de parier sur l'avenir.

— Alors, on va quand même le boire, ce coup, finalement ? dit Ambrose prêt à sceller l'accord.

— Ma seule question est ce qui se passera quand on sera en désaccord sur une chose ou une autre, dit Tommy, sur nos endroits de pêche, et sur là où on décidera de vendre. Ça ne manquera pas de se produire un jour.

— Nous sommes généralement du même avis, répondit Ambrose en adoptant un ton désinvolte. Il y a eu plein de fois où je travaillais sur une zone de pêche, je regardais alentour et je te voyais rappliquer à toute vapeur. Je me disais presque que tu me suivais.

Tommy sourit mais ne lâcha pas le sujet. Beaucoup parmi les chalutiers associés étaient commandés par un unique propriétaire, mais ni Ambrose ni Tommy ne voulait commander l'autre.

— Nous pourrions nous répartir les domaines de responsabilités ? avança Tommy. Je m'occuperai de certaines choses, et toi des autres.

— Nous aurions tous les deux connaissance d'un bon plan quand nous en entendrions parler, que ça vienne de notre propre bouche ou pas, dit Ambrose. Nous y arriverons bien, au jour le jour.

Tommy était réputé pour sa manière de tout noter ; beaucoup de négociants avaient ressenti un frisson glacial en le voyant inscrire les engagements qu'ils prenaient, même si, en fin de compte, nous respections son approche. Il aimait que tout soit absolument clair, réglé et protégé contre toute modification aléatoire, et nous décidions que c'était sage de sa part. Normalement, il n'éprouvait jamais de difficulté pour dresser une liste et ce soir-là il avait apporté un carnet et un stylo chez les Bonnar, même si maintenant l'idée de noter tout cela lui semblait indécente. Ce n'était pas à cause de l'accueil qui lui avait été réservé, c'était à cause de Brendan, toujours endormi au creux de son bras. Prendre des notes en sa présence semblerait mesquin, presque honteux et ridicule au vu de l'engagement sans mention de durée qu'Ambrose et Christine avaient conclu vis-à-vis du futur inconnu de cet enfant. Tommy tenait des registres pour garantir un peu d'ordre, mais Brendan Bonnar semblait se moquer totalement de la conception d'ordre, ou plutôt il semblait évoquer un ordre plus insaisissable mais d'une bien plus grande portée. Tommy n'était pas le seul à penser de la sorte. Même si nous avions cessé de ne plus voir que le bon côté des choses quant à ce qui relevait du bébé, beaucoup d'entre nous continuions de trouver quelque chose de profondément rassurant, apaisant, dans la façon dont Brendan était arrivé à bon port parmi nous. Nous ne parlions plus beaucoup de lui, mais nous y pensions toujours. Nous pensions plus à lui que nous ne voulions bien le montrer.

Le carnet de Tommy demeura dans sa poche.

— C'est juste que je crains les disputes, dit-il d'une voix humble.

— Bien sûr, faites un roulement pour les décisions, si vous avez des sentiments différents, suggéra Christine.

— Voilà, c'est ça ! dit Ambrose. Nous allons essayer au début, en tout cas.

C'était une énorme dépense d'argent ne serait-ce que d'essayer quelque chose, mais Tommy se laissa convaincre. Ils fonctionneraient en se faisant réciproquement confiance. Il inclina la tête pour marquer son accord et dit :

— On va quand même boire un coup, alors ?

En ville, il fut beaucoup question de cette association à deux bateaux, nous y voyions un équilibre plaisant et aimions en parler, comme lorsque nous pouvions discuter d'une portion de route bien nivelée, ou de jeunes mariés qui étaient d'une beauté égale. Nous approuvâmes l'association des treuils à l'arrière du Christine Dawn et du Warrior, en appréciant la symétrie. Nous savions qu'il y avait moins de symétrie dans les styles de navigation d'Ambrose et de Tommy, mais nous espérions que tout se passerait bien pour eux. La diplomatie de Tommy s'étendait à son équipage, il se référait à eux en utilisant le terme d'"associés", ce que nous avions trouvé amusant avant d'y avoir réfléchi, et il n'élevait jamais la voix. Ambrose, en revanche, avait un contact très amical avec ses hommes mais, sous la pression, il pouvait s'emporter, jurer et crier. Cependant, tous deux avaient gardé des équipes de trois marins réguliers, et cela reflétait bien leur image. Les lève-tôt parmi nous virent leur équipage charger de la glace un jour de grand froid et se préparer à aller pêcher ensemble pour la première fois. Christine conduisit Ambrose jusqu'à la jetée avec les garçons qui dormaient à l'arrière, Brendan emmitouflé dans son panier et Declan allongé sous une couverture. Comme elle ne venait pas souvent, elle descendit de la voiture et dit bonjour à tout le monde. Ambrose était en pleine forme, allant énergiquement de l'un à l'autre, serrant la main de tous et ne se mettant pas en colère contre Stevie Shine, bien qu'il eût visiblement une bonne gueule de bois. L'association des bateaux et la présence de ses fils avaient attisé sa fierté. Il avait envie de soulever le bébé dans les airs pour le montrer à tous, mais Christine ne voulait pas qu'il trouble son sommeil et, au lieu de cela, il appela les membres de l'équipage pour qu'ils viennent regarder l'enfant par la vitre de la voiture. Tim O'Boyce dut se faire prier. Il n'appréciait pas beaucoup les gosses, pas même les siens. Tim était chauve comme un œuf, mais il avait une grosse moustache grise qui tombait bas en dissimulant ses lèvres, comme pour dire à sa femme et à quiconque, *les baisers, ça ne m'intéresse pas le moins du monde, ce n'est même pas la peine d'essayer*. Avec une cigarette roulée qui dépassait de sa moustache, il regarda le bébé aussi peu de temps que nécessaire pour ne pas se montrer grossier.

— Un enfant, dit-il.

Ambrose embrassa Christine sur la joue et lui dit au revoir.

— Prends soin de toi, lui dit-il.

Les chalutiers prirent la mer à toute vapeur jusqu'à l'entrée de la baie où les harengs passaient plus que l'hiver... ils n'avançaient pas à la vapeur, bien évidemment, c'était juste la manière dont nous nous exprimions. Le Dawn était surtout noir, avec du vernis sur le bois, alors que le Warrior était bleu et blanc, et avait un pont entièrement protégé. Le fait de vivre chez ses parents permettait à Tommy d'avoir des frais généraux peu élevés et signifiait qu'il pouvait s'offrir ce genre d'équipement. Les deux bateaux étaient si proches l'un de l'autre que chacun des hommes de celui de Tommy était identifiable en dépit du fait qu'ils portaient tous les mêmes vestes, capuches et pantalons orange cirés.

— Visez un peu ça, dit Stevie Shine qui s'appuyait sur le bastingage bâbord. Tommy, il leur a acheté des tenues identiques.

— C'est ce que je vois, répondit Ambrose en riant, un bras sur le rebord de la vitre de la timonerie, l'autre tendu vers la barre, pilotant le Dawn uniquement du bout des doigts. Il se prend pour leur maman.

Stevie Shine était le plus jeune à bord et il avait connu ses toutes premières pêches avec Ambrose l'année précédente. Il poussait toujours un sifflement admiratif lorsqu'il voyait une méduse géante dans l'eau, et continuait de vomir par-dessus le bastingage à trois reprises moins d'une heure après le départ en mer. Ils lui faisaient préparer le petit déjeuner quand même, car c'était toujours le dernier arrivé qui s'occupait de la nourriture à bord.

— Essaye le porridge, lui conseilla Joseph McBride avec sagesse. Le porridge, c'est ce qu'il y a de mieux pour arrêter de vomir.

Tout ce que disait Joseph McBride était énoncé raisonnablement. Il avait une barbe soigneusement taillée, des lunettes et, chose rare pour un marin, il fumait la pipe. Tout ceci lui donnait un *air*, pas tout à fait d'autorité, quelque chose de plus philosophique. Il avait beaucoup parcouru le monde sur des cargos avant de rentrer au pays pour se mettre à la pêche. C'était lui qui avait le plus d'expérience et qui était le mieux payé au pourcentage.

Tim O'Boyce se plaindrait toujours, quel que soit le petit déjeuner qu'on lui donnait, même s'il continuait de l'enfourner sous sa moustache. Il était physiquement impressionnant, mais sujet à des humeurs renfrognées, et tous les capitaines ne le supporteraient pas. Il lui manquait deux doigts à la main gauche.

Dans sa jeunesse, il était arrivé à Ambrose d'obtenir des informations en braquant une lumière sur la surface de l'eau ; elle incitait des poissons à sauter et les harengs se reconnaissaient facilement à leur ventre blanc. Mais maintenant, tout le monde utilisait un sonar pour identifier les signes encourageants et, ce matin, il y avait un autre indice, quelques bateaux qui traînaient leurs filets dans un sens puis dans l'autre sur l'horizon, proches les uns des autres et clairement en quête de poissons. Des mouettes battaient des ailes au-dessus de chaque poupe, leurs cris à peine audibles de l'endroit où se trouvait le Dawn. Jusque-là, il n'y avait rien que de très civil, à peine quelques commentaires badins sur les ondes radio. Chacun des hommes, à bord du Dawn, sentit la température baisser quand ils parvinrent à la limite de l'Atlantique. Stevie tapait du pied sur le pont en dépit de trois paires de chaussettes. Les lames qui venaient vers eux se firent plus larges et bien plus présentes, chaque déferlement donnant l'impression qu'elles venaient de quatre-vingts milles nautiques juste pour soulever le Dawn et le Warrior avant de les redéposer sur l'eau. À la barre, Ambrose sifflotait un air, sentant la joie lui courir le long des jambes pendant qu'il se raidissait et que tout son corps se réchauffait. La majorité des gens vivent de manière invisible, perdus au milieu des villes et des populations denses, mais en mer, il se servait des coordonnées et se retrouvait en quelque point du globe qu'il soit, minuscule mais assurément là, on ne pouvait plus réel. S'imaginer sur la terre alors qu'elle tournait sur son axe le remplissait d'un immense contentement. Il avait le sentiment qu'il pouvait aller de l'avant, demeurer dans les limites du matin jusqu'à ce qu'il ait franchi tout l'océan.

Tommy ne se préoccupait pas de la radio. Il fit glisser sa vitre, se pencha au-dehors et indiqua du bras au Dawn de se rapprocher. Très vite, ils se mirent à monter et retomber de manière synchrone, et Ambrose vit les dents jaunes de Tommy et une lueur dans son œil. Joseph McBride apparut dans la cuisine qui se situait derrière la timonerie, une marche plus bas. Il déroulait le lien du chalut-en-bœuf, proposant silencieusement de procéder au lancer, mais Ambrose voulait être le premier à s'en charger.

— Prends la barre, dit-il.

La ligne de transfert était une longueur de corde orange équipée d'une bouée en plastique dur à une extrémité. Elle serait lancée au Warrior puis utilisée pour remorquer le filet d'un côté à l'autre afin d'effectuer le partage. Ambrose alla à la poupe, laissant la partie qui servait de pendule suspendue en l'air sous sa main et se familiarisant avec son poids. Il n'y avait pas de honte à avoir besoin d'exécuter deux ou trois tentatives pour que la bouée de transfert touche la surface suffisamment près afin d'être récupérée sur l'autre pont à l'aide d'une gaffe, mais une crainte superstitieuse s'imposait à lui. Le premier lancer ressemblait à une cérémonie qui n'avait encore jamais eu lieu et il voulait réussir, ce serait un bon présage. La foi qu'il avait en la chance n'avait fait que se renforcer au gré des ans. Et pourquoi pas ? De la chance, il en avait tant eu : il avait rencontré Christine et maintenant il faisait le pari de cette autre association à deux avec Tommy. Il avait un très beau fils et, venu de nulle part, un autre fils était arrivé pour devenir le frère du premier. Il se croyait béni des dieux.

Raidissant ses genoux, il se tenait les bottes écartées, accompagnant le mouvement de la houle. Stevie se tenait derrière lui, le regard très attentif, et Tim sortit de la cale, incapable de dissimuler son intérêt. À vingt-cinq mètres de là, l'équipage du Warrior n'était pas moins dans l'expectative, prêt à pousser des hourras ou des moqueries. Tommy lui-même se tenait, le grappin en attente, s'apprêtant à crocheter la bouée si Ambrose la lançait à proximité. Ambrose la fit tourner selon un large cercle, puis plus large encore, et il lui imposa de multiples et rapides révolutions, dessinant un disque qui tournoyait dans les airs, produisant un joli bruit soyeux en fendant l'air. Progressivement, il obligea le dispositif à tourner au-dessus de sa tête jusqu'à ce qu'il pivote à l'horizontale. Il ressemblait à un cow-boy muni d'un lasso qui laisserait le cercle du filin s'agrandir dans le ciel et prendre de la vitesse. Il sentit quelques frêles irrégularités s'insinuer dans ces rotations et décida de tout lâcher juste avant l'instant où il en perdrait le contrôle. La bouée s'envola, la corde se dévidant et suivant le mouvement.

Il observa la trajectoire et son plaisir grandit à mesure que la bouée abordait sa descente. L'équipage du Warrior s'écarta car le projectile tombait en plein sur le pont arrière, rebondissait avant de s'immobiliser à bord, coincé contre les panneaux du bastingage. L'équipage du Warrior poussa des vivats et se précipita pour le stabiliser. Ils allaient bientôt tirer le filet.

— Voilà comment il faut s'y prendre ! cria Ambrose en se tournant vers ses hommes.

Stevie était étendu sur le dos, assommé, un peu de sang coulant dans les cheveux. Tim était agenouillé à côté de lui, un regard de colère posé sur Ambrose. En tournoyant, la bouée avait heurté Stevie à la tête avant d'être lâchée.

Après avoir regardé un instant, Ambrose dit :

— Ce n'est rien du tout !

Il s'agenouilla et hissa Stevie en position assise ; parfois, il convient de surmonter un problème par sa seule volonté. Stevie était étourdi, mais ça s'arrangerait.

— Une bonne dose de Dettol, un bandage, et on n'en parlera plus, lui dit Ambrose.

Il décréta que, tout compte fait, il n'avait pas de raison de croire à des présages.

3

Nous dépassâmes Noël et la ronde des saisons se poursuivit. Quand nous nous rencontrions sur la route ou près des magasins, nous faisions des remarques sur le retour des hirondelles de fenêtres ou la probabilité qu'il pleuve. Nous faisions aussi des remarques sur les nouvelles maisons, pesant le pour et le contre, concernant leur site, leur orientation, et nous demandant quel devait en être le prix. Même si les taux d'intérêt étaient hauts, des habitations continuaient de surgir, de plus en plus grandes. "Un manoir après l'autre !" disait Big Jimmy à tous ceux qui acceptaient de le conduire en ville. Il considérait que tout ce qui dépassait deux niveaux était un manoir, mais plusieurs de ces nouvelles demeures, qui dominaient l'océan du haut des collines, pouvaient certainement mériter ce terme : de vastes bâtisses avec des grilles monumentales et de belles allées où se garer. Nous étions aussi stupéfaits de voir le nombre de lucarnes et la grande surface des ouvertures. Ces maisons appartenaient aux propriétaires de nos plus grands bateaux et des usines de conditionnement. Nous inclinions la tête sur le côté et commentions : "La maison de

Trucmuche a fière allure." Ou: "Les affaires de Trucmuche ont visiblement l'air de bien se porter." Il était impossible de ne pas remarquer ces constructions, mais après notre observation initiale nous étions un peu pris de court. Nous ne savions quel nom donner à cette nouvelle tribu de nantis parmi nous, nous n'avions pas de référence historique pour des mots comme "classe moyenne" ou ses équivalents. Toutefois, de telles habitations rendaient difficile de prétendre que nous ne vivions pas au sein de strates sociales et, avec le temps, certaines tournures de phrases devinrent nos synonymes pour "classe", des termes qui enfermaient chaque famille dans une catégorie. Pour commencer, soit *vous aviez de l'argent*, soit *vous manquiez d'argent*. La plupart d'entre nous étions regroupés dans ceux *qui manquaient d'argent*, à ranger dans deux sous-catégories, celle de ceux qui *avaient un besoin pressant d'argent* pendant que d'autres en *avaient cruellement besoin*. Ces dernières étaient des familles totalement détruites par la pauvreté et autres fléaux, certaines logeant dans une zone que nous appelions les hautes allées, derrière l'abattoir, dans des structures à toit plat qui n'étaient pas plus grandes que des cabanes. "Les Trucmuche ont un pressant besoin d'argent", disions-nous avec un frisson dans le dos. Parmi les familles *qui avaient de l'argent*, nous inventions aussi des catégories. *Faire de l'argent* signifiait avoir de bons revenus, mais la personne qui gagnait son pain n'était pas sortie d'affaire. Ces familles-là pouvaient habiter dans une maison neuve et aller passer des vacances dans un pays étranger. Ils font de l'argent, disions-nous avec une nuance d'admiration. D'autres avaient déjà construit de grandes entreprises, ou accumulé des biens, et pouvaient voir venir, leur fortune *était faite.* “Ils ont fait leur argent”, disions-nous avec une touche de mépris.

L’accouplement entre le Christine Dawn et le Warrior fonctionnait bien. S’ils continuaient, Ambrose et Tommy atteindraient bientôt le statut consistant à *faire de l’argent.* Quand d’autres ne voyaient pas de profits venir et restaient chez eux, Ambrose et Tommy sortaient sans guère prêter attention aux vacances ou au jour du Seigneur. Ils ne rencontraient pas de difficultés entre eux, même si Ambrose était souvent amusé par le comportement d’entrepreneur caustique affiché par Tommy qui vérifiait toujours qu’Ambrose avait bien remboursé son emprunt sur le bateau dans les délais, disant qu’il était important qu’ils acquièrent tous les deux une bonne réputation pour garantir le sérieux de leurs investissements. Tommy parlait de la pêche en s’y référant ainsi. “Et un investissement doit se développer”, dit-il un après-midi alors qu’ils revenaient de la baie après une sortie en mer, sa voix s’imposant sur les parasites de la radio du Dawn. Les membres d’équipage des deux bateaux s’étaient retirés sur leurs bannettes dans la cale, et tous deux parlaient tranquillement sur le poste, comme un couple marié rentrant chez eux après une soirée passée dehors et ne voulant pas déranger les enfants dans leur sommeil en arrivant. Ils marquaient de longs silences entre deux observations et ne se préoccupaient pas des signaux radio comme “*over*” ou “paré à…”, ne parlant que quand quelque chose leur venait à l’esprit.

À la barre du Dawn, Ambrose sourit en entendant le commentaire de Tommy. Il se le représentait au gouvernail, levant les yeux vers les immenses maisons neuves qui dominaient la baie. Ambrose avait été surpris de découvrir que son associé savait qui habitait dans chacune d'elles et combien ces gens avaient payé pour chaque site. De telles demeures ne le tracassaient pas non plus, il n'avait pas ce genre d'ambition : la fortune des autres ne lui faisait ni chaud ni froid, pas plus qu'il ne regardait les millionnaires sur les programmes télé venus d'Amérique.

— Regarde ce qui nous attend, dit Ambrose. Nous nous débrouillons bien, nous gagnons régulièrement pas mal d'argent.

Ce jour-là, ils ramenaient tant de poissons qu'ils avaient rempli leurs cales et qu'ils en avaient entassé encore plus directement sur les ponts du Dawn et du Warrior. Une chance, la journée était calme, sans quoi l'excès se serait répandu de tous côtés.

La radio siffla et la voix de Tommy s'entendit à nouveau :

— Suivre son petit bonhomme de chemin, dans l'économie d'aujourd'hui, ça équivaut à marcher à reculons.

Mais tout ce qu'Ambrose voulait, c'était plus que ce que son père avait accumulé, et il en était déjà là. Les enfants influençaient également ses valeurs, surtout Brendan. Accueillir le garçon l'avait changé lui-même, lui avait procuré un sentiment de tâche accomplie et de plénitude qu'on ne devrait normalement voir que chez un retraité comblé. Sauver un enfant de l'orphelinat était une bien petite trace à laisser en ce monde, mais il serait très heureux si c'était la plus grande qu'il arrivait à inscrire dans sa vie.

Après avoir déchargé, Ambrose rentra droit chez lui avec ses odeurs de diesel et de poisson. Il entra dans la cuisine en espérant, comme toujours, que Christine et sa sœur auraient fait la paix et que Phyllis serait de retour sur son tabouret. Il fut déçu une fois de plus. Des vêtements étaient disséminés ici et là, et les souliers boueux de Declan donnaient l'impression d'être posés sur le linoléum depuis des jours. Phyllis n'aurait pas toléré ça, elle aurait fait honte à Christine qui aurait alors tout rangé. Les bols étaient restés sur la table, de la bouillie s'était amalgamée contre leurs parois. Les garçons devaient être chacun dans son lit et Christine étendue à dormir sur le canapé double, comme si elle s'était effondrée de fatigue. Elle ouvrit les yeux quand il arriva mais ne bougea pas. Il s'accroupit à côté d'elle et lui demanda :

— Est-ce que tu veux que j'aille parler à ta sœur ? Il n'y a pas de raison que ça dure éternellement comme ça.

— La responsabilité de la situation lui revient, pas à moi, répondit Christine en refermant les yeux.

Ce n'était pas comme si Phyllis et Christine ne parlaient jamais, elles échangeaient peut-être quelques mots neutres dans la file d'attente chez Hegarty, mais nous soupçonnions que c'était uniquement pour que l'une comme l'autre puisse démontrer, à nous ou mutuellement, que c'était elle qui avait été la plus heurtée des deux. Un après-midi, au pressing, Christine essaya, de manière assez agressive, de demander à Phyllis de porter Brendan dans ses bras.

— Ce n'est qu'un gosse qui n'a jamais fait de mal à personne.

Phyllis détourna le visage et se hâta de franchir la porte dans l'autre sens en disant :

— J'ai des choses à acheter pour Papa.

Personne ne s'en mêla, nous n'étions pas gens à nous immiscer dans quoi que ce soit, même si nous étions tous d'accord pour dire que c'était horrible de les voir aussi virulentes l'une envers l'autre. Nous avions vu la même chose se produire dans d'autres familles. Le ressentiment devient un élément de la personnalité, il s'installe et rien ne peut plus redevenir comme avant. Il pourrait sembler peu probable que deux sœurs qui vivaient sur la même allée puissent continuer comme ça pendant presque une année, mais souvenez-vous des frères Cassidy à Abbernadoorny. Ils ne s'étaient pas parlé pendant dix ans alors qu'ils habitaient la même maison.

Et donc, n'ayant nulle part où aller, Phyllis passait plus de temps avec son père, à se plier à ses exigences. Ce n'était pas une explication suffisante de dire que Eunan tenait Phyllis sous une telle domination qu'elle ne pouvait imaginer une vie différente, qu'elle s'en remettait à son martyre et ne voulait pas qu'il fasse des choses pour lui-même car elle perdrait toute velléité d'avoir des buts. Son père s'arrangerait toujours pour que des buts, elle en ait. Volontairement ou pas, il avait préservé ses incapacités de telle sorte qu'il aurait toujours besoin que l'on s'occupe de lui. Il avait refusé d'apprendre à conduire et Phyllis était obligée de jouer les chauffeurs de taxi pour lui. Une fois par semaine il insistait pour se rendre à l'auberge du Bateau où il demeurait debout au comptoir avec un *gin and tonic*, refusant le citron car il n'avait pas confiance dans cet agrume. Phyllis veillait près de son coude, buvant pareillement un *gin and tonic*, mais elle n'appréciait pas cette boisson.

— Comment allez-vous, monsieur Lyons ? disions-nous en dégageant un espace pour lui au comptoir.

— J'ai ma force, répondait-il.

Cette réponse changea très brusquement pendant l'été lorsqu'il déclara un soir :

— J'ai fini, Dieu soit loué !

Nous conclûmes par la suite que c'était parce qu'il cessait progressivement de pratiquer la pêche au homard. On le voyait rarement sur la baie et, n'ayant jamais eu quelque chose d'aussi frivole qu'un loisir, il ne savait pas quoi faire de son temps. Quand, plus tard, il vendit son yawl, sa vie devint pour lui un sujet d'intense agacement.

— Fini et bien fini ! dit-il comme s'il voulait tomber raide mort sur place.

La soudaine affection qu'il portait à la mort ne modifia pas son appétit. Il avait peut-être cessé de travailler mais il continuait de manger comme s'il était perché sur une planche, à la poupe, sortant de la nourriture d'un seau et l'engloutissant de façon à garder des forces en vue du prochain homard à l'eau bouillante. Jamais il n'avait vu un repas qu'il ne fût capable d'ingurgiter en moins de trois minutes, l'expédiant si vite qu'on eût pu croire qu'une chèvre se tenait assise sur sa chaise. Il avait un faible pour le beurre qu'il étalait copieusement sur du pain, mais considérait plutôt la nourriture comme un combustible de base. Phyllis ne mangeait pas souvent avec son père, elle le servait et se réfugiait dans le couloir, puis dans la cuisine, car l'écouter mâcher était extrêmement peu ragoûtant. Un jour, pendant le repas de midi, elle l'entendit crier : "J'ai fini !" Elle retourna pour débarrasser la table mais il n'avait pas terminé son poisson et sa purée. Elle comprit qu'il venait de faire une pause pour annoncer qu'il en avait assez de vivre, exactement comme il l'avait déclaré à l'auberge du Bateau, à haute voix mais réellement pour lui-même. "Fini et bien fini !" ajouta-t-il avant de manger une bouchée de plus.

— Il y a quelque chose qui va se briser chez les Lyons, disions-nous en imaginant Eunan arpentant la maison toute la journée, tous les jours, en parlant de la mort et en exigeant une nouvelle tasse de thé.

Christine ne l'aurait avoué à personne, pas même à elle-même, mais elle s'était trouvée libérée après la querelle avec sa sœur. L'atmosphère confinée de la maison des Lyons ou les tâches que Phyllis lui assignait arbitrairement ne lui manquaient pas. Elle se consacra à sa nouvelle vie. Il existe une image particulière que vous avez peut-être saisie au passage, dans un film : la femme d'un pêcheur attend près d'un magasin, debout à flanc de colline entre des touffes de joncs, les bras croisés, le regard braqué sur le large, la brise de l'Atlantique agitant et créant des vagues dans ses cheveux. Une jolie image, sans doute, mais Christine n'aurait pas été cette sorte de femme, elle avait trop de choses dont il lui incombait de s'occuper. "Ces enfants, je suis avec eux sans arrêt, toute la journée", disait-elle quand nous la voyions dans la rue principale, mais elle souriait en le disant. Ses sujets d'intérêt commencèrent également à prendre de l'ampleur et gagnèrent le vaste monde. Elle ne s'était pas passionnée pour les langues, à l'école, mais maintenant elle empruntait des cassettes magnétiques de Linguaphone à une autre mère de famille et s'appliquait à apprendre quelques mots d'italien. L'accouplement des chalutiers était profitable et elle voulait aller à Florence. Elle se prit à acheter un journal chaque jour et à se faire une opinion sur la politique. Toutes ces choses étaient importantes. C'était dans ce monde qu'elle enverrait un jour ses enfants, et même s'ils restaient dans le Donegal, un jour ou l'autre ce monde ne manquerait pas de les assaillir.

Elle avait toujours les enfants avec elle, Brendan dans la poussette et Declan qui trottait à côté d'eux. Ils étaient bien habillés, un compliment pour elle. Normalement, nous ne nous intéressions vraiment à un bébé que la toute première fois, puis nous l'oubliions jusqu'à ce que nous lui glissions une livre sterling dans la main pour sa première communion, mais les gens s'arrêtaient pour Brendan dans la rue. Même des hommes s'intéressaient à lui. D'abord, nous en profitions pour énoncer une affirmation générale ayant trait à la sainteté de Christine. “Vous êtes d'une grande bonté”, lui disions-nous, ou quelque chose à l'avenant. Il faut reconnaître que nous ne portions pas une grande attention à Declan même s'il nous suivait du regard. Nous nous penchions vers la poussette, donnions une petite tape sur la main de Brendan et disions quelque chose d'encourageant, mais nous ne recevions qu'un regard dépourvu d'expression en retour. Brendan avait une immobilité dans l'attitude, avec une expression terne, non souriante, qui ne variait jamais. Il n'était pas du genre à cligner des yeux. Sa réserve était inhabituelle pour un enfant d'un an, et il était toujours pareil à l'âge de deux ans. Son attitude aurait pu être jugée contemplative ou simplement absente, les opinions différaient.

Un matin, Christine et les garçons s'abritaient de la pluie chez Melly. Ce café dominait la jetée, il faisait office de cantine pour les conducteurs de chariots élévateurs et les équipages des bateaux. La seule décoration se composait de plusieurs affiches illustrant diverses espèces de poissons. Christine déposa une assiette de frites devant Declan, eut recours à ses dents pour déchirer deux sachets de sauce tomate et répandit le tout car c'était ainsi qu'il aimait les manger. Elle avait à peine retiré ses doigts quand il se jeta sauvagement sur les frites. Il n'était plus que mains et dents, n'avait plus aucune notion de ce à quoi peuvent servir des couverts. Elle s'était glissée de l'autre côté, avait sorti Brendan de la poussette et l'avait posé sans ménagement sur la chaise haute. Elle avait mis une autre assiette de frites devant lui, avait ouvert un sachet de sauce marron et en avait versé un peu sur le côté. Brendan avait pris une frite qu'il avait levée bien haut, tel le prêtre son calice, puis il l'avait plongée dans la sauce marron avant d'en manger l'extrémité avec une grande délectation. Brendan n'en était qu'à la moitié de sa deuxième frite alors que Declan avait déjà fini et que des fragments des siennes jonchaient la totalité la table. Declan s'attaqua alors à celles de Brendan. Christine n'intervint pas; personne ne doutait de son amour féroce pour ses fils, mais cela ne signifiait pas qu'elle répondait à chaque problème qui surgissait, elle était du genre à les laisser se débrouiller. Penchée de l'autre côté, elle lisait les titres de l'*Irish Independent.*

Brendan regarda les doigts conquérants de Declan, puis se tourna vers son visage rougeaud tandis qu'il se goinfrait, observant son grand frère avec des yeux écarquillés et fixes. À ce moment-là, enfin, Brendan exprima quelque chose. Sa figure, d'ordinaire si détachée, fut gagnée par l'émotion, et le monde intérieur de l'enfant apparut à la surface : il scrutait Declan avec une admiration et un effroi absolus.

La ronde des saisons se poursuivit. Une vague monstrueuse dévasta le Sainte Colette, emportant la majeure partie de son équipement mais, Dieu merci, les marins eurent la vie sauve. Une tombola fut organisée par l'association locale pour les handicapés mentaux et Sheila Gallagher gagna un panier garni. Marie Cotter mourut d'une maladie cardiaque. Beaucoup de gens assistèrent à ses funérailles, ce qui reflétait la haute estime que nous avions pour elle. Declan Bonnar entra à l'école.

À la maison, il ne tenait pratiquement aucun compte de Brendan ou il le dominait, mangeant ses biscottes et volant ses peluches. Pourtant, quand Declan débuta l'école, Brendan ne prit pas aussitôt conscience de l'élément qui définissait essentiellement la présence de son frère. Sur la pointe des pieds, à la fenêtre de la grande pièce, il était triste quand il voyait Declan disparaître sur l'allée avec son cartable. Mais bientôt il comprit ce qu'il avait à y gagner : sa maman, pour lui, toute la journée.

Elle s'attaquait tout de suite au ménage. Certains matins elle ne disait pas grand-chose, mais quand elle était en forme, elle bavardait ou chantonnait mélodieusement. Brendan n'écoutait pas vraiment les mots, seulement sa voix et, quand elle s'en allait dans une autre pièce, il se levait pour la suivre. Vers dix heures, elle annonçait : "Nous allons boire une tasse de thé." Le thé était pour elle, mais elle donnait au garçon un biscuit Kimberley. Il déchirait le haut de l'emballage et dégustait le contenu marron qui adhérait à son palais, sec mais agréable, puis il mordait dans le centre moelleux tandis que les gros grains de sucre crissaient dans sa tête. Il aimait beaucoup ça. Ensuite, ils allaient normalement en ville, mais un jour, quand le temps s'améliora, elle lui dit : "Nous allons nous promener jusqu'à la tourbière, d'accord ? Ça fait des années que je n'y suis pas allée."

Il ignorait ce qu'elle disait ou de quel endroit elle parlait, mais ses yeux brillèrent avec enthousiasme. Il était toujours prêt à aller où sa maman voulait.

La tourbière s'étendait sur quelques hectares au sommet de leur colline et s'y rendre à pied signifiait grimper l'allée qui passait devant la maison des Lyons. Ils la longeaient sur son côté opposé en restant proches de la plantation d'arbres. Le comté du Donegal était propriétaire de ce côté de l'allée et avait récemment planté des centaines d'épicéas. Ils n'avaient encore qu'un mètre vingt de haut : une forêt basse, chiche, qu'ignoraient les corneilles. Quand ils passaient devant, Brendan tentait de regarder à travers les arbres et non vers la maison des Lyons. L'enfant avait vaguement conscience de l'organisation que prenait sa vie, commençait d'en pressentir les limites, les respirant dans la brise, les entendant dans les phrases rognées échangées au-dessus de sa tête, mais surtout dans l'impression qu'il y avait des problèmes dans sa famille. Il n'avait pas encore trois ans mais il sentait que quelque chose de compliqué, d'intolérant, irradiait de cette maison. Il réussissait presque à détourner le regard tout du long, mais une force l'obligeait à le diriger vers l'habitation et il éprouvait une sensation qu'il ne pouvait exprimer : une notion de peur, plus insondable que sa réserve de mots.

Sa maman, elle, regardait résolument droit devant eux le temps qu'ils aient dépassé la maison des Lyons, elle ne marquait aucune hésitation.

Plus loin, la piste devenait un sol noir. La tourbière n'était que bruyères, plis de terrain et herbes, à près d'un kilomètre de toute autre habitation ayant vue sur la baie. De cet endroit, la mer était immense et l'horizon si lointain que seulement lors des journées les plus froides et les plus mordantes il ne se délitait pas dans la brume de l'atmosphère. Eunan n'ayant pas coupé ses blocs de tourbe depuis dix ans, le contour précis des crêtes s'adoucissait lentement. La tourbe, marron comme du chocolat, était surmontée d'un réseau vert de sphaigne et, quand Brendan appuyait dessus, de minuscules moucherons dansaient autour de sa main. L'espace dégagé et l'isolement provoquaient chez lui de l'animation, le rendaient bavard, l'incitaient à galoper ici et là, ragaillardi par l'air frais. Christine le poursuivait et il courait vite, petit et léger, émettant un tintement de rire continu. Elle identifiait des plantes pour qu'il les connaisse, utilisant soit leurs véritables noms, soit d'autres qu'elle inventait. Brendan cueillit et étudia une toute petite fleur de tourbière, la tenant à quelques centimètres de ses yeux, puis il la laissa tomber pour se faire peur, la minuscule plante tout à coup remplacée par l'immensité de la mer. Il dit: "Ici, tout en haut, c'est comme si le monde il nous oublie."

Christine trouva que c'était là une pensée triste mais, quand elle regarda de son côté, il affichait un grand sourire.

Par la fenêtre de la pièce principale, Phyllis aperçut par hasard Christine et Brendan sur l'allée, quand ils repartirent vers chez eux. Elle venait tout juste de poser son assiette devant Eunan qui déchiquetait un flanc de merlan frit. S'écartant des voilages, elle les regarda passer. Elle-même n'était pas allée sur la tourbière depuis longtemps même si elle se souvenait comment, quand Christine et elle étaient des fillettes, elles y allaient souvent avec leur maman. À cet instant précis, elle prit conscience d'une faiblesse, dans ses jambes, comme s'il n'y avait pas assez de sang, mais elle récupéra ses forces en décrétant que Christine était délibérément passée devant chez elle pour qu'elle la voie, qu'elle la voie avec cet enfant. Cynique, assurément, mais Phyllis avait au moins partiellement raison, Christine pensait que cela pourrait se produire et en éprouvait de la satisfaction. En marchant du côté opposé de l'allée, la cadette restait plus loin de la maison, mais cela signifiait également qu'elle et Brendan étaient plus longtemps visibles par les fenêtres.

L'aînée sentit monter en elle de la colère contre le garçon avant d'en éprouver de la honte. Tout cela mêlé la mit d'humeur sombre et elle fit quelque chose d'inhabituel, s'asseyant à table avec son père pendant qu'il mangeait. Il remarqua ce changement mais ne fit pas de commentaire. Elle le regarda verser du lait sur ses pommes de terre et les écraser avec sa fourchette avant d'enfourner la nourriture dans sa bouche béante.

— Comment tu crois qu'on vivrait si Maman était encore avec nous ? demanda-t-elle.

Eunan leva la tête qu'il tourna vers le manteau de la cheminée, donnant l'impression de soupeser les mots prononcés par sa fille tandis qu'il mâchait. Il finit par dire :

— Pareil, pour l'essentiel, je dirais.

Il baissa la tête vers son assiette et porta une nouvelle fourchette pleine à sa bouche.

— Je pense que ça aurait été différent si j'avais pu rester avec elle un peu plus longtemps, poursuivit sa fille.

Elle affichait une attitude pensive qui imposait de réfléchir avant de donner une réponse. La mort de sa mère avait laissé un immense vide en elle, cela n'ayant rien d'exceptionnel, son problème spécifique étant qu'elle en parlait rarement, le mémorisait en elle jusqu'à ce qu'il fût devenu dur et entouré de défenses puissantes. Il était là, menaçant de se réverbérer à jamais.

— J'aurais pu apprendre en l'observant faire.

Son père émit un grognement :

— Elle tenait bien la maison.

— Ce n'est pas ce que je veux dire, répondit Phyllis en haussant la voix. Je veux dire, elle était bonne, avec les gens, elle aurait pu me conseiller.

Eunan l'observait.

— Tous les conseils dont tu as besoin, je peux te les donner, affirma-t-il.

Elle resta immobile un instant en le regardant. Puis elle se leva et repartit dans le couloir en direction de la cuisine.

Bientôt, Christine et Brendan effectuèrent des visites régulières sur la tourbière. Une petite bruine ne les en empêchait pas, et un jour ils s'y rendirent après avoir mis leurs cirés orange. Au moment où ils passaient à la hauteur de la maison des Lyons, la porte d'entrée s'ouvrit et Phyllis resta là, à les regarder. Elle leur dit bonjour. Christine dit bonjour, mais elle serra fort la main de Brendan dans la sienne et continua de marcher. Phyllis resta à les observer pendant qu'ils passaient, se détachant sur les arbres sombres, leur capuche sur la tête, les taches de couleur les plus vives qu'il y avait en quelque endroit de l'allée. Jetant subrepticement des regards sous son capuchon, Christine tentait de déchiffrer l'expression de sa sœur. Aucun indice n'y était visible, mais le fait qu'elle reste sur le seuil de chez elle avait certainement un sens, était-ce un pas en avant ? Peut-être. Christine s'arrêta et se tourna vers elle, la main de Brendan toujours dans la sienne et, par ce simple geste d'avoir fait halte, elle sentit une sorte de déblocage s'opérer en elle, et un relâchement. Phyllis dit :

— Entre donc une minute.

Christine fut contente de le faire, elle était surprise de constater à quel point. Comme Brendan était petit pour son âge, elle le porta car les deux marches menant à la porte des Lyons étaient très hautes, et elle le garda dans ses bras alors qu'elle suivait sa sœur. Phyllis l'entraîna vers la pièce de façade où se trouvait Eunan, se préparant visiblement à lui adresser la parole. L'instant de plaisir disparut et Christine se sentit idiote, piégée. Elle aurait dû savoir que rien de bon ne pouvait se passer dans cette maison.

— Ambrose est sorti en mer, hein ? demanda Eunan.

— Oui, répondit-elle.

Brendan se tortilla entre ses bras mais elle ne le posa pas par terre.

— Il fait de l'argent, hein ? poursuivit Eunan.

— Oui, dit Christine en se défiant.

Les Lyons n'avaient pas cru qu'Ambrose puisse réussir, mais c'était ce qu'il faisait, Tommy et lui remplissaient parfois la salle de la criée avec leurs seules prises. Elle réinstalla Brendan sur sa hanche en le tournant un peu dans un sens et dans l'autre. Il baissa la tête sur l'épaule de sa mère et regarda sans ciller en direction de la fenêtre avec le ciel gris qui se reflétait dans ses grands yeux. Phyllis ne proposa pas une tasse de thé et préféra s'installer sur une des chaises pour dire :

— J'ai vu Tommy O'Gara sur la jetée, hier, il les étudiait en détail, ces bateaux étrangers.

Nous les avions tous vus, deux chalutiers norvégiens attelés en bœuf qui vendaient leur pêche. C'étaient les premiers d'une nouvelle génération : vingt-sept mètres de long, capables de stocker deux mille caisses.

— Les hommes de la ville, c'est quand ils regardent les bateaux qu'ils sont le plus heureux, dit Christine. Ils parlent de grues, de treuils, etc.

— Je m'imagine Tommy commandant un de ces gros bateaux, dit Phyllis.

— Ah bon ? s'étonna sa sœur.

Phyllis détourna les yeux. Elle n'avait jamais avoué qu'un homme puisse lui plaire, mais parfois il lui arrivait de laisser quelque chose lui échapper et nous étions capables de conjectures. Ç'aurait été bien de la voir passer ses soirées avec un mari, mais cela devenait difficile à imaginer désormais. Avec beaucoup de méticulosité, elle avait fondé sa vie autour de son père.

— Pour moi, ce ne sont tous que des bateaux, déclara l'aînée d'un ton dégagé en comprenant qu'elle avait dit une bêtise. Ils ne m'intéressent pas du tout. Je n'aime même pas la mer.

— C'est triste que tu ne l'aimes pas, étant donné qu'elle est toujours devant toi, déclara Christine en désignant la vue d'un signe de tête.

— J'ai trop à faire pour regarder par la fenêtre, répondit sa sœur en montrant bien que ses yeux ne se tournaient pas de ce côté-là. Et les arbres sont de plus en plus hauts. Je serai bien contente quand ils auront poussé jusqu'au ciel.

Les Bonnar étaient près du bas de l'allée, loin des épicéas du comté, alors que ceux-ci se trouvaient juste en face des Lyons. On aurait pu s'attendre à ce qu'ils s'opposent à la perte inévitable de leur panorama sur la mer quand les arbres croîtraient, mais Phyllis et Eunan ne ressentaient pas de sentiments pour ce genre de choses. Lui n'avait plus besoin de la baie, ils pouvaient la drainer, cela ne changerait rien au paysage. Une fenêtre n'était qu'une source de lumière bon marché, et une manière de voir qui tapait à la porte de façon à ne pas ressentir un choc quand on l'ouvrait.

— Ni l'une ni l'autre n'avez jamais été capables de vous en tenir à un seul sujet de conversation, proféra-t-il.

Prise en faute, Phyllis joignit les mains pendant que Christine demandait :

— C'est quoi le sujet ?

— Sa voiture est tombée en panne, dit Eunan.

Elle n'était pas en panne, elle avait besoin de pneus neufs, de plaquettes de freins et d'un amortisseur arrière. Il préférait ne pas se mêler du fonctionnement d'une voiture.

— Nous avons besoin de deux cents livres pour que la voiture continue de rouler, expliqua Phyllis à Christine, et nous n'avons pas le sentiment que ce soit trop demander étant donné le peu que tu fais pour nous.

C'était donc ça. Elle serra Brendan dans ses bras, ce qui le fit geindre un peu.

— C'est tout ce que vous vouliez ? demanda-t-elle.

Phyllis hocha énergiquement la tête.

— Je vais rédiger un chèque que je glisserai dans la boîte aux lettres, dit Christine qui s'apprêtait déjà à partir.

Quand elle emporta Brendan sur l'allée, son désappointement vira à l'amertume, mais assurément, depuis le temps, elle et Ambrose pouvaient être décrits comme des gens qui *faisaient de l'argent*, et cela n'allait pas sans satisfaction. Elle avait hâte de rédiger un chèque pour eux, un gros chèque avec son nom dessus, *Bonnar*.

4

La ronde des saisons se poursuivit. L'école de formation professionnelle organisa ses premiers examens publics et les élèves se débrouillèrent bien. Le Ros Finn s'échoua sur des rochers, deux des hommes à bord furent traités pour hypothermie. Johnny Boîte d'Allumettes gagna beaucoup d'argent aux courses de chevaux et nous fûmes tous désolés car nous étions sûrs qu'il allait tout reperdre.

Un matin, par la vitre du séjour, Christine vit Tommy O'Gara se garer devant la maison et sortit donc pour lui ouvrir. L'air était noyé sous une pluie battante silencieuse. Tommy s'abritait avec un parapluie de golf, il portait une veste de costume et une chemise.

— Je ne vais pas te retenir longtemps, dit-il en marquant une réticence à entrer. Ambrose est dans la baie, c'est ça ?

La façon dont il l'avait dit signifiait qu'il était déjà au courant.

— Oui, mais pas pour pêcher, répondit-elle. Il a pris le bateau pour aller à Arranmore.

— À Arranmore ? reprit Tommy qui n'imaginait pas quelle raison il pouvait avoir de s'y rendre.

— Il a reçu un coup de téléphone, dit-elle. Il y a deux jours, le toit de la maison de son grand-père a été arraché par un grand vent. Ambrose veut sauver le fourneau. Il ne peut pas supporter qu'il rouille à l'intérieur.

— Tu te rends compte de tout le carburant qu'il gâche ! s'exclama Tommy. Est-ce qu'il n'aurait pas pu emprunter une camionnette et y aller en prenant le ferry ?

— Joseph est parti avec lui, dit Christine pour défendre son mari.

Si Joseph McBride y était allé, ce n'était sûrement pas aussi déraisonnable que ça ?

— C'est un charmeur, répliqua Tommy avec une touche de colère. Il a voulu se faire valoir en leur montrant le chalutier, permettre à ses vieux copains et à sa famille d'y jeter un coup d'œil, et transformer le sauvetage du fourneau en une grande occasion. Ça va leur donner de quoi parler, à ces insulaires, ça leur durera des années.

Christine pensa qu'il y avait de la cruauté dans cette remarque et était consternée par l'attitude de Tommy.

— Ambrose aimait beaucoup son grand-père, répondit-elle, et il dit que le fourneau fera un très bel héritage pour nos fils. Il m'a dit que vous ne deviez pas pêcher pendant deux jours.

— C'est exact, confirma Tommy, mais j'ai un rendez-vous avec les pêcheries, ce matin. Je voulais qu'Ambrose m'y accompagne, mais il ne sera pas de retour, je suppose ?

— Pas avant demain. C'est vraiment dommage qu'il n'ait pas été au courant.

Tommy ne lui dit pas qu'Ambrose était parfaitement au courant. Pour lui, le plan consistait à ce qu'ils y aillent tous les deux discuter d'une expansion. Il avait exhorté Ambrose à se raser et à repasser sa chemise.

À ce moment-là, Brendan arriva dans les jambes de sa maman, posa une main sur le bas de son dos pour agripper sa jupe et commença lentement à pivoter sur un pied en dévisageant leur visiteur. Tommy le regarda et s'en voulut aussitôt d'avoir parlé en ces termes. Brendan pouvait obtenir ce genre de résultat auprès de nous tous. La plupart disaient que c'était parce que nous nous souvenions de la façon dont sa vie avait débuté, abandonné sans défense, ce qui nous rappelait nos vulnérabilités et nous donnait une perspective différente sur les choses. Le seul fait de regarder Brendan pouvait inciter quelqu'un à réévaluer ses priorités. Quelques-uns allaient plus loin et affirmaient que le garçon avait une sorte de pouvoir qui forçait les gens à s'interroger sur leur manière de se comporter. La plupart d'entre nous rejetions ce genre de déclarations déraisonnables, nous n'étions pas enclins aux superstitions. Mais ça ne les empêchait pas d'insister.

Tommy glissa la main dans sa poche pour lui donner une pièce de cinquante pence avant de dire au revoir puis de repartir en négociant trop vite le virage mauvais. Plus tard, il continua de considérer qu'il s'était mal comporté. Il était alors assis dans sa voiture devant le bureau des pêcheries. Il ne présenterait jamais réellement ses excuses mais se comporterait de manière beaucoup plus joviale lors de leurs prochaines rencontres. C'était ainsi que nous compensions la façon dont nous regrettions d'avoir agi, ou parlé de quelque chose, la fois suivante où nous rencontrions cette même personne ; en nous comportant bizarrement. Tommy n'était pas surpris qu'Ambrose ait décampé avant cette réunion, ce n'était pas du tout son genre d'endroit. Christine gérait leur argent, Ambrose préférant les conversations enjouées et les grands gestes aux contrats et aux prises de décisions s'attachant à des détails. Accueillir chez lui un garçon découvert dans un tonneau était son plus haut fait, mais prendre son chalutier pour aller sauver un héritage de famille était aussi important. C'était probablement un de ces fourneaux attribués par le gouvernement, ceux qui étaient en acier peu épais et dont les pieds finissaient par devenir bancals. Engloutir plus de quatre-vingts milles de carburant pour sauvegarder un vieux fourneau ! De la folie furieuse. Tommy mit pied à terre, prit ses dossiers et entra exactement à l'heure.

Christine aussi était restée insatisfaite de cette conversation, non pas en raison du ton utilisé par Tommy, mais par la découverte qu'Ambrose avait commis une erreur d'une sorte ou d'une autre. Elle fit cuire trop longtemps l'œuf de Brendan. Il ne geignit pas mais regarda tranquillement pendant que, lui tournant le dos, elle tambourinait avec ses phalanges contre l'égouttoir à vaisselle. Il y eut un nouveau coup frappé à la porte et elle sentit une crispation s'emparer de tout son être. C'était le geste de Phyllis quand elle venait lui réclamer de l'argent. Payer pour les réparations de la voiture n'avait été que le début, sa sœur venait désormais frapper pratiquement chaque semaine pour demander vingt ou quarante livres sterling. Christine ouvrit : Phyllis, dans son grand manteau. Elle se présentait seulement à la porte de devant, maintenant, un choix qui accompagnait le message fort et glacial, et elle n'entrait jamais. Néanmoins, Christine était si déstabilisée par la visite de Tommy qu'elle lui en parla, et précisa qu'Ambrose avait oublié d'honorer elle ne savait quelle réunion.

— Qu'est-ce qu'il avait d'autre à faire, pour que ça soit plus important que ça ? interrogea Phyllis.

Christine hésita avant de répondre :

— Il est parti avec le bateau.

— Eh bien, au moins, il fait de l'argent, commenta Phyllis.

— Oui, acquiesça Christine d'une voix faible car elle avait foncé dans le piège.

— À propos d'argent...

La ronde des saisons se poursuivit et nous relevâmes que ç'avait été une semaine noire, sur les routes, avec plus de douze accidents de voiture dans le Donegal. Une mouette avait violemment percuté la fenêtre de façade des Breslin. Jackie Meehan était tombé d'un mât et souffrait d'une commotion cérébrale. Brendan Bonnar vécut son premier jour d'école.

Chaque matin, Brendan et Declan traînaient les pieds vers le bas de la pente pour y recevoir de l'instruction. Il n'était pas question de les accompagner en voiture. Nous n'accompagnions même pas nos enfants jusqu'à la porte car nous les élevions afin qu'ils soient capables de veiller sur eux-mêmes. Il n'y avait pas de trottoir le long de la chaussée, ils prenaient donc le virage mauvais et, si une fourgonnette ou une voiture arrivait trop vite, ils sautaient de l'autre côté du fossé et s'agrippaient à la barrière de bois le temps qu'elle soit passée, le conducteur apercevant juste leur visage impassible sous la pluie. Cette route n'était pas à proprement parler rurale car elle était fréquentée : la plantation d'épicéas, une usine et un atelier d'électronique se trouvaient le long de la chaussée entre la maison des Bonnar et la ville, mais il y avait aussi un pré avec un âne et une maison qui avait cent ans et aurait pu figurer sur la publicité d'un office de tourisme local s'il n'y avait eu son toit en tôle ondulée et la camionnette de la HiAce qui tombait en ruine à l'extérieur. Une fois la ville atteinte, Declan, qui marchait plus vite, laissait Brendan derrière lui pour rejoindre les autres élèves de sa taille sur le chemin menant au parking ; ils allongeaient le pas en copiant la façon dont leur père avançait sur la jetée ou traversait les étages des usines de conditionnement. Leur but était de les imiter jusqu'à incarner la réalité. Dix minutes plus tard, se sentant rejeté et seul, Brendan arrivait péniblement, identifiable à une certaine distance par sa masse de cheveux noirs et la façon dont il traînait les pieds, marquant une pause pour examiner les poissons morts qui s'étaient échappés des camions et gisaient dans les caniveaux. Son cartable était à moitié haut comme lui, les courroies aux creux des coudes plutôt que sur les épaules. À l'école, il ne s'intéressait pas à la lecture, à l'écriture, ni à l'arithmétique, mais semblait trouver du plaisir à travailler avec de la pâte à modeler, une glaise colorée que les enseignants distribuaient chaque jour.

— Il n'a pas une once de méchanceté en lui, disait son instituteur dans la salle des maîtres.

Des groupes se forment dans les cours de récréation, ceux qui se reconnaissent s'assemblent. Pour des enfants comme Declan, c'était immédiat : ils se repéraient d'un bout à l'autre de la cour, reconnaissaient quelque chose qui était pour eux élémentaire dans l'attitude des autres et, moins de quelques secondes plus tard, ils grimpaient aux arbres ensemble. Et puis il y avait ceux qui étaient méfiants et reconnaissaient cette méfiance chez les autres. Brendan était de ceux-là. Ils se regroupaient aussi de leur côté, mais lentement, le long des limites de la cour de récréation, ou près des marches de l'entrée, Brendan s'attirant leur confiance en donnant ses sandwichs à la crème de citron. Quand ils se mettaient à deux, ils avaient tendance à se pencher l'un vers l'autre contre le mur de la cour plutôt que face à face, délogeant avec un bout de bois la mousse qui poussait entre les briques et s'échangeant le secret de bonnes cachettes. Quand cinq ou six d'entre eux se blottissaient les uns contre les autres, ils adoptaient des airs de conspirateurs, et un garçon plus brutal pouvait se précipiter sur eux en les dispersant, mais en réalité ils ne se livraient jamais qu'à une inspection innocente : ils admiraient une grosse croûte sur un membre ou caressaient une pierre particulièrement lisse qu'ils avaient trouvée.

Declan aurait pu être du genre à embêter ceux qui étaient méfiants, mais il ne le faisait pas car il ne voulait pas s'approcher de Brendan. Il ne voulait pas, ne pouvait pas abandonner l'idée que Brendan était un intrus dans sa famille. Lorsqu'on l'avait installé pour partager sa chambre, Declan avait tracé une ligne au crayon entre leurs lits, au milieu du revêtement de sol, et il continuait de la raviver régulièrement. À l'école, Declan ne se référait pas à Brendan comme étant son frère et il reprenait ceux qui le faisaient.

— Comment tu veux qu'on l'appelle, alors, dit un jour Pat Ward sous un des préaux de la cour.

Il ne faisait pas partie des Ward vendeurs de charbon mais de ceux de Straoughter, ceux qui avaient la figure couverte de taches de rousseur.

— Ne l'appelle pas du tout, lui avait répondu Declan.

C'était un garçon bourru, prompt à crier, et pas habitué à s'entendre contredire par un autre gamin de six ans.

— Suppose qu'on soit obligés, comment on va l'appeler, ce garçon qui vit dans ta maison ? Est-ce qu'il faut qu'on l'appelle *le garçon qui vit dans ta maison* ?

Declan avait flanqué Pat au sol et s'était dressé au-dessus de lui. Son expression aurait pu être celle de la rage, ou de la terreur, son visage était assurément d'un rouge vif. Comme Pat se mit à crier, Declan partit en courant. Ils redeviendraient bientôt copains, mais Pat se souviendrait de ne jamais mentionner Brendan.

La menace d'une bagarre avait peut-être facilité les choses, mais avec l'habitude, Declan s'aperçut que s'il ne mentionnait pas Brendan, les garçons et les filles de sa classe ne le faisaient pas non plus. La stratégie de l'évitement, apprenait-il, était une bonne manière de régler bien des problèmes. Sa maîtresse, Mlle Roper, n'était pas au courant de son histoire familiale car elle était récemment arrivée d'une classe du comté de Cavan, d'où son nom à consonance étrangère, et une fois, devant toute la classe, elle avait demandé à Declan s'il avait un frère ou une sœur, et il avait répondu :

— Non, mademoiselle.

L'attention de l'institutrice s'était portée sur autre chose et Pat Ward s'était tourné pour le regarder en souriant :

— Bien dit, avait-il murmuré.

Declan avait réussi à continuer ainsi jusqu'à un jour de janvier où il y avait eu une forte averse de neige qui avait rendu les routes impraticables et eu pour conséquence que plusieurs enfants ne pouvaient pas venir en classe. Vous pouvez être sûr que les Bonnar y étaient allés, car il eût fallu qu'un glacier surgisse dans toute la ville pour que Christine consente à les garder. Mais comme l'institutrice de Brendan était absente, ses jeunes élèves avaient été répartis dans d'autres classes, et chacun d'eux avait dû s'asseoir à côté d'un enfant de sa famille. Avec pour résultat que Brendan avait franchi la porte de la classe de Declan.

— Avec qui es-tu ? lui avait demandé Mlle Roper.

Chacun des élèves à l'exception de Declan s'était retourné pour le regarder, la bouche ouverte, lui qui paraissait tout petit et tout timide à se tenir là, tout seul. Il avait levé la main et pointé l'index sur l'arrière de la tête de Declan. Mlle Roper n'avait pas réussi à identifier l'élève qu'il désignait et, de plus, elle n'allait pas accepter comme réponse un geste sans paroles, elle n'était pas dans le Donegal depuis assez longtemps pour ça.

— Vas-y, parle, avait-elle ordonné.

Il l'avait fait, et ce d'une manière qui avait surpris tout le monde. Nul n'aurait jamais cru qu'un petit corps comme le sien pourrait produire une voix aussi déterminée.

— Je suis le frère de Declan.

Le visage de ce dernier s'était assombri et il s'était voûté, ses bras retombant le long de ses flancs. À cet instant, une humiliation était apparue chez lui qui avait vogué de sa propre énergie. Il n'avait pu se retenir de vérifier si l'état dans lequel il se trouvait avait été remarqué. Il y avait Pat qui le considérait avec méchanceté, ses taches de rousseur particulièrement abrasives à cet instant précis.

De retour à la maison des Bonnar, cet après-midi-là, Brendan jouait dans la neige pendant que Christine était à l'intérieur, à peler des pommes de terre prélevées dans le sac de soixante-quinze kilos qu'ils se faisaient livrer chaque mois. Ambrose était lui aussi à la cuisine, sur une chaise, penché vers le comptoir pour écouter les nouvelles. Venir se coller contre la radio était une habitude qu'il avait empruntée à son père et qui remontait à une époque où les bulletins d'informations étaient considérés comme une sorte de moyen de subsistance par les hommes qui se trouvaient sur un promontoire isolé. Ils aimaient être proches de la source, comme s'ils désiraient s'y abreuver. Declan était entré dans la cuisine et avait déclaré à ses parents :

— Pourquoi vous l'avez recueilli, ce Brendan ?

Christine avait été stupéfaite d'entendre l'agressivité contenue dans sa voix. Elle sonnait comme celle d'un vieillard acerbe, mais Ambrose ne l'avait pas remarqué. Il avait juste jeté un regard à son fils pour lui renvoyer une phrase qu'il avait souvent utilisée afin d'échapper à ce sujet particulier :

— Est-ce que c'est ta tante qui t'a donné des idées pareilles ?

— Non ! C'est moi, je veux savoir.

Ambrose s'était tu. Il allait falloir qu'il trouve une autre phrase toute faite.

— Il est capable de réfléchir tout seul, avait dit Christine à Ambrose.

Laissant une pomme de terre tomber dans l'eau froide de l'évier, elle avait placé le couteau sur l'égouttoir et s'était tournée vers leur fils.

— Brendan était seul et il avait besoin que quelqu'un veille sur lui, expliqua-t-elle. Grâce à toi, ton père et moi avions appris tout ce qu'il y a à savoir pour s'occuper des petits garçons. Nous avons pensé que nous avions assez d'amour en nous pour lui aussi. Et nous en avons.

Tout cela était vrai et Ambrose avait été impressionné par la façon dont elle avait mis le doigt sur toutes les réponses, même si elle non plus n'y parvenait pas très bien, ces derniers temps. Declan avait repris ses questions.

— Pourquoi vous avez mis son anniversaire le même jour que le mien ?

— Je te l'avais dit, qu'un jour il serait très en colère à cause de ça, avait-elle déclaré en retournant aux pommes de terre et en laissant Ambrose se débrouiller seul.

Il voyait bien en quoi il avait commis une erreur avec cette histoire d'anniversaire : ils les sépareraient l'année prochaine, mais le mal était fait. C'était comme ça, quand on avait des enfants : on essayait de faire pour le mieux, mais on les traumatisait quand même, ils avaient des réactions et ressentaient des contrariétés qu'on n'avait pas su prévoir. Ambrose avait regardé le poste, préférant cette relation, car la radio n'exigeait jamais d'explications. Il s'était exprimé lentement :

— Ç'a avait été ton anniversaire juste une semaine avant que Brendan arrive et l'infirmière nous avait dit qu'il était né à peine quelques jours plus tôt alors je me suis dit que nous allions regrouper les deux, tu comprends, pour que ce soit… pratique.

Declan, debout, avait commencé à se tortiller sur place, son mécontentement adoptant une forme physique. Il avait serré ses deux petits poings.

À cette vue, Ambrose avait souri.

— Vous n'êtes encore que des petits bonshommes, avait-il fait remarquer d'un ton joyeux. Un gâteau, c'est assez grand pour deux. Ce n'est pas vrai, Christine ?

Elle avait refusé de se laisser amadouer. Une pomme de terre était tombée dans la cuvette d'eau et elle en avait pris une autre.

— Je veux avoir ma chambre à moi, avait exigé Declan.

— Quand l'extension sera construite, avait répondu Ambrose.

— Je la veux aujourd'hui !

Ambrose avait été tellement choqué qu'il avait ri. Qu'un enfant exige des choses, il n'avait jamais vu ça. C'était comme si une ville de taille moyenne avait accidentellement bénéficié d'un siège à l'OTAN et posait maintenant son veto sur tout en faisant capoter les réunions.

— Pendant des années j'ai partagé un lit avec mon frère, avec trois de mes frères, tous, les uns après les autres !

Le regard de Declan était fou furieux et il avait montré ses dents d'enfant sous le coup de la frustration. Si on l'avait soulevé en le tenant par la cheville, il serait demeuré raide comme une tige métallique. Un sifflement perçant émanait de sa gorge quand il s'était détourné et élancé hors de la pièce.

Il était parti dans sa chambre, remplie ce jour-là d'une lumière hivernale bleue et froide. Deux lits jumeaux se trouvaient contre des murs opposés et, entre eux, des jouets étaient disséminés sur le revêtement marron. Il était resté un moment à regarder les jouets avant de sélectionner la pieuvre préférée de Brendan. La serrant contre sa poitrine, il s'était contorsionné sous son lit et, allongé sur le dos, il avait respiré la poussière et ressenti un peu de la sécurité qu'éprouve un animal en regagnant son repaire. Une par une, il avait arraché toutes les pattes de la pieuvre et un petit bruit s'était fait entendre lorsque chacune des agrafes avait cédé.

Puis, allongé sous le lit au milieu des entrailles du jouet, il s'était senti honteux et méchant. Se débarrassant des bouts de peluche qui adhéraient à son pull, il avait réuni toutes les parties déchiquetées du jouet pour les enfoncer dans ses poches, était sorti alors de sous le lit pour se glisser hors de la maison. Une pente tourbeuse montait sur l'arrière et il s'était accroupi dans les joncs près du sommet, avait balayé la neige de sa main et s'était attaqué à la terre. Le temps qu'il ait creusé un trou, ses doigts étaient rouges à cause du froid, et de la gadoue noire s'était agglutinée sous ses ongles. Il avait enfoncé les vestiges de la peluche dans le trou, les avait recouverts puis avait regagné furtivement la maison. On peut imaginer que la pieuvre manqua à Brendan, mais cela ne l'aurait pas trop préoccupé. Chaque enfance est parsemée d'objets perdus.

Ce fut Christine qui découvrit le jouet détruit quelques semaines plus tard et qui imagina ce qui s'était passé. Elle en parla à Ambrose ce soir-là. Il était une fois de plus devant la radio et elle dans sa nouvelle position thé-plus-cigarette, la chaise désormais placée près du fourneau qui ronronnait, répandait sa chaleur, son odeur de tourbe, et émettait à l'occasion une bouffée de fumée. Elle dit que l'intransigeance de Declan était un souci chez un garçon aussi jeune que lui.

— C'est de la jalousie, ajouta-t-elle.

— Quelle raison il a, d'être jaloux ? demanda Ambrose d'un ton outré.

— Il essaye d'attirer ton attention, répondit Christine. Tu dois les traiter de la même manière.

— C'est ce que je fais ! s'insurgea-t-il.

Elle l'étudia d'un air sévère, mais il n'y avait pas grand-chose à dire. Ambrose aimait ses deux garçons autant l'un que l'autre. Pourtant, Brendan parvenait à le captiver d'une manière différente. Peut-être était-ce parce que Declan n'était qu'un enfant naturel alors que la venue de Brendan semblait magique et marquée par le destin. Ce garçon semblait tout éclairer d'une lumière particulière. Christine avait vu ce phénomène se refléter sur le visage de son mari, et Declan peut-être également.

Ambrose se tourna en se penchant à nouveau vers le poste.

— Ne t'en fais pas pour eux, dit-il, ça va s'arranger.

Une précision sur notre utilisation de l'expression "s'arranger" est ici nécessaire. On pourrait croire à un équivalent de "ça va très bien se passer", ou de "tout va pour le mieux", mais dans notre usage, à nous, c'était différent. "S'arranger" était la façon dont quelque chose n'était ni "très bien" ni "pour le mieux", mais suggérait que rien ne pourrait évoluer et que ce n'était même pas la peine d'essayer. Ambrose s'en remettait beaucoup à cette expression, en mer. "Tout va s'arranger", disait-il lorsque le matériel était à la limite de la rupture. "Tout va s'arranger", quand l'équipage exprimait ses inquiétudes concernant le moteur qui avait dix ans. Il faisait pareil à la maison quand il disait que ça allait "s'arranger" en grattant une trace de moisi sur une tranche de pain blanc avant de la mettre dans le grille-pain. "Ça s'est arrangé", disait-il quand Christine s'intéressait à son enfance. Il utilisa l'expression un soir après avoir entendu que Tommy allait investir dans un bateau de taille supérieure et mettre le Warrior en vente. Il rentra chez lui, s'assit lourdement à la table de la cuisine, regarda dans le vide et annonça : "Tout va s'arranger."

Le jour où Tommy devait revenir avec son nouveau chalutier, Ambrose ne pouvait tenir en place ; il se levait sans arrêt pour aller vérifier, par la fenêtre, la baie grise et fort agitée. Le bateau se présenta alors, arrivant au port en plein tangage, avec ses couleurs vives, le blanc et le bleu du martin-pêcheur, et ses vingt-neuf mètres de long. Ambrose était hypnotisé. Vu comme ça, il avait la taille d'un pouce au bout d'un bras tendu, mais le silence paraissait étrange dans cette mer démontée, la proue se dressait très haut deux fois par minute, suivie par une secousse énorme mais silencieuse. Le Warrior II était de fabrication hollandaise, avec une belle proue évasée et une superbe coque en acier dont la superstructure était adoucie par l'inclinaison de la fenêtre avant de la cabine. C'était un achat qui arrivait à point. Les négociateurs irlandais avaient obtenu de la Communauté européenne qu'elle multiplie par deux nos quotas, ce qui ne ferait pas une grande différence pour les petits bateaux tels que le Dawn, mais comme le Warrior II pouvait atteindre ces quotas et davantage, pas un seul poisson dans nos eaux ne pouvait plus s'estimer tranquille. Ambrose ressentit du plaisir pour Tommy, mais quelque chose le gênait en même temps. Il n'y aurait plus d'accouplements avec le Dawn. Tommy pouvait aller beaucoup plus loin avec le Warrior II, jusqu'à la fin du plateau continental s'il le voulait. Une autre possibilité lui arracha un sursaut : Tommy pourrait aller à Rockall. C'était un sommet de pur granite qui se dressait seul dans l'Atlantique Nord, à deux cents milles marins de la terre la plus proche. Il était aussi haut qu'un immeuble de quatre niveaux mais, à l'exception des oiseaux de mer, inhabité. Ambrose ne s'en était jamais approché, même si Rockall était signalé chaque jour durant les prévisions météorologiques et, dans son imagination, équivalait à un dieu mythique, trop splendide pour être réel. Tout à coup, il le devenait totalement, à la portée de son ami Tommy. Les eaux de Rockall contenaient beaucoup de poissons mais ce n'était pas ce qui séduisait le plus Ambrose. La solidité, la singularité et la force pure, ces qualités le stimulaient davantage et Rockall les représentait à la perfection.

— Il arrive, annonça-t-il à Christine.

Elle se tourna et vit qu'il se coiffait de son bonnet, indiquant son intention de partir pour se trouver sur la jetée quand le Warrior II s'amarrerait. Beaucoup d'entre nous y serions, nous nous intéressions énormément aux nouveaux bateaux.

— *Ach*, tu es certain de vouloir aller là-bas ? lui demanda-t-elle.

— Pourquoi pas ? répondit-il d'un ton de défi.

Christine garda le silence avant de dire :

— Vas-y, alors.

Il monta dans la voiture. Il n'était habituellement pas du genre à relever quelque chose que sa femme avait exprimé de manière un peu détournée, mais l'hésitation qu'elle avait montrée ne quittait pas ses pensées quand il traversa la ville au volant de la voiture en direction de la jetée. Avant d'arriver à l'estacade protégée par les piliers, il y avait un hectare d'enrochement bétonné, et il ralentit en s'y aventurant. Un filet était étalé dans l'attente d'une réparation, et deux grandes bobines en bois étaient posées sur chacune de ses extrémités pour qu'elles ne roulent pas. Des mouettes déambulaient sur leurs hautes pattes, se disputaient des fragments de poissons tombés à terre. Une douzaine de voitures étaient garées plus loin et une foule se pressait, même si le Warrior II était encore à un mille de distance. Ambrose ralentit davantage, presque au point de caler, et s'imagina parmi la foule tandis que le bateau manœuvrerait le long du quai et que tous, excités, exprimeraient à haute voix leur admiration. Quand un des membres de l'équipage lancerait l'amarre, il y aurait plus d'hommes que nécessaire pour courir la rattraper. Tommy jetterait un regard depuis le pont et verrait Ambrose se retourner vers lui. Tommy lèverait sa main, Ambrose aussi…

Il vira et quitta la jetée, tremblant d'adrénaline comme s'il venait d'éviter une collision. L'image positive de cette représentation l'avait frappé parce qu'il en connaissait la fausseté. Il ne prit pas la route de chez lui mais roula sur une petite distance le long de la route de la baie, exécuta un demi-tour et se gara près du mur de la mer. Il allait regarder de cet endroit et pourrait quand même dire qu'il avait assisté à l'événement. La marée était haute et le Warrior II culminait au-dessus de la foule quand Tommy fit pivoter la poupe. Certains trouvent que la proue d'un chalutier en est l'approche la plus remarquable. Les touristes avaient tendance à photographier nos bateaux de face mais nous savions bien que cela ne voulait rien dire. Les proues sont toutes identiques, la véritable splendeur d'un bateau, c'était la poupe avec le matériel, c'était là qu'on apprenait ce qui avait trait à la contenance, au style, au genre de mastodonte dont il s'agissait. Ambrose avait lu les spécifications techniques, il savait que nous discutions des vire-filets et de la grue à double extension, qu'il pourrait pêcher avec une senne si Tommy décidait de le faire, mais pour l'essentiel, nous étions stupéfaits par l'imposante masse de métal. Le Warrior II était un des premiers chalutiers irlandais cent pour cent métalliques. Il n'y avait ni hurlements ni cris d'allégresse, car nous ne nous adonnions pas à ce genre de choses, mais un respect intense. "Tommy a très bien fait", disions-nous.

Quand Ambrose en eut vu assez, il démarra et fit à nouveau demi-tour pour repartir sans passer par la jetée. Ce fut seulement à ce moment-là qu'il remarqua trois véhicules garés derrière lui le long du mur. Dans chacun se trouvait un homme, le capitaine d'un petit bateau comme le sien, tous là à regarder le Warrior II. Quand il les dépassa, aucun d'eux ne fit signe qu'il l'avait vu.

Ambrose voulait annuler le voyage suivant, ce qui aurait pu facilement se faire car les prix étaient trop bas et le coût du carburant élevé à la suite de problèmes au Moyen-Orient, mais cela signifierait qu'il lui faudrait téléphoner à chacun des marins, et il ne s'en sentait pas le cœur non plus, de sorte qu'il se trouva sur la jetée, à trois heures du matin, avec son équipement. Le Warrior II sentait fort la peinture neuve et ses halogènes étaient restés allumés, leurs lumières se répercutant sur la couche protectrice en zinc du pont, ce qui faisait mal aux yeux d'Ambrose. Le Christine Dawn était amarré en ligne de sorte qu'il devait traverser trois autres ponts avant de parvenir à bord. Joseph McBride s'occupait des pneus. Stevie Shine mettait des berlingots de lait dans la cuve à glace et s'en servait pour cacher deux canettes de bière Tennent. Tom O'Boyce lubrifiait le moteur et s'énervait sur une chose ou une autre, il prenait très mal la fin de l'accouplement des deux chalutiers.

Ambrose se dit qu'il devrait faire un discours mais, n'étant pas d'humeur, il se contenta de demander "Ça va ?" à tout le monde sans attendre de réponse. Comme le Dawn était le bateau amarré le plus loin du quai, ils pouvaient prendre la mer immédiatement, mais Ambrose eut l'impression d'agir furtivement quand ils partirent. Il tenta de lutter contre ce sentiment en poussant le moteur plus que d'ordinaire. La quille du bateau était inclinée de sorte qu'il semblait plein d'allant, la proue se redressait quand la manette des gaz était poussée à fond. Normalement, cette sensation améliorait l'humeur d'Ambrose, mais cette fois, cela ne suffisait pas. Quand ils quittèrent la protection du port, des rafales de vent se jetèrent à l'assaut du Dawn et pénétrèrent dans ses fentes, soulevant tout, puis Ambrose augmenta encore la vitesse. Il fallait quatre heures de mer pour atteindre les Stags of Broadhaven. Il avait envie d'être au large, ne voulait dépendre que de l'autorité de la mer.

La pleine lune brilla à travers le nuage et le projecteur du pont épingla les crêtes écumeuses autour d'eux. Chaque homme à bord trouva un endroit où être seul pour goûter à un temps de repos. Ambrose à la barre, Joseph à la poupe avec sa pipe. Stevie était dans la cuisine et avait coupé la radio de sorte qu'elle paraissait silencieuse : le grondement du moteur était un bruit dont ils n'avaient plus conscience. Tim était allongé sur sa bannette, consultant un tabloïde ou peut-être avait-il tendu le bras vers un de ses livres de poche sexy qu'il rangeait au-dessus de son étagère et qu'il appelait l'"ami du marin". Tous avaient sur la couverture des femmes qui semblaient engageantes et des titres comme *La Maîtresse française* ou *Nuit à Versailles*. La France avait encore une réputation érotique à l'époque. Stevie apporta une grande tasse de thé à Ambrose et celui-ci fut soulagé qu'il la lui offre en s'abstenant de ses observations banales relatives à la météo. Ambrose savait parfaitement qu'il avait introduit de la bière en cachette à bord, mais il décida de ne rien dire pour cette fois. Il n'avait pas envie de parler.

À la lumière de l'aube, ils mirent le filet à la mer et commencèrent leur pêche en direction du nord-ouest. Le sonar n'annonçait pas de promesses mais Ambrose avait identifié l'endroit à l'aide du Decca, ayant déjà bien réussi en ce lieu auparavant. La pluie se mit à crépiter sur le pont et sur les vitres de la timonerie et de la cuisine. L'équipage était assis à la table qui était mise, et Ambrose à la porte de la timonerie, un pied de chaque côté du seuil, se plantait alternativement sur ses jambes selon la houle. Tous restèrent peu loquaces en mangeant des saucisses enveloppées dans du pain blanc avec une bonne giclée de ketchup.

— J'envisage de partir en Angleterre, annonça Stevie.

Il ne mentionna pas dans quelle partie de ce pays car nous avions tendance à en parler de manière non spécifique, sans vraiment nous préoccuper de sa longueur ni de sa largeur.

— Il y a plein de travail là-bas, confirma Tim.

Joseph hocha sagement la tête, à savoir qu'il ne la hocha qu'une fois en tenant sa pipe dans sa bouche.

— L'Angleterre, dit Ambrose d'un ton dédaigneux. Il y a des gens qui y sont poignardés et assassinés chaque soir.

Ils recommencèrent à faire silence quand la mer enfla. Ambrose refusait de l'admettre mais, statistiquement, on pouvait se tenir à peu près n'importe où en Angleterre et être plus en sécurité que sur le pont d'un chalutier. Tous ses frères et ses sœurs y vivaient et aucun n'avait jamais été poignardé ni assassiné. Quand il était jeune, beaucoup d'hommes, son père inclus, allaient sur des chantiers en Angleterre pendant la moitié de l'année, puis s'en revenaient au printemps pour travailler la terre, mais aujourd'hui, ceux qui partaient du Donegal ne revenaient plus. C'était devenu une installation permanente et les femmes s'y mettaient aussi. Les gens semblaient disparaître, là-bas, ses frères et sœurs continuaient de dire que le Donegal était leur pays, mais ils revenaient rarement en visite. Ses frères disaient souvent à Ambrose qu'il devrait les rejoindre, qu'ils lui trouveraient du travail, mais cette idée le rendait triste et le paralysait. Il ne pouvait pas se rendre dans ces villes sans littoral, se perdre dans la foule, devenir un Irlandais de plus en Angleterre. Pour nous, la nouvelle adaptation physique signifiait moins que le changement intérieur monstrueux qui l'avait précédé : la personne qu'on devait devenir pour être comme ceux qui partent en Angleterre. C'était comme de cesser de boire, ou rencontrer Dieu, cela tendait à se produire lors d'un brutal et violent changement de personnalité. “Ça fait longtemps que je n'ai pas vu Trucmuche”, remarquions-nous. “Ah, ils sont partis en Angleterre”, nous répondait-on. C'était comme s'ils avaient subi une transfiguration. Birmingham, Manchester, Swindon, cela n'avait pas vraiment d'importance, nous ne posions même pas la question.

Trois heures plus tard, ils relevèrent le filet. Les mouettes excitées criaillaient et plongeaient en piqué, mais le treuil faisait entendre son fredonnement, signalant à Ambrose que la pêche était limitée. Lorsque la senne coulissante déchargea la marchandise sur le pont, ils virent que celle-ci payerait à peine la consommation de carburant. Des harengs, mais en nombre restreint, quelques maquereaux, chiens de mer au ventre distendu par la pression de l'air, et quelque chose qu'ils avaient commencé à voir ces dernières années : des bouteilles en plastique écrasées. Il n'y avait rien de plus déprimant à contempler qu'une bouteille en plastique sur une maigre prise. Ambrose et ses hommes restaient là sous la pluie agaçante, exposés à l'impact des gouttes, la fumée provenant des tas de poissons qui les enveloppait de temps à autre. Elle sentait mauvais mais au moins ça leur réchauffait le visage. Il aurait aimé se retirer dans la timonerie pour réfléchir sérieusement à la situation mais il n'en eut pas l'occasion.

— On remet ça ? s'enquit Stevie.

Ambrose regarda autour de lui. Les Stags, hautes pyramides de roches à environ deux milles du rivage, étaient faiblement discernables dans la brume détrempée, comme l'étaient d'autres bateaux de pêche. L'Islande avait récemment profité d'une zone d'exclusion de deux cents milles, ce qui signifiait que plus de bateaux se rapprocheraient de l'Irlande, et tous ceux qu'Ambrose pouvait distinguer étaient étrangers. Un bateau français était en haute mer, utilisant probablement un filet inférieur à cinq centimètres. Ils ramassaient tout car il n'y avait rien que leurs représentants ne puissent vendre. Les Français mangeaient tout ce qui avait un œil. Un navire russe impressionnant était positionné à trois milles de là, des bateaux plus petits tout autour de lui. Ils devaient avoir des chaluts-en-bœuf, chargeant le navire chacun leur tour, jusqu'à ce qu'ils aient tout raclé au fond de la mer. Les deux opérations consistaient de toute évidence à pêcher, mais il n'y aurait aucun moyen pour Ambrose de trouver ses repères de pêche car leurs lignes auraient été coupées net.

— On va s'éloigner vers le sud, répondit-il, tout en s'approchant des Stags.

— Pas trop quand même, prévint Joseph, la pipe à la bouche.

Il prit la barre, permettant ainsi à Ambrose de travailler à remonter le matériel, de rester sur le pont avec les mains et l'esprit occupés, mais il était incapable de se perdre dans le travail car Tim était en triste état, se plaignant de tout : la pluie, le roulis, sa femme.

— Nous sommes supposés faire des économies pour agrandir la maison. Elle ne va pas arrêter de me casser les pieds si je ne mets pas de l'argent de côté pour ça. Et je n'en veux même pas, moi, de cette pièce supplémentaire, je suis très content d'aller me réfugier dans la voiture quand on se bouffe le nez.

Lorsqu'ils eurent recommencé à travailler avec le chalut, ils trièrent la pêche précédente, descendirent les caisses dans la chambre froide où ils les mirent à congeler. Cela ne leur prit pas beaucoup de temps et ils allèrent dans la cuisine. Ambrose se posta à nouveau sur le pas de la porte. Stevie prépara du thé et s'assit à la table avec Tim qui se roulait une cigarette. Il avait appris à le faire presque entièrement avec une seule main en raison de ses doigts qui manquaient à l'appel.

— Tu ne nous l'as jamais raconté, comment tu les as perdus, tes doigts, dit Ambrose.

Il n'avait rien dit depuis dix minutes et il avait un ton agacé. Même Joseph, à la barre, le perçut.

— Tu le sais très bien, répondit Tim en s'arrêtant de rouler le papier à deux centimètres de sa lèvre.

— Tu as dû te les faire coincer dans un filet, sûrement, poursuivit Ambrose. Mais tu sais, les détails… D'habitude, tu en ajoutes toujours, des détails, concernant tes malheurs.

Tim baissa les yeux sur la cigarette. Une assiette glissa le long de la table mais il ne la plaça pas sur un dessous en caoutchouc, il la laissa circuler dans un sens puis dans l'autre. Ambrose resta silencieux un moment et il sembla qu'il était passé à autre chose avant qu'il n'ajoute tout à coup :

— Un homme peut faire des tas de choses avec seulement deux doigts, c'est seulement si le pouce y passe, que ça devient difficile. Tu devrais être content, tu ne trouves pas, toi, d'avoir encore ton pouce ?

Stevie partit d'un petit rire nerveux.

— Ah, enfin quoi, capitaine, content, ce n'est pas franchement le mot qui convient quand quelqu'un y laisse des doigts.

Tim ne répondait toujours pas. Il gratta une allumette pour enflammer la cigarette, et cela lui servit de réponse.

Stevie posa sa main sur l'assiette solitaire et dit :

— C'est le moment de remonter les filets, non ?

Ce fut une mauvaise pêche de plus : la journée était un échec complet. Ambrose alla droit à la timonerie et décida d'y rester dorénavant. Quelque chose roulait à l'intérieur de son ventre comme un poisson qui se retourne d'un coup de queue, il n'avait pas de mot correspondant à cette sensation, mais d'autres auraient pu identifier le stress. En plus des besoins de sa famille, il était censé fournir un moyen de subsistance à son équipage. Il aurait été soulagé de remplacer Tim et, concernant Stevie, rien ne l'aurait vraiment dérangé, mais il redoutait de perdre Joseph s'il le quittait pour un autre bateau. Il baissa la vitre en plexiglas et parla aux hommes, sur le pont.

— Nous allons repasser par les Stags mais dans un petit moment, dit-il. J'ai vu une grande quantité de mouettes posées sur l'eau, là-bas.

— On imite les oiseaux, c'est ça? demanda Joseph dont les questions ressemblaient à des interrogations philosophiques.

Ambrose répondit en inclinant la tête sur le côté, un signe admettant qu'il y avait, dans ce choix, autant de pour que de contre.

— C'est comme ça que nos anciens faisaient, reconnut-il.

— Pour ce qu'on en a à foutre, proféra Tim assez fort.

La pluie s'était changée en un crachin dense, dissimulant les Stags même s'ils étaient proches et si une partie de leur sombre présence pouvait être détectée dans la mer. Des mouettes surgissaient du brouillard en décrivant des cercles et, visiblement, l'une d'elles avait un poisson dans le bec.

— On devrait chercher un autre endroit pour pêcher, lança Stevie à la cantonade. Celle-là, elle s'envole avec la moitié du banc.

Personne ne rit. Le patron du Dawn vira brusquement à bâbord et le bateau, qui n'était pas alourdi par des prises conséquentes, oscilla pendant le virage. Ambrose aurait préféré qu'il y ait une importante masse d'eau sous la coque car le reflux venant des Stags rendait les courants imprévisibles, mais lorsqu'il brancha le sonar, l'écran se couvrit de traits épais.

— C'est plein de poisson, ici! cria-t-il.

Ils mirent le filet à la mer, Ambrose accéléra et fonça vers le large. Stevie cria d'allégresse en observant la vitesse avec laquelle le filet se déroulait pendant que Joseph regardait face à la pluie en faisant la grimace, et que sa pipe était serrée entre ses dents. Ambrose connaissait très bien son matériel, il sentait que le filet se remplissait comme un conducteur sait quand son coffre arrière est chargé. Ils avançaient au moteur depuis une heure quand le bateau tout entier se cabra et s'immobilisa. Tous tombèrent en avant; Ambrose perdit une dent en se cognant contre le gouvernail, et la tasse favorite de Tim fut brisée. C'était comme s'ils avaient éperonné un autre bateau, mais ce n'était pas le cas.

— On a croché! hurla Tim. C'est un écueil, espèce d'enfoiré.

Conservant la bouche totalement fermée pour avaler le sang, Ambrose se rua vers la poupe et scruta l'arrière du bateau. Les câbles en fer du filet étaient tendus comme des cordes de guitare. Le Dawn était totalement immobilisé, ce qui donnait l'impression qu'ils reculaient quand ils étaient soulevés par une grosse vague. Il fit la moue, cracha du sang et dit:

— C'est bon, reprenez vos esprits pendant que je nous tire de là. Stevie, viens voir si tu trouves ma dent.

Ambrose n'était pas totalement dépourvu de vanité. Avant toute autre chose, il la retrouva, la planta dans sa mâchoire et mordit dans un écarteur en caoutchouc pour que la racine tienne en place. De la timonerie, il commanda le treuil d'où monta une plainte stridente, mais il n'avait pas assez de puissance pour dégager le filet. Au contraire, la poupe s'enfonça jusqu'à la ligne de flottaison tandis qu'une grande vague déferlait. Ambrose emballa le moteur et réorienta le Dawn de trente degrés d'un côté, puis de l'autre, pour tenter de se libérer. Il sentait que les planches de la coque jouaient et se faussaient dans cette lutte féroce avec le fond de la mer. L'équipage avait condamné toutes les écoutilles et ses membres ramassés sur eux-mêmes étaient assis dans la cuisine.

— Tant pis pour le filet, cria Tim. Coupe-le.

Ambrose recracha l'écarteur.

— Toi, occupe-toi de la bouilloire, rétorqua-t-il.

Il ne voulait pas du tout perdre le filet, non pas pour les poissons qui s'y trouvaient prisonniers, mais pour le prix du filet lui-même, plus de trois mille livres sterling. Il imaginait les rochers en dessous, malicieux, qui le retenaient et que cela amusait. Il était parfois capable de se sentir injustement victime des événements. Il avait un besoin pressant d'uriner et aurait pu confier la barre à Joseph mais il voulait d'abord réussir à dégager le filet. Il pisserait un grand coup après. Il fit en sorte que le Dawn se présente presque le flanc face à la houle, avec les câbles qui le tiraient vers le fond, et le pont à fleur d'eau. L'extrémité d'un panneau du bastingage céda. Ambrose entendit Tim pousser un juron et, tout à coup, Joseph fut à côté de lui.

— Tu n'as pas intérêt à perdre le bateau pour ça, lui conseilla-t-il. L'autre filet est en bon état, dans moins d'une heure, on s'en servira pour pêcher.

— Les filets coûtent cher, répondit Ambrose.

— Je le coupe, cria Tim dans la cuisine.

— Toi, tu restes où tu es !

La frustration était comme un déferlement de chaleur qui s'emparait de lui. Il sentait l'urine bouillonner dans sa vessie. Il perçut un violent fracas derrière lui, dans la cuisine, et comprit que c'étaient les boulons de réserve qui s'entrechoquaient lorsque Tim sortit la boîte à outils de sous le banc.

— Dis à Tim de ne pas s'approcher de la scie à métaux, il n'est pas autorisé à s'en servir !

— Ce n'est pas une mauvaise chose de se tenir prêt, objecta Joseph. Nous pourrions avoir besoin d'agir vite.

Ce “nous” piqua Ambrose au vif. La chaleur envahit ses doigts quand il agit avec énergie, faisant tourner la barre à toute vitesse pour que le Dawn pivote sur place. La tension déserta les câbles de remorquage, le bateau tout entier parut soulagé d’abandonner la lutte. Presque à vide, le Dawn flotta au gré de la houle pendant trois secondes entières avant que l’hélice se remette à fendre l’eau. Ambrose donna encore plus de puissance.

— Ah ! Voilà ! s’exclama Joseph.

Ambrose allait virer sur le treuil et le filet se décrocherait brusquement. En bas, le matériel regimba et leurs prises furent écrasées, mais le filet pouvait être sauvé. Joseph s’éloigna et tenta de retrouver son équilibre sur le seuil. Stevie entoura de ses jambes le pieu central de la table en portant la main à son torse et à son front car il était suffisamment jeune pour se souvenir de la façon dont on se signe. Près de lui, Tim demeurait impassible, fumant une cigarette qu’il s’était roulée, refusant de s’arc-bouter par pur esprit de belligérance.

La rupture se fit proche, plus proche encore, puis elle survint. Stevie glissa sur le banc et percuta Tim, mais celui-ci ne bougea pas. Ambrose fit donner à fond l’hydraulique, conférant au treuil sa puissance maximum. La proue du Dawn se dressa très haut, le fond de l’Atlantique exerçant une immense résistance sur les funes. Le tambour se mit à chauffer, la graisse à se liquéfier. Il y eut une explosion suivie d’une violente torsion et d’un bruit de bois qui s’arracha lorsque le Dawn frémit de toute sa longueur. Le treuil cessa brusquement de fonctionner et la proue replongea. Stevie se leva d’un bond pour voir ce qui s’était produit et ses épaules s’affaissèrent. Ambrose ne put se forcer à regarder mais il tendit l'oreille quand Stevie décrivit la situation : le treuil était toujours vissé fermement à son emplacement sur le pont, mais cette section s'était soulevée, six ou sept planches s'étaient tordues et des vis avaient été arrachées de force.

— Je crois qu'on va pouvoir rentrer à la maison, déclara Stevie.

C'était un coup rude, il y aurait le coût des réparations et les journées en mer perdues, d'autant qu'ils devraient couper le filet et l'abandonner au fond de la mer.

— Le plus grand désastre de tous les voyages auxquels j'aie jamais participé, déclara Tim en ramassant la scie à métaux.

Ambrose ferma les yeux et appuya le front contre le gouvernail.

5

Nous n'étions pas du genre à juger les gens sur une seule erreur, ni même sur plusieurs. Si une d'elles exigeait d'être reconnue, si elle était aussi grosse et injustifiable qu'un trou dans la terre, nous en parlions en essayant de ne pas prendre un ton accusateur. "Une erreur a été commise", disions-nous. Nous nous étions montrés bienveillants quand un grutier avait percuté en marche arrière un des piliers de la grille d'entrée de chez Keeney en détruisant leur aigle décoratif. "Cette route qui passe devant chez Keeney est épouvantablement étroite", avions-nous dit. Jack Boyle avait été convoqué au tribunal et avait écopé d'une amende de trois livres pour avoir conduit avec un frein à main défectueux. "Les voitures ne sont plus aussi bien fabriquées qu'avant", avions-nous dit. C'était notre manière de faire, notre politique, nous devions vivre ensemble, après tout, nous devions vivre les uns avec les autres. Mais l'argent n'avait pas de tels principes. L'argent était vindicatif. Tous, nous entendîmes parler de l'accident qui s'était produit sur le Dawn, nul ne voulait en tenir Ambrose pour responsable, mais nous savions que les Bonnar allaient devoir être prudents. Ils avaient à rembourser un gros emprunt dont le taux d'intérêt était élevé, augmentait de plus en plus. Les remboursements étaient sans pitié.

Pendant les mois qui suivirent, Christine s'aperçut que l'argent lui filait entre les doigts, que vingt livres devenaient une somme importante, puis dix. Un jour, elle prit conscience qu'elle pensait continuellement à l'argent, que ce souci commençait à dominer sa vie. Ce manque de ressources finit par provoquer une rencontre entre elle et Phyllis. Christine laissa un message suggérant qu'elles se voient dans le café de Melly, pensant que ce serait un endroit neutre. Quand elle arriva, Phyllis était déjà installée avec une théière chaude. Il n'y avait pas grand monde, à peine quelques conducteurs de chariots de levage et des agents des pêcheries qui mangeaient des frites et des haricots blancs. Elle s'assit en face de sa sœur, mais ni l'une ni l'autre n'était prête à verser le thé qui par conséquent demeura entre elles, les sachets infusant dans le récipient en acier inoxydable.

— Comment va-t-il ? demanda Christine.

— Pareil, répondit Phyllis.

La porte s'ouvrit en grand quand quelqu'un sortit et il fallut un temps infini pour qu'elle se referme. Elles entendirent les cris des mouettes, des camions qui passaient tout près, le bruit de caisses de poissons qu'on empilait et emmenait à la criée.

— Je n'ai plus assez d'argent pour vous en donner, annonça Christine.

Phyllis s'y attendait.

— Et comment je suis censée faire ? répondit-elle aussitôt. Il n'a pratiquement pas de retraite.

— Tu pourrais travailler quelques heures dans une usine, suggéra Christine.

— Et comment se débrouillerait-il, tout seul ?

— Il n'est pas si désemparé que ça. Il se préparera du thé, s'il doit rester assez longtemps seul avec la théière. Je l'ai vu se faire des toasts une fois, même s'il l'a nié par la suite. Est-ce que ça ne serait pas mieux pour toi aussi, d'avoir un peu d'indépendance ?

Phyllis inspecta le café du regard comme pour y chercher de l'aide, comme pour s'en abstraire, comme si un vieux bonhomme dégoûtant lui faisait des propositions dans l'autobus.

— Si tu ne veux pas trouver un travail, tu pourrais au moins demander à bénéficier du chômage, insista Christine.

Les narines de sa sœur se dilatèrent sous l'effet de la colère.

— Et puis quoi encore ! se récria-t-elle. Un emploi, j'en ai un. Est-ce que tu as déjà vu quelqu'un de plus occupé que moi ? Le chômage !

L'horreur dont elle témoignait aurait pu faire penser qu'elle n'avait jamais envisagé pareille solution, mais en fait, si. Le bureau du chômage se trouvait dans une rue, discrète, près de la laverie automatique, et elle y avait été vue. Elle était restée dans sa voiture jusqu'à ce que la rue soit déserte, était entrée discrètement et avait refermé la porte derrière elle. À l'intérieur, elle était demeurée tout près du seuil, agrippant son sac à main. C'était une longue pièce sans chaises. Les murs étaient de la même couleur que les toilettes des hôpitaux, et complètement nus. Pas d'affiches communiquant des conseils utiles ou des informations sur les droits de chacun. Des droits, il n'y en avait pas à l'époque, seulement des dispenses. La plus grande partie de la lumière provenait de tubes fluorescents car les fenêtres étaient à peine translucides, c'étaient des panneaux en plexiglas, cinglés par les intempéries et ayant la même densité que des couvercles de gamelles. Contre un mur se trouvait un comptoir en bois et, juste en face, un unique guichet à travers lequel elle avait entendu un classeur à anneaux se refermer avec un bruit sec. Le haut d'une tête de femme apparaissant alors, Phyllis avait retenu son souffle, mais l'attention de l'employée était dirigée vers le bas car elle inscrivait la date sur des documents. Si Mme Dolan savait qu'elle se tenait là, cela ne se voyait pas. Même quand des gens se présentaient au guichet, elle s'efforçait de leur venir en aide sans les regarder dans les yeux. Cette attitude n'était pas considérée comme malpolie, mais comme bienséante et appréciée de tous. Mme Dolan savait également qu'il ne convenait pas d'avoir une radio qui marchait ou, à Noël, de décorer avec des guirlandes argentées, car un bureau de chômage devait être un lieu de réflexion. Bois sombre et plancher copieusement usé, cet endroit donnait l'impression d'être un confessionnal, ce qui était parfaitement adapté. Nous nous penchions au guichet et murmurions devant la tête inclinée de Mme Dolan, reconnaissant nos manquements, nos échecs, nos besoins.

Phyllis n'était pas allée aussi loin car quelques secondes après être entrée, elle avait fait demi-tour et pris la fuite.

— C'est une situation intenable, déclara-t-elle chez Melly tandis que Christine se préparait car cette phrase allait immanquablement précéder une remarque extrêmement acrimonieuse. Il ne peut pas s'empêcher de me traiter comme une boniche, mais il n'a jamais appris à faire autrement. Mais toi… tu serais capable de t'occuper d'un enfant abandonné sur des pierres sans avoir une pensée pour ta chair et ton sang. Eh bien, je te rappelle que Eunan est notre père et qu'il est toujours avec nous, juste un peu plus haut sur l'allée.

Christine souleva la théière pour en verser le contenu avec précaution et culpabilité.

— Ah, fit Phyllis d'une voix forte et triomphante.

Les filles, derrière le comptoir, regardèrent dans leur direction. Phyllis baissa la voix en ajoutant :

— Si je dois me débrouiller seule, je le ferai à ma manière.

— D'accord, répondit Christine, c'est réglé, alors.

Le thé étant noir comme du pétrole et ayant cessé de fumer, ni l'une ni l'autre n'en but.

Ce fut donc Christine qui prit un emploi, pas dans une usine de conditionnement, mais plusieurs après-midi à faire les chambres à l'hôtel. L'argent continua de remonter vers le haut de l'allée, mais la conversation avait fait surgir une sorte de cran, chez Phyllis, qui augmenta sa frustration et lui fit également désirer d'autres choses. Cet argent l'aidait, mais les Bonnar, quand même, pourraient généralement se rendre plus utiles. L'été suivant, elle agit selon cette conviction lors de la cérémonie consacrée au baptême des bateaux, une fête annuelle qui avait lieu à la saison basse quand la plus grande partie de la flotte était au port. Nous étions des centaines à y assister. Comme quand elles étaient des gamines, dans leurs habits du dimanche et avec leurs cheveux tressés et enrubannés, elles y avaient toujours assisté avec leurs parents. Elles se rendaient en ville à pied, pour cette occasion, et Eunan marchait en tête de cortège. Plus tard, Christine avait décrété que cette cérémonie était peu appropriée et elle n'avait plus voulu y participer, mais Phyllis avait continué d'y accompagner ses parents, en arrivant à penser qu'il y avait, dans le devoir, de la dignité. Elle n'en était plus aussi sûre.

Pendant le petit déjeuner, Eunan annonça son désir d'être présent pour cette bénédiction et, tandis qu'il enfilait sa veste, Phyllis prit les devants pour aller à la voiture et repousser complètement le siège du passager afin que son père puisse allonger ses longues jambes. Elle remarqua qu'il se tournait pour descendre latéralement les deux marches de la maison. Il lui faudrait bientôt une canne pour se déplacer. Ça fera un drame de plus, pensa-t-elle, quand le moment viendra d'aborder le sujet. Eunan se positionna le long de la voiture avant de se glisser à l'intérieur. Il ne boucla pas la ceinture de sécurité car il ne croyait pas à son efficacité. Phyllis mit le pouce et l'index sur la clef de contact, mais avant de la tourner, elle décida qu'elle ne voulait pas y aller, qu'elle ne voulait pas accompagner son père pour la bénédiction des bateaux. Elle démarra pour ne conduire que vingt secondes jusqu'à la maison de sa sœur où elle s'arrêta. Eunan ne prononça pas un mot mais posa sur elle un regard interrogateur derrière ses yeux agrandis par les lunettes.

— Je n'en ai pas pour longtemps, affirma-t-elle.

Il ne protesta pas, se contenta de regarder droit devant lui et de se mettre en mode attente.

Quand Phyllis frappa à la porte, Christine ouvrit. Elle avait un torchon mouillé à la main ; à l'intérieur de la maison, l'air était aussi humide qu'une jungle et sentait le détergent Persil.

— Papa veut assister à la bénédiction des bateaux, dit Phyllis en tendant les clefs de la voiture. C'est ton tour.

Sans tenir compte des clefs, Christine se tourna pour accrocher le torchon sur le radiateur situé juste dans l'entrée de la maison. Il était important de ne pas le chiffonner, de s'assurer que la moitié arrière ne se déformerait pas dans l'espace entre le radiateur et le mur. Si elle ne faisait pas attention, il lui faudrait plus longtemps pour sécher et il y aurait de l'humidité sur le plâtre. Elle prit toutes les précautions nécessaires.

Phyllis secoua les clefs.

Christine tourna les yeux vers elle, la scruta un bon moment avant de tendre la main. Son aînée les lâcha au-dessus et, sans prononcer un mot de plus, repartit chez elle.

— Bon, fit Christine.

Elle pivota sur place et vit Brendan qui la regardait. Les garçons, maintenant, avaient sept et neuf ans. Elle annonça à Brendan qu'ils allaient partir à la bénédiction des bateaux, lui disant qu'il devait se laver la figure, puis elle sortit et se mit en quête de Declan. À cette époque, ils avaient pour habitude de passer plus de temps dehors qu'ils n'en passaient dans la maison, une habitude certainement plus bénéfique pour la santé. Elle trouva Declan assis dans une caisse à poissons, utilisant une pierre pour enfoncer des clous de quinze centimètres dans un parpaing. Elle l'emmena à l'intérieur, lui dit de mettre sa belle veste. Ambrose regardait la télévision. Il n'avait nul besoin d'assister à la bénédiction de son chalutier, mais quand Christine lui tendit sa casquette, il se leva et s'en coiffa.

Devant la maison, Brendan vint à la hauteur de Declan et lui toucha le bras.

— On va à la bénédiction des bateaux, dit-il tout excité et pressé de partager cette journée avec son grand frère.

Brendan adorait sortir avec lui, même si Declan était généralement boudeur et ne partageait rien. Il ne le fit pas davantage cette fois, soupira simplement comme si tout l'ennuyait considérablement et enfonça les mains dans ses poches.

Dehors, Ambrose monta à l'arrière de la voiture. Brendan se glissa à côté de lui, laissant plein de place pour Declan qui ne voulait pas entendre parler d'une disposition où Brendan se trouverait entre lui et son père. Il fit le tour par l'autre portière.

— Ah, qu'est-ce qu'il y a, encore ? demanda Ambrose.

Mais il se glissa au milieu et Declan s'installa à côté de lui.

C'était sa façon de s'y prendre, ses parents y étaient accoutumés.

Christine monta à l'avant et démarra. Eunan ne fit pas de remarque sur ce nouvel arrangement. Que ce soit l'une ou l'autre des filles, cela ne changeait rien.

Nous étions une belle foule à la jetée, marchant de-ci de-là en attendant l'évêque. Il s'échangeait beaucoup de bonjours, de conversations, et les cris de nos bébés se mêlaient à ceux des oiseaux de mer perchés sur le toit de la criée. Nous vîmes le Dawn parmi les autres bateaux de dix-sept mètres, amarrés perpendiculairement à la jetée, tous paraissant pittoresques à côté des vaisseaux métalliques massifs, bleus, rouges, verts et blancs, de l'autre côté. L'entremêlement de mâts et d'antennes avait fière allure avec les longues guirlandes de pavillons. Nos enfants étaient assis, alignés devant les bastingages des chalutiers, avec leurs jambes qui pendaient dans le vide le long de la coque, leurs visages barbouillés par les croûtes collantes qu'y avaient laissées les glaces à l'eau. Dès que Christine se fut garée, Eunan quitta son siège et, prenant les devants, il se fraya un chemin à travers la foule en quête d'un endroit d'où il aurait une bonne vue. Les Bonnar suivirent le mouvement.

À sa grande surprise, Christine se trouva heureuse d'être là, car elle allait si rarement en ville en compagnie de tous ses proches, et la fierté ruisselait en elle. Elle était fière, même avec son père en tête de la famille, très digne tandis qu'il s'ouvrait un passage à travers l'assistance. Il était capable de se comporter comme un monstre, mais il n'avait pas eu une vie facile. Elle observa les jeunes filles qui se promenaient par groupes de deux ou trois, portant la main à leur bouche pour la dissimuler tandis qu'elles se murmuraient les soucis de l'instant. Quand elle avait cet âge, jamais elle n'aurait cru qu'adulte, elle serait toujours là. Elle avait prévu d'être à des milliers de kilomètres de distance. Pourtant, elle y était bel et bien, et y prenait plaisir : le sens de la communauté, la familiarité du rituel. Elle et Ambrose faisaient halte pour échanger des remarques avec d'autres couples, tenant des propos sur la santé robuste de leurs plus jeunes enfants ou sur leur rapide croissance. Quand nous les observions, que nous les évaluions tel le cheptel lors d'un marché aux bestiaux, les fils Bonnar restaient tranquilles. Certains d'entre nous allaient plus loin, les étreignant fermement par l'épaule et les testant en les secouant un peu. Ambrose et Tommy étaient restés de grands amis mais ce n'était pas une mauvaise chose que le Warrior II ne soit pas là pour une durée prolongée, car la vue du bateau pouvait être difficile à supporter pour Ambrose. Au lieu de cela, il bavardait, mettait tout le monde à l'aise. Ambrose aimait serrer des mains, c'était la réputation qu'il avait, mais avec autant de monde présent, il réservait cela pour ceux avec qui il avait un jour entretenu un désaccord important. Christine leva le regard vers lui avec retenue pendant qu'il parlait, se rappelant qu'en règle générale, elle était satisfaite de lui. Il avait les cheveux qui grisonnaient et n'était plus aussi leste que par le passé, mais il continuait de dire des choses surprenantes, plusieurs fois par semaine, de travailler dur, et il n'allait jamais fureter du côté des machines à sous. Pas plus qu'il ne buvait avec excès, ce que tout le monde respectait, surtout ceux qui buvaient avec excès. Il conservait également sa neutralité d'habitant venu de l'extérieur, chose à laquelle il avait l'intelligence d'accorder une grande valeur et qu'il s'efforçait de respecter. Il ne se laissait jamais aller à dire du mal des autres. Même lorsqu'ils parlaient seuls tous les deux, il avait tendance à privilégier le côté le plus optimiste dans le comportement de quiconque, sans y chercher des motivations cachées. Elle ne savait pas très bien si c'était par stratégie ou s'il s'agissait d'un comportement auquel il n'avait jamais prêté attention, mais que ce soit l'un ou l'autre, c'était essentiellement positif. Et il y avait les garçons, une source de fierté plus grande encore. Elle était heureuse de leur avoir dit de mettre leur plus belle chemise. Ils marchaient tous les deux sur la jetée un peu devant elle, chacun d'un côté d'Ambrose. Declan prenait rapidement une certaine carrure, il avait le visage rougeaud, exactement comme son père, avec des sourcils foncés qui amplifiaient son expression coléreuse quand il s'énervait. Il se comportait mieux quand il était seul, lorsqu'il l'amusait parfois avec des remarques pleines d'esprit et acceptait de faire le ménage, de nettoyer autour du fourneau et de préparer une lessive. Brendan avait trop du rêveur éveillé pour être utile à cet égard. Même s'il avait les cheveux noirs, ses sourcils clairs, presque invisibles, conféraient à son visage un air franc, innocent. Il était encore assez jeune pour s'agripper à la main de son père, ce qu'il faisait à l'instant présent. Declan le remarqua immédiatement et Christine vit son visage se fermer. Jusqu'à récemment, il aurait pris l'autre main d'Ambrose, pour ne pas être tenu à l'écart, et serait même parvenu à l'éloigner de Brendan, mais peut-être se sentait-il désormais trop âgé pour donner la main. Au lieu de cela, il accéléra le pas pour marcher près de son grand-père. Christine avait remarqué qu'ils apprenaient à se connaître.

Eunan identifia un endroit d'où ils auraient la meilleure vue sur le bateau d'Ambrose et se dirigea de ce côté-là, s'attendant à ce que la foule s'écarte devant lui ce que, bien sûr, nous ne manquâmes pas de faire. Les Bonnar se rassemblèrent autour de lui, Ambrose guidant les enfants jusqu'au bord et leur disant de ne pas tomber dans l'eau. Nous ne pouvions voir l'évêque à cause de tous les bateaux, mais le bruit d'un hors-bord qui pétaradait suffisait pour que nos voix se fassent moins bruyantes et que les fumeurs écrasent leurs cigarettes.

— Le voilà, dit une des filles McCafferty quand l'évêque fit son apparition au détour d'une coque.

Il se tenait près de la proue d'un bateau bordé à clins, ses vêtements épiscopaux s'envolant et retombant sous la brise, son col chassé au-dessus de l'épaule. Il était tête nue, sachant qu'il ne pourrait risquer de se coiffer de sa mitre. Le bateau à clins appartenait à Ed Curran, de la famille Altcor Curran, dont le fils étudiait la médecine, à ne pas confondre avec les Bugnago Curran, dont le fils était en prison. Ed était recroquevillé à l'arrière à côté du moteur hors-bord où ses cheveux blancs d'ordinaire rabattus sur son crâne dégarni fouettaient sa peau en une longue mèche. Joe McGee, de l'Association des Pêcheurs, s'y trouvait aussi, vêtu de son costume et affichant sur les siens un léger reflet de gel. Le hors-bord caressait la surface du bassin tandis qu'ils passaient devant la flotte et que l'évêque aspergeait d'eau bénite chaque proue à l'aide d'un système d'arrosage étincelant et spécial qui rendait cette opération possible. Nous ne pouvions entendre ses incantations mais nous voyions ses lèvres remuer. Une bourrasque se leva, agita la surface de la baie et, quoique le tangage fût léger, l'évêque décida qu'il ne pouvait remplir sa mission en demeurant debout. Il s'assit donc sur le banc de devant pour bénir les bateaux. Cela réduisit l'ampleur de la manifestation et la foule grommela, car certains avaient parcouru cinquante kilomètres tout ça pour voir arriver un évêque assis sur son fondement. Eunan figurait au nombre des protestataires.

— *Ach*, Papa, intervint Christine, il a plus de soixante-dix ans.

— J'en ai plus de soixante-dix et tu ne me verras pas me donner en public de cette façon, répliqua son père.

Quand l'évêque parvint au Dawn, Ambrose posa une main sur l'épaule de chacun des garçons, finalement heureux d'être là. C'était un événement qui méritait d'être vu.

— On ne peut pas dire qu'il l'ait beaucoup arrosé, critiqua Eunan.

Le bateau à clins de l'évêque continua son chemin et nous fîmes de même en essayant de ne pas le perdre de vue. Ambrose et Christine suivirent la foule mais l'évêque avait baissé dans l'estime de Eunan qui marchait avec une lenteur irritée. Declan restait en arrière avec son grand-père et Brendan l'imita car il était en quête d'une attention fraternelle.

— Si j'avais quatre pence de plus, je pourrais m'acheter une barre chocolatée Mars.

— Va te faire voir, lui répondit Declan.

Lorsque l'homme d'Église se retrouva à l'abri derrière les grands bateaux, nous pûmes entendre ses mots et les conditions étaient assez stables pour qu'il se lève à nouveau. Nous étions contents et tout serait pardonné, sauf en ce qui concernait Eunan qui boycotterait les bénédictions futures jusqu'à ce qu'il y ait un nouvel évêque. Lorsque le dernier chalutier eut été béni, le bateau transportant l'évêque disparut vers la rampe de lancement, nous allumâmes des cigarettes et nous dispersâmes. Christine et Ambrose trouvèrent Eunan et Declan du côté de la jetée qui donnait sur la ville.

— Où est Brendan ? demanda Christine.

— Il n'est pas avec toi ? s'étonna Eunan.

Elle porta la main à sa bouche. Declan sauta sur une bitte d'amarrage pour regarder d'un côté et de l'autre de la jetée, ressentant soudain le poids de la responsabilité d'une manière bien plus intense qu'il ne l'aurait cru. Ambrose se tourna mais, ne réussissant pas à voir Brendan, il courut vers le bord pour regarder dans l'eau. Certains pourraient s'imaginer qu'un enfant ne pourrait pas, sans être vu, tomber d'une jetée envahie de monde, mais Ambrose savait bien que cela arrive. Un jour, au large de Castletownbere, il s'était trouvé en compagnie de quatre équipages sur le pont du Ard Ronan alors qu'ils avaient des poissons à chair blanche jusqu'à hauteur de genoux. Triant, éventrant, frappant. Ils travaillaient intensément, la tête baissée. Il y avait de grosses vagues mais rien d'exceptionnel, la pluie était légère et il avait bien fallu une minute entière avant qu'ils s'aperçoivent qu'un d'entre eux avait disparu… certainement pas plus d'une minute, s'en donnèrent-ils eux-mêmes l'assurance par la suite. Ambrose avait regardé l'endroit où leur camarade s'était trouvé, et il lui avait fallu des secondes pour comprendre la raison pour laquelle la ligne d'horizon n'était plus interrompue. Avait-il trébuché, s'était-il évanoui, avait-il glissé dans le sang ? Ils ne le sauraient jamais, mais son corps avait été rejeté par la mer une semaine plus tard et Ambrose avait compris cette vérité essentielle : la mer pouvait revendiquer quiconque silencieusement. Nous vivions et travaillions en bordure d'un appétit vorace. Si nous en approchions trop le pied, nous disparaissions avant d'avoir poussé un cri, nous ne laissions rien derrière nous hormis notre dernier souffle.

Il courut en remontant la jetée et en criant. D'autres comprirent la situation et reprirent l'alerte.

— Brendan Bonnar est tombé à l'eau !

Lors d'une urgence, même les plus lourds des pêcheurs bondissent tels des cervidés, et ils grimpaient maintenant aux échelles. Notre vitesse, notre crainte eussent été les mêmes pour n'importe quel enfant, mais il y avait assurément un sentiment bien distinct parmi nous à l'instant présent : communautaire et impulsif. Il s'agissait de Brendan Bonnar, qui était venu parmi nous d'une manière qui, nul ne le niait, était à tout le moins quelque peu mystérieuse.

Lui que nous regardions toujours avec un intérêt supplémentaire. Nous ne nous étendions pas sur ce fait, mais c'était le garçon qui avait su nous faire ressentir, en tout cas pendant un temps assez long, une sorte d'émerveillement que nous n'avions jamais oublié.

Ambrose se laissa glisser le long d'une échelle jusqu'à ce que ses pieds soient dans l'eau et il fouilla du regard le côté inférieur de la jetée. Un système de structures en béton la soutenait, horizontalement, verticalement et en diagonale. Et l'eau noire, couverte d'une couche d'huile, clapotait contre elles. Aucun signe de Brendan. Avec une telle multitude de bateaux amarrés, quiconque tomberait heurterait vraisemblablement un pont de bateau, mais un garçonnet pourrait s'insinuer entre coque et jetée. Ambrose vit d'autres hommes se laisser descendre jusqu'aux ponts et scruter l'eau, il entendit des cris et le moteur du hors-bord d'Ed Curran lorsque celui-ci fit demi-tour. Ambrose n'était pas du genre à prier mais ses pensées se portèrent vers Dieu, à qui il s'adressa avec calme mais fermeté.

— Si tu m'as repris Brendan, je tuerai Ton évêque. Je le poignarderai dans le cou.

Une voix lui parvint d'en haut. Mick Cannon était au sommet de l'échelle.

— Il n'a rien, Ambrose.

Il ne pointait pas le doigt vers la jetée mais au-dessus de la tête du marin pêcheur.

— Je le vois. Il est sain et sauf.

La panique n'avait même pas duré trente secondes, mais assez pour qu'il en ait le ventre complètement noué, et son corps, maintenant, s'effondrait totalement, mou et sans ressort. Il n'était pas encore capable de remonter à l'échelle, ses bras pouvant seulement s'enrouler autour d'un barreau et l'empêcher de tomber. Il vit le bateau à clins apparaître derrière un chalutier avec Ed, Joe, l'évêque et, à la proue, Brendan, dont le visage présentait une expression neutre et qui n'était ni mouillé ni blessé. Ed héla Ambrose :

— Il a descendu une échelle et a voulu venir avec nous. Nous avons accepté par crainte qu'il tombe à l'eau.

— Ramenez-le sur la rampe, répondit Ambrose.

Pris d'un épuisement total, il resta un instant sans pouvoir bouger puis grimpa l'échelle et se tint sur la jetée, de l'eau sale ruisselant de ses chaussures du dimanche. Nous attendîmes près de lui tout en lui laissant tout l'espace possible et sans l'embêter par des paroles. Dans les yeux de Mick Cannon, il y avait des larmes, mais ç'avait toujours été un tendre. Quand Ambrose bougea, nous l'imitâmes tous, formant une procession silencieuse vers l'endroit où Brendan avait été déposé sur le plan incliné. Cinq ou six femmes se tenaient autour de lui à lui faire des remontrances et Christine avait la tête penchée de sorte que son visage était à peine à deux ou trois centimètres du sien, qu'elle l'agrippait par les bras et hurlait à ses oreilles.

Cette journée marqua le début de quelque chose. Brendan commença à se lancer dans de longues promenades, disparaissant durant de longues heures. Il n'y avait rien d'anormal à ce que des enfants partent marcher, nous n'avions pas de terrains de jeux et ne pouvions pas les avoir dans les jambes toute la journée : c'était donc une bonne chose qu'ils trouvent eux-mêmes des occupations. Declan traînait souvent en ville avec les fils Sharkey et, pour l'essentiel, cela ne posait pas de problèmes. Mais le style de Brendan était différent, il était toujours seul et les distances qu'il couvrait étaient beaucoup plus longues : allées lointaines, tourbières étendues ou balades le long du rivage. Nous en vînmes à appeler ses périples des "chasses", ce terme paraissait adapté. Ses parents essayaient de le garder à la maison mais ils avaient beaucoup à faire et Brendan trouvait toujours une occasion de s'en aller pour une chasse. Au long de ces pistes, il risquait de perdre son chemin comme n'importe quel enfant, de s'arrêter pour examiner une souche ou un mouton mort, mais les trajets mêmes qu'il couvrait prouvaient qu'une volonté forte s'exprimait. Nous connaissions tous son visage et nous nous arrêterions s'il nous arrivait de le voir trop loin de chez lui. Il ne savait pas comment se comporter vis-à-vis de nous, lançait des regards ici ou là en gardant les mains jointes derrière le dos. Si on lui demandait où il allait, il répondait "Juste en haut de cette route", ou "par là", en indiquant la direction d'un petit geste de la tête. Il avait une façon de regarder sur le côté et de parler dans un murmure qui vous donnait l'impression de le détourner de choses importantes dont il ne vous parlerait pas parce que vous étiez trop obtus pour comprendre. "Ce garçon représente un énorme souci pour Christine", disait Phyllis dans la boutique ou la salle d'attente de la clinique, négligeant de préciser qu'elle représentait elle-même un souci certain pour sa sœur. Il était exact que Christine avait désormais des rides autour des yeux et qu'elle ne semblait plus aussi accommodante. C'était très vraisemblablement le manque d'argent qui l'inquiétait, mais il y a des gens, et pas seulement Phyllis, qui insistaient pour en juger Brendan responsable. "Ils ont été courageux de prendre ce garçon chez eux, disaient-ils. Sans rien connaître de sa famille, sans savoir ce que le temps passé dans le tonneau avait pu causer. Ça n'a rien d'étonnant s'il devient sauvage."

Ceux qui n'avaient pas d'enfant exprimaient leur accord avec assurance, mais certains buvaient une gorgée de thé, ou de ce qu'ils avaient devant eux, et ne répondaient pas. C'étaient les parents des enfants à problèmes, qui peut-être étaient plus âgés, plus mûrs, et qui étaient partis de la maison, mais qui n'en restaient pas moins une épreuve, nécessitant de la patience et de l'argent. Peut-être trop mal à l'aise avec les autres, trop attirés par l'alcool ou souffrant d'une manière ou d'une autre d'un déséquilibre qui jouait contre eux. Ces parents savaient qu'on ne peut jamais prévoir comment un enfant va tourner, qu'il soit votre enfant naturel ou pas. Ils avaient appris, fondamentalement, que chaque enfant vient de la mer, qu'il est poussé à la surface de l'eau vers les chevilles de ses parents, les bras tendus vers eux, prêt à être formé par eux, avec quelques dispositions déjà en place, profondément ancrées et jamais tout à fait compréhensibles.

Un dimanche où il faisait chaud, le printemps suivant, Declan et les deux fils Sharkey exploraient les terrains des usines de conditionnement. À chaque extrémité, de hautes portes coulissantes leur donnaient l'aspect de hangars de l'aviation. Il y avait dans l'air une odeur de lubrifiants pour machines et de poisson. Pas du poisson pourri, car la pourriture est l'odeur de la décomposition. Cette odeur-ci se composait de nombreuses couches qui s'étaient succédé au fil des ans et étaient stables : dense et salée, se renforçant à la lumière du soleil. Si l'on passait le doigt à la surface de quelque objet que ce soit, il délogeait une couche d'écailles de poisson séchées qui se détachaient tels des confettis. Le week-end, les usines étaient fermées et les enfants étaient libres d'escalader des piles de caisses, de se faire pousser les uns par les autres à l'intérieur de tonneaux, ou de casser des choses. Chacune de ces activités était décidée par Declan, car c'était lui le chef. Sa capacité à sécréter le mépris lui avait valu ce rôle, un savoir-faire qu'il aiguisait en vivant avec Brendan. Il savait comment préserver une part de lui-même, était capable de ne pas tenir compte de ce qu'un autre garçon faisait même si, secrètement, il pensait que c'était intéressant et avait envie de faire comme lui.

Ils s'approchèrent d'un tas de tonneaux en plastique bleu, assemblés à l'horizontale près du mur de l'usine de poissons de Gallagher. Ils étaient maintenus en place par une cale et, s'ils la retiraient, il était certain qu'ils dégringoleraient dans une avalanche très amusante. Declan était sur le point de s'en assurer quand ils entendirent un bruit au milieu d'un fourré derrière le grillage. Une silhouette en sortit, Brendan, dans une de ses chasses. Il n'était pas particulièrement intéressé par les cours, préférant les parcelles à demi sauvages et envahies de végétation sur l'arrière, des zones de séneçon jacobée, de ronces et de jeunes faux platanes. Les rebuts de l'industrie piscicole gisaient au milieu des racines : des tapis roulants d'usine et des amoncellements de vieux filets qui avaient fusionné en masses solides. Brendan tenait justement un élément de tapis roulant auquel la rouille avait donné la forme permanente d'un U. Il le leva.

— Regardez ce que j'ai trouvé, dit-il.

Si les Sharkey avaient été seuls ils auraient traité Brendan de demeuré, mais comme Declan était son frère ou quelque chose d'approchant, ils restèrent à le regarder. Declan s'éloignait déjà.

— Venez, leur dit-il sans regarder derrière lui.

Brendan disparut à nouveau dans les fourrés.

La rencontre déstabilisa Declan. Errer sans raison particulière était une des occupations de Brendan et Declan prit conscience qu'il faisait de même. Il décida d'arrêter, de ne plus jamais vagabonder. Cette décision, quoiqu'étant la sienne, le tourmenta et il se mit en quête de son père. Il se rendit à la jetée sans traverser d'autres terrains industriels même s'il savait que les Sharkey, qui le suivaient, avaient envie de le faire. Le Dawn était amarré et Ambrose lubrifiait les palans et poulies sur le mât de charge, se préparant pour une sortie en mer. Declan descendit l'échelle et mit pied à bord. Les Sharkey ne le suivirent pas en bas : le sentiment d'intimité familiale et la façon dont le bateau la représentait les incitèrent à attendre sur la jetée puis, Declan ne tenant pas compte d'eux, ils s'éclipsèrent bientôt en se sentant rejetés même si cela ne les empêcherait pas de le suivre une prochaine fois.

Ambrose lui-même pouvait être déconcerté par l'attitude détachée de son fils. Il fut soudain honteux de l'état du pont du bateau.

— Il est grand temps que je le fasse repeindre, annonça-t-il d'un ton jovial.

Si Brendan avait été présent, Declan aurait tenté d'accaparer l'attention d'Ambrose et il serait devenu bavard, mais étant seul, il n'en ressentait pas le besoin et se contentait de rester là.

— C'est de la bonne mécanique, affirma Ambrose en donnant à l'un des leviers de la grue une petite tape de sorte qu'il glissa dans sa rainure. Je pourrais lancer le moteur si tu veux faire un tour.

Declan fit non de la tête, le matériel de pont ne le passionnait pas franchement. Cela avait perdu tout attrait en raison des pénuries et des soucis. Presque chaque jour, ses parents parlaient de ce qu'ils devaient à la boutique ou à la compagnie d'électricité. Dès l'âge de dix ans, il avait appris que la pêche était un moyen de subsistance précaire. Il préféra entrer dans la cuisine du bateau où son père le suivit en s'essuyant les mains sur son pantalon. Ambrose affichait une grimace et ses sourcils étaient levés dans une expression presque soumise.

— Le jeune Stevie n'ayant pas encore acheté nos provisions, je n'ai pas de biscuits à t'offrir, dit-il. Mais là…

Il ouvrit le sac de sucre posé sur la table dans lequel une petite cuillère était continuellement plantée qu'il sortit remplie à ras bord pour la présenter à son fils.

— Je ne le fais plus, ça, l'arrêta Declan.

Il fallait se rendre à l'évidence, les garçons grandissaient à une vitesse constante, mais Ambrose ne remarquait leur progression que par à-coups et il se trouvait brusquement frappé par la franchise adulte de cette attitude, les pouces enfoncés dans les poches du jean.

— Oh, fit Ambrose qui regarda le sucre et, à la place, l'enfourna dans sa propre bouche, scellant complètement les lèvres pour que chaque granulé reste à l'intérieur quand il retira la petite cuillère.

— Il y a plein d'énergie, là-dedans, ajouta-t-il ensuite.

Cela ne se voyait pas, mais Declan adorait cette cuisine. Tous les objets avaient des angles durs et possédaient plein de fonctions, même s'ils nécessitaient aussi d'être entretenus et compris dans leurs moindres détails. Tout le fascinait, la cuisinière à deux feux, le gril cabossé mais solide ; la liste des fréquences radio écrite à la main et scotchée sur le poste ; la bonbonne de gaz sous le comptoir, maintenue en place par une vieille chambre à air ; et, vissé dans le mur, un présentoir en bois pour les tasses, l'anse à portée de main. Cela avait un caractère domestique, les hommes faisaient la cuisine et mangeaient juste là, mais c'était ce côté domestique des hommes, sans façon ni hygiène excessive. Ce n'était pas un lieu pour des mamans. Une chose en commun avec la cuisine de la maison était une grande bouteille de liquide vaisselle Fairy Liquid à côté de l'évier, mais celle du bateau était couverte d'empreintes de doigts noires. Declan voyait son père faire pareil à la cuisine, chez eux, il savait donc que les marins font jaillir des jets de liquide dans leurs paumes et s'en servent pour se laver, même le visage. C'était du Fairy Liquid pour hommes.

Ambrose s'assit à la table et récupéra une cigarette à demi fumée dans le cendrier. Il les roulait, désormais, pour faire des économies.

— Tu as une idée de l'endroit où est ton frère ? demanda-t-il.

— Ce n'est pas mon frère.

Ambrose rit et éteignit l'allumette en la secouant d'un geste vif.

— Vous serez très copains, un jour, tu verras.

Declan fit à nouveau le tour de la cuisine du regard et Ambrose en ressentit une impression si inhabituelle qu'il aurait eu de la peine à la nommer : de l'embarras. Il détestait le gril abîmé et la bonbonne de gaz n'était certainement pas dénuée de danger.

— Il ne nous emmènera pas jusqu'à Rockall, déclara Ambrose d'un ton rêveur mélancolique, mais nous allons bien assez loin comme ça.

— C'est quoi, Rockall ? demanda Declan.

— Un lieu de légende, répondit Ambrose, gagné d'une humeur romantique qui passait outre aux embarras avec aisance.

Il savait qu'il réussirait à charmer son fils avec une touche de traditions maritimes, c'était une chose qu'il avait souvent faite. De tels récits n'avaient rien de déplaisant et pourraient élargir les horizons de Declan.

— C'est une petite île, raconta Ambrose, un simple rocher, c'est tout, où les fonds marins font jaillir une phalange hors de l'eau. Il se trouve à mi-chemin entre ici et l'Islande, le point le plus reculé de la planète.

Obnubilé lui-même par cette vision, il tourna son regard vers le nord-ouest même s'il n'y avait rien à voir depuis le banc, hormis des striures sur la cloison en contre-plaqué.

— La pêche y est bonne, c'est ça ? demanda Declan.

— Oui, mais c'est bien plus que ça, assura Ambrose avec un geste expansif des mains. Rockall est au-delà de tous les tracas.

Cette pensée fut telle que Declan aussi regarda la cloison nord-ouest.

— Tu y es allé ? demanda-t-il.

— Oh non, non, répondit Ambrose en souriant et en secouant la tête.

Declan n'était pas un garçon qui cherchait à faire plaisir, mais il souhaitait que son père ait quelque chose d'impressionnant. Pour le satisfaire, et se satisfaire aussi peut-être, Ambrose leva l'index d'une façon qui suggérait une possibilité.

— Peut-être un jour, dit-il.

Peu après, Declan rentra à la maison mais sa visite avait laissé son père extrêmement motivé. Il passa son temps à appliquer de la graisse sur les parties mobiles du Dawn, et mit de l'ordre dans la cale car il voulait partir aussitôt que l'équipage serait à bord. Joseph fut le premier à apparaître et venait à peine de poser le pied sur le pont quand Ambrose dit :

— J'ai pris une décision. Je vais travailler sur un plus gros bateau. Dès notre retour, je vais à la banque et je leur expose mon projet.

Joseph tira une bouffée de sa pipe, l'écarta de sa bouche et déclara :

— Il faut d'abord convenir d'un rendez-vous.

Ce fut donc plusieurs jours après leur retour qu'Ambrose consacra une éternité à se nettoyer les ongles dans la salle de bains. Il ne parla pas du rendez-vous à Christine, il voulait la surprendre ou, si le prêt lui était refusé, il voulait pouvoir le lui dire quand il le voudrait, ou pas du tout. Comme une bonne marche aide un homme à mettre de l'ordre dans ses pensées, il se rendit à la banque à pied. Lorsqu'il y parvint, un convoi militaire, trois jeeps et un véhicule blindé, s'en allaient avec le fourgon de transport de fonds. Il profita du spectacle, c'était bon signe : le président de la banque savait qu'il allait avoir besoin d'argent liquide aujourd'hui. Il grimpa les marches d'un bon pas et faillit entrer directement dans le bureau du président, mais un membre du personnel lui indiqua qu'il y avait d'autres clients avant lui. Ils se tenaient devant un comptoir, à additionner des chiffres et, contrairement à lui, affichaient des expressions inquiètes. Tank McHugh faisait des additions et était exaspéré par la petite chaîne qui retenait le stylo. Ambrose n'avait pas besoin de faire quelque chose à la dernière minute, il avait dans une chemise trois lettres du Bureau de l'Industrie de la Pêche et un plan d'exploitation que Tommy l'avait aidé à préparer.

Wilbur Kane vint l'accueillir à la porte du bureau et le fit entrer avec civilité. Ses lunettes correspondaient au poste, mais il était jeune pour le rôle. Ambrose avait préféré son prédécesseur, un gaillard au visage rougeaud et enjoué qui avait une activité secondaire d'éleveur de bovins et aimait dire aux visiteurs qu'il ne savait pas taper à la machine. Il n'était plus là depuis un an, crise cardiaque. Ambrose observa les objets posés sur le bureau de Wilbur. L'ordinateur donnait l'impression d'avoir un écran de sonar, mais avec un clavier relié par un câble. Juste à côté se trouvait une sorte de jouet brillant composé de cinq sphères ayant la taille de grosses billes, alignées à l'intérieur d'un cadre qui avait la forme d'un cube. Le pendule de Newton était à l'apogée du chic dans les décors de bureaux, à l'époque, et faisait un beau cadeau pour un oncle président de banque qui n'avait pas de passions particulières. C'était ainsi que celui-ci avait échoué sur le bureau de Wilbur. Il en avait deux autres chez lui.

— Nous allons plutôt nous installer ici, l'invita Wilbur en dirigeant Ambrose vers la table basse et deux fauteuils moins officiels d'aspect, même s'il ne put s'empêcher d'être guindé quand il fut assis dans l'un d'eux.

— J'espère que vos fils se portent bien ? s'enquit-il.

— Ils sont en parfaite santé, répondit Ambrose en se préparant à ce qu'une allusion fût faite à sa bonté, surtout en ce moment où Brendan devenait difficile.

C'était une entrée en matière dont Ambrose aurait aisément pu se passer, mais cette coutume lui manqua néanmoins lorsque Wilbur ne se comporta pas comme tout le monde.

— Je suis content de vous l'entendre dire, fut tout ce qu'il déclara sans témoigner beaucoup d'intérêt.

— Il paraît que vous proposez des prêts pour les nouveaux bateaux, se lança Ambrose.

— Ce sont des prêts importants, répondit Wilbur qui se tut un instant d'un air lourd de sens comme s'il s'attendait à ce que le pêcheur lui confie qu'il n'en voulait pas dans l'immédiat, puisqu'il s'agissait de grosses sommes.

Son optimisme encaissa un nouveau choc.

— C'est Tommy O'Gara qui est mon conseiller. Il me guidera comme il convient.

— M. O'Gara sait ce qu'il fait, confirma Wilbur.

Ambrose espérait qu'il pourrait arracher un rire à son interlocuteur. Il reprendrait confiance en lui, s'il y parvenait.

— Tommy, c'est moi qui lui ai appris tout ce qu'il sait, dit-il en souriant.

Wilbur sourit effectivement, mais ce n'était pas le genre de sourire qu'Ambrose espérait.

— Pas *tout*, assurément ? dit-il.

— Non, non pas tout, reconnut Ambrose.

— Il y a un problème dans cette ville, reprit Wilbur, les gens ne sont pas honnêtes les uns vis-à-vis des autres. C'est pour d'excellentes raisons, nous vivons et travaillons de manière très proche, donc nous nous efforçons de faire en sorte que tout se passe bien ; nous ne voulons jamais nous mêler des affaires d'autrui ni causer de l'animosité. Mais cela signifie que personne ne va vous dire ce que vous faites mal, même si c'est évident. Monsieur Bonnar, je ne vais pas vous faire perdre votre temps ou vous mentir par omission, je vais vous l'annoncer sans ambages. Vous n'obtiendrez pas de prêt d'une banque, en raison de paiements non honorés. C'est la réalité des faits pour ce qui est des prêts, dans l'état actuel des choses.

— De paiements non honorés ? répéta Ambrose en s'enfonçant dans le siège. Mais, ça ne m'est jamais arrivé.

— Pas pour votre bateau, pour votre maison, précisa Wilbur.

Ambrose réfléchit trois secondes.

— Ah, fit-il.

Il fut à nouveau très vite dans la rue, mais il ne se voyait pas rentrer directement chez lui. Nous le vîmes marcher jusqu'à la jetée et, quand il remarquait l'un de nous, il levait la main dans une salutation raide qui communiquait également un désir de ne pas parler. Une famille de touristes furetait du côté de la jetée et s'était arrêtée pour photographier le Christine Dawn. Comme il n'avait pas l'intention de se laisser irriter par des questions, il attendit qu'ils soient partis avant de descendre sur le pont. Il fit chauffer de l'eau dans une casserole, s'en servit pour nettoyer la cuisine avant d'en jeter aussi sur le pont arrière et de recommencer à frotter, l'eau savonneuse s'échappant par les trous d'écoulement latéraux. Sur la jetée, des gens l'entendirent jurer à deux ou trois reprises. Il ne s'arrêta pas le temps de fumer une cigarette ou de boire une tasse de thé, mais se mit aussitôt à utiliser le tuyau d'arrosage puis à brosser vigoureusement le pont du milieu et celui de la proue, ses bras et son corps entier s'activant telle une machine. Quand tout cela fut fait, il décida de se risquer à reprendre le chemin de chez lui.

Il entra dans la pièce principale. Christine et les garçons constatèrent son retour mais ne réagirent pas car ils regardaient *L'Incroyable Hulk* avec une grande concentration. Un inconscient qui énervait Banner lui avait même flanqué une gifle. “Vous n'allez pas m'apprécier si je me mets en colère”, prévint Banner. Mais l'abruti continuait. Christine était assise dans le canapé deux places qu'elle partageait avec son cendrier. Brendan à son emplacement favori pour la télévision, sur le faux carrelage, à côté des jambes de sa mère, appuyé contre un des accoudoirs en bois. Declan sur l'autre fauteuil à une place, les genoux relevés contre la poitrine, saisi d'une véritable terreur. Un curieux aspect de la personnalité de Declan était sa grande réceptivité devant la télévision. Banner commença à se métamorphoser en Hulk. Il vira à la couleur verte, rugissant et jaillissant de ses vêtements déchirés.

— C'est vraiment dommage d'abîmer une aussi belle chemise, remarqua Christine.

Ambrose croisa les bras. Le mouvement qu'il fit à la limite de leur champ de vision leur rappela à tous qu'il était là.

— Où étais-tu ? lui demanda Christine dont les yeux n'avaient pas quitté l'écran.

Hulk souleva l'individu qu'il projeta au travers d'un mur.

— Je travaillais sur le bateau, répondit Ambrose.

Personne ne dit rien pendant trente secondes. Filmé au ralenti, le crétin fut à nouveau catapulté ici et là.

— J'ai discuté avec Wilbur Kane, annonça Ambrose.

— Je me souviens que je lui ai vendu des chaussures, dit-elle.

— Il prétend que nous n'avons pas honoré des remboursements sur la maison.

— Ça arrive à plein de gens, réagit-elle avant de le regarder. Il s'en est plaint ? Ne fais pas attention à lui. Nulle banque ne va saisir un bien pour quelques milliers de livres. La moitié du Donegal sera dehors sur les routes, s'ils le font. Nous allons rattraper notre retard.

Ambrose ne répondit rien. L'inconnu poussait des plaintes sous des amoncellements de plâtre. Hulk entendit les sirènes de la police qui approchait et il partit en bondissant, s'éloignant vers les collines.

— J'ai eu besoin de l'argent pour venir en aide à Phyl et à Papa, expliqua Christine.

— C'est bien ce que j'ai pensé, dit Ambrose.

Il prit le cendrier et s'assit à côté d'elle pendant que les publicités débutaient.

— C'est important ? lui demanda-t-elle.

— Non, répondit-il. Il y a quoi, à manger ?

6

La ronde des saisons se poursuivit. La fête foraine arriva puis repartit, nos enfants retournèrent à l'école et nous dépassâmes Noël. Il y eut des gelées, le linge fut raidi par le froid sur les fils et nous dûmes faire attention au verglas noir sur les routes. Le laitier laissait les bouteilles près de nos marches, mais le temps que nous les récupérions, des petits oiseaux s'y étaient attaqués et avaient percé des trous dans les bouchons pour picorer les matières grasses. Les conduites d'eau de Noreen Coyle éclatèrent et abîmèrent ses linoléums. Kathleen Cunningham entra à l'hôpital pour des analyses, puis en ressortit. Nous fîmes tous des commentaires sur la nouvelle hausse des taux d'intérêt. "Ça dépasse le ridicule", protestions-nous, même si c'était probablement pire pour ceux qui ne disaient rien. Daniel McGuinness, de Drimbarty, vit tous ses meubles emportés par des recouvreurs de dettes. Il n'en parla à personne pendant trois mois.

Jusque-là, les années 1980 ne traitaient pas bien la majorité d'entre nous. Tout l'argent disponible s'échangeait entre de moins en moins de personnes alors que d'autres vivaient dans le manque. Notre détermination à bâtir des maisons pour nous restait forte, mais de nombreux projets étaient victimes de l'économie, et des maisons demeuraient inachevées sur le bord des routes. L'argent pouvait venir à manquer vers la moitié de la construction, laissant quatre murs de parpaing avec des trous en guise de portes et de fenêtres, une sorte de ruine sortie du néant qui restait des années sans que rien ne soit fait sinon s'accrocher au permis de construire. Même quand nous parvenions à terminer une maison, nous ne pouvions être tranquilles car il nous restait vingt-cinq années à nous démener pour empêcher la banque de remettre la main dessus. Parvenir à trouver un site, à bâtir une habitation, à y vivre et à y mourir, telles étaient nos obsessions.

Rien d'étonnant à ce que nos enfants en subissent les conséquences, ce que l'on constatait dans la quantité de travail qu'ils consacraient à la construction de refuges. Beaucoup de matériaux étaient disponibles dans notre ville : palettes, barriques, caisses. Si on regardait à distance quand une bande de jeunes construisaient un de ces refuges, on pouvait penser que c'était pour s'amuser. Mais non, leur esprit était obnubilé par les responsabilités que cela représente de fabriquer et d'entretenir un logement, des soucis qu'ils tenaient de leurs parents.

Un jour, Declan, alors âgé de onze ans, avait ressenti le besoin de s'embarquer dans un projet et il n'avait pas rencontré de difficultés pour s'associer aux deux frères Sharkey, grimper la barrière de l'usine de filets et y voler des rouleaux de corde. Il avait même été capable de les persuader de soulever une palette et de la traîner sur huit cents mètres. Ils avaient apporté cet équipement jusqu'à la plantation d'épicéas proche de sa maison. C'était un bon site qui dominait la route tout en restant caché, les arbres ayant désormais suffisamment grandi et leur permettant d'être dissimulés. À la demande pressante de Declan, ils avaient sorti une bonne masse de terre pour que leur lieu secret bénéficie d'une base plane, puis ils s'étaient mis en quête d'autres matériaux. Ce fut lorsqu'ils durent affronter le transport d'une quatrième palette jusque là-haut que l'enthousiasme des Sharkey faiblit. Ils prétendaient maintenant que le site était trop bien dissimulé, et que si d'autres garçons ne pouvaient le voir, à quoi ça servait de le construire ? Ce qui importait le plus, dans la possession d'un repaire, n'était-il pas de le défendre contre des intrus ? Qu'est-ce qu'on fera quand il sera terminé ? demandèrent-ils.

— On peut juste être dedans, argumenta Declan.

Les Sharkey s'interrogèrent du regard.

— Je vais dénicher un réchaud à gaz, quelques bols et des trucs comme ça, insista Declan. On pourrait organiser des fêtes.

Les Sharkey rirent et reprirent le chemin de chez eux en le laissant. Ce rejet ne le dérangea pas : il n'avait pas grande confiance dans les autres. Démontrant une réelle persévérance, il se débrouilla seul avec la dernière palette, la dressant sur un de ses côtés et la faisant basculer, indéfiniment, telle une roue carrée, jusqu'à la plantation. Puis il attacha les palettes les unes aux autres afin d'obtenir des murs et un sol, et cloua une feuille de plastique en leur sommet, la laissant pendre sur le devant comme le rabat d'une tente. Il se glissa à l'intérieur, s'assit. Resta là longtemps en profitant de la satisfaction d'avoir un abri. Le bruit en était réconfortant, un silence qui était en réalité un froissement constant, peu audible et confus, comme s'il se trouvait dans un coquillage.

Cela lui communiquait une impression de sécurité et il ne partit pas avant d'avoir faim.

Quand il émergea des arbres, il alla chez les Lyons. Depuis longtemps il était établi que si Christine devait travailler à l'hôtel, Phyllis faisait manger les garçons. C'était agréable de voir un peu de coopération sur leur allée, même s'ils y étaient contraints par le manque d'argent. Brendan arriva lui aussi à la maison après une longue chasse le long du rivage jusqu'au cimetière de bateaux, puis après en être remonté pour faire le tour de la ville. Phyllis les chargea de mettre le couvert: un paquet de pain de mie blanc coupé en tranches placé au milieu, de même qu'une bouteille de ketchup en plastique souple, et une salière. On ne sortait le poivre qu'à Noël. Les garçons dirent bonjour à Eunan qui, assis dans son fauteuil, regardait la télévision. Quand Brendan se rendit à la cuisine pour y prendre le beurre, Eunan fit signe à Declan de s'approcher et lui donna un bonbon à la menthe Fox's. Le garçon ne les rangeait pas au nombre des meilleurs, mais il était content de tout ce qui réaffirmait le lien existant entre le vieil homme et lui, son véritable petit-fils.

Eunan s'installa en tête de table. Sa fille apporta des assiettées de pommes de terre avec du merlan et tout le monde se mit à manger. D'ordinaire, elle ne pouvait pas s'empêcher de témoigner plus d'intérêt à Declan, mais il en alla différemment ce jour-là car elle adressa sa première question à Brendan:

— Alors, où étais-tu, cet après-midi?

— Nulle part en particulier, répondit-il.

Il baissait les yeux, peut-être parce qu'il se méfiait de son attention. Il mangea une bouchée de poisson.

— Une de tes chasses?

Brendan fit *miam, miam* comme s'il appréciait trop la nourriture pour comprendre vraiment ses paroles.

— On t'a vu dans les hautes allées, insista-t-elle.

— Je déambulais, dit-il en baissant les yeux mais en haussant les sourcils, une expression destinée à signifier que sa journée n'avait pas plus d'intérêt que d'importance.

— Tu déambulais ! fit Eunan en singeant aussi bien l'activité elle-même que le mot recherché ayant servi à la définir.

— On t'a vu sortir de la maison de Biddy Donoghue, accusa Phyllis.

Elle ne le quittait pas du regard mais s'adressait à son père.

— Biddy, tu es allé danser plusieurs fois avec elle, quand tu étais jeune, hein, Papa ?

— *Gaaah*, fit Eunan tandis que le poisson, dans son gosier, conférait à cette exclamation une tonalité particulière. Elle est à moitié demeurée.

— Qu'est-ce que tu lui voulais ? demanda Phyllis à Brendan.

— Rien de spécial.

Phyllis inclina la tête sur le côté.

— C'était quoi, alors ?

Quoi, vraiment ? Brendan était allé la voir à plusieurs reprises, ces dernières semaines, surtout parce qu'elle l'accueillait chez elle, même s'il aimait bien cette impression d'horloge figée dans le temps, rien n'ayant changé là-bas depuis bien avant son existence. Entrer dans la maison de Biddy était semblable à s'échapper hors du monde, et il n'était jamais pressé d'en revenir.

— Nous parlons et elle me donne une tasse de thé.

— Elle boit du thé avec un enfant ! s'exclama Eunan qui émit une longue respiration sifflante.

Sa manière précipitée de manger avait rendu son visage très rouge.

— Ça ne me gêne pas vraiment, moi, le thé, déclara Brendan d'un ton qui ne semblait pas critiquer.

— Est-ce qu'elle te donne un peu de gâteau ? s'enquit Declan.

Brendan secoua la tête. Biddy n'était pas du genre à avoir des gâteaux chez elle, à la rigueur une tranche de pain saupoudrée d'un peu de sucre.

— Il lui est arrivé des choses tellement tristes, dit Brendan.

— Elle devrait les garder pour elle, comme tout le monde, asséna Phyllis.

— Ses enfants sont au Canada et ne viennent jamais la voir, ajouta Brendan.

Le sifflement de Eunan fut interrompu par un grognement.

— Gardez vos enfants près de vous, moi, c'est ce que je dis toujours, intervint-il. Autrement, ça sert à quoi d'en avoir ?

Phyllis le regarda puis elle posa ses couverts et repoussa son assiette. Eunan retourna à ses pommes de terre. Les garçons ne dirent plus rien et se concentrèrent sur la nourriture. Quand Phyllis finit par regarder son père à nouveau, il avait cessé de manger et placé ses mains sur ses cuisses.

— Fini ? demanda-t-elle.

— Oui, répondit-il.

Il restait du poisson dans son assiette. Elle continua de le regarder, pas très sûre d'elle. Eunan s'opposait toujours à ce que l'on gâche la nourriture, ses filles ne l'ignoraient pas. Il avait une expression étrange, comme si un souvenir humiliant lui revenait. Se souvenir ou se sentir humilié, ni l'un ni l'autre ne lui ressemblait. Les garçons continuaient de manger sans rien remarquer.

— Tu ne vas pas t'installer dans ton fauteuil pour regarder les informations ? lui demanda sa fille.

— Non, répondit-il, je suis bien, là.

Lentement, comme s'il pouvait s'agir d'un piège, Phyllis prit l'assiette de son père et la sienne pour les emporter à la cuisine. Declan leva la tête, vit le visage de Eunan et cessa de manger : il avait la mâchoire béante.

— Ça va bien ? lui demanda-t-il.

— Oui, répondit Eunan, mais cela n'avait vraiment pas l'air.

Cinq minutes s'écoulèrent. Phyllis commença à faire la vaisselle pendant que les garçons terminaient leur repas, essuyaient leur assiette avec quelques tranches de pain. Pendant tout ce temps Eunan demeura assis en tête de table, sans rien dire, soit en agrippant les bords avec ses doigts, soit en posant ses mains sur ses genoux, les paumes tournées vers le plafond.

— Est-ce que tu veux quelque chose ? lui demanda Declan une fois, puis une deuxième.

Les lèvres de Eunan dessinèrent : *Ça va.*

Phyllis revint et, les mains sur les hanches, elle étudia son père. Il souffrait de plus en plus de cataracte, mais quelque chose de nouveau s'ajoutait à l'opacité de son regard. Elle se pencha davantage. Quand son ombre tomba sur lui, une de ses pupilles se contracta et l'autre s'élargit. Elle se précipita pour le rattraper juste au moment où il tombait de la chaise. Il venait de faire une crise cardiaque.

Phyllis suivit l'ambulance jusqu'à l'hôpital général de Letterkenny. À son arrivée, son père était inconscient et il fut mis sous perfusion, relié à un moniteur cardiaque et, plus tard, un tube d'alimentation fut installé. Phyllis le veilla toute la nuit. Il avait su que la crise le frappait, comprit-elle, mais il n'avait rien dit parce qu'il ne voulait pas se donner en spectacle. Christine et Ambrose arrivèrent le lendemain matin. Declan avait longtemps bagarré pour les accompagner mais c'était une journée d'école. Ambrose s'était lavé, changé, mais pas rasé, et il avait les yeux battus car il avait passé trois jours en mer. Christine fut si perturbée par le spectacle de son père allongé dans le lit qu'elle resta un bon moment près du mur de la salle commune le plus lointain possible, avant de se rapprocher de lui. Ils avaient apporté des cartes faites spécialement par les garçons sur du papier à lettres plié. Declan avait inscrit “Remets-toi vite !” et, sur le devant, il avait dessiné un homard avec un hachoir planté dans le corps. Il n'y avait pas de mots sur le devant de la carte de Brendan et l'image était difficile à interpréter : des lignes et des cercles enchevêtrés produits uniquement à l'aide d'un stylo-bille noir. Il pouvait s'agir d'un bouquet de fleurs, d'un arbre fruitier, ou peut-être de la révolution de planètes dans un système solaire inconnu.

— C'est quoi ? demanda Phyllis.

— La carte de Brendan, répondit Christine.

— On dirait un truc à mettre sur une tombe.

— Il a beaucoup de sensibilité, dit Christine.

— C'est une façon de dire les choses, décréta Phyllis, mais je ne vais pas laisser ça là pour que Papa le voie à son réveil, ça le ferait replonger dans le coma.

Elle ouvrit la carte. À l'intérieur, de sa petite écriture, Brendan avait inscrit : "En espérant que tout ira bien pour toi."

— Les filles, dit Ambrose, allez manger quelque chose. Je vais garder l'œil sur lui.

Phyllis était le genre de personne qui réagit aux difficultés par l'abnégation. Elle n'avait pas mangé depuis quinze heures mais cela ne l'empêchait pas de repousser à plus tard.

— Pas de crainte à avoir, dit Ambrose sur le ton de la plaisanterie. Je ne vais pas lui arracher ses tuyaux.

Phyllis se laissa entraîner par sa sœur.

Le lit de Eunan était au bout de la salle, avec vue sur le parking et en direction de montagnes bleues dans le lointain. Ambrose les regarda un moment et entrouvrit la fenêtre, tendant la main à l'extérieur pour sentir l'air humide. Près de lui, Eunan, inconscient, était allongé. Ambrose s'assit et profita de l'occasion pour bien le regarder : son cuir chevelu qui se dégarnissait, les veines de sang saumâtre et les respirations, brèves et sèches, comme celles qu'on pourrait entendre si on collait son oreille près d'un lézard. Comme rien ne voulait adhérer à sa poitrine, les infirmières étaient contraintes de rajouter du ruban adhésif médical car les électrodes ne cessaient de se décrocher. Ambrose n'avait jamais observé son beau-père aussi longtemps, il n'était jamais resté assis aussi près de lui. Il se pencha et murmura :

— Que diriez-vous de lâcher prise ? De laisser vos filles vivre librement ?

En bas, toutes les tables du réfectoire étaient occupées, mais l'ambiance était calme car les gens n'échangeaient que des chuchotements. Phyllis jeta un regard sur la table, le bol de sucre, les salières et autres, tous faits dans le même acier inoxydable que les cuvettes médicales et les forceps utilisés ailleurs dans le bâtiment. Elle était épuisée et avait très envie qu'on s'occupe d'elle. Christine lui versa du thé, ajouta du lait et un demi-sucre. Quand Phyllis parla, ses mots sortirent telle une plainte.

— Tu es la seule, dans le monde entier, à savoir comment je bois mon thé.

Christine posa sa main sur celle de sa sœur, ce que celle-ci l'autorisa à faire. Elles restèrent ainsi un moment, sans rien dire.

— Ne t'inquiète pas pour Papa, finit par dire Christine. Il sera de retour à la maison dans moins d'une semaine.

Phyllis renifla.

— Ça me donnera le temps de dégivrer le congélateur, je suppose.

— Oui, il vaut mieux que tu sois occupée, finit par ajouter Christine.

— Et je pourrais aérer sa chambre correctement, ajouta l'aînée.

— C'est ça, l'encouragea Christine.

Phyllis fut soudain prise de court par tant de possibilités.

— Elle a besoin d'un bon coup de peinture.

— Ça, c'est une bonne idée.

Eunan demeura sans connaissance et, tous les jours, Phyllis alla s'asseoir près de lui. On lui conseilla de lui faire écouter de la musique ou de lui lire des livres, mais comme il n'aimait pas la musique et était contre les livres, Phyllis tenta de lire les journaux de la région à voix haute. Un article du

Donegal Democrat, protestant contre les nids-de-poule des routes, le fit bien ciller, mais il n'y eut pas de changement notable. Le huitième jour, son rythme cardiaque ayant dangereusement ralenti, on le conduisit en soins intensifs. Phyllis entendit une infirmière dire qu'il n'en avait certainement plus pour longtemps.

À la maison, si Christine travaillait, Ambrose préparait les repas, une mauvaise nouvelle pour les garçons car il adorait le foie cuit à la poêle et était convaincu que tout le monde devait penser comme lui; accompagnant la viande de pommes de terre bouillies qu'il refusait de peler, quelle que soit la couleur de leur peau. C'était son répertoire intégral, ou presque. Un soir, alors que le grand-père était à l'hôpital depuis deux semaines, Ambrose rentra avec un sac en plastique rempli de pinces de crabe, le leva avec exultation et dit à Declan de mettre une grande casserole d'eau à chauffer. Même si on les appelait des pinces, il s'agissait en fait des pattes de l'animal plus la pince, et celles-ci étaient grosses, elles donnaient l'impression de faire le même poids qu'une boule de billard.

— Mick Cannon était dégoûté par les prix auxquels elles se vendaient à la criée alors il a préféré les donner, expliqua-t-il.

Lorsque Christine rentra, elle trouva Ambrose à la cuisinière avec un garçon de chaque côté, le regard plongé dans l'eau qui frémissait. Brendan, qui était petit pour un enfant de neuf ans, se tenait debout sur le tabouret bas.

— Ce soir, nous allons manger comme des rois, lui annonça Ambrose.

— Va chercher Phyl, dit Christine à Declan. Elle sera peut-être disposée à en avaler un peu.

Au début, pour elle, rester seule chaque soir avait été affligeant, puis seulement bizarre, et maintenant elle avait commencé à apprécier la paix et le silence. La télévision était tout le temps éteinte, les portes du meuble refermées sur l'écran. Avoir fait repeindre la chambre de son père avait déclenché quelque chose en elle, et elle n'arrêtait pas de demander à J.J. Brown de revenir travailler. Le couloir était fait, ainsi que sa propre chambre, d'un bleu pâle qu'elle avait vu dans *Homes & Gardens*. Elle pouvait passer vingt minutes entières à marcher simplement d'une pièce à l'autre, et elle adorait toutes ces nouveautés. Elle avait choisi un jaune reposant pour la pièce de façade, et installé des rideaux assortis avec un motif floral, une décoration à l'ancienne qui convenait bien dans leur maison des années cinquante. Phyllis avait un bon œil pour les couleurs et l'équilibre des proportions, quelque chose que peu savaient même si plusieurs d'entre nous avions fait des remarques élogieuses sur l'élégante décoration florale qu'elle avait composée pour la tombe de sa mère. Quand Declan arriva, il la trouva debout dans l'entrée, à profiter de la transformation.

Elle descendit l'allée avec lui. Les fenêtres des Bonnar ruisselaient de condensation. En entrant par la porte de derrière, elle en fit part à Declan pour atténuer l'intensité de pareil moment. La cuisine avait une odeur de piscine naturelle par une journée ensoleillée et tout le monde était debout. Phyllis sentit une excitation dans l'air : elle savait que la maison des Bonnar ne reflétait pas la même ambiance tous les soirs mais cela lui donnait quand même l'impression qu'elle venait pour une fête, ce qui ne lui était pas arrivé depuis des années. Christine posa sa main sur son avant-bras pendant une seconde et Ambrose dit :

— Entre ! Tu es la bienvenue !

Les pinces avaient mijoté cinq minutes de sorte qu'Ambrose jeta toute l'eau dans l'évier dont la bonde n'était pas enfoncée, et elles tombèrent avec fracas en se télescopant comme des pièces de monnaie tout en remplissant l'espace. Du jus avait suinté par les extrémités coupées et s'était solidifié dans l'eau chaude pour former des plumets blancs. Quand l'évier se fut vidé, Ambrose y plongea ses bras nus et fit tourbillonner les pinces en les entrechoquant, chassant le peu d'eau qui restait.

Le tabouret de Phyllis était à son emplacement habituel. Elle s'en approcha mais Ambrose la vit et dit :

— Ah, allez, viens t'asseoir à la table.

Elle fit ce qu'on lui disait.

Ambrose se tourna vers les garçons.

— Declan, dit-il, va chercher la chaise supplémentaire, tu veux bien ? Et Brendan, apporte-moi le marteau.

Il n'était pas fréquent que ces deux-là travaillent en équipe, mais c'était une de ces occasions.

En utilisant ses deux mains et en ne se préoccupant pas de la chaleur des carapaces, Ambrose remit les pinces dans la casserole asséchée. Declan les regarda.

— Ce serait bien si nous avions du persil haché menu à ajouter dedans, dit-il.

Tout le monde le fixa.

— Pour la présentation, expliqua-t-il.

Il avait commencé à suivre les programmes de cuisine à la télévision.

— Comment tu les sers ? demanda-t-il.

— Comment je les sers ! rit Ambrose.

Il emporta la casserole de l'autre côté de la pièce et versa les pinces au milieu de la table où elles firent un tas de vingt centimètres de haut. La famille s'assit autour ; ils prirent une pince, chacun à son tour, brisant avec le marteau la carapace avant de retirer les fragments déchiquetés. Il n'y avait pas d'assiettes, et seule Phyllis utilisait une fourchette, les autres récupérant la chair tendre avec leurs doigts. Les uniques échanges qui s'entendaient avaient trait seulement à la nourriture : des commentaires appréciateurs sur la façon dont la chair partait en morceaux ou sur la texture proche du beurre à l'extrémité des pinces. Le dessus de la table tressautait quand le marteau s'abattait. Les garçons apprirent rapidement à casser correctement la carapace sans qu'il en reste des fragments dans la chair. Tout le monde accéléra la cadence, Phyllis abandonna la fourchette et se mêla elle aussi à la fête avec ses doigts. Les carapaces vides furent jetées à nouveau dans la casserole qui était posée par terre et qui résonnait telle une cloche quand elles en heurtaient l'intérieur.

Ambrose était en grande forme : il décida que s'il devait demeurer à jamais le capitaine d'un chalutier de dix-sept mètres de long, qu'il en aille ainsi. Il avait un foyer, une jolie femme, deux garçons en bonne santé, et Dieu, ou qui que ce soit, rappelait enfin à lui son beau-père. Ambrose était l'homme qu'il était, Christine la femme qu'elle était, et il était satisfait de ce qu'ils étaient tous les deux, par conséquent il pouvait aussi, sans grandes difficultés, être satisfait de là où leurs personnalités les avaient conduits. Ils n'étaient visiblement pas du genre à finir à la tête d'un chalutier norvégien de trente mètres, ou d'une demeure de six pièces avec garage. Il se souvenait des touristes près du Christine Dawn le jour où il avait été débouté à la banque. “Beau bateau”, avaient-ils dit, et ils avaient raison, le Dawn était le dernier de notre flotte à être totalement fabriqué en bois. Ambrose appréciait les traditions. En son for intérieur, il considérait qu'il avait plus d'âme que la plupart des pêcheurs : un beau coucher de soleil rougeoyant sur la baie, une vague blanche qui balayait le pont, un requin bleu qui se débattait dans les mailles d'un filet, ces spectacles le bouleversaient, soupçonnait-il, bien au-delà de ce que ressentaient la grande majorité des pêcheurs. Beaucoup parlaient de l'océan comme s'il s'agissait d'un plancher d'usine ; Tommy par exemple. Qu'il reste confortablement installé pour pêcher par l'intermédiaire de consoles si ça le rendait heureux, Ambrose, lui, vivait pour la rencontre pure avec l'océan. Il était un chasseur, un pourvoyeur, comme les premiers hommes qui avaient pêché sur cette côte à l'aide de fers de lance ou ce qu'ils parvenaient à fabriquer à l'époque. Ambrose ressentait une parenté avec Mick Cannon, qui préférait nourrir ses amis plutôt que faire la queue à la criée pour recevoir quelques misérables livres sterling de la main d'un marchand. Peut-être Mick n'avait-il pas un grand esprit pour les affaires, mais il avait de la dignité et des instincts louables, et Ambrose était persuadé que c'étaient des qualités bien supérieures, les meilleures dont un homme pouvait faire état.

Declan avait cessé de manger et regardait les autres.

— Je voudrais que Grand-Père soit là, dit-il.

Christine lui donna une petite tape sur la main.

— Il se pourrait qu'il nous fausse compagnie, répondit-elle avec autant de pitié qu'on peut en exprimer quand on a la bouche pleine.

Toujours concentré sur sa nourriture, Ambrose précisa :

— Il est très malade, mais souviens-toi qu'il a eu une longue vie.

— Quoi qu'il en soit, Papa n'a jamais pu supporter le crabe, ajouta Phyllis.

Chacune de ces déclarations bouleversait plus encore Declan. Sa voix monta dans les aigus, à la limite de la panique.

— Je veux que Grand-Père soit là, dit-il. Il est gentil avec moi !

Christine avala.

— *Ach !* Je sais. Il te manque, ce n'est pas facile.

— Est-ce qu'il ne nous manque pas, à tous ? demanda Ambrose dont le bras suivit la trajectoire de celui d'un lanceur de fléchettes lorsqu'il visa la casserole avec une autre carapace vide.

— Il va bien falloir qu'on se débrouille sans lui, ajouta Phyllis tandis que la casserole résonnait.

Declan s'écarta de la table et les pieds de la chaise vibrèrent bruyamment sur le lino.

— Grand-Père devrait être là ! cria-t-il. C'est lui qui devrait occuper la cinquième chaise !

Même au milieu d'une fête, Phyllis n'acceptait pas les insultes.

— Tu veux dire, au lieu de moi ?

— Non, au lieu de lui !

Il se leva d'un bond en pointant le doigt sur Brendan.

— Ce bâtard ne devrait pas vivre ici du tout.

Ambrose se leva d'un bond mais Christine lui fit signe de se calmer. Le geste brusque de son père n'avait pas effrayé Declan qui lui retournait effrontément son regard.

— Je t'interdis de parler comme ça de ton frère, lui ordonna Ambrose.

Declan continua de fixer son père et lui répondit calmement :

— Va te faire voir.

Cette fois, ça dépassait les bornes. Ambrose marchait de long en large, criant sur Declan. Christine ajoutait des commentaires furieux depuis sa chaise, près du fourneau. Et Brendan s'était réfugié dans sa chambre.

Phyllis rentra chez elle. C'en était trop pour une seule soirée. Elle fut heureuse de fermer la porte, le calme de sa maison fut un soulagement. Elle s'arrêta dans le couloir pour apprécier l'odeur de la peinture.

Une semaine s'écoula. Nous dûmes supporter une nuit d'orage et l'électricité fut coupée pendant de longues heures. C'était une bonne chose que nous ayons tous des tas de bougies en permanence sous nos éviers. Nos moins de quinze ans remportèrent le titre du Donegal. Nous nous enquîmes de Eunan Lyons mais il n'y avait aucun changement.

Et puis, un matin, il y en eut un. Phyllis était au réfectoire de l'hôpital, avec un numéro de *Woman's Way*, quand une infirmière lui dit que les yeux de son père s'étaient ouverts. Culpabilisant de ne pas avoir été présente, elle se précipita à son chevet. Qu'il la reconnaisse ou pas ne fut pas très clair, mais il était proche d'être conscient. Elle s'assit et lui fit un faible sourire. Elle sentait une pression sur ses jambes, puis sur le haut de son torse et ses bras, qui appuyait partout comme si elle se laissait glisser dans un bain. En quelques secondes, elle comprit ce qui lui arrivait : c'était la totalité de ses sensations qui lui revenaient, allant jusqu'à ses doigts et ses orteils. Une impression accablante.

Quelques jours plus tard à peine, Eunan put rester assis dans son lit et son appétit revint à toute vitesse. Sa première phrase complète fut pour se plaindre des ronflements dans le dortoir. Il voulait continuellement qu'on aille lui chercher quelque chose, ou qu'on lui ajuste quelque chose, et les infirmières étaient heureuses quand Phyllis arrivait, car elles pouvaient respirer un peu. Eunan donnait l'impression d'avoir vieilli de dix ans, son visage s'était affaissé et ses cheveux clairsemés, mais il commença à faire des exercices quotidiens et s'y tint avec résolution. Il avait besoin d'aide pour se coucher et se lever, mais il marcha bientôt avec une canne à quatre pieds.

— C'est miraculeux, déclara le physiothérapeute.

Eunan ne parlerait plus jamais avec affection de la mort, il était désormais déterminé à vivre.

— Il me reste des années devant moi, disait-il. Des années !

Un soir, alors que Phyllis quittait l'hôpital, un médecin la pria de s'asseoir avec lui à la réception. Elle se percha au bord de la chaise, aussitôt inquiète. Il lui sourit, heureux d'avoir de bonnes nouvelles à lui communiquer.

— Je vais recommander que votre père soit autorisé à quitter l'hôpital, dit-il.

Elle serra son sac à main contre son corps, ses doigts crispés dessus. Elle avait su que cela se produirait bientôt, mais elle n'était pas prête. Elle envisagea de négocier, de protester ou d'expliquer qu'elle voulait, qu'elle avait besoin de plus de temps. Le docteur semblait être quelqu'un de gentil, de compréhensif. Il avait des mains douces et ses manchettes étaient repassées même si l'une d'elles présentait une petite tache d'encre bleue. Elle aurait pu rattraper ce défaut pour lui.

— Une semaine ou deux de plus de physiothérapie ferait des miracles pour mon père, dit-elle.

— Il sortira demain, annonça le médecin. Vous êtes bien sa personne de confiance, n'est-ce pas ?

— Demain, répéta Phyllis.

Le docteur insista.

— Il contrôle sa vessie et ses intestins, mais vous devriez faire installer des barres pour qu'il se tienne dans les toilettes, et peut-être une chaise percée pour sa chambre, la nuit. Il souffre d'une paralysie faciale, extrêmement légère, mais surveillez-le pendant les repas. Nous ne voulons pas qu'il s'étouffe, n'est-ce pas ! Nous allons vous remettre une brochure pour expliciter les prises que vous devrez utiliser pour le relever.

Phyllis serra son sac à main déjà amplement déformé par de nombreuses, très nombreuses brochures. À chaque visite, elle en prenait davantage pour compenser le fait qu'elle ne les lisait p7as. Elle se réprimandait intérieurement : que faisait-elle tous les soirs ? Était-elle à moitié demeurée ? Le médecin disait quelque chose, il semblait inquiet, elle fit un effort pour se concentrer.

— Vous êtes bien sa personne de confiance, n'est-ce pas ?

— Oui, c'est moi, répondit-elle rapidement.

— Bon, je suis sûr que ça va bien se passer. Il est évident que vous comprenez parfaitement ses besoins, toutes les infirmières mentionnent votre patience. Souvenez-vous, votre père va ressentir de la frustration parce qu'il va être plus limité, non seulement au niveau physique, mais également cérébral. Nous pensons qu'il a souffert d'une perte de vocabulaire, une conséquence de la crise cardiaque. Avez-vous remarqué ?

Non.

— Peut-être un peu, accorda-t-elle.

— Le personnel dit que ses manières de communiquer peuvent être basiques. Cela pourrait donner l'impression qu'il s'exprime en vous commandant.

Phyllis ne répondit rien.

L'après-midi du lendemain, il plut beaucoup et elle resta assise devant sa table, lampes éteintes en dépit de l'attente ennuyeuse. Comme elle avait la tête dans les mains, elle entendit l'ambulance avant de la voir. La pluie frappait tellement fort sur le toit que ç'aurait pu être du gravier. Le conducteur se gara avant de faire le tour pour ouvrir la porte de derrière, abaisser les marches et aider Eunan à descendre. L'infirmière qui avait voyagé avec lui à l'arrière affichait un air irrité et elle refusa de sortir. Un parapluie à la main, Phyllis s'avança pour assurer la réception. Eunan sortit, équipé d'une canne de marche à trois pieds dont chacune des extrémités se terminait par du caoutchouc, mais il trouva difficile de négocier les cailloux inégaux de l'allée. Phyllis le prit par le bras et, lors de ce contact, Eunan tourna son regard vers elle.

— Te voilà, lui dit-il avec satisfaction.

Les deux marches menant à la porte furent un défi. Elle le regarda lever lentement le pied et ne le lâcha pas pendant qu'il continuait péniblement de grimper. Il franchit la porte sans encombre et s'avança prudemment dans le couloir, s'arrêtant de temps en temps pour vérifier que le chemin était dégagé, puis reprenant sa marche. Elle vit qu'il remarquait les changements dans la pièce principale, mais il ne fit pas de commentaire, il fallait bien que les murs aient une couleur et le jaune convenait aussi bien qu'autre chose. Elle resta en retrait sur le seuil. Eunan parvint enfin à son fauteuil et se tourna vers sa fille, le visage d'une pâleur maladive devant ce décor vif.

— Thé, dit-il.

N'ayant pas remarqué l'absence de réponse de sa fille, il s'était adressé au fauteuil. Il plia les genoux, se baissa d'un côté, s'arrêta, se redressa. Essaya de l'autre côté mais n'y parvint pas non plus. L'accident cérébral avait privé son visage d'une partie de son expressivité, mais une prise de conscience progressive devenait apparente. Il tenta alors de faire peser tout son poids sur la canne, se disant qu'il pourrait se laisser tomber droit dans le fauteuil depuis sa position verticale, mais il s'interrompit à nouveau car la manœuvre était trop risquée. Il resta là à regarder Phyllis. Elle lui retourna son regard.

7

La ronde des saisons se poursuivit avec des journées de fort crachin, de grosses masses pluvieuses venant de l'Atlantique et recouvrant la ville.

— C'est comme de vivre dans un nuage, disions-nous.

Susan McGee eut une prothèse de la hanche. Un écueil qui n'était pas recensé sur les cartes mit un terme aux sorties en mer du Ard Barra. Tank McHugh fut pris sur le fait à voler un steak dans une boutique de Donegal Town. Une orque fut aperçue juste hors de la baie. Il y eut des échanges furieux au sujet de l'extension de Sally Keeney car elle dominait la propriété de ses voisins et n'avait pas sollicité d'autorisation officielle. Eunan Lyons était sorti de l'hôpital et sa fille Phyllis s'occupait de lui.

Nous ne la vîmes plus beaucoup en ville, peut-être devant le présentoir de Hegarty alors qu'elle choisissait les marchandises habituelles, avec quelque chose de robotique dans le comportement pendant qu'elle réglait à la caisse.

— La pauvre Phyllis, c'est lourd pour elle, disions-nous une fois qu'elle était partie.

Eunan parvenait à s'habiller, ce qui la soulageait, et pour ce qui était de se baisser sur le lit, une cible molle et de grande taille, il réussissait, mais elle était obligée de le lever le matin avant de l'asseoir dans son fauteuil, puis de l'en retirer, glissant les mains sous ses bras et le tenant par les omoplates, sa chair si flasque qu'elle ne pouvait s'empêcher de se représenter son squelette. En moins d'un mois, elle eut plus de contacts physiques avec son père que pendant la totalité des quarante-cinq années qui avaient précédé.

Un soir, elle décida d'essayer quelque chose de neuf. Plutôt que de le lever de son fauteuil pour l'aider à venir jusqu'à la table, elle pourrait le faire manger sur le grand plateau. Il n'apprécierait pas, mais elle avait bien mérité ça. Elle avait eu besoin de beaucoup de temps pour se rendre compte d'un changement la concernant : elle ne se sentait plus aussi dominée par son père. L'infarctus l'avait affaibli ; sa voix était devenue ergotante, la sévérité avait disparu de son visage, il avait même perdu du poids. Elle avait compris qu'elle pourrait modifier une chose ou deux. Entrant dans la grande pièce et émettant des bruits désinvoltes comme si elle était un peu égarée, elle posa le plateau sur les bras du fauteuil. Pareil à celui d'une chaise haute pour bébé, il ne touchait pas ses cuisses. Eunan le regarda, égaré, puis sentit un affront.

— Non, dit-il.

Faisant comme si elle ne l'avait pas entendu, elle alla à la cuisine lui chercher son repas. Elle ressentit un pincement de culpabilité, en ayant conscience que ce qu'elle faisait était blâmable, le fait qu'elle n'agirait pas de la sorte si quiconque était là le prouvait bien. Quand elle revint, son père avait l'air satisfait, il avait retiré le plateau qu'il avait déposé par terre. Phyllis posa le dîner sur le buffet et remit le plateau sur le fauteuil.

— Comme ça, tu peux regarder la télévision pendant que tu manges, dit-elle d'un ton exagérément enjoué, tu vas voir, ça va te plaire.

Pendant qu'elle tournait le dos pour prendre l'assiette du dîner, il se débarrassa encore du plateau sur le sol.

— Non, non, Papa, le réprimanda-t-elle en le posant une fois de plus et en tambourinant dessus avec ses doigts comme pour le maintenir à cet emplacement.

Eunan poussa un grondement de colère et leva brusquement les bras. Phyllis bondit en arrière tandis que le plateau partait dans les airs. Il fit tomber du manteau de la cheminée une figurine en porcelaine fabriquée dans le comté voisin de Belleek, une femme vêtue d'une ample robe qui en soulevait l'ourlet avec grâce, dévoilant sa cheville, fière de sa personne. La figurine se cassa en trois morceaux sur le carrelage autour de la cheminée. Eulan regarda les morceaux et poussa une plainte inarticulée, se souvenant probablement que sa femme l'avait beaucoup aimée. Phyllis abaissa les yeux et eut une révélation : elle ne lui manquerait pas. Elle était contente qu'elle soit abîmée, ça lui ferait un objet délicat de moins à dépoussiérer. Il y avait quelques autres choses, ici, qu'elle souhaiterait briser.

— Oh, Papa, mais tu es une vraie terreur ! dit-elle.

Il mêla ses doigts dans un geste en regardant les dégâts qu'il avait causés. Il déglutit, et la peau de son cou tremblota.

Phyllis se laissa tomber sur une des chaises placées autour de la table, eut un sourire mauvais et reprit :

— Une véritable terreur !

Eunan leva les yeux et se recula, apeuré par l'expression qu'elle affichait.

Elle avait pris une voix perçante.

— Mais tu as toujours été une terreur, n'est-ce pas, Papa ?

Il leva l'épaule comme pour se protéger.

— Une terreur, dit-elle encore mais d'un ton apaisé et en s'appuyant au dossier de la chaise.

Nous avons tous une part de méchanceté, et c'est une bonne chose que la culpabilité soit là pour nous empêcher de perdre complètement la boule. Phyllis, en fait, se sentit très coupable par la suite, une fois que son père fut couché dans son lit. Elle mit ses lunettes de lecture, plaça la lampe avec l'ampoule de cent watts sur la table et étala les fragments. La nuit était calme, avec pour seul bruit celui de l'horloge de chariot. Elle toucha les morceaux, sentit le contraste entre l'aspect lisse du vernis et les cassures tranchantes qui faisaient reculer ses doigts. Assise, elle recolla les différentes parties de la figurine. Elle se souvint de quand elle était jeune et du ton que les hommes de la ville adoptaient lorsqu'ils parlaient à son père, une distinction qui lui procurait alors de la fierté. Oui, il avait parfois broyé du noir pendant des jours, mais il avait toujours fait en sorte qu'il y ait à manger sur la table et du gaz dans la bouteille de butane. Oui, il avait souvent perdu patience avec fureur, mais il n'avait jamais levé la main sur aucune d'elles. Oui, il avait une fois enfermé Christine, qui avait alors huit ans, dans sa chambre une demi-journée durant, bloquant la porte en insérant une chaise sous la poignée, mais il n'avait pas empêché Phyllis de se rendre dans la sienne même s'il savait parfaitement qu'elles se parlaient à travers la cloison.

Elle répara la figurine, mais il n'y avait pas moyen de remplacer les petits éclats de vernis, fins comme de la coquille d'œuf, qui étaient perdus. Il était visible qu'elle était tombée.

Et donc, la vie chez les Lyons s'organisa selon un certain rythme. Phyllis s'en accommodait pendant des semaines, tout semblait bien se passer. Quand les garçons arrivaient pour leur dîner, elle les accueillait bien, parlait gentiment à Brendan, permettait à Declan de faire des petits travaux en cuisine, par exemple couper des carottes en rondelles ou préparer du thé pour son grand-père. Mais elle finissait inévitablement par être débordée et devenir malheureuse, accablée par le fait de savoir que tout était terminé, que c'était tout ce que la vie allait lui apporter. Quelques jours avant que la méchanceté ne se manifeste à nouveau, il y avait des signes annonciateurs et Eunan apprit à les identifier : une brusquerie dans ses gestes, des silences avant qu'elle ne lui réponde, une monotonie dans sa voix. Eunan s'aperçut que surveiller les changements d'humeur de sa fille, lire ses écarts de comportement, était un exercice qui maintenait son esprit affûté. Le médecin lui avait dit de se livrer à des périodes quotidiennes d'exercices mentaux, même si ce n'était pas vraiment ce à quoi il avait pensé.

Toute sa vie, Eunan avait refusé d'avoir des visiteurs chez lui, mais maintenant il aurait bien voulu, il était déjà heureux quand l'infirmière du district venait, même s'il n'était pas capable d'aller lui ouvrir la porte. Un après-midi où il était dans son fauteuil, la sonnette retentit. Cela déclencha une séquence de gongs préenregistrés qui se répercutèrent comme dans une cathédrale, Phyllis se sentant très inspirée quand elle choisissait cette sonnerie. Elle était sur la chaise de la table à manger la plus proche de la fenêtre où elle lisait *Homes & Gardens,* et son père lui lança un regard aiguisé. Cette présomption éveilla la colère de Phyllis.

— Moi, je n'attends personne, dit-elle, et toi ?

Il se détourna sans rien dire.

Elle s'étira, basculant sur les pieds arrière de la chaise pour voir à travers les voilages qui donnaient sur les marches de devant. Bella Power était à la porte. Phyllis avait envie de savoir ce qu'elle voulait, mais elle se dit qu'elle pouvait résister à sa curiosité pour se satisfaire de quelque chose de plus plaisant. Elle fit semblant de suffoquer comme un personnage de dessin animé.

— La Grande Faucheuse en personne ! s'écria-t-elle. Oh ! Quelle allure ! Avec sa faux et tout ! Je me demande si c'est moi ou toi qu'elle vient chercher.

Elle laissa retomber les pieds de la chaise et observa son père.

— Tu veux que je lui ouvre pour qu'on lui demande ?

Eunan sursauta dans le fauteuil quand les gongs se déclenchèrent à nouveau, se réverbérant dans toute la maison.

— Non, finit-elle par dire lorsqu'ils s'apaisèrent. Mais c'est vraiment parce qu'on s'amuse bien, tous les deux.

Elle reprit son magazine et ne se leva pas de la chaise.

Bella Power renonça, remonta dans sa voiture et s'éloigna sans avoir pu remplir sa mission. Elle avait espéré discuter des activités de Brendan. Il n'avait que dix ans et ses manières de se conduire devenaient plus étranges. Déambuler ici ou là était une chose, mais désormais ses chasses incluaient des visites qu'il rendait à untel ou unetelle, et pas uniquement à Biddy Donoghue. Il se rendait régulièrement chez Greg Dorrian et chez Mary Pat Kennedy, qui était complètement toquée. On avait vu le garçon rentrer chez Ignatius Deeney, ce qui était une source d'inquiétude car celui-ci était sujet à des convulsions. Brendan semblait attiré par les excentriques, les gens âgés ou isolés, ou peut-être était-ce plutôt eux, qui étaient attirés par lui. Bella elle-même avait vu Johnny Boîte d'Allumettes inviter Brendan dans son logement de la rue aux maisons toutes semblables. Et, alarmée, elle l'avait suivi à l'intérieur, ne frappant pas à la porte mais l'ouvrant d'un geste brusque comme si elle croyait mettre un terme à une conduite délictueuse. Tout ce qu'elle avait vu était Johnny montrant sa collection de boîtes d'allumettes au garçon, plus de quatre cents alignées sur la table. Ils avaient levé vers elle des regards de surprise.

Quelques jours plus tard, Bella réussit à parler à Phyllis chez Hegarty, près du beurre et du lait, et lui dit que beaucoup de gens parlaient de Brendan et de ces visites. Elle affirma que ç'avait été un des sujets d'urgence abordés pendant la dernière rencontre de la branche locale de l'Association des Femmes de la campagne irlandaise.

— Qu'est-ce qu'il peut bien fabriquer ? n'avait-elle cessé de demander.

Phyllis n'aimait pas que des problèmes familiaux deviennent un sujet de discussion en ville, et son ressentiment à l'égard du garçon s'était trouvé attisé de nouveau. Brandissant un litre de lait, elle s'en était allée sans répondre à ses questions.

Un soir, Brendan ne se montra pas à l'heure du dîner. Phyllis téléphona à l'hôtel où travaillait Christine et insista pour qu'elle vienne sans délai. Quand elle arriva, Phyllis tournait en rond alors que Eunan et Declan mangeaient. Le repas de Brendan avait refroidi et celui de Phyllis n'avait pas été touché non plus.

— Je suis tellement agacée que je n'arrive pas à manger, s'insurgea-t-elle.

Christine alla regarder les épicéas par la fenêtre pendant que Phyllis se tenait à ses côtés.

— Est-ce que Biddy ou Ignatius auraient pu lui donner à manger ? s'étonna Christine.

Phyllis secoua la tête et répondit :

— Ils n'ont que du pain de soja avec les vitamines que l'infirmière rajoute.

— Declan, demanda Christine au-dessus de son épaule, tu l'as vu sur la route, après l'école ?

— Je ne suis pas responsable de lui, répondit Declan.

Christine se retourna pour le réprimander mais ce qu'elle vit lui en coupa l'envie : il était penché au-dessus de la table, touchant presque de sa tête celle de son grand-père, et avec la partie plate de la lame du couteau il appuyait sur son poisson pour en écarter les arêtes. Comme Eunan n'avait plus les facultés motrices pour les retirer, Declan le faisait à sa place, se servant de son pouce et de son index pour les trier. C'était le geste le plus tendre qu'elle l'eût jamais vu faire.

Brendan ne se montra pas, mais Ambrose, oui.

— Rassurez-vous, dit-il en pénétrant dans la pièce. Il est chez les Cunningham, ils m'ont appelé.

— Quels Cunningham ? demanda Phyllis.

— Kathleen et les autres, précisa Ambrose.

Kathleen avait souffert de tumeurs au cerveau. Nous l'avions vue maigrir, avions vu ses cheveux qui se raréfiaient, ses dents qui devenaient plus proéminentes, plus grosses dans les gencives qui reculaient. Il y avait eu une scène à la messe, une fois, où elle s'était levée de son banc et était partie, soutenue par son mari, au moment de la consécration de l'hostie. Elle n'était plus jamais revenue à la chapelle et, maintenant, elle n'allait plus nulle part, étant confinée à son lit.

— Il se trouve que Brendan lui tient compagnie de temps en temps, exposa Ambrose.

— Et tu n'en avais aucune idée ? demanda Christine d'un ton brusque.

Ambrose relâcha bruyamment son souffle. Il ne méritait pas pareille agressivité.

— Pas spécifiquement, non, dit-il.

— *Pas spécifiquement*, répéta Christine qui ne trouvait pas la réponse satisfaisante. Et qu'est-ce qu'elle a à y gagner ?

— Elle dit qu'il lui procure du réconfort. Il y a des gens, en ville, qui le croient spécial en raison de la manière dont il est arrivé, au tout début.

— Livré aux conditions météorologiques par une marginale ? traduisit Phyllis.

Ambrose ne releva pas.

— Des gens aiment confier à Brendan ce qui les angoisse et, d'après ce que j'entends dire, il est possible qu'il leur apporte une sorte de bénédiction.

— Une bénédiction ! se récria Phyllis.

— Apparemment, dit Ambrose.

Declan écoutait.

— Est-ce qu'ils le payent ? interrogea-t-il.

Ambrose fit non de la tête.

— Il se contente de poser la main sur leur épaule et prononce une ou deux paroles gentilles. C'est assez innocent, je crois.

Ambrose se tourna vers Christine : si elle disait qu'il n'y avait pas de mal à ça, il n'y en aurait pas.

Phyllis abandonna sa discussion avec Ambrose et s'adressa aussi à sa sœur.

— Nous devons mettre un terme à cette folie, dit-elle. Il devrait être à la maison, pas sur les routes. Il n'a aucune qualification pour bénir quiconque.

— Ce qu'il faut que je fasse, moi, répondit Christine, c'est retourner au travail.

Et elle sortit.

Phyllis la suivit et l'arrêta en arrivant à sa voiture.

— C'est pour toi que je m'inquiète vraiment, dit-elle. Ce garçon pose beaucoup trop de problèmes, ce n'est pas juste, pour toi.

Christine demeura près de la portière ouverte en étudiant sa sœur. Quand elles étaient jeunes, Phyllis avait souvent montré un instinct protecteur à son égard, même s'il était généralement mal venu, étouffant, en réalité. Elle utilisait maintenant des mots similaires mais dans un but différent, décida la cadette. Phyllis n'avait jamais voulu de Brendan chez elle, elle ne pouvait tout simplement pas l'accepter, pas complètement, et elle considérerait toujours qu'il constituait un problème. C'était une attitude malfaisante et, par conséquent, pour parvenir à s'entendre avec elle, Christine allait devoir se persuader que sa sœur ne pouvait pas s'en empêcher. Elle ne voulait pas de nouvelle brouille, elles venaient tout juste d'en terminer avec la précédente. Faire preuve de patience était une exigence. Christine possédait de grandes réserves de patience sur lesquelles compter car, en dernier recours, elle savait qu'elle s'était échappée, ce qui n'était pas le cas de Phyllis.

— Les gens semblent considérer que Brendan représente un épouvantable fardeau, remarqua-t-elle, mais honnêtement, ce n'est pas lui qui me crée le moindre souci.

Elle démarra pendant que sa sœur la regardait partir sur l'allée.

L'hôtel de la ville était dans la rue principale, près de la jetée. Les tâches de Christine étaient similaires à celles de la maison, mais multipliées : trente fois la literie qui nécessitait dix fois la quantité de détergent, un panier de linge d'une taille trois fois plus grande, et elle était deux fois plus âgée que les plus vieilles des filles qui travaillaient avec elle. Elle préférait la lingerie, dont elle s'occupait seule, mais les urgences pouvaient l'obliger à faire équipe avec une des adolescentes. Ce soir, il fallait qu'elle montre les lieux à une nouvelle venue : Debbie Pringle, les Pringle de Largynagreana. Elle se déplaçait lentement et n'était pas réactive, mais Christine réservait son jugement, cet âge n'étant pas facile. Il y avait trois grands miroirs à la réception. Christine lui montra comment les nettoyer avec du papier journal afin de ne pas laisser de traînées. Toutes les filles le faisaient maintenant, grâce à son exemple, ce qui lui procurait une touche de fierté professionnelle, même si elle pouvait également trouver cela agaçant, attristant même, que des années de mariage consacrées à élever ses enfants l'aient rendue meilleure pour le nettoyage que pour n'importe quoi d'autre.

Debbie parut dubitative concernant l'idée d'utiliser un journal, même quand à l'évidence elle en constata l'efficacité. Christine mélangea ensuite une pâte composée de vinaigre, de sel et de bicarbonate de soude pour nettoyer les plaques de cuivre derrière le bureau de la réception. Elle monta sur un tabouret pour l'appliquer avant de l'essuyer.

— Tu vois ? demanda-t-elle alors que le cuivre brillait à nouveau.

— On croirait de la sorcellerie, déclara Debbie.

Le rire de Christine s'arrêta net quand elle se retourna et vit l'expression effrayée de la jeune femme.

Elles passèrent aux chambres de l'étage. Celle avec salle de bains attenante était vide et la salle d'eau était très indiquée pour une cigarette. Comme Debbie ne fumait pas, elle s'assit sur le bord de la baignoire et se cura les ongles pendant que Christine se tenait sur le siège des toilettes en fumant une Silk Cut Red, sa tête dépassant par la fenêtre du toit.

— Est-ce que tu as des plans ? lui demanda-t-elle.

— Je vais voir ce que font les autres filles.

— Je ne te parle pas de là où tu iras ce soir. Je veux dire des plans, pour ta vie.

Apparemment, Debbie n'était pas habituée à ce genre de question, aussi réfléchit-elle pendant dix bonnes secondes avant de répondre :

— Je verrai ce que feront les autres filles.

Christine ne dit plus rien. Elle se hissa sur la pointe des pieds et tendit le cou pour voir la vue. Des projecteurs, sur les chalutiers amarrés, se reflétaient en longues lignes blanches verticales sur l'eau noire. Plus près, les lumières de la ville faisaient luire les rues mouillées. Des gens marchaient, rentrant la tête dans les épaules à cause de la pluie, et tous, très vraisemblablement, avaient des problèmes d'une sorte ou d'une autre. Elle et Brendan, comme elle l'avait prédit, partageaient de nombreuses expériences, et pourtant, d'une certaine manière qui lui était vitale, le garçon restait distant, et l'amour avait engendré beaucoup d'inquiétudes. La belligérance de Declan était difficile à maîtriser, mais Christine avait le sentiment qu'elle savait la plupart du temps comment le guider, et elle ferait en sorte qu'il finisse par s'assagir. Mais pour Brendan, il n'y avait pas de chemin tout tracé à suivre. Elle ne voulait assurément pas lui donner l'impression que la vie consistait à laver les draps d'inconnus ou à joindre les deux bouts tant bien que mal en attrapant des poissons, mais c'étaient les seuls exemples dont elle et Ambrose pouvaient vraiment lui parler. Elle savait que beaucoup de mères interdiraient à leur enfant de cheminer par les ruelles et de distribuer des bénédictions aux infirmes, mais si elle ne savait pas ce qu'il y aurait de mieux pour Brendan, devrait-elle l'empêcher de trouver par lui-même ? Peut-être faisait-il ce qu'il fallait. Et même si ce n'était pas le cas, ce serait du moins quelque chose qui lui appartiendrait en propre.

Quand elle rentra, Ambrose faisait une sieste sur le dessus de lit avant de partir pêcher. Lorsqu'elle s'allongea à côté de lui, il se réveilla avec un grognement. Ils parlaient à voix basse quand il s'agissait des enfants, la maison était petite. Elle posa son menton sur l'épaule de son mari et dit :

— On va le laisser faire comme il veut. Brendan est un gentil garçon, laissons-le agir à sa convenance.

— Entendu, répondit Ambrose.

Ils s'endormirent.

Mais Phyllis, elle, ne pouvait pas s'assoupir. Sa sœur n'allait de toute évidence pas mettre un terme au comportement de Brendan et elle résolut donc de le faire elle-même. Un jour, Christine la remercierait, c'était ce qu'elle se disait. Vous aviez peut-être pensé que Phyllis avait bien assez à faire comme ça, mais avoir bien assez à faire peut entraîner certaines personnes à ignorer tout ce qu'ils ont déjà en attente pour se tourner vers d'autres buts. De plus, elle avait une propension particulière à s'agiter, ces temps-ci, elle faisait peut-être même exprès. Des bénédictions, et puis quoi encore ! Elle décida de recruter Declan, sachant qu'il n'en faudrait pas beaucoup pour stimuler sa jalousie. Elle lui dirait que tout le monde parlait de Brendan ; il allait détester cela. Elle l'inciterait à penser qu'Ambrose avait l'air satisfait du rôle que Brendan tenait en ville, et il détesterait plus encore cela.

La chose suivante que nous remarquâmes fut que chaque après-midi Declan rentrait de l'école avec Brendan. Cela faisait des années qu'il n'avait pas agi de la sorte et il était évident que cela rendait son frère heureux, qu'il ne cessait de bavarder avec lui tout du long de la rue principale, les grandes enjambées de Declan signifiant que, tous les quatre ou cinq pas, Brendan devait trottiner pour rester à sa hauteur. Nous étions heureux, nous aussi, jusqu'à ce que nous en déduisions que Declan ne le faisait que pour empêcher Brendan de s'éloigner et de rendre visite à d'autres gens. La tentative fut couronnée de succès : il cessa immédiatement ses visites quand la possibilité lui fut offerte de s'en retourner à la maison avec son frère.

Le week-end, Phyllis faisait des plans supplémentaires pour briser le “culte” de Brendan, comme elle l’appelait. Il y avait un petit cinéma dans notre ville et, le samedi, elle donnait assez d’argent aux garçons pour acheter des billets et deux sachets d’Opal Fruits. Elle allait les attendre à la sortie du film et les ramenait directement chez elle. Brendan n’était pas passionné par le cinéma, trop bruyant, trop grossier, mais il était content de faire des choses avec son frère. Declan, en revanche, était à chaque fois emporté par le récit dramatique et l’émotion pure. Il pleura à la fin de *E.T.*, même si la population globale de la ville trouva que l’extra-terrestre serait bien mieux dans l’espace. La réaction de Declan à *Superman III* fut encore plus émotive. Quand Superman traversa une période difficile et devint agressif, Declan fit pipi dans sa culotte. Il ne dit rien, posa son manteau sur ses genoux et demeura là, sur son siège, jusqu’à ce que le film semble parvenu à la dernière scène, puis il se précipita dehors. Brendan le suivit de près, le protégeant de son corps pour que personne ne voie rien. Ils parvinrent sans encombre à la voiture, mais Phyllis sentit l’odeur et s’aperçut que le pantalon était mouillé.

— Un grand garçon comme toi ! se récria-t-elle.

Plus tard, elle le dénonça à sa maman.

— Il passe par un âge difficile, répondit Christine.

La ronde des saisons se poursuivit. Les hirondelles de fenêtres repartirent. Nous fûmes quatre fois plus dans le pays à voter contre l’avortement. Le lobby opposé aux machines à sous organisa une grande réunion dans la salle municipale pour rallier des soutiens à sa cause. Declan entra dans sa première année d'enseignement professionnel. Sous surveillance et de mauvaise humeur, il atteignit ses treize ans. Impénétrable et muet, Brendan en eut onze. Tous les âges, semblait-il, étaient difficiles.

Quand quelqu'un arrive à la quarantaine, ça peut aussi être difficile et, un après-midi, Phyllis finit par craquer. Ce fut douloureux, mais un soulagement.

Christine faisait la vaisselle alors que Declan était installé à table, avec ses manuels de cours, lorsque Phyllis entra et s'assit à sa place habituelle, sur le tabouret.

— Je n'arrive vraiment pas à dormir assez, dit-elle, tête baissée.

— *Ach*, répondit Christine, le Dr Quinn va te prescrire des cachets, à mon avis.

Phyllis leva les yeux vers elle.

— Ça m'aiderait beaucoup si tu pouvais venir un soir pour le mettre au lit.

Christine fit à nouveau face à l'évier.

— S'il te plaît, insista Phyllis, ce qui ne lui ressemblait pas.

Au moment où sa sœur était arrivée, Christine avait été contente d'être là, à se démener avec la vaisselle, car il n'était pas inutile d'illustrer à quel point elle avait à faire. Elle remit plusieurs tasses dans l'eau savonneuse afin de donner encore plus d'ampleur à cette tâche. La requête de sa sœur ne semblait peut-être pas représenter beaucoup, mais la plus jeune des deux avait l'impression qu'il lui fallait défendre son existence. Même une seule nuit serait un péril : s'occuper de Eunan Lyons serait semblable à tomber dans le gouffre d'une tourbière, à s'en approcher trop, et à y être aspirée.

Elle pouvait imaginer le résultat, suspendue à jamais dans le noir goudronneux, invisible aux yeux du monde.

— J'ai cette maison dont je dois m'occuper en plus de l'hôtel et de ces deux-là que je dois nourrir et éduquer, dit-elle avec un signe de tête en direction de Declan.

À cet instant précis, Declan paraissait assurément très absorbé, il dessinait le logo d'AC/DC sur le dos de la couverture de son livre de sciences.

Phyllis ne répondit rien, mais ce n'était pas un silence de ressentiment, elle paraissait complètement épuisée. Son menton s'abaissa jusqu'à ce qu'elle ne regarde plus que le sol.

— Pourquoi tu ne le couches pas plus tôt ? suggéra Christine. Tu le mets au lit à neuf heures et, après, tu viens regarder la télé avec moi. La BBC diffuse un programme appelé *Crimewatch*, ils demandent au public de les aider à résoudre des crimes. C'est comme *Garda Patrol*, mais avec des reconstitutions soignées, de grands cambriolages et même des meurtres. Ça te plaira.

Les Lyons n'avaient que les deux chaînes de la télévision irlandaise, ce qui signifiait un choix limité et, durant les coupures publicitaires, un déferlement de joueurs de football gaélique qui vantaient des marques de nourriture pour bovins et des traitements contre la douve du foie des mammifères domestiques. Mais la haute antenne des Bonnar recevait la BBC, où il n'y avait pas de publicité du tout et, à ce qu'affirmaient certains, une meilleure programmation. Phyllis aurait adoré voir *Crimewatch*, mais son devoir le lui interdisait, elle fit non de la tête d'un air solennel. La vie de Eunan était suffisamment restreinte pour ne pas perdre une heure de jour supplémentaire. De toute façon, le problème n'était pas le temps, c'était de lui venir en aide pour qu'il enfile son pyjama soir après soir : les plis lâches entre ses jambes, les angles insolubles des os de son bassin, son pénis gris et ses poils pubiens. L'infirmière locale disait que ça aiderait beaucoup de se souvenir qu'il l'avait changée de nombreuses fois quand elle était petite, mais elle ne pouvait pas manquer de savoir, comme toute la ville ne devait pas manquer de le savoir, que son père n'avait jamais changé une enfant de sa vie. Phyllis commença à trembler.

— Qu'est-ce qui ne va pas ? demanda Christine en faisant deux pas vers elle.

Sa sœur ouvrit et referma les mains, révélant ses paumes avant de les cacher à nouveau.

— Il m'arrive parfois d'être méchante avec lui, parvint-elle enfin à prononcer.

— *Ach*, je ne te crois pas.

— Je l'ai forcé à regarder le *Late Late Show*, vendredi, alors qu'il y avait *Les Canons de Navarone* sur l'autre chaîne.

— Ne t'en fais pas pour ça, il ne savait probablement pas que ce film était programmé.

— Si, il le savait ! J'avais bien insisté pour le lui faire savoir !

Christine fut surprise d'apprendre ce comportement.

Phyllis continua :

— Je me fâche contre lui quand il fait tomber des objets. Je refuse de lui parler pendant des heures et des heures. Je ne lui achète pas la fournée de pain qu'il aime. Ce matin, il voulait de la confiture d'orange et je lui ai laissé entendre que nous n'en avions pas. Mais nous en avions, bien sûr que nous en avions.

Sa voix se brisa quand elle hoqueta :

— De la confiture d'orange, nous en avons toujours.

Épuisée par cet aveu, le pourtour des yeux rouge, elle regardait sa sœur cadette dans l'attente de son jugement.

Christine la regarda sans broncher. Puis elle dit :

— Il est capable de supporter ça.

Un silence flotta entre elles. Christine retira la bonde, regarda l'eau tournoyer dans l'évier et mit la bouilloire à chauffer.

Phyllis ne s'était même pas aperçue que Declan écoutait. Même s'il avait commencé à suivre une formation professionnelle, elle continuait de le considérer comme un enfant qui avait une compréhension limitée des choses, et elle fut donc choquée quand il parla en avançant une proposition.

— Je peux aller m'occuper de Grand-père le soir, le changer pour la nuit, ce qu'il y a à faire.

Christine le scruta, ravie et fière, s'appuyant sur le comptoir pour bien l'observer. Elle regarda sa sœur et dit :

— Entendu, tu peux y aller.

Declan commença par conséquent à aider chez les Lyons presque tous les soirs vers neuf heures. C'était l'heure où les informations débutaient à la télévision et son grand-père ne les ratait jamais. Le petit-fils approchait une chaise pour qu'ils les regardent ensemble. La voix de Eunan était rauque, mais il trouvait quand même moyen de se mettre en colère quand il était question d'échecs gouvernementaux : montagnes de beurre, lacs pleins de lait, allez savoir quel gâchis encore.

— Une troupe de femmes serait capable de mieux gérer le pays, grondait-il en agrippant les accoudoirs de son siège et en se hissant vers le poste dans sa fureur indignée.

Mais parfois, il ne semblait pas capable de suivre certaines choses, et Declan soupçonnait que ses crises de protestations étaient déclenchées par les répliques des journalistes, et non par sa compréhension des événements.

— Vise-moi cette bande de brutes épaisses ! vitupéra-t-il un soir au moment où Declan arrivait. Se bagarrer comme ça pour un match de football.

Declan se tourna vers le reportage : des images d'hommes qui défilaient remplissaient l'écran. Cela se passait au Moyen-Orient, et ils brandissaient des armes automatiques.

— Je ne crois pas qu'il s'agisse de football, dit-il.

— Tout ça, c'est rien que des hooligans, insista Eunan.

Il s'était fait son opinion et ça lui suffisait. Même les images qui suivirent, avec un hélicoptère qui tirait des roquettes sur un bâtiment, ne l'incitèrent pas à reconsidérer sa vision des choses. Declan l'observait : les images vacillaient à la surface de ses yeux mais ne pénétraient pas au-delà.

Le garçon aimait être là. Chez lui, l'attention de son père se portait constamment sur Brendan, tout du moins était-ce l'impression qu'il avait, mais le lien qu'il entretenait avec son grand-père et cette maison n'appartenaient qu'à lui. Il ne restait pas assis près de Eunan à longueur de temps. Il lui arrivait d'aller dans la cuisine et, un soir, en s'adossant à la porte de derrière, il fuma sa première cigarette. Il se mit à étudier les livres de cuisine ayant appartenu à sa grand-mère qu'il n'avait pas connue, ses notes manuscrites encore bien visibles dans les marges. Elle avait écrit des recettes sur des feuilles libres et insérées dans les couvertures avec du scotch devenu friable. Des précisions avaient été ajoutées au fil des ans, des mesures biffées et remplacées, des étapes supplémentaires inscrites. Declan demanda à sa maman s'ils pouvaient avoir un de ces livres pour leur maison, mais elle fit non de la tête. Les livres de cuisine de sa mère lui inspiraient de la répulsion, elles s'accompagnaient d'associations d'idées déplaisantes. De la nourriture industrielle remplissait le frigidaire et le congélateur des Bonnar.

Une nuit, Declan découvrit un peu de purée de pommes de terre dans le frigidaire des Lyons et une idée lui vint. Il savait que sa tante n'aimerait pas que quelqu'un intervienne dans sa cuisine et il en préleva juste une petite quantité, pas assez pour que ce soit visible. Il y ajouta de la crème, un œuf et du poivre pour obtenir deux petits gâteaux. Puis il les couvrit de farine et les fit cuire dans du beurre. Assis côte à côte face au poste de télévision, Declan et son grand-père mangèrent chacun un gâteau à la pomme de terre en le tenant dans leur main. Eunan ne parvint pas à articuler un compliment, mais les bruits qu'ils faisaient étaient encourageants. Son petit-fils sourit.

— C'est l'heure d'aller te coucher, dit-il.

Tous les soirs vers dix heures il hissait son grand-père hors du fauteuil. Eunan avait rejeté le tripode institutionnel et demandé une canne de marche en bois traditionnelle, avec un pommeau tout simple et, en se mouvant avec une respiration rauque, il s'en servait pour se rendre aux toilettes. Il n'avait plus la coordination de gestes lui permettant de se brosser les dents correctement et n'avait jamais voulu laisser Phyllis le faire à sa place, mais après s'être fait prier, il avait quand même autorisé Declan à l'aider. Ensuite, il entamait son trajet jusqu'à la chambre, où elle laissait toujours le lit prêt pour la nuit, avec cinq couvertures pliées et le pyjama qu'il n'avait plus qu'à enfiler. Declan retirait les lunettes de son grand-père et les plaçait sur le meuble de chevet pendant que celui-ci se baissait sur le lit. Il bougeait les bras sans aucune difficulté, mais manipuler les boutons lui était impossible. La chair cireuse de sa poitrine et de son ventre ne s'affaissait pas, il était trop maigre ; mais elle semblait se détacher de lui. Declan ne se sentait pas gêné par le corps de son grand-père. Il avait récemment pris l'habitude de s'évaluer dans le miroir et se satisfaisait de ce qu'il voyait. En fait, le contraste entre leurs deux corps lui donnait le sens de sa propre vitalité, et cela d'autant plus qu'il avait la possibilité de voir au plus près quand la fin viendrait.

Eunan s'allongeait en regardant le plafond pendant que son petit-fils lui disait bonne nuit et refermait la porte, présumant que son grand-père allait fermer les yeux. Ce que nul ne savait, et que le vieil homme lui-même pouvait avoir oublié avant le matin, était qu'il restait allongé sans dormir pendant parfois une heure entière, à tendre l'oreille aux craquements de la maison. Les vents d'est soufflaient comme ils l'avaient fait toute sa vie, de même que la pluie ruisselait sur le verre, et ces bruits pouvaient le renvoyer des dizaines d'années en arrière, non dans des souvenirs, car il en avait peu, mais en libérant des sensations prisonnières de son corps, des expériences, des états. Le frottement de la couverture sous son menton lui rendait son enfance, le passé et le présent se mêlaient comme ses doigts le faisaient en travers de sa poitrine. Il distinguait le visage de ses parents mais n'entendait pas leurs voix. Chaque nuit, il regrettait de n'avoir pas suggéré à Declan de laisser la porte entrouverte et une lumière allumée dans le couloir, mais la nuit suivante il oubliait à nouveau de le lui demander.

Pendant ce temps, en bas de l'allée, *Crimewatch UK* était tout ce dont Phyllis avait rêvé. L'émission était en direct et les gens appelaient le studio pour communiquer des informations : derrière les présentateurs on voyait des policiers anglais à leur poste qui répondaient au téléphone. Les deux sœurs observaient la reconstitution des crimes et écoutaient les descriptions de brutalités avec des expressions figées, comme si regarder ce spectacle était une occupation rémunérée dont elles devaient s'acquitter. Brendan regardait avec elles, mais Ambrose quittait la pièce. Tandis qu'elles restaient face à la télévision se produisait un grand rapprochement, et Ambrose ne pouvait y trouver sa place, peut-être parce que ça les ramenait à une époque antérieure à celle où il avait imposé sa présence entre elles. Assises côte à côte sur le canapé deux places, elles redevenaient des jeunes filles, même si elles avaient laissé derrière elles les crises de fous rires irrésistibles, et qu'à la place, maintenant, elles étaient capables de se concentrer très fort et de vouloir témoigner, d'une distance dépourvue de danger, sur les pires comportements d'êtres humains. Des portraits de criminels aux mines patibulaires apparaissaient sur l'écran et Phyllis disait, avec une sorte d'appréhension surexcitée :

— Il a vraiment l'air d'un sacré client.

Le seul moment de détente arrivait à la fin quand le présentateur, après avoir fait monter la tension chez les spectateurs pendant toute l'émission, leur disait de ne pas se faire de mauvais sang. “Ne vous mettez pas dans tous vos états, disait-il, après tout, peu de gens se font assassiner” (ou quelque chose d'approchant).

Christine et Phyllis étaient heureuses qu'il dise aux spectateurs de ne pas s'inquiéter, c'était certainement une bonne chose pour les enfants et les gens âgés, mais elles-mêmes ne tenaient pas à être maternées. Elles comprenaient la réalité : beaucoup d'entre nous ne serons pas assassinés, mais quelques-uns le seront, et il ne servira à rien de prétendre le contraire. La seule protestation de Phyllis était que *Crimewatch* se concentrait trop sur l'Angleterre.

— On pourrait imaginer qu'ils parleraient d'un crime irlandais, une fois de temps en temps.

— On ne paye pas la redevance télé, donc c'est à nous de faire ce qu'il faut, répondit Christine.

Une troisième guerre mondiale était une grande crainte à cette époque et il y eut une semaine spéciale de programmes sur une guerre nucléaire et les horreurs qui s'ensuivraient. Il n'était pas question que Christine et Phyllis en ratent une minute, tous les soirs elles s'asseyaient ensemble pour assister à l'effondrement de la civilisation, le visage effroyablement captivé. Le programme avait annoncé des images d'attaques nucléaires et la façon dont la société s'écroulerait à la suite de ces atrocités : des gens pousseraient des lamentations, courraient hystériquement en tous sens et se battraient à Sheffield pour la dernière boîte de conserve de porc.

Christine et Phyllis restaient assises pendant que notre extinction se produisait, elles buvaient des tasses de thé, rouspétaient.

— Il vaut mieux avoir une bombe qui te tombe sur la figure plutôt que de survivre à tout ça, déclara Christine dont les yeux restèrent rivés sur l'écran durant une scène particulièrement dramatique. Mais ils n'auront pas de raison de larguer une bombe. Le Donegal, personne n'y pensera davantage qu'avant.

— Oui, pour nous, ce sera l'hiver nucléaire, acquiesça Phyllis avec amertume. Tout le monde s'attendra à ce qu'on s'adapte.

Après de telles soirées, Phyllis rentrait chez elle revigorée. Ces pauses l'aidaient beaucoup et, avec le temps, elle était moins agacée par les activités de Brendan, même si Declan ne changeait pas et si sa méchanceté devenait plus tranchante avec l'adolescence. L'établissement d'enseignement professionnel finissait plus tard que l'école primaire de sorte qu'il ne pouvait plus escorter Brendan jusqu'à la maison. C'était une frustration pour celui-ci car, livré à lui-même dans la rue, il avait repris ses visites et gratifiait des gens de ses bénédictions, dénichant qui plus est deux ou trois nouveaux admirateurs. Comme le vendredi était le jour principal pour ces activités, un de ces après-midi-là, Declan s'échappa en avance pour aller à l'école primaire et courut attendre à la grille. En dépit de toutes ces années d'antagonisme de la part de son aîné, le pauvre Brendan tentait de se raccrocher à tout ce qui ressemblait à de la fraternité. Declan se représentait déjà l'expression nigaude de son cadet quand il le verrait à la grille, tout heureux de rentrer à la maison avec lui.

Quand la dernière sonnerie de la journée retentit, des élèves se déversèrent hors des bâtiments scolaires dans la cour. Declan repéra Brendan et leva la main. Les enfants ne portaient pas d'uniforme dans notre école primaire, ce qui ne les empêchait pas de constituer une troupe très homogène de pulls marron et de vestes imperméables bleu foncé. La plupart des cartables des garçons étaient rouges avec les noms des équipes de Manchester United ou de Liverpool imprimés dessus, et aussitôt échappés du bâtiment, ils s'en servaient pour s'infliger de grands coups. Sans s'arrêter de le faire, ils sortirent entre les grilles mais Brendan ne figurait plus parmi eux. Declan attendit. Un nuage de poussière tourbillonna au-dessus de la chaussée quand un des camions de Gallagher passa dans l'autre direction avec son grondement de moteur, poursuivi par les mêmes enfants. Finalement, Declan fut obligé de conclure que Brendan lui avait échappé, probablement en franchissant le mur de derrière. Il eut la surprise de se sentir vide, perdu, se mit en marche vers la maison en se disant que ce sentiment était peut-être dû à la solitude, mais il se changea bientôt en irritation. Dans la grand-rue il s'arrêta, réfléchit un moment avant de se tourner pour remonter Butcher's Lane. Il tenta d'abord chez Biddy, puis chez Johnny, mais Brendan n'était ni dans l'une de ces maisons ni dans l'autre, et il se rendit donc chez les Cunningham. Leur allée était toujours remplie de voitures car leurs enfants étaient grands, ils travaillaient mais habitaient encore à la maison ou y venaient constamment. Il s'insinua entre les voitures et trouva le mari de Kathleen, sur les genoux, qui frottait les marches de devant. Il y mettait beaucoup d'énergie et grommelait à part lui. Declan s'immobilisa sans rien dire, ne sachant quelle attitude adopter, mais avant qu'il ait pu battre en retraite, M. Cunningham leva les yeux de sa corvée, sourit et se redressa dans un craquement d'articulations.

— Tu es le frère de Brendan, dit-il.

Declan s'abstint longuement de répondre.

— Est-ce qu'il est là ? demanda-t-il.

— Pas aujourd'hui, répondit M. Cunningham, mais dis-lui de revenir, Kathleen est toujours heureuse de le voir et ses bénédictions lui redonnent le moral.

Vaincu, Declan ne put penser à aucun autre endroit où trouver Brendan, et l'attitude de M. Cunningham lui avait brouillé les idées. Il n'avait pas d'autre choix que de rentrer.

Une fois passée la porte d'entrée des Bonnar, Declan vit le sac d'école abandonné sur le sol.

— Brendan ? appela-t-il.

Christine apparut sur le seuil de la cuisine d'où elle le regarda étrangement car il ne l'appelait jamais, peut-être était-ce même la toute première fois.

— Je crois qu'il est monté chez Phyl, dit-elle.

Il ressortit immédiatement et grimpa l'allée. Des gouttes commençaient à tomber. Des corneilles sautillaient le long du fossé, frappant des vers de terre avec leur bec. Declan eut un mauvais pressentiment et il se mit à courir quand il comprit que la voiture de Phyllis n'était pas là. La porte ne serait pas fermée à clef mais son instinct lui dicta d'aller d'abord vers la fenêtre car il voulait savoir ce qu'il se passait. Elle était haute, mais il s'aida de ses jambes pour parvenir à hisser son poids contre le mur puis sur le rebord et glissa un regard dans la pièce principale. Eunan était dans son fauteuil, assis en avant, les mains sur la poignée de sa canne, les yeux clos et la tête ployée, pas du tout dans l'une de ses attitudes habituelles, mais comme pour une supplication. Brendan se tenait devant lui. Il parlait et une de ses mains était posée sur l'épaule de Eunan.

Declan se rua par la porte d'entrée, fonça dans le couloir et pénétra dans la pièce. Prévenu par le bruit, Brendan s'était reculé et Eunan était de nouveau adossé au siège, l'oreiller s'y trouvant comprimé par son poids. Declan s'immobilisa, respirant fort, scrutant du regard Brendan puis son grand-père.

— Ça fait combien de temps que ça dure ? exigea-t-il de savoir.

Eunan leva une main de sa canne et décrivit des gestes rapides ; il était visiblement embarrassé, mais ces mouvements n'avaient aucune signification compréhensible. Finalement, Eunan recourba l'index, faisant signe à Declan d'approcher l'oreille. Declan le fit, espérant entendre une excuse pour cette trahison.

— Sois gentil avec ton frère, lui dit Eunan.

8

Si Eunan pouvait se laisser convaincre par Brendan et ses bénédictions, cela pouvait nous arriver à tous également et, de fait, c'était le cas. Beaucoup désiraient faire une tentative. Le dernier obstacle était notre discrétion car nous n'apprécions pas les démonstrations, mais pour la plupart d'entre nous, la seule chance d'obtenir une bénédiction était sur la route, car il s'agissait du seul endroit où nous pouvions le voir. Lorsqu'il devint acceptable de le faire en public, la pratique se répandit rapidement. Nous venions vers Brendan, nous immobilisions, lui présentions nos épaules et murmurions notre requête. Jeunes et vieux se succédaient, et n'importe quel lieu convenait. Nous pouvions nous trouver devant chez Melly, en bas près de la jetée, ou sur la route vers le virage mauvais. Brendan faisait halte, il apposait sa main sur nous et disait quelque chose comme : "En espérant que tout ira bien pour vous." C'était l'affaire de quelques secondes, sans la démarche lente ni la prière sonore auxquelles vous soumettent les moines de Rossnowlagh. Ce que Brendan faisait appartenait au domaine du spirituel mais pas vraiment à celui de la chrétienté. Le prêtre était inquiet de la présence de ce garçon qui empiétait sur son territoire, mais il savait que s'il disait du mal de lui dans la chapelle cela ne ferait que renforcer l'attrait qu'il exerçait. Il choisit d'inviter le garçon à devenir enfant de chœur, une tentative pour partager l'attirance qu'il générait, mais Brendan restait un gamin méfiant qui s'esquivait très vite si on tentait de l'entraîner dans une conversation. Peut-être bénissait-il les gens parce que c'était plus facile que de leur parler. Il ne s'était jamais mis en avant dans la chapelle car il n'aimait pas non plus se donner en spectacle. Son contact physique, ainsi que les paroles qu'il nous adressait manquaient d'assurance et restaient brefs, et c'était exactement ce qui convenait à notre sensibilité : il savait ce dont nous avions besoin et comment nous le donner. Si, par la suite, nous étions questionnés par quelqu'un que hantait le doute, nous nous contentions en général de répondre : "Ça ne peut pas faire de mal, si ?" Mais c'était une esquive, une manière d'éviter ce sur quoi nous ne pouvions pas mettre de mots. La vérité était que beaucoup ressentaient une expérience profonde quand il nous donnait sa bénédiction. Au contact de sa main, nous comprenions notre insignifiance, nous étions des tonneaux emportés par la mer, mais nous ressentions également qu'une force bienfaisante était peut-être active, un courant salutaire, et nous y trouvions un réconfort. Nous recherchions donc sa bénédiction et, une semaine plus tard, nous pouvions en solliciter une nouvelle.

Par contraste, regardez ce qui se passait dans le reste du pays vers le même moment. Il y eut beaucoup d'agitation lorsque quelqu'un, dans la grasse campagne, loin vers le sud, prétendit avoir vu une statue de la Vierge Marie, dans un lieu de pèlerinage de son village, qui commençait à respirer, sa poitrine se gonflant et se vidant pendant plusieurs minutes. Cette nouvelle de la statue qui bougeait se répandit vite. Il y avait en Irlande beaucoup de lieux sacrés à ciel ouvert dédiés à la Vierge Marie et bientôt d'autres croyants affirmèrent avoir vu, eux aussi, des statues bouger : lever leurs mains, parler ou pleurer. Chaque comté succombait à tour de rôle. Nul besoin d'une thèse de psychologie pour comprendre ce qui se passait : les emplois étaient rares et les jeunes émigraient aussi vite que nous parvenions à les éduquer. Ajoutez le coût de la vie, la menace d'une guerre nucléaire, et il n'était pas surprenant que l'Irlande soit désespérément à la recherche de miracles. Peut-être en était-il de même pour nous, mais ailleurs dans le pays les gens n'y allaient pas par quatre chemins. Des centaines se réunissaient dans ces lieux sacrés, priaient et veillaient tard dans la nuit. Ils étaient filmés et les images diffusées aux informations télévisées chaque soir. Nous observions, dégoûtés. Il y avait des quantités de statues saintes dans le Donegal mais elles ne bougeaient pas et ne disaient rien. "Nos statues résistent à la tentation", affirmions-nous, mais en réalité, bien sûr, c'était nous qui résistions plus que les gens qui habitaient à seulement quatre-vingts kilomètres de nous, plus que ceux qui vivaient de l'autre côté de la baie.

Nous comptions sur la discrétion de Brendan et, bientôt, s'ils disposaient d'un peu de temps et d'intimité, des gens commencèrent à lui relater leurs difficultés, tout juste quelques phrases murmurées. Il écoutait mais ne faisait pas de commentaires, ce qui était apprécié, il absorbait juste nos soucis puis tendait le bras dans une bénédiction et prononçait quelques mots bienveillants. Un moment plus tard, nous repartions, le pas un peu plus léger.

Quand Christine en entendit parler il lui vint à l'idée que son père, peut-être, se confiait aussi à Brendan. Elle acheta une grande bouteille de 7UP et en versa un verre quand il rentra après l'école. Puis elle se livra à une vaste enquête.

— Je ne veux pas savoir exactement qui dit quoi, débuta-t-elle en s'asseyant à la table avec lui. Juste, tu sais, en gros, sur quel genre de sujets ils s'épanchent ?

— Des choses normales, répondit-il avec l'air de s'ennuyer.

Cette non-réponse n'était pas due à un désir de garder le secret ou à un souci de confidentialité, pas plus qu'elle n'était motivée par l'indifférence, même si, à l'entendre, c'était l'impression que cela donnait. Brendan était un garçon qui ressentait de l'empathie, mais il était encore trop jeune pour avoir une compréhension complète de ce qu'il entendait.

— C'est la même chose pour les gens âgés ? demanda-t-elle avec circonspection.

— Juste des choses normales, confirma-t-il en rejetant l'air de ses poumons.

Elle gardait les mains crispées sous la table.

— Et Papa ? demanda-t-elle. Est-ce qu'il a des regrets ?

— Les bénédictions, c'est seulement ça qu'il veut. Il ne parle jamais de rien. Il aime que je lui dise : "Puisses-tu connaître le siècle prochain."

— C'est tout ?

— Après, il me dit : "Merci."

Un changement, en un sens, mais Christine avait espéré davantage.

— Est-ce qu'il lui arrive de mentionner Maman ?

— Non.

— Est-ce qu'il lui arrive de mentionner Phyllis ?

— Non.

— Est-ce qu'il lui arrive de me mentionner ?

— Non, répondit Brendan.

Pendant plusieurs jours, à la suite de cette conversation, Christine se sentit mal.

Ce fut grâce à Big Jimmy qu'elle finit par assister à cette partie de la vie de Brendan. Big Jimmy avait alors largement dépassé la cinquantaine et travaillait sur une chose puis une autre, toujours avec la casquette vissée sur la tête, sa chemise crasseuse, une veste de costume et des bretelles. Christine le connaissait parce qu'il s'asseyait parfois à la réception de l'hôtel pour regarder les touristes. Elle et Brendan l'avaient rencontré devant chez le boucher avec un sac de saucisses à la main. Big Jimmy lui avait adressé un grand sourire et une salutation, puis il avait remarqué le garçon. Son expression s'était alors figée pendant les quatre secondes qui avaient suivi. Le menton en avant, la bouche entrouverte comme avant de parler, l'œil à demi fermé qui clignait alors que l'autre restait rond et plein d'allant.

— C'est le garçon venu de la mer, pas vrai ?

— Il y a des gens qui m'appellent comme ça, répondit Brendan.

Big Jimmy était ravi.

— Accorde-moi une bénédiction, dit-il.

Il se baissa en présentant son épaule et en ôtant sa casquette. Il était chauve mais…

— C'est quoi, ce truc noir ? demanda Brendan.

Au sommet du crâne de Big Jimmy il y avait une excroissance boursouflée de la taille et de la couleur d'une bonde dans un évier de cuisine.

— Aucune importance, juste une tumeur cancéreuse, répondit Big Jimmy. Je suis sur la liste d'attente, pour qu'on me l'enlève.

En s'écartant de la protubérance, Brendan posa l'extrémité de trois doigts sur l'épaule de Jimmy et dit :

— Puissent les choses ne pas se présenter trop mal pour vous.

Big Jimmy se redressa et remit la casquette sur son crâne.

— Brave garçon, dit-il en adressant un clin d'œil à Brendan.

Il glissa la main dans sa poche, y trouva un billet d'une livre et entreprit de le défroisser.

Brendan se recula en disant :

— Je ne le fais pas pour de l'argent.

Big Jimmy se tourna vers Christine, mais elle n'était pas en état de réagir, encore abasourdie par la vue de Brendan en action, le naturel avec lequel il s'était comporté. Son fils ne semblait ni apprécier ni détester ce petit devoir qui lui incombait. Il ne le trouvait ni satisfaisant ni pénible. On lui demandait de répondre à une requête, il y consentait, c'était tout. Christine ignorait comment elle considérait ce geste, même si elle n'était pas aussi gênée qu'elle aurait sans doute dû l'être, à en croire sa sœur. C'était un temps de révélations, ni le premier ni le dernier, mais toujours surprenant, non seulement pour Christine mais pour tous les parents : la découverte que son enfant n'appartient qu'à lui-même.

— Prends-les, alors, lui dit Jimmy en lui lançant les saucisses.

Ce fut quelques semaines plus tard qu'Ambrose eut sa première révélation.

En tant que pêcheur, il pouvait supporter toutes sortes d'extrêmes, qu'il s'agisse du temps, des heures de travail ou des gens. Les activités de Brendan ne le dérangeaient pas, toutes les recherches qu'il menait étaient motivées par une curiosité chaleureuse et, d'ordinaire, par un soupçon d'amusement. Ambrose n'avait rien d'un fouineur, il ne faisait que sourire et secouer la tête, rendu perplexe, mais impressionné, par la voie que son fils s'était choisie tout seul.

Un soir, il rentra de la pêche et se laissa tomber sur une chaise de cuisine pendant que les enfants tournaient autour de lui comme ils le faisaient toujours lorsqu'il s'en revenait de mer. Il demanda à Brendan qui il avait béni durant son absence, et son fils, se tenant devant lui, énonça plusieurs noms en les soumettant à son approbation tel un employé convoqué dans le bureau de son chef. Ambrose fit un grand sourire et dit des choses comme : "Lui, il en a bien besoin !" Declan, qui se sentait éclipsé, revint à son occupation précédente dans l'espace cuisine. Après quelques minutes, il ouvrit le four et d'étranges et forts arômes se répandirent dans la pièce. Ambrose avait imaginé qu'il préparait des toasts au fromage, mais c'était quelque chose de tout à fait différent et ni lui ni Brendan ne reconnaissaient l'odeur de levure. Declan posa sa création sur une assiette et s'approcha, se tenant devant son père et lui offrant ce mets. Il y avait une base de farine cuite recouverte d'une sorte de sauce tomate, pas du ketchup, et environ une douzaine de formes sombres et luisantes.

— C'est quoi, ça ? demanda le père un peu inquiet.

— Des olives.

— Où tu les as dénichées ? demanda Ambrose en inclinant la tête.

— On peut en trouver dans le Nord.

— Et l'odeur, c'est quoi ? voulut savoir Brendan en se penchant en avant avec curiosité.

Declan retira vivement l'assiette de sous son nez.

— De l'ail, répondit-il. Il faut le hacher menu.

À ce moment-là il y eut un coup frappé à la porte et Ambrose se leva brusquement.

— Eh bien, dit-il à Declan, ça m'a l'air très intéressant. J'espère que tu vas aimer !

Il disparut dans le couloir en laissant les garçons à côté l'un de l'autre.

— Je trouve que ça sent bon, déclara Brendan en levant les yeux vers son frère. J'y goûterais bien.

Declan ne réagit pas.

Ambrose ouvrit la porte et Wilbur Kane entra, une vue si perturbante que le pêcheur avait temporairement perdu l'usage de la parole.

— Vous ne pensez quand même pas que je viendrais ici pour récupérer un arriéré de paiement ?

Le banquier affectait un sourire peiné et une voix contrainte en guise de plaisanterie, mais il l'abandonna alors, ce qui était préférable pour tous.

— Je ne suis pas ici pour parler boulot, mais pour autre chose.

Ambrose s'écarta du passage en lui indiquant qu'il pouvait entrer.

Wilbur n'en fit rien.

— Je suis désolé de vous déranger pour ça, dit-il. C'est ma tante, elle demande à voir Brendan.

Ambrose reprit sa position sur le pas de la porte.

— Ce n'est pas moi qui l'ai encouragée à le faire, poursuivit Wilbur, c'est tout le contraire. Elle n'a plus toute sa tête, elle s'égare, mais elle voudrait voir le garçon venu de la mer. Elle est très insistante, cette semaine.

Doris Kane vivait à l'intérieur des terres dans une ancienne grande demeure délabrée près du sommet d'une colline que nous appelions The Mount. Des talus de houx et d'ajoncs bordaient l'allée et, sur l'arrière, il y avait une dizaine de pommiers qui avaient grand besoin d'être émondés. Les fenêtres étaient gauchies et les rideaux, rarement ouverts, tout gris. Quand Wilbur avait dix ans, ses parents avaient eu des rêves de grandeur et étaient partis à Londres pour faire carrière au théâtre. C'était sa tante qui l'avait élevé. Il ne vivait plus avec elle, maintenant, préférant habiter dans un appartement près de la banque, et il était difficile de lui en tenir rigueur quand on voyait cette maison qui aurait pu servir de décor dans un film d'horreur.

Maintenant, Ambrose n'était plus certain, à propos des bénédictions ; elles se muaient certainement en contraintes rendues non seulement obligatoires par les complexités de la communauté, mais aussi par les liens moins raffinés de l'argent. Pourtant, et pour cette raison même, il devait l'autoriser à y aller.

— C'est un gentil garçon, dit Ambrose, je vais le conduire là-haut.

— Il faudra que je vous y retrouve et que je le fasse entrer, prévint Wilbur, ma tante ne réagirait pas bien, si un inconnu pénétrait chez elle.

— Entendu, concéda Ambrose en se détournant pour aller chercher Brendan.

— Non pas que vous soyez un inconnu, précisa rapidement Wilbur. C'est juste qu'elle ne vous connaît pas.

— Oui, j'avais bien compris, répondit Ambrose.

Dans la pièce principale, Brendan avait déjà mis son manteau. Declan était enfoncé dans le canapé deux places, il boudait visiblement. L'odeur de l'ail provenait maintenant de la poubelle.

— On y va, dit Ambrose.

Brendan s'installa à l'avant sur le siège du passager et Ambrose traversa la ville. L'éclairage urbain était allumé mais il n'y avait personne nulle part. Les mouettes marchaient tranquillement comme si les lieux leur appartenaient.

— Est-ce qu'on lui apporte du lait ou du pain en tranches ? demanda Brendan.

— Elle n'a pas besoin de ce genre de choses, répondit Ambrose. Tu rentres juste et tu fais ce que tu sais faire.

— C'est quoi, ce que je sais faire ?

— Tu ne le sais pas ? demanda Ambrose en riant.

— Je les laisse parler, répondit Brendan d'un air un peu perplexe et avec un haussement d'épaules exagéré. Après, je dis des choses normales comme, ne vous inquiétez pas, espérons pour le mieux, les choses s'arrangeront.

Ambrose se tut. Il sentit quelque chose frémir en lui pendant qu'il retournait les phrases de Brendan dans sa tête.

— Je comprends que ça puisse aider, dit-il.

Ils s'enfoncèrent dans les collines, Ambrose et Brendan suivant les feux arrière de Wilbur et leur couleur rouge sur les haies. C'était une route étroite, sinueuse, les talus limitaient la portée des phares et laissaient le reste du paysage dans une noirceur plus dense. À mesure que la pente grimpait, cela donnait l'impression de progresser dans un tunnel.

— Est-ce que tu leur parles de toi ? demanda Ambrose.

Il vit la surprise sur le visage de Brendan, comme si cette idée ne lui était jamais venue.

— Ils ne me le demandent pas.

— N'attends pas qu'ils te le demandent.

— Qu'est-ce que je leur dirais ?

— Dis-leur que tu es un Bonnar, répondit Ambrose d'un ton plein de passion. Dis-leur que tu es mon fils. Dis à tout le monde que tu es le fils d'Ambrose Bonnar.

La demeure apparut à leur vue ; une des fenêtres du rez-de-chaussée brûlait d'un orange éclatant, comme un lampadaire, le reste était noir. Franchissant la grille, ils passèrent entre des buissons de houx denses jusqu'à l'endroit où Wilbur garait sa voiture devant la façade. Les deux hommes mirent pied à terre et se tinrent l'un près de l'autre sur l'allée dont les gravillons se compactaient en adoptant une forme boueuse recouverte de mousse. Brendan descendit et s'éloigna comme s'il refusait d'entrer. Wilbur se tourna vers Ambrose qui, d'un geste de la tête, signala qu'il n'y avait pas de problème, que c'était son comportement habituel, qu'il était distrait par diverses choses. Il s'avéra qu'il voulait seulement mieux voir la demeure, s'arrêta à peu de distance, leva les yeux.

— Il n'était encore jamais venu ? demanda Wilbur. Les gamins pillent le verger tous les ans.

— Brendan n'est pas comme ça, répondit Ambrose. En revanche, Declan…

— Il peut venir prendre autant de pommes qu'il pourra en emporter.

— Il y a combien de temps que votre tante demande à voir Brendan ?

Gêné, Wilbur hésita.

— À peu près un an, répondit-il.

Cela semblait un temps vraiment infini pour faire patienter quelqu'un. Ambrose roula une cigarette afin de ne pas être obligé de parler et ne proposa pas son tabac à Wilbur.

Brendan revint vers eux.

— Cette maison donne l'impression d'avoir peur, déclara-t-il.

Ambrose leva les yeux vers la façade qui les dominait. Elle avait été couverte de lierre, mais Wilbur, inquiet pour les murs extérieurs, avait chargé J.J. Brown de couper les troncs et d'injecter du poison dans les souches si bien que désormais ils étaient envahis de ces vestiges morts qui faisaient penser à des capillaires blancs. Il y en avait partout à l'exception des cavités des fenêtres, ces panneaux noirs de verre ondulé. Il était impossible de ne pas être impressionné par la vision que le garçon avait du monde. Ambrose éprouva un soudain regain de tendresse.

Wilbur regarda la maison.

— Quelques épisodes affreux se sont déroulés ici, reconnut-il.

Ambrose attendit dans la voiture pendant que Wilbur conduisait Brendan à l'intérieur. Le hall d'entrée étant vaste et meublé, Brendan le prit pour une pièce. Wilbur ouvrit une porte et le garçon eut un mouvement de recul à cause de la vague de chaleur et de lumière rougeoyante. Trois appareils électriques différents chauffaient à pleine puissance, jetant sur toutes les surfaces un éclairage orange ainsi qu'une intense chaleur sèche. Wilbur et Brendan traversèrent l'atmosphère étouffante, brutale, plombée par l'odeur de poussière surchauffée. Toutes les deux secondes environ s'entendait un raclement sourd venant de haut-parleurs branchés sur une platine. Un trente-trois tours continuait de tourner dans le vide. Des centaines d'autres disques étaient rangés dans un meuble vitré. Les murs étaient couverts de papier peint. Il y avait de vrais tableaux, un porte-manteau derrière le sofa et, au lieu d'un seau à charbon, un pot en cuivre sur quatre pieds incurvés. Doris Kane était assise au milieu de son grand sofa avec des oreillers afin d'être bien installée, et elle regardait les arrivants. Brendan eut le sentiment qu'elle était assise là depuis des heures sans rien d'autre que la secousse crachotante du tourne-disque. Ses yeux étaient vifs et péremptoires, son cardigan bien choisi, mais lorsqu'on voyait qu'elle portait un pantalon de survêtement il devenait évident que quelque chose en elle s'était rompu. Quand Wilbur emmenait sa tante pour des promenades en voiture, il lui nouait un foulard autour de la tête et la raison en était évidente : ses cheveux gris s'étaient détachés par poignées entières, laissant plusieurs emplacements où son crâne chauve transparaissait. Wilbur se posta derrière Brendan et posa une main sur chacune de ses épaules, un geste que certains auraient trouvé oppressant, mais Brendan était habitué à ce genre de choses, il n'avait cessé de passer de bras en bras depuis sa naissance.

— Le voici, tante Doris, annonça Wilbur. Le garçon venu de la mer.

Elle sourit. Elle avait toutes ses dents mais elles étaient très teintées de marron. Elle tendit une main et dit :

— N'aie pas peur de moi.

La ronde des saisons se poursuivit. Nous ne fîmes pas de remarques sur le retour des hirondelles de fenêtre ni sur les taux d'intérêt, trop occupés à parler de Brendan. Nous étions fiers de lui, notre garçon venu de la mer, et de ses bénédictions. Il demeurait volontaire pour continuer, et cette coutume perdura même après qu'il eut commencé à fréquenter l'école professionnelle et qu'il eut enfilé l'uniforme. Peu de gens, en ville, manifestaient encore des inquiétudes liées aux bénédictions, pas même Bella Power qui, vaincue, avait cessé d'aborder le sujet.

Peut-être le dernier à en parler fut-il John Cotter, le propriétaire de l'auberge du Bateau. C'était le genre d'homme à se tenir bien droit. Il savait se contrôler tel un directeur d'école, et avait dans les soixante-dix ans. Son épouse, décédée, avait dirigé le bed and breakfast au-dessus du pub, mais il ne l'exploitait plus et avait adopté ces pièces comme lieu de vie. Chaque soir, il entendait certainement le murmure de nos voix et devait nous plaindre parce que nous avions besoin de boire et d'avoir de la compagnie pendant qu'il demeurait assis seul à regarder des documentaires et à écrire des lettres polies mais fermes aux conseillers municipaux. On ne le voyait qu'à neuf heures du matin, se livrant à son exercice ordinaire qui consistait à faire son aller et retour sur la jetée. Un soir, nous parlions de Brendan quand John Cotter fit une rare apparition derrière le comptoir, probablement attiré par le sujet de notre conversation. Il nous rappela que Brendan n'avait que douze ans et que nous devrions prêter davantage attention à lui, assurant que ça ne le mènerait à rien de bon s'il ne mettait pas un terme à ces histoires.

— Il y a un danger qu'il en sorte vidé et qu'il n'en guérisse jamais. Les gens vont toujours chercher là où il y a un vide pour y cacher leurs angoisses, ne consacrant guère d'attention à celui qui en est le dépositaire et, immanquablement, il demeurera renfermé.

Manus McManus osa contester, disant qu'il n'y avait rien de mal pour un garçon à apprendre à se mettre au service de sa communauté.

— Il est important de se choisir un rôle, dit-il. Pourquoi ne pas commencer jeune ?

À cette époque, le premier rôle de Manus McManus semblait être de renflouer le bar de l'auberge du Bateau. John aurait pu aisément le signaler, mais il n'était pas du genre à perdre son temps en paroles. Il nous laissa sur un rapide "Bonsoir".

Mais ce que chacun pensait n'avait pas d'importance, Brendan voulait jouer au garçon venu de la mer. Il ressentait ce sentiment de grand vide que John Cotter craignait, mais qu'il comprenait mal, le prenant pour une légèreté qui le rendait plein d'allant, transcendantal. Il pouvait s'élever au-dessus de l'ordinaire et, lorsqu'il atteignit l'adolescence, il adopta une allure distante. Progressivement, les bénédictions devinrent trop prolongées et cérémonielles. Lorsque nous lui en demandions une, il se taisait puis restait silencieux cinq secondes au moins avant de réagir en utilisant une voix cultivée, hésitante, qui n'était pas naturelle. Bientôt, cela devint sa seule façon de parler, quelle que soit la situation. À l'école, on se moqua brutalement de lui à cause de cette voix compassée et les élèves n'étaient pas très gentils non plus en l'entendant. Sa nouvelle personnalité rendait Christine folle et elle aborda le sujet avec Ambrose.

— Ce n'est qu'une phase, répondit-il. Ça va s'arranger.

Mossy Shovlin rendit la situation pire encore le jour où il rencontra Brendan sur la route du rivage. Il y avait du monde en ville, beaucoup de bateaux amarrés. Une odeur de boyaux pourris provenait de l'usine de conditionnement et les camions se succédaient, espacés de quelques minutes à peine.

— C'est le garçon venu de la mer ! s'écria Mossy d'une voix enjouée.

Il y avait toujours une étincelle de considération entre eux : leur rencontre, des années plus tôt, était un moment clef de leur vie à l'un comme à l'autre. Mossy avait changé d'une manière que nul n'aurait pu prédire, ses cheveux étaient maintenant soignés, ses chaussures cirées. Le moment où il avait trouvé Brendan avait sûrement été celui où il avait véritablement commencé à se prendre au sérieux. Il habitait loin, à Letterkenny, travaillait à temps plein dans un entrepôt et se faisait appeler Maurice par tout le monde. Nous insistions toujours pour utiliser son nom, Mossy, quand nous le voyions, mais cela ne se produisait plus très souvent.

— Je suis touché par l'usage que tu fais de mon appellation, lui dit Brendan, mais j'ai bien conscience que je ne suis pas véritablement arrivé en flottant sur l'océan, du moins pas physiquement.

Mossy ne fit pas de remarque sur les prétentions de Brendan, omettant de saisir cette réinvention personnelle, ou la comprenant peut-être.

— Ne fais pas attention à ce que les connards d'ici disent sur toi, lui conseilla Mossy. Ils n'ont pas eu la force d'esprit d'accepter ce que je leur ai dit, alors ils sont allés chercher une histoire à propos d'une fille, une histoire simple pour ne pas s'exposer à être accusés eux-mêmes. Tu es venu de la mer et je suis bien placé pour le savoir parce que je suis l'homme qui t'a pris dans le tonneau. Jamais je n'oublierai ce matin-là.

C'en était trop, Brendan devint totalement insupportable. Pour ce qui était de répandre la croyance, il n'avait pas seulement un don, il était un don. Toute sa vie, il avait évité la plage de galets, mais désormais on l'y voyait le soir, communiant avec la baie et les cailloux. Il retirait chaussures et chaussettes, remontait son jean sur ses mollets et se tenait dans l'eau, ce que nous n'aurions pas conseillé car des fuites d'huile et des produits chimiques flottaient dans le coin, venant du cimetière de bateaux. Il semblait se prendre pour un druide païen.

Bref, il commença à se donner en spectacle.

Nous cessâmes de lui demander sa bénédiction, nous traversions presque la rue pour l'éviter. Il gardait son expression paisible, mais nous voyions bien que notre changement d'attitude le déstabilisait. Il traînait en ville, nous offrant l'occasion de le harceler afin qu'il dispense ses services, mais nous ne le faisions plus. S'il s'était rapidement replié sur son comportement d'origine, cette coutume aurait pu être préservée, mais il s'imposait sournoisement, nous bénissant sans avoir été invité à le faire. Chez Hegarty, nous faisions la queue dans la boutique où, marmonnant des paroles, il nous touchait le bras en passant à notre hauteur. C'était un peu surfait alors que nous ne voulions que des œufs ou un bocal de Nescafé.

La dernière personne en ville à demander sa bénédiction fut Big Jimmy. Il était assis sur le banc devant l'hôtel quand Brendan passa un jour et, par conséquent, il lui fit un grand salut et l'appela. Avec sérénité, Brendan s'approcha, la main tendue, heureux d'apaiser un des habitants bien connus de la ville. Jimmy avança l'épaule, baissa un peu la tête et ôta respectueusement sa casquette. Brendan fit halte… il cessa d'avancer et, un court instant, arrêta de respirer.

— Vous êtes guéri, dit-il.

Jimmy garda la tête baissée mais leva les yeux vers l'adolescent en se demandant pourquoi ses doigts ne l'avaient pas touché.

Le cancer avait disparu, il était remplacé par une indentation un peu jaune et luisante.

Quand Jimmy comprit ce dont il s'agissait, il s'assit pour le regarder normalement.

— Tu n'y es pour rien, fiston, lui dit-il. Je l'ai fait retirer à l'hôpital. Anesthésie, une nuit d'observation.

Et il ajouta, en respirant un peu plus fort :

— Superbes infirmières.

La main de Brendan retomba.

— Tu es un brave garçon, lui dit Jimmy, mais tu n'es pas un saint. À mon avis, les saints, tu présentes un gros avantage par rapport à eux : tu es de la ville.

Il lui présenta à nouveau son épaule.

— Vas-y, applique-moi une petite tape.

Après cette rencontre, Brendan se calma, nous ne rentrions plus chez Hegarty en craignant de l'y voir. Il retrouva sa voix normale et la haute opinion qu'il se faisait de lui-même disparut. Parfois, nous étions désolés pour lui, apathique tandis qu'il errait dans la grand-rue, personne ne lui prêtant plus guère d'attention. Ce devait probablement être difficile à vivre, même si cela représentait aussi une expérience constructive.

Un jour, Christine l'emmena chez le dentiste. Ils arrivèrent en avance et patientaient donc dans la voiture en regardant des gouttes de pluie s'écraser sur le pare-brise pendant que *Everybody Wants to Rule the World* passait à la radio.

— Moi, je détesterais le diriger, le monde, déclara-t-elle en arrêtant la radio. J'ai bien assez à faire.

— Être responsable de quelque chose qu'on n'a jamais voulu, dit Brendan en regardant les gouttelettes qui ruisselaient. Et se retrouver coincé avec. Complètement piégé.

Elle se tourna vers lui avec curiosité.

— C'est une des difficultés dont les gens me parlaient, si cela t'intrigue toujours. Je lui attribuerais cent degrés par rapport à tout le reste.

Ses devoirs, ces derniers temps, incluaient de tracer des graphiques circulaires.

— C'est une inquiétude compréhensible, répondit calmement Christine en désirant détendre l'atmosphère.

Elle avait déjà remarqué que quand ils étaient assis côte à côte dans la voiture, sans se regarder, cela pouvait inciter des révélations de la part des hommes avec qui elle vivait, tous les trois.

— Le passé constituait une autre catégorie, ajouta-t-il. Des choses qu'ils avaient dites ou n'avaient pas dites, qu'ils avaient faites ou n'avaient pas faites, il y avait des années et des années de cela, et ils continuaient d'y penser. J'accorderais cent degrés au passé.

Elle se contenta de faire *hmm*, souhaitant qu'il continue.

— Mais la catégorie la plus importante, c'étaient les soucis concernant l'avenir. Cent cinquante degrés. Comment finirai-je ? Ils s'inquiétaient aussi pour leurs enfants, même ceux qui étaient adultes. Parviendraient-ils à s'insérer ? Seraient-ils un jour apaisés ? Ce genre de choses.

Elle le regardait sans répondre. Brendan se tut, il semblait en avoir terminé.

— Il te manque dix degrés, suggéra Christine.

— Divers, répondit-il.

9

PENDANT tout ce temps, les Bonnar eux-mêmes étaient restés immunisés aux bénédictions de Brendan. Ils vivaient avec lui, savaient qu'il mettait les doigts dans son nez et oubliait de tirer la chasse d'eau, mais ni Ambrose ni Christine ne s'y seraient laissé prendre même s'ils avaient vraiment essayé. C'était dommage car ils avaient devant eux des quantités de soucis qui leur étaient propres, mais ils auraient déclaré que leurs problèmes étaient dépendants d'une seule cause : le manque d'argent. Et que ni des mots gentils ni la pression d'une main sur l'épaule ne remédieraient à cette déficience. Ce manque d'argent était la dernière chose à laquelle ils pensaient avant de s'endormir, et la première à les attendre le matin. Ils pouvaient du moins se souvenir d'une vie où ils n'avaient pas redouté les dettes, mais les garçons avaient grandi avec et avaient été formés par elles de manières difficiles à évaluer. Christine remarqua que Brendan s'était mis à ramasser des pièces de monnaie quand il en voyait dans la rue, même celles d'un penny. Elle avait aussi remarqué une expression cynique et avide sur son visage quand les gens parlaient de leurs vacances ou de restaurants où ils avaient mangé.

Ce fut à ce moment-là que le Dawn connut un problème de moisissure ; de grands panneaux de bois durent être remplacés, et il prit une allure hétéroclite. À ce moment-là, certains propriétaires auraient fini par abandonner, mais Ambrose avait besoin de l'espoir que représentait le bateau : peut-être une saison fructueuse allait-elle se produire, les prix augmenteraient, les coûts baisseraient, et ils gagneraient à nouveau beaucoup d'argent. S'il vendait, toutes ces possibilités disparaîtraient, et il dépendrait d'un autre pour le restant de ses jours. Déterminé à garder le Dawn, il se lança dans une tentative d'économies ultra-rigoureuses à la maison. Il n'autorisa plus qu'un seul des radiateurs Superser. "Un peu d'air frais nous permettra de garder l'esprit alerte", disait-il. Il n'autorisa plus que le porridge au petit déjeuner, bannissant l'achat de céréales de meilleure qualité comme les flocons d'avoine, même ceux, bon marché, de la marque Homestead, qui se détrempaient dès que le lait pénétrait à l'intérieur. "Le porridge est un petit déjeuner bon pour la santé", affirmait-il. "J'en ai mangé toute mon enfance." Il se mit à utiliser chaque sachet de thé deux fois. "La deuxième fois, il y a dans le goût une douceur que je préfère." Quand il allait en ville en voiture, il économisait une petite cuillère d'essence en coupant le moteur et en descendant la pente en roue libre, faisant une remarque sur le silence et la paix. "Quand j'étais gosse, nous pouvions passer une semaine entière sans entendre un moteur et devinez quoi ? Nous étions plus heureux." Il installa une ampoule de dix watts dans la douille du corridor. "Pourquoi en brancher une plus puissante ? On ne fait qu'y passer, ou alors, on y reste quand on répond au téléphone, pas plus une activité que l'autre ne justifie la consommation d'électricité."

Toutes ces explications ne semblaient pas lui demander le moindre effort, ses capacités à préserver un état de déni étaient extraordinaires, nous l'en admirions, vraiment. C'est un talent sous-estimé que le déni. Aujourd'hui, on nous dit que c'est un défaut, on nous dit que nous devrions être proches de nos sentiments, honnêtes avec nous-mêmes. Mais essayez, un peu : représentez-vous deux personnes, debout dans des barriques remplies de mélanges visqueux bouillonnants, plongées dedans jusqu'au cou, et obligées d'y demeurer toute la journée. Lequel va s'en accoutumer le mieux ? Le plus doué pour le déni, évidemment.

En dépit de l'électricité qu'elle consommait, Ambrose ne parvint pas à bannir la télévision, il aimait trop le sport et les vieux films de cow-boys. Un soir, alors qu'il regardait les informations, Rockall apparut sur l'écran. Le reportage parlait d'un ancien soldat britannique qui s'était installé sur ce rocher isolé. L'appartenance de Rockall étant sujette à un litige au niveau international, il avait décidé d'y rester pendant quarante jours pour revendiquer l'îlot au nom du Royaume-Uni. Il n'y avait pas bien longtemps qu'ils avaient gagné la guerre des Malouines, ce qui avait dû le surexciter au point de vouloir s'emparer d'îles minuscules. Il y en avait peu de plus petites que Rockall. Pour abri, il avait dû apporter une caisse en bois qu'il avait solidement fixée sur une saillie proche du sommet. Le reportage montrait des images de ce soldat occupé à visser l'ensemble. Il affirmait qu'il s'amusait et attendait beaucoup de ces quarante journées.

La jalousie étant rare chez Ambrose, il était étrange qu'il en ressente à ce moment-là. Les convulsions de cette émotion, puis le fait de la nier aussitôt en l'étouffant l'obligèrent physiquement à se lever, mais il demeura les yeux rivés sur l'écran. Il avait vu quelques photographies en noir et blanc de Rockall, mais c'était la première fois qu'il le voyait de près sur des images animées en couleur, et il était en extase. Rockall ressemblait à un cône brisé, et était constitué des vestiges hyper résistants d'un volcan. Il avait environ la taille de notre église et était presque taillé partout à l'abrupt. Des oiseaux tournaient autour et, en dépit de l'immense distance le séparant de tout rivage, la mer était aussi calme qu'un lac.

— Brendan, appela-t-il dans le corridor, viens vite voir ça !

Brendan apparut et s'arrêta près de lui pour regarder même si cela ne l'intéressait pas particulièrement. Le reportage était presque terminé quand Declan entra dans la pièce. Il remarqua l'étrange disposition, son père et Brendan, pour il ne savait quelle obscure raison, debout devant le poste de télévision. Ambrose lui annonça ce qu'ils venaient de regarder.

— Il y avait un film sur Rockall ? demanda-t-il. Pourquoi tu ne m'as pas appelé ?

— Je n'y ai pas pensé, reconnut son père.

— Mais lui, tu l'as appelé à haute voix, se révolta Declan qui était de plus en plus contrarié.

— La moitié de la ville l'appelle le garçon venu de la mer, alors j'ai dû me dire…

Brendan faisait non de la tête, il voyait que les choses prenaient une mauvaise tournure qu'il valait mieux éviter.

— Il n'y avait vraiment pas grand-chose à voir, déclara-t-il tranquillement.

Il était resté un garçon plutôt conciliant.

Declan ne tint aucun compte de cette tentative.

— Pourquoi tu l'as appelé et pas moi ? insista-t-il. C'est à moi que tu as parlé de Rockall. Lui, il pensait juste que c'étaient quelques images de la météo, il ignorait même qu'il s'agissait d'un vrai rocher.

— Je crois que je savais, objecta calmement Brendan.

— C'était moi qui voulais voir Rockall ! cria Declan à son père.

Ambrose n'appréciait pas qu'on lui hurle dessus pour rien du tout, ou plutôt, il n'aimait pas être obligé de reconnaître que ce n'était pas pour rien, qu'il avait commis une grosse gaffe. Declan était presque aussi grand que lui, maintenant, ce qui rendait son emportement enfantin pire encore. Il en voulait à la télévision d'avoir mis tout le monde en boule en leur présentant Rockall, juste sous le nez, comme ça, sans prévenir.

— Je vais te dire ce qu'on va faire, décréta soudain Ambrose. On n'allume plus la télé du tout. C'est vraiment nul, de toute façon. La radio, c'est mieux pour le cerveau et ça consomme moins d'électricité. Quand j'étais jeune, on n'avait que la radio, ça ouvre l'esprit.

Il faillit arracher le bouton en éteignant le poste. L'écran devint noir. Quand Ambrose se retourna, Declan était déjà parti.

Le directeur de notre hôtel respectait le travail de Christine mais il n'y avait tout simplement pas beaucoup d'heures à y effectuer en hiver et, en plus, l'arbre de transmission du Dawn cassa. Il fallait un nouveau moteur et ce fut une demi-saison de pêche qui fut perdue. Une série de courriers à l'encre rouge arrivèrent et ce fut la goutte d'eau qui fit déborder le vase. Christine partit en guerre contre les dénis d'Ambrose, les pourchassa sans merci en parlant clair et en citant des chiffres bruts. Elle n'était pas du genre à plaider, les larmes aux yeux : c'était une Lyons.

— Ce n'est qu'une mauvaise passe, disait Ambrose en battant en retraite.

Mais on ne peut pas se cacher dans une petite maison.

Un matin, après le départ des garçons pour l'école, elle finit par lui exposer les faits.

— Il nous faut des revenus réguliers, et ça existe. Il faut que tu arrêtes la pêche.

Ambrose n'avait pas de réponse à ça, mais le téléphone sonna juste à ce moment-là et il se saisit du combiné comme s'il s'agissait d'une bouée de secours. C'était Phyllis : Eunan était tombé et elle voulait que Christine vienne l'aider à le relever.

— J'arrive tout de suite, lui dit-il.

Il reposa le combiné et se hâta vers la porte. Christine grimpa la colline avec lui, mais il ne mentionna pas le projet d'arrêter la pêche, Ambrose ayant réussi, pour un moment du moins, à modifier l'atmosphère qui régnait entre eux. Désirant garder cet avantage, il demanda :

— Est-ce qu'elle continue à être méchante avec lui ?

— Non, répondit Christine. Declan lui permet d'avoir des moments de répit et elle parvient à s'en dépatouiller sans perdre son calme.

— Elle s'en dépatouille ? Il est devenu une chose dont il faut se dépatouiller, c'est ça ?

— Oui, répondit-elle d'un ton de défi.

Quand ils arrivèrent, il était par terre, devant son fauteuil, comme s'il avait simplement glissé, assis avec une main levée vers le cadre qui masquait l'âtre. Le choc qui l'avait ébranlé parce qu'il n'était plus dans son siège avait été remplacé par le refus de cette réalité. Il contemplait le plafond en attendant que cette très inconfortable situation se termine comme si cela concernait quelqu'un d'autre. Phyllis se tenait à la fenêtre et se tordait les mains.

— Comme il ne boit pas assez d'eau, il se déshydrate et ne sait plus où il en est, expliqua-t-elle. Il a essayé de se relever tout seul.

Christine s'assit à la table à manger, de l'autre côté de la pièce, davantage comme l'aurait fait l'infirmière du district que sa propre fille.

— Tu devrais boire les verres d'eau que Phyl t'apporte, le tança-t-elle en utilisant cette voix emphatique et forte que son aînée prenait pour s'adresser à leur père.

La lèvre supérieure de Eunan se retroussa, une grimace de répulsion.

— Il se croit trop bien pour boire l'eau du robinet, expliqua Phyllis. Il veut que j'aille remplir des récipients à la source de Marty Byrne, comme si je n'avais pas assez de choses à faire.

Ambrose s'accroupit devant Eunan jusqu'à ce que leurs têtes se trouvent au même niveau.

— Eh alors, mon vieux, dit Ambrose dont la voix contenait une surprenante charge émotionnelle.

Phyllis regarda sa sœur comme pour dire, *Qu'est-ce qui lui prend ?* Christine lui rendit son regard mais ne répondit pas.

Ambrose évalua la position de Eunan avant de le soulever d'un seul bras. Le vieillard laissa son menton reposer sur l'épaule de son gendre, lui soufflant sa respiration sèche dans l'oreille. Quand il eut solidement affermi sa prise, Ambrose se saisit du fauteuil de l'autre main et souleva Eunan. À ce moment-là, Ambrose devait avoir dans les quarante-cinq ans, mais il était encore tout à fait capable de défier n'importe qui au bras de fer au bar de la Jetée. Il redéposa avec précautions son beau-père dans le fauteuil. Eunan ne dit rien, ni n'eut un geste de remerciement, il s'assit bien droit, les mains sur les genoux, minimisant la distance entre l'endroit où il se trouvait maintenant et celui où il s'était tenu une minute plus tôt, essayant de donner l'impression qu'ils ne l'avaient pas réellement vu par terre et désemparé.

Ambrose se tourna vers les deux sœurs.

— Tous les jours il sortait et allait travailler dans la baie pour vous, leur dit-il. Vous pourriez au moins lui donner de l'eau de source.

Ambrose regarda l'une puis l'autre et fut témoin de leur résistance.

— Bon, dit-il.

Il retourna chez eux, récupéra le récipient en plastique de dix gallons dans le placard du fond, monta dans la voiture et partit. Sur la route il sentit son visage devenir intensément chaud, et un picotement vif monter dans ses yeux. Les gravillons crissèrent quand il écrasa le frein devant chez Marty, mais il resta dans la voiture un moment. Il serra les poings, les posa sur le volant avant d'appuyer son visage contre eux, demeurant dans cette position jusqu'à ce qu'il soit prêt à affronter le monde. Finalement, il mit pied à terre et s'approcha de la porte en soulevant le récipient dans les airs et en lançant un "Salut!" plein de gaieté.

Quelques semaines plus tard, un dimanche, Christine trouva une épaisse enveloppe sur le paillasson, à l'intérieur de leur porte d'entrée. L'inscription DE LA PART D'UN AMI figurait dessus d'une main tremblante et, à l'intérieur, il y avait de l'argent, une jolie somme. Elle la posa sur la table, devant Ambrose.

— Elle a été glissée hier soir dans la fente de la porte, lui dit-elle.

Il était stupéfait et ne dit rien, essayant d'en comprendre les implications. Il y avait là environ trois cents livres sterling.

— C'est un ivrogne qui a dû faire ça, finit-il par dire. Il aura bientôt des regrets et voudra récupérer l'argent.

— Peut-être, répondit-elle, ce qui signifiait qu'elle n'y croyait pas.

— Si personne ne se montre, tu pourras la porter à la chapelle et la mettre dans le tronc de l'église.

— Je peux ? releva-t-elle d'un ton désagréable.

Ambrose se mettait souvent dans des situations compliquées en se prenant à nouveau pour un capitaine et en donnant un ordre.

Il soupçonnait que l'argent provenait de Wilbur. Brendan allait parfois voir la tante pour lui tenir un peu compagnie. Mais un banquier aurait certainement donné un nombre total de billets de vingt et de dix, pas ce mélange de coupures, et il aurait probablement une écriture plus soignée. Il se demanda alors si Wilbur aurait délibérément ajouté ces éléments afin de brouiller les pistes, ce qui l'incita davantage à le croire coupable. Il décida de ne pas partager ces pensées avec sa femme, de les garder pour lui.

Christine le regardait.

— Je doute fort que ce soit Wilbur, dit-elle.

— Qui d'autre irait penser que nous en aurions besoin ? demanda-t-il avec exaspération.

Les vêtements de seconde main des garçons étaient posés sur le radiateur et, par la fenêtre, Christine voyait leur voiture dont toutes les jantes étaient rouillées et dont un phare tenait par les câbles qui le reliaient.

— Les gens sont suffisamment intelligents pour ça.

Quand Ambrose fut sorti de la pièce, Christine compta l'argent. Trois cent soixante-dix-huit livres en billets, enfoncés à la va-vite dans l'enveloppe. Il y en avait de vingt, mais davantage de dix, certains craquant neufs, d'autres usagés, quelques billets de cinq non négligeables et vingt-trois billets d'une livre. Il était évident que cet argent provenait de nombreuses poches. Avant de se marier, elle avait travaillé un temps à l'auberge du Bateau et pouvait deviner ce qui avait dû se passer. Il y avait deux sections, dans cet établissement, un salon et un bar. Le salon était l'endroit où un couple marié pouvait aller, ou bien un voyageur allemand avec un livre dans son sac à dos. Il y avait un tapis, des sièges confortables et parfois un feu dans la cheminée, alors que le bar ne comportait que des tabourets et du linoléum. Nulle règle ne spécifiait que le bar était réservé aux hommes, mais l'absence de toilettes pour femmes, de ce côté-là, était un message clair, et on ne risquait guère d'en voir plus d'une de temps en temps. Le soir, la plupart du temps, les hommes y partageaient des conversations paisibles, par groupes de deux ou trois, et il y avait un ou deux solitaires silencieux qui regardaient le fond de leur pinte le long du comptoir, mais à l'occasion quelqu'un trouvait un sujet de conversation qui attirait les autres et tout le bar se laissait entraîner dans un débat unique, les tabourets repositionnés vers la salle avant d'être redéployés les uns face aux autres pour un seul groupe de réflexion. L'état des routes, la situation en Irlande du Nord, les quotas de pêche, la route la plus rapide pour se rendre à Limerick. Ces discussions devenaient parfois passionnées. Christine imaginait facilement un grand débat s'élevant au sujet d'Ambrose et de la façon dont il méritait de l'aide. Quand le matériel d'Emmet Curran avait été détruit, ne lui avait-il pas prêté un filet pendant deux semaines ? N'avait-il pas aidé Patsy John à venir dans son équipage alors que c'était un salopard malfaisant que peu parvenaient à supporter ? Par-dessus tout, n'avaient-ils pas, lui et sa femme, adopté un enfant abandonné qu'ils avaient élevé comme s'il s'agissait du leur en dépit de ses étrangetés ?

Ç'aurait marqué la fin de l'épisode. Christine pouvait se représenter un des hommes suggérant d'agir, et l'urgence contenue avec laquelle ils auraient progressé pendant qu'ils discutaient de la forme que ce soutien pourrait prendre. Les gens de la ville avaient toujours été opposés à se mêler de ce genre de choses ou à s'interposer. Des doutes auraient été soulevés, puis repoussés. Pas besoin d'un vote final, le consensus était dans l'air, compris par des hommes dont les sens, quand on en arrivait à ce genre de situations, étaient aussi affûtés qu'on pourrait en trouver dans un terrier de lapins. “Tu aurais une enveloppe, quelque part ?” auraient-ils demandé à quiconque travaillait ce soir-là. Un homme aurait dit que quelque chose devait être écrit sur l'enveloppe, car si elle était déposée sans aucune indication, ce geste serait perturbant, presque menaçant, et tout le monde comprendrait la sagesse de pareille précaution. L'enveloppe aurait été passée de mains en mains, de l'argent aurait été glissé à l'intérieur, et l'un d'eux aurait remonté l'allée, en rentrant chez lui, afin de l'insérer dans la fente de la porte.

Christine annonça à Ambrose la somme exacte.

— Nous allons mettre tout ça de côté et nous verrons si quelqu'un vient jeter un coup d'œil par ici, dit-il.

Elle confirma que c'était la meilleure idée.

Avec le temps, ils comprirent que personne n'allait réclamer cet argent. Ambrose et Christine l'avaient probablement rangé pendant une semaine ou deux avant de décider d'en faire don à une œuvre de charité ou de le dépenser pour leur propre usage. Cela les regardait. Nous espérions qu'ils le dépenseraient.

La ronde des saisons se poursuivit. La fête foraine itinérante arriva et repartit. Philomena Burke fut opérée de l'appendicite. Lors d'une pêche sur le chalutier Siobhán, Francis O'Connell eut le bras droit pris dans les câbles et il fut complètement arraché. Un bateau espagnol fut arraisonné par la police maritime pour avoir pêché dans la zone d'exclusion de la côte, puis conduit dans le port. Nous y allâmes et conclûmes tous qu'ils ressemblaient à une belle bande de brigands. Une nuit, il y eut une telle tempête que la route côtière près de Muckross fut totalement détruite : de grands blocs de roche noire furent projetés par la mer en furie jusqu'à ce que mille tonnes de fondations massives fussent brisées en énormes pierres qui, par la suite, furent encore déplacées par les vagues déchaînées, puis dispersées en tous sens. Nous fûmes nombreux à aller inspecter les dégâts. On y vit Ambrose et ses fils qui restaient là sans rien dire, à regarder la route dévastée.

La propension d'Ambrose à nier la vérité pouvait avoir raison de sa femme et même d'un don d'argent, mais il finit par rencontrer son maître : Joseph McBride quitta le *Christine Dawn* pour une place sur un nouveau super-chalutier, le *Girl Jacqueline*, qui faisait quarante-trois mètres de long. Le maquereau n'était rentable qu'en grandes quantités, mais si on parvenait à rejoindre vite ces énormes bancs de poissons, et si les filets comme les cales étaient suffisamment spacieux, cela devenait une aubaine. Personne n'en voulut à Joseph de quitter un petit bateau qui pratiquait la pêche aux poissons blancs, à plus forte raison celui d'Ambrose. Il était resté à son bord plus longtemps que nul ne s'y était attendu. L'amitié signifiait souvent aider quelqu'un à nier la vérité, mais finalement, la promesse d'une paye meilleure l'avait séduit, ainsi peut-être que quelques inquiétudes quant à la sécurité à bord du *Dawn*. Au terme de leur dernier voyage ensemble, Ambrose et Joseph s'assirent dans le bar de la Jetée et discutèrent éléments déchaînés et circonstances périlleuses. Une seule pinte aurait suffi à Joseph, mais Ambrose continuait d'en payer d'autres.

— Je ne suis pas pressé de rentrer auprès de ma femme, reconnut-il.

Ambrose était heureux pour Joseph, sincèrement. Il le resta pour lui-même toute la soirée et le fut encore quand, finissant par rentrer chez lui, il s'allongea, inconfortablement, sur le canapé deux places. Il était heureux pour Joseph quand il s'endormit mais, vers cinq heures du matin, il sortit du sommeil et là il ne l'était plus. Ce déplaisir lui venait de ses muscles pris de crampes, et il savait qu'il ne parviendrait pas à se rendormir. Il alluma, mais comme la lumière était trop vive, trop révélatrice, il l'éteignit et se fit machinalement une grande tasse de thé, prenant le sachet sur une assiette où il les posait pour s'en servir une deuxième fois. S'apercevant qu'il ne pouvait pas rester assis, il alla dans le corridor pour jeter un coup d'œil aux garçons, ce qui le mettait normalement de bonne humeur. Le grincement de la porte fit grogner Declan qui changea de position. Il était désormais aussi grand que son père, avait les épaules larges, un autre homme dans la maison, essentiellement. La pièce sentait l'odeur de ses chaussures de sport. C'était un jeune homme énergique qui saurait s'en sortir, mais en regardant Brendan, le cœur d'Ambrose cessa de battre. Il était petit pour son âge et donnait l'impression de devoir devenir un de ces gars râblés qui vous rappellent toujours les garçons qu'ils ont été. Cette nuit, comme à son habitude, Declan dormait dos à la pièce, dos à Brendan. Pendant longtemps ce dernier avait eu pour coutume de s'assoupir pelotonné contre un oreiller, tourné vers Declan, mais depuis peu il avait commencé à se mettre face au mur, lui aussi. Et donc ils étaient là, à se tourner le dos. Ambrose se pencha par la porte pour les regarder tous les deux, attendant que sa fierté ordinaire, dépourvue d'obstacles, enfle dans sa poitrine, mais cela ne se produisit pas.

Il retourna à la cuisine et s'assit dans le noir.

Pendant longtemps, dès lors, il demeura en très mauvaise forme. Des semaines, des mois. Au début, Christine était attentionnée, s'enquérant de ce qui n'allait pas, scrutant la lutte permanente sur son visage tandis qu'il cherchait ses mots avant d'abandonner en disant que tout cela allait s'arranger. Il disposait du vocabulaire nécessaire pour définir avec précision ce que signifiait un nuage, l'aspect de la mer, une caractéristique de la pluie, mais pour décrire son propre climat émotionnel, il se bornait à "j'ai connu mieux", "j'ai connu pire" et "tu sais bien". Lorsqu'elle l'avait rencontré, il semblait très bien se débrouiller avec les mots, mais elle savait maintenant que c'était du badinage. Il vous parlait de lui d'une manière qui paraissait spontanée et ouverte, mais il ne se mettait à raconter une histoire que lorsqu'il en connaissait la fin.

Comme le prix des poissons blancs était bas et qu'il éprouvait des difficultés à recruter un remplaçant fiable pour Joseph, il restait souvent à terre. Il passait des heures assis à la fenêtre ou à marcher de long en large en essayant de trouver une solution, mais Christine savait qu'il n'y parviendrait jamais. Parfois, elle sentait son côté Lyons se révolter, insister sur le fait que c'était à lui de parler. Elle ne voulait pas s'exprimer comme son père, mais c'était difficile parce qu'elle pensait comme lui et, même quand les choses étaient dites autrement, les sentiments de Eunan parvenaient à se faire entendre. Elle disait : "J'aimerais bien avoir le temps de rester assise à ne rien faire", "tu vas faire des trous dans le lino", ou ce genre de réplique. Ambrose ne réagissait pas, et elle prenait un ton plus agressif. Finalement, il arrivait qu'il enfile ses bottes et qu'il parte marcher à travers les collines sans revenir pendant des heures. Il n'était pas homme à se bagarrer et à crier, même si, un jour, quelqu'un l'avait vu donner des coups de pied dans un poteau de clôture.

Un après-midi, en ville, il vit quelque chose qui lui fit l'effet d'un autre choc. La baie était calme, d'un gris pierreux exactement semblable au ciel. Un cargo norvégien était à l'ancre à un mille en mer, attendant le résultat d'un litige relatif à la législation. Ambrose marchait dans la grand-rue vers l'endroit où la voiture était garée quand il vit Brendan assis sur le mur du parking avec les hommes sans emploi. Il approchait de ses quatorze ans. Il était penché en avant, les coudes sur les genoux, les yeux baissés. Il n'était plus question de bénédictions ni de quoi que ce soit de ce genre. Il était juste là, parmi eux, vêtu de sa tenue d'écolier, ce qui rendait ce spectacle pire encore. Beaucoup de pères auraient franchi la distance pour récupérer leur rejeton et le ramener à leur domicile. Le fait qu'Ambrose ne le fasse pas montrait bien qu'il était vraiment en très mauvaise forme, à ce moment-là. Au lieu d'agir, il se hâta de regagner la voiture et s'esquiva, mais au moins il parvenait à mettre des mots sur le problème ; trouvant Christine dans la cuisine, il lui en parla dès qu'il rentra à la maison.

— Il se laisse facilement entraîner, dit-elle.

— Ça lui passera quand même, tu crois ?

Il maîtrisait sa contrariété, mais il avait besoin d'être rasséréné, voulait qu'on lui dise que tout se passerait bien. Il aurait aimé qu'elle pose la main sur sa joue comme elle le faisait parfois. Il se serait contenté qu'elle lui touche le coude.

Mais ce jour-là, Christine était une Lyons, elle gardait les bras croisés.

— Tu devrais lui parler, dit-elle. Il t'admire, ils t'admirent tous les deux. Tu le sais, non ?

Il n'en était pas totalement sûr. Il avait compris le besoin que ses fils avaient de lui quand ils étaient petits, un besoin qui avait été clairement démontré physiquement quand il rentrait d'une pêche en mer, qu'ils se précipitaient vers lui, prenaient chacun une de ses mains et le tiraient d'un côté et de l'autre. Mais à mesure qu'ils avaient grandi et que ces signes n'avaient plus paru aussi évidents, il n'avait plus reconnu son importance dans leur vie, il n'avait jamais été doué pour comprendre les motivations des autres. Ses enfants ne montraient pas le mépris qu'il en avait vu d'autres témoigner à leur père, mais il ne pensait pas non plus qu'ils l'admiraient. Maintenant que Christine lui avait rappelé ses responsabilités de père, il se sentait tout à coup étreint par celles-ci et déterminé à montrer d'authentiques qualités à cet égard. Un des intérêts que son fils cadet et lui partageaient consistait à analyser et prédire le temps, de sorte qu'il s'installa à la fenêtre et, quand Brendan apparut dans l'allée, Ambrose se leva d'un bond pour le retrouver sur les marches.

— Voyons un peu ce que les conditions météorologiques nous réservent ! s'écria-t-il avec entrain.

Il laissa la porte ouverte pour que Christine ait la possibilité d'aller dans le corridor et de les écouter.

Ils restèrent dehors à regarder du côté de l'ouest. Le nuage gris comme fer avait une telle texture et tant de particularités qu'on aurait cru pouvoir le toucher juste en tendant la main. Pendant ce temps, le gris ardoise de la mer semblait totalement lointain, comme s'il appartenait à une autre planète. Il était difficile de croire qu'il suffisait d'une demi-heure de marche pour y plonger la main.

— Comment tu te sens, aujourd'hui ? demanda Ambrose à Brendan.

Il ne mentionna pas qu'il l'avait vu sur le mur du parking.

— Parfaitement bien, répondit Brendan.

— Tu t'es arrêté quelque part en revenant de l'école ?

— Non.

Ils recommencèrent à observer l'ouest un moment.

— Cette pluie ne va pas tarder à tomber, prédit Ambrose.

— D'ici moins d'une heure, confirma Brendan.

Ils se retournèrent pour aller manger.

Christine rentra dans la cuisine, la consternation bouillonnant dans tout son être. Elle n'ignorait pas qu'Ambrose jugerait qu'il avait été parfait, qu'il penserait que ces instants avec son fils avaient été riches et empreints de complicité. Ambrose transmettait ce dont il avait lui-même hérité, installant Brendan dans une lignée d'hommes tranquilles, se contenant tous, presque au point de se refouler, de se consacrer génération après génération à étudier l'horizon, préférant étudier de loin une immensité dénuée de mots plutôt que de se vouer à ne serait-ce qu'une seconde d'introspection. Quel épouvantable piège, avait conclu Christine, que de s'être mise en ménage avec un homme si inhibé.

— Vous pouvez préparer vos frites, leur annonça-t-elle quand ils pénétrèrent dans la cuisine. Il faut que je m'allonge un moment.

Sa frustration était proche de l'ébullition. Un matin, Ambrose était encore dans le lit à neuf heures. Il lui dit qu'il lui manquait un homme d'équipage et que de toute façon il n'y avait pas de demande pour la pêche côtière cette semaine. Inutile de prendre la mer, conclut-il en regardant le ciel. Le spectacle qu'il offrait incita Christine à fuir la maison. Chez les Lyons, elle s'assit à la table à manger pendant que Phyllis leur faisait du thé et préparait des toasts. Christine venait souvent voir sa sœur, désormais. Ambrose se rendait sûrement compte que ce devait être surtout pour se plaindre de lui, même s'il ne donnait jamais l'impression de s'en offusquer. Christine aurait préféré qu'il proteste. Par la fenêtre, elle regarda de l'autre côté de l'allée. Plus hauts que la maison, les épicéas composaient un extraordinaire rideau gris-vert. Parmi les ombres, quelques arbres abattus étaient visibles, les angles de leur chute introduisant des ruptures dans les lignes verticales robustes. Ils renforçaient le sentiment d'emprisonnement qu'elle ressentait et faisaient surgir sa colère. Au moment où Phyllis s'assit, Christine explosa en disant :

— Tu crois qu'ils autoriseront le divorce un jour, en Irlande ?

— Le divorce ! répéta Phyllis frappée d'horreur.

Elle n'appréciait pas ce genre de discussion dans sa maison.

— Oui. Tu crois qu'ils l'autoriseront ?

— Ce n'est pas impossible, répondit Phyllis quand elle eut encaissé le coup. Mais ça n'arrivera pas au Donegal.

Christine hocha la tête en regardant leur père.

— Tu ne crois pas que Maman aurait divorcé si cela avait été possible ?

Pendant tout ce temps, Eunan avait ronflé dans son fauteuil, la tête rejetée en arrière et la bouche grande ouverte. Elles voyaient le palais dur et gris de sa bouche, traversé de veines d'un rouge vif. Ses mains posées l'une sur l'autre étaient tendues devant lui et posées sur la poignée de sa canne maintenue verticale entre ses jambes, le poids mort de ses bras la gardant ainsi même quand il dormait.

— Sûrement pas, répondit Phyllis. Maman n'était pas folle.

Christine n'insista pas.

Quand elle rentra, Ambrose n'était pas là. La voiture n'avait pas bougé et ses bottes n'étaient plus à leur place, ce qui signifiait vraisemblablement qu'il était dans les collines. Il y allait en général lorsqu'ils avaient eu une prise de bec, mais cela n'était pas arrivé une seule fois dans la semaine car elle avait été vigilante. Elle sortit par la porte de derrière, grimpa la pente tourbeuse et, comme elle l'avait pensé, vit ses empreintes fraîches dans la boue. En un point situé en hauteur, entre des touffes de joncs, elle s'arrêta les bras croisés, le regard braqué vers l'intérieur des terres, l'air qui soufflait de l'Atlantique soulevant et faisant ondoyer ses cheveux.

Ambrose avait atteint une terrible conclusion qui l'avait décidé à marcher longtemps : le Christine Dawn portait malheur. La plupart d'entre nous aurions ri de cette notion de bateau portant malheur ou bonheur, ri de l'idée qu'on puisse avoir du vague à l'âme pour ce genre de cause, mais Ambrose ne pouvait s'en empêcher. Il regrettait d'avoir donné le nom de sa femme à un chalutier maudit, et il pourrait tout à fait lui présenter ses excuses pour ça. Il marcha une heure avant de quitter le promontoire pour une crête de dunes couvertes de joncs proche de Fintra. Nous l'y avions aperçu à plusieurs reprises, marchant de long en large au-dessus de la plage, avec le ciel plombé au-delà. Les bourrasques étaient agressives, des averses arrivaient de la mer, mais rien ne le tourmentait aujourd'hui si ce n'était ses pensées. Il repensait aux erreurs du passé. Si vous aviez été assez près, vous auriez vu ses lèvres remuer. Le seul fait de se dire que des *erreurs avaient été commises* ne suffisait pas. Il se perdit dans des autorécriminations en cheminant sur les dunes ; des idées noires agitaient ses pensées. *J'ai commis tant d'erreurs.*

Au bout d'un moment, une voiture s'approcha sur le chemin. C'était Tommy. Il gagnait de l'argent et vous auriez pu vous imaginer qu'il conduirait une voiture neuve sortant de l'ordinaire, mais il avait trop de bon sens pour ça. Il se gara sur le côté et grimpa la dune en direction d'Ambrose ; les joncs mouillés le trempèrent jusqu'aux genoux le temps qu'il parvienne en haut. Tommy avait les yeux presque fermés face au vent, il aurait préféré échapper au mauvais temps. Il avait ses clefs à la main, une boule de la taille d'une balle de tennis qu'il tenait suspendue, le majeur glissé dans l'anneau. Les hommes du Donegal avaient des porte-clefs incroyablement volumineux ; nous avions tendance à avoir de nombreux verrous dans notre vie. Tommy avait maintenant les cheveux gris, mais il paraissait quand même plus jeune car il s'était marié, et sa femme l'avait persuadé de se faire détartrer et redresser les dents. Cela lui avait coûté une somme monstrueuse, mais il s'était soumis, l'amour, c'est comme ça.

— Comment va ? s'enquit-il.

— Tu le sais bien, rétorqua Ambrose.

Tommy garda ses distances. Ambrose avait l'air mauvais, la tête rentrée dans les épaules, il semblait acculé en dépit de l'horizon dégagé et bas. Ni l'un ni l'autre ne l'aurait admis, mais la venue de Tommy n'avait rien d'une coïncidence.

— Il y a une place pour toi sur le Warrior II, dit-il.

Il était probablement prêt à encaisser des insultes, mais la réponse d'Ambrose fut surtout pleine de lassitude.

— Il faudrait que je suive une remise à niveau, hein ?

— Absolument pas, répondit Tommy. Pas pour les membres d'équipage expérimentés.

Les membres d'équipage expérimentés. Tommy avait fait attention de ne pas mentionner les matelots, et Ambrose le savait pertinemment.

— Il y a beaucoup de choses auxquelles s'habituer sur cette génération de chalutiers. Mais tu apprendras. Si j'ai réussi, tu peux le faire, sourit-il. Tu as toujours été meilleur aux échecs.

— Et toi tu as toujours été meilleur pour tout le reste.

Tommy rit en voulant faire comme si Ambrose avait prononcé ces mots pour plaisanter.

— J'aimerais que tu dises oui, qu'on soit à nouveau réunis, toi et moi, hein ? continua-t-il. Il pourrait même te plaire, le Warrior. Il est bien organisé et il y a tout le matériel de pointe.

— Est-ce qu'elle ne vous manque jamais, la véritable pêche ? demanda Ambrose.

Tommy cessa de sourire.

— Il y a un monde entier à nourrir, tu sais, dit-il.

Ambrose détourna le regard.

— Bon, est-ce que je peux te déposer chez toi ?

— Non, merci, c'est sympa.

Tommy observa un moment de silence, puis dit :

— Comme tu voudras.

Puis il repartit.

Ambrose savait pertinemment ce qu'il s'était passé : Christine avait appelé Tommy, elle lui avait fait parcourir les environs jusqu'à ce qu'il trouve son mari et lui propose un poste, n'importe quoi pour le détourner du Dawn. Il reprit le chemin de chez lui et, tandis qu'il traversait les collines, sa démarche se fit plus agressive, le cou en avant, les bras oscillant de plus en plus fort jusqu'à ce que l'on distingue, à cinq cents mètres de distance, qu'il était fou furieux. Les moutons s'écartaient devant lui. Il plaignait désormais tout bateau portant le nom de cette femme, c'était probablement elle qui avait le mauvais œil, cela était assurément très fréquent dans la famille. Il dévala les pentes à grandes enjambées en direction de la maison, mais la voiture n'était pas là et il se retrouva à arpenter l'allée dans sa frustration. Christine était peut-être partie à sa recherche, ou peut-être voulait-elle prouver qu'elle aussi était capable de disparaître. Dans un cas comme dans l'autre, il n'y avait pas la possibilité de régler le moindre compte. Il décida donc de casser quelque chose. Dans la maison, il se dirigea droit vers la télé, imaginant que l'écran implosait sous l'impact de l'extrémité de sa botte, s'arrêta brusquement parce que le poste avait coûté cinquante livres. Il marcha à l'aveuglette en quête d'un objet qu'il pulvériserait de manière gratifiante, mais les conséquences financières représentaient des obstacles pour lui, car tout coûtait cher : miroirs, table basse, bouilloire, grille-pain, tout valait une fortune. Finalement, il se souvint de leur grand plat en Pyrex qu'il sortit du buffet. Il était profond, avec deux poignées, d'une couleur crème, très légèrement translucide, et il avait comme décoration des fleurs d'oranger. Christine comprendrait combien elle avait eu tort quand elle le verrait réduit en pièces. Il s'agissait d'un cadeau de mariage. Elle disait toujours que c'était vraiment un plat gigantesque, même elle qui ne s'intéressait pas à la cuisine ou à ses ustensiles. Des frites au four, c'était tout ce pour quoi elle s'en servait. Des frites au four ! Son talent s'arrêtait là. Le dégoût qu'il ressentait fut ranimé. Phyllis le leur empruntait de temps à autre et, dans une rare manifestation de satisfaction, elle l'avait également qualifié de gigantesque. Même Declan y était allé d'une remarque, disant qu'il était fantastique pour faire cuire de la tourte à la viande. Ambrose le brandit au-dessus de sa tête. Il était agréablement lourd et tout près de lui fournir ce qu'il voulait : un instant de colère noire et de violence irréversibles. Il ne se contenta pas de le laisser tomber, il le projeta sur le sol. Le Pyrex résonna en touchant terre. Le linoléum de la cuisine n'avait rien qui pût amortir quoi que ce soit, à peu près autant d'élasticité qu'une planche en pin, mais le plat ne se brisa pas, il rebondit et s'immobilisa, indemne. Ambrose cessa de bouger, le nœud dans son ventre se relâchant pour la première fois depuis qu'il avait quitté les dunes. Il regarda fixement le plat, s'accroupit pour le soulever, le fit tourner entre ses mains et le scruta attentivement pour la première fois depuis qu'il le connaissait. Il se sentait proche de tout ce qui démontrait les qualités d'une servitude tacite et résiliente. Il était obligé de reconnaître que c'était un plat gigantesque.

10

CHAQUE signal reçu par Declan proclamait que l'argent était difficile à trouver. Le temps qu'il atteigne ses seize ans, la leçon s'était profondément ancrée et intégrée jusque dans sa colonne vertébrale. Elle l'influencerait toute sa vie. Christine affirmait qu'il était important pour lui de rester à l'école et de passer ses examens s'il voulait avoir un travail bien payé. Dans notre établissement d'enseignement professionnel, les élèves étudiaient les sujets de base, mais des garçons étaient également formés à utiliser des soudeuses ou des tours pendant que les filles apprenaient comment gérer les comptes et faire cuire un poulet, l'objectif étant de pouvoir trouver un emploi ou au minimum se débrouiller dans la maison aussitôt qu'ils sortiraient de l'école. Declan était mauvais dans toutes les matières, il ne considérait les salles de classe que comme des lieux où s'imposer parmi ses pairs, ce qui ne s'obtenait pas en ayant un bon comportement ou en travaillant à ses devoirs. Récemment, il en était arrivé à comprendre le raisonnement de sa maman, mais jamais rien de ce qui passait par le tableau noir n'était facile.

Afin d'être seul le soir, il sortait souvent une fois la nuit tombée pour aller dans les étendues marécageuses derrière la maison des Lyons. La nuit, l'odeur tenace de la tourbe était plus prononcée, elle résistait à la brise de mer. Avec les collines arrondies et les épicéas qui gagnaient du terrain, aucune lumière de la ville n'était visible et, s'il n'y avait pas de bateau dans la baie, le monde était totalement ténébreux. Il s'asseyait sur un talus de tourbe sans se préoccuper de savoir si la terre était humide. Bien avant les annales de l'histoire, des générations de membres de sa famille avaient découpé ici cette terre utilisée pour se chauffer. Sa lignée semblait représentée, capturée par les stratifications de la tourbe elle-même, se réverbérant discrètement à travers les siècles. Mais ce n'était pas le passé qui l'attirait ici. Il y venait car c'était le seul endroit où il pouvait se branler tranquillement. La salle d'eau de la maison disposait d'un verrou, mais Christine considérait normal de se mettre à parler sans prévenir à travers n'importe quelle porte de la maison, et pour un garçon, il n'y avait pas moyen d'avoir un moment de tranquillité. La tourbière pouvait quand même sembler un choix étrange pour s'isoler car elle était entièrement à ciel ouvert, mais personne ne venait de ce côté-là, assurément pas après la tombée de la nuit. Il apportait du papier de toilette dans lequel se soulager, ou il se tenait à l'emplacement d'une ancienne découpe, il prenait appui avec son autre main et se masturbait sur la tourbe de ce paysage où ses ancêtres avaient probablement fait de même tout au long des siècles qu'avaient connu ces vénérables étendues.

Après, il grillait une cigarette. Il préférait les vraies, mais l'un des avantages du tabac à rouler était qu'il pouvait en voler assez dans la boîte en fer-blanc de son père pour fumer quatre ou cinq fois sans que celui-ci s'en aperçoive. Le hasard fit qu'une nuit il se trouvait sur la tourbière avec une cigarette juste au moment où un chalutier rentra dans la baie. Il savait le reconnaître à deux milles de distance à la disposition de ses feux : c'était le Dawn. La vue du bateau peinant face à la mer le frappa comme un coup de poing. Ses perspectives étaient peut-être limitées, mais il y avait une chose dont il était sûr : il ne deviendrait pas pêcheur. D'autres garçons de sa classe ne souhaitaient rien de plus que de partir dans la baie, mais s'efforcer d'attraper des poissons ne l'avait jamais attiré. Ajoutez à cela la crainte qu'avaient ses parents de perdre leur maison et tout était clair : pêcher constituait un labeur épuisant, ça ne valait pas beaucoup mieux que l'esclavage. Un brin de tabac qui était resté collé à sa lèvre l'agaça, et la cigarette roulée prit soudain un goût qui le fit penser aux hommes âgés et à la poussière. Il s'en débarrassa en crachant puis se leva et jeta toute sa réserve de tabac en la laissant se disséminer. Dorénavant, uniquement de vraies cigarettes, décida-t-il, ou alors il s'en passerait.

Le lendemain matin, le ciel avait la couleur grise de l'eau où on a fait cuire de vieilles pommes de terre et il fut le premier des Bonnar à se réveiller. Il prit la spatule ainsi que des élastiques dans le tiroir de la cuisine, trouva à l'arrière de l'habitation un bâton droit et résistant, moitié grand comme lui, puis descendit l'allée. La spatule était glissée dans sa manche où elle ne serait pas détectable. Il ne pouvait cacher le bâton mais cela ne posait pas de problème, personne ne se méfierait d'un garçon qui en tenait un à la main. Il se rendit au puits de sainte Catherine qui se trouvait hors de la ville, isolé sur une colline. Il était circulaire avec une margelle composée de pierres plates, avait un mètre de profondeur et un mètre cinquante de diamètre. Dans certaines parties de l'Irlande, des puits sacrés regorgeaient d'offrandes : bougies, jouets, photos, grains de rosaires et autres petits objets riches de significations personnelles. Ayant accumulé des années d'offrandes similaires, ces puits semblaient vibrer d'un grand nombre d'émotions. C'était très beau, bien évidemment, mais pas le genre de chose qui nous intéressait. Notre puits sacré était tout simple, frangé de béton et dépourvu d'ornements. Néanmoins, nous y jetions tout de même occasionnellement une pièce et, tombant sur les pierres entartrées du fond, elles brillaient. Après s'être assuré qu'il n'y avait personne aux alentours, il s'agenouilla sur le côté du puits pour fixer la spatule sur le bâton à l'aide des élastiques avant de plonger l'outil dans l'eau. Il en sortit toutes les pièces de cinquante, les nouvelles pièces de vingt, et quelques-unes de dix avant de décider qu'il en avait pris assez et de s'esquiver. Plus tard, il en éprouva de la honte, mais cela ne l'empêcha pas d'acheter des cigarettes avec l'argent, et le mois suivant il retourna au puits. Cette fois, en se concentrant bien, il préleva absolument tout. Jusqu'à la dernière pièce.

Ce ne fut pas le pire épisode de sa période de délinquant.

Un jour, quelques semaines plus tard, Brendan atteignit le sommet du Mount de son pas rêveur ordinaire, arrachant les frondes des fougères en les serrant entre ses doigts sans s'arrêter de marcher. C'était par un après-midi plaisant, les oiseaux picoraient ici et là et il y avait une petite pluie fine de temps en temps. Il franchissait la barrière de Doris Kane lorsque, à sa grande crainte, Declan émergea des houx. Il portait son pull d'aspect militaire avec les pièces de tissu aux épaules.

— Tu viens la voir ? lui demanda Declan en indiquant l'allée qui menait à la maison. La tante du banquier ?

Brendan ne répondit pas.

— Je viens avec toi.

La domination qu'exerçait Declan sur la vie de Brendan était à ce point marquée comme une ornière qu'il se glissa aussitôt dans son rôle. Sa soumission n'était pas confortable mais elle lui était connue et lui paraissait inévitable. Ils s'approchèrent de la maison. Même si Brendan marchait devant, c'était Declan qui commandait. La porte n'était pas fermée. Brendan tapa quand même et annonça en entrant :

— Je suis venu avec mon frère.

Mme Kane était assise dans l'entrée, sur le siège intégré de la tablette du téléphone, vêtue d'une robe de chambre rouge en tissu éponge, avec des pantoufles aux pieds. Elle n'était pas en communication et semblait installée là sans véritable raison, laissant simplement l'après-midi s'écouler, mais elle reconnut rapidement Brendan et se leva avec un certain entrain.

— Qui est ce beau jeune homme ? demanda-t-elle.

— Il s'appelle Declan.

Ce dernier était gêné à cause de la robe de chambre de la vieille dame : elle avait les chevilles nues et il redoutait qu'elle ne soit nue en dessous. Beaucoup, vraiment beaucoup, dépendait du nœud lâche de la ceinture.

Brendan, lui, n'était pas embarrassé, habitué qu'il était aux manières de Mme Kane. Il entraîna tout le monde vers la salle de séjour. Comme une concession faite à l'été, seul un appareil de chauffage électrique était allumé. Elle s'installa au centre du sofa, calée parmi ses nombreux oreillers.

— Voulez-vous du thé ? lui demanda Brendan.

— Oh, oui, merci. Et il y a des biscuits.

Il alla à la cuisine, laissant Declan debout dans la pièce. Il y avait deux fauteuils inoccupés, mais Mme Kane ne l'invita pas à s'asseoir, ayant perdu depuis des années le sens de pareils raffinements. La robe de chambre glissa en dévoilant une jambe jusqu'au-dessus du genou, laissant voir un fin duvet et des veines bleues. Quand Brendan revint avec un service à thé sur un plateau, Declan était toujours là, mal à l'aise. Ne sachant pas quelle attitude adopter en voyant la bouche bée de son frère, le plus jeune eut un élan de rébellion. Il déposa le plateau sur la table basse, devant Mme Kane, et ne prêta aucune attention à Declan, le laissant planté là. Les Bonnar mettaient des sachets de thé directement dans les tasses et leur unique plateau récupérait des miettes sous le grille-pain, mais Brendan n'eut pas la moindre hésitation en utilisant le service de porcelaine. Il s'approcha du tourne-disque, souleva le rabat pour consulter l'étiquette centrale du trente-trois tours, démontrant clairement qu'il avait aussi accompli ces gestes un grand nombre de fois : un tourne-disque ne présentait aucune difficulté pour lui. Il omit de prononcer les noms du chef d'orchestre et du pianiste car, étant longs et russes, il ne souhaitait pas bredouiller en les prononçant ; il se borna à lire "*Rachmaninov, concerto pour piano numéro deux*".

Declan émit un petit ricanement en entendant "numéro deux".

Brendan le regarda avec un profond mépris. Declan fit silence.

— Une œuvre magnifique, dit Mme Kane.

Brendan abaissa le diamant et la musique s'éleva.

Declan s'assit, choisissant le fauteuil le plus proche de la porte. De là, heureusement, les oreillers de Mme Kane cachaient la vue sur ses jambes, mais le fait qu'il prenne un siège eut pour conséquence qu'elle remarqua à nouveau sa présence.

— Qui est ce beau jeune homme ?

— Declan, répondit-il.

Brendan versa le thé de Mme Kane, puis il alla chercher une boîte en fer contenant un assortiment de biscuits américains, en ouvrit le couvercle avant de la poser à côté du plateau. Comme il n'y avait plus de biscuits au chocolat dans la rangée du dessus, Declan en déplaça afin d'en prendre plusieurs dans celle du dessous. Choisir des biscuits dans le fond de la boîte alors qu'il y en avait encore en haut était une incroyable faute de savoir-vivre. Si quiconque se comportait ainsi dans n'importe laquelle de nos maisons, des critiques fusaient après son départ.

— Tu ne vas pas tous les manger, prévint Brendan.

Mme Kane s'en moquait.

— Un grand jeune homme comme lui a besoin de se nourrir, dit-elle en lui souriant. Comment vous appelez-vous ?

— Declan, répéta-t-il.

Ils restèrent assis tous les trois pendant un moment. Mme Kane était satisfaite et emportée par la musique, mais Declan commençait à ne plus tenir en place. Y avait-il vraiment des gens qui vivaient comme ça ? Qui restaient sans rien faire, à écouter ? Tante Phyllis aimait Daniel O'Donnell mais elle ne l'écoutait chanter que quand elle s'occupait de la cuisine ou faisait le ménage. “Avec Daniel, c'est un peu comme si j'avais de la compagnie”, disait-elle. Il ne lui serait jamais venu à l'esprit de s'arrêter dans ses occupations et de ne faire que s'émerveiller de *My Donegal Shore*. Les notes du piano endiablé enflaient et retombaient, redémarraient et s'arrêtaient, à la fois ternes et impénétrables.

— Tu aimes vraiment ça ? demanda Declan à Brendan.

L'attitude de Mme Kane rendait possible de parler comme si elle n'était pas dans la pièce.

— Pour moi, c'est comme le bruit de la mer.

Declan posa sur le tourne-disque un regard qui semblait accusateur, il venait de découvrir que la musique lui dissimulait des choses.

— Tu peux partir, si ça ne te plaît pas, dit Brendan en désignant la porte d'un signe de tête.

Declan le scruta d'un air mauvais, il venait de déceler une nouvelle défiance, chez Brendan, et elle ne lui plaisait pas.

— Je peux faire ce que je veux, je le sais, dit-il.

Il se leva et commença à faire le tour de la pièce. Brendan le suivit des yeux mais Mme Kane ne semblait pas remarquer ses déplacements, perdue dans la musique, un sourire placide sur le visage. Les mains derrière le dos, avec une nonchalance feinte, Declan examina les aquarelles encadrées accrochées aux murs. Il s'avança vers l'espace libre derrière le sofa de Mme Kane et se tint silencieux et immobile, en attendant qu'elle oublie sa présence. Une demi-minute fut plus qu'il n'en fallait. Pendant ce temps, Declan écoutait la musique qui donnait vraiment le sentiment d'enfler et de déferler sur le rivage.

Le sac à main de Mme Kane était accroché au porte-manteau et Declan le soupesa dans sa main. Brendan, agrippé aux accoudoirs du fauteuil, donna l'impression de vouloir bondir mais il n'en fit rien et dansa à la place une sorte de gigue désespérée sur son siège. Declan ne retira pas le sac du porte-manteau, mais il utilisa son autre main pour l'ouvrir d'un petit geste avant de la glisser à l'intérieur pour vider le porte-monnaie qu'il y trouva, sans quitter Brendan des yeux une seconde en le mettant au défi de s'y opposer. Il y avait dedans trois billets de vingt livres. Il savait qu'il ne devrait en prendre qu'un seul afin de rendre le vol plus difficile à détecter, mais il rafla la totalité. Brendan exprima son désaccord par un souffle audible. Le regard fixé sur ses yeux, Declan glissa l'argent dans sa poche, remit le sac à sa place et s'éloigna. La musique s'arrêta dans un fracas de notes, le dernier accord se perdit dans les parasites du disque vinyle et quelqu'un toussa. Declan se laissa retomber dans son fauteuil et Mme Kane le remarqua de nouveau.

— Qui est ce beau jeune homme ? demanda-t-elle.

La ronde des saisons se poursuivit. Tank McHugh dut être hospitalisé à St Conal pendant un temps. "C'est pour son propre bien", dîmes-nous. Il y eut de grands vents et des arbres tombèrent le long des routes. Le toit de Justine O'Donnell s'envola et elle dut prendre des calmants.

Brendan se sentait seul et malheureux, un état perturbé qu'il n'attribuait pas uniquement à Declan ; il s'en voulait aussi beaucoup. Jamais il ne raconta ce qu'il s'était passé dans la maison de Mme Kane ce jour-là, il se sentait trop impliqué dans ce geste. Il avait déjà commencé à se sentir mal à l'aise lors de ses visites chez les semblables de Doris Kane et ce vol lui semblait être au moins le fait de sa propre transgression. Il sentait profondément qu'en lui, ses activités étaient quelque peu suspectes, dues à ses défauts, et pas si différentes des chapardages de Declan. Il n'était jamais retourné voir Mme Kane et, depuis le temps, même Big Jimmy ne demandait plus de bénédictions. Brendan avait désormais le menton boutonneux, les cheveux gras, et pareil rite qui avait paru riche de sens chez un jeune garçon devenait étrange chez un adolescent de quatorze ans. La réserve qui conférait à ce garçon au visage lisse une qualité venue d'un autre monde lui donnait maintenant l'air sournois. Il le comprenait, se jugeait lui-même sournois. Peut-être ne s'était-il pas échoué sur le bon rivage. Il observait les jeunes de son âge, la façon dont ils se comportaient amicalement sur la route ou à la boutique de frites, et se demandait pourquoi il ne parvenait pas à copier leur manière de parler. Pour lui, ils ne paraissaient pas converser, ils n'utilisaient que des assertions, comme les filles, sans pratiquement jamais se répondre, échangeant seulement des mots, se procurant mutuellement un élément vital, un sentiment d'appartenance.

L'argent volé dura un bon moment à Declan car il n'y avait pas grand-chose à acheter dans notre ville, nous n'étions pas une destination commerciale. Nos magasins se contentaient d'avoir l'essentiel : fruits en conserves, bœuf braisé, clous et ainsi de suite. Une fois, Declan vit une foule rassemblée autour de la vitrine de Gallagher, l'épicier, et il s'approcha pour voir ce qui motivait cet attroupement. Posé dans la vitrine trônait notre premier ananas. Personne n'osait l'acheter, mais c'était un événement qui méritait d'être commenté. La plupart d'entre nous étions contre les "produits de luxe" ; si une femme voulait une babiole pour le manteau de sa cheminée, elle allait dans la ville de Donegal où il y avait une boutique avec un étalage présentant des animaux en cristal, deux sphères collées l'une au-dessus de l'autre, avec des yeux scintillants ajoutés pour créer des chats, des chiens ou des moutons. Si vous regardiez trop longuement ces sculptures et qu'elles parvenaient à vous séduire, vous finissiez par y laisser £2,99.

Finalement, Declan envisagea une bonne façon de dépenser quelques livres sterling : Cindy. Son magasin, il ne l'avait pas vu quand il était plus jeune, il ne l'avait tout simplement pas remarqué. Si vous lui aviez demandé ce qu'il y avait entre la salle de jeux vidéo et la pharmacie, il vous aurait répondu : rien. Ces deux commerces se touchaient. Mais non, entre eux se trouvait le salon de coiffure de Cindy et, peu de temps après qu'il eut pris conscience de son existence, Declan décréta que sa maman ne lui couperait plus les cheveux, qu'il irait chez Cindy.

Même si elle coiffait tout le monde, l'atmosphère de son salon était féminine, avec beaucoup d'affiches de femmes ayant des permanentes ou les cheveux pleins de laque, portant parfois de grosses lunettes et toujours généreuses sur le fard à joues. Avec des lettres tracées comme des éclairs, une affiche dans la devanture annonçait de NOUVELLES SENSATIONS, une idée qui nous émoustillait et nous intimidait à la fois. Declan y entra et, une fois passée la porte, il s'immobilisa sans trop savoir que faire. Deux femmes étaient assises sous de grands casques accrochés à une barre verticale pendant que Cindy, une brosse à la main, se tournait vers une autre femme.

— Assieds-toi là, dit-elle à Declan en lui montrant d'un signe de tête l'espace réservé à la clientèle en attente.

Il fit comme on lui avait dit.

Beaucoup considéraient Cindy comme une “chouette nana”. Plutôt plantureuse et grande avec un haut centre de gravité, elle donnait l’impression d’être capable de défoncer une porte d’un coup d’épaule si cela s’avérait nécessaire, ou juste pour rigoler. Elle avait une énorme chevelure et, en partant du haut, son corps s’affinait jusqu’à ses chevilles qui étaient minces et disparaissaient dans des chaussures plates à imprimé léopard. Elle savait ce qu’elle vendait et il ne s’agissait pas uniquement de coiffures, mais aussi de séduction.

Declan détourna le regard pour le poser sur les magazines en papier glacé étalés sur la table de l’espace consacré à l’attente. Il en feuilleta un et fut surpris de découvrir qu’il n’y avait pas seulement des images de femmes, mais aussi d’hommes. Des barbes de plusieurs jours, pas de chemise sur le dos, tenant souvent dans leurs bras un bébé mignon avec une couche propre. C’était “l’homme nouveau” et, à l’époque, on en parlait à la télévision et à la radio. “L’homme nouveau” était conscient de sa féminité, c’était un père nourricier et plein de sensibilité. Il ne craignait pas d’être “vulnérable”, il était capable de s’exprimer sur ses sentiments, de pleurer et tout. Nous n’en avions vu aucun, en vrai, mais ils devaient en avoir en Angleterre et peut-être dans certains quartiers de Dublin. Ils ne nous plaisaient pas particulièrement, mais vous pouvez être sûr que si un de ces hommes nouveaux s’était accidentellement égaré dans notre ville, il aurait été traité avec respect.

— C’est à toi, mon chou, lui dit Cindy qui se tenait près du fauteuil.

Declan s’y installa, regardant dans le miroir la coiffeuse qui ajustait un cran pour baisser le siège de quelques centimètres pendant que ses énormes boucles d’oreilles se balançaient dans le vide. La rumeur disait qu'elle avait un tatouage. Elle se plaça derrière lui et le regarda droit dans la glace.

— Bon, dit-elle. Qu'est-ce que tu veux ?

— Une coupe, répondit-il.

Elle se mit au travail, ne parlant que pour positionner Declan comme il fallait, ici, ou là, mais elle cessa bientôt de s'exprimer avec des paroles et déplaça sa tête avec le bout de ses doigts écartés posé sur ses tempes, un point de contact ferme qui envoyait des décharges dans tout son corps. Pour achever sa frange, elle se tint directement derrière lui et inclina son crâne en arrière jusqu'à ce qu'il le sente légèrement reposer sur ses seins. Une fatigue étrange s'empara de lui. En réalité il n'avait pas la tête sur sa poitrine : la zone rembourrée qu'il sentait était surtout due à son imagination, même si le parfum jouait un rôle. Mais quoi qu'il en soit, cela valait bien trois livres sterling. Il se sentit transporté...

La porte donnant sur la rue s'ouvrit brusquement devant Mick Cannon. Il passa la tête par l'entrebâillement, craignant de franchir le seuil.

— Les Africains détiennent ton frère ! dit-il à Declan.

La douce chaleur s'envola et Cindy s'écarta du fauteuil.

Un cargo nigérian avait été amarré cette semaine-là, il venait acheter des maquereaux. C'était un bateau de fabrication britannique qui devait remonter à quarante ans, bien qu'il fût en bon état, le moindre de ses centimètres était couvert d'une peinture couleur sable, tel un blindé dans le désert lors de la Deuxième Guerre mondiale. Les membres de l'équipage passaient des journées entières à terre où ils se comportaient comme des habitants normaux. Ils portaient tous le même pull bleu épais en laine et de grandes bottes noires, ils mesuraient plus d'un mètre quatre-vingts et étaient très amicaux. Nous les aimions bien. Ils nous parlaient dans un anglais soigné, mesuré et poli, avant de se tourner et de s'entretenir dans leur jargon. Ils marchaient bras dessus, bras dessous. Apparemment, cela se pratiquait au Nigéria et c'était donc acceptable. Ils étaient industrieux : pendant leurs moments perdus en mer, ils fabriquaient des modèles réduits de bateaux, des galions avec des gréements et des voiles en tissu qu'ils apportaient en ville pour les vendre en marchant dans les rues. C'étaient de grandes maquettes : quand la coque reposait sur leurs avant-bras, le nid-de-pie culminait au-dessus de leur tête. Nous étions nombreux à en acheter et, des années durant, on put en voir sur les buffets de Killybegs.

Avec un chargement complet, leur bateau était préparé pour sortir en mer cet après-midi-là, mais il n'avait pas parcouru plus de huit ou neuf fois sa propre longueur quand ils avaient ralenti et jeté l'ancre. Il y avait eu des communications par radio entre eux et le chef du port qui avait passé un coup de téléphone et, quinze minutes plus tard, Ambrose arriva sur la jetée, la casquette de travers et marchant précipitamment, ce qui ne lui correspondait pas. Près du bâtiment de la criée, il retrouva Declan. Celui-ci se sentait gauche à cause de sa nouvelle coiffure, même si son père ne la remarqua pas.

— Comment Brendan a pu arriver sur ce bateau ? demanda Ambrose.

— Je n'en sais rien, moi. Pourquoi tu me demandes ça ?

— Viens, lui ordonna Ambrose.

Ils marchèrent le long de la jetée, Ambrose tendant le cou pour voir le bateau bordé à clins en contrebas. Concannon avait dû sortir en mer récemment : une canne à pêche et une épuisette étaient posées sur la poupe, et le moteur hors-bord était à sa place.

— On l'emprunte, décida Ambrose.

Le hors-bord était en mauvais état, il nécessita treize tentatives et sept jurons avant de démarrer. Ambrose se saisit du gouvernail. Declan et lui foncèrent dans le vacarme du moteur vers le cargo massif. La baie était calme, sans vent. Un assez grand nombre de gars observaient leur progression depuis la jetée, la main en visière, non pas pour se protéger du soleil, la journée étant grise, mais pour mieux distinguer. Les hommes qui ne travaillaient pas quittèrent le parking pour se rendre au bout de la jetée afin de regarder aussi, ce qui vous donnera une idée de la fascination que l'événement exerçait. Declan en était très gêné.

— Tu n'aurais jamais dû l'adopter, dit-il.

— Tu n'as pas encore réussi à l'accepter ? lui demanda son père, plus triste qu'irrité.

Quand ils arrivèrent près du cargo, sa coque était si gigantesque qu'elle paraissait se refermer sur eux. Les limites des plaques et les boulons n'étaient plus détectables sous des couches et des couches, des décennies et des décennies, de peinture. Ces détails désormais effacés, et la couleur sable appliquée partout, le bateau ne paraissait plus du tout constitué de métal, mais moulé dans une argile de couleur vive, ses hublots sombres étant seuls à lutter contre cette impression. Ambrose coupa le moteur et laissa l'esquif se coller contre l'acier. Declan s'agrippa à une échelle pour maintenir le hors-bord le long du cargo pendant qu'Ambrose l'attachait. Elle se composait de barreaux qui sortaient de la coque, et un échelon sur deux était coupé, comme pour rendre l'accès à bord plus exigeant. Cela correspondait à trois étages. Declan grimpa d'abord et fut terrifié tout du long, mais il ne prononça pas un mot. Ambrose haletait quand il franchit la rambarde.

— Je ne suis plus aussi en forme que je l'ai été, dit-il à son fils d'une voix embarrassée.

Il prit le temps d'observer les particularités du pont. Ce bateau lui paraissait différent de tous ceux sur lesquels il était allé. Il en émanait une impression de chaleur, comme si son métal recevait en permanence des rayons de soleil équatoriaux. Declan regardait de l'autre côté, plus intéressé par la ville, sa totalité englobée d'un seul regard : chapelle, école de formation professionnelle, la route qui grimpait à leur propre maison. Presque tout ce qu'il avait jamais fait, ou qu'on lui avait jamais fait, s'était produit dans les limites de cette unique vue.

Dans la superstructure, tant de manteaux étaient suspendus le long de la coursive qu'ils durent traîner les pieds latéralement pour avancer. La salle à manger était vaste avec un plafond bas et un store en acier ouvrant sur la cuisine. Il y avait des années, des cloisons avaient été supprimées mais les traces de leurs fixations étaient encore visibles dans les boiseries. À la place, l'équipage utilisait des sièges en bois, des tabourets, et des tables individuelles. Pour le moment, les tables étaient poussées les unes contre les autres pour en former une seule où une quinzaine d'hommes étaient réunis. Ils levèrent tous les yeux lorsqu'Ambrose et Declan entrèrent, ceux qui leur tournaient le dos regardant derrière leur épaule. Ambrose retira sa casquette qu'il tint entre ses deux mains. Devant chacun des hommes d'équipage était posé un bol de riz jaune et ce qui ressemblait à des pommes de terre orange et filandreuses. Plusieurs avaient aussi des petites bouteilles de Fanta en verre avec des pailles en papier blanches. Seuls quelques sièges étaient pourvus d'un dossier et Brendan était assis sur l'un d'eux, à l'extrémité de la table lui aussi, comme un hôte d'honneur. Une bouteille de Fanta lui avait été attribuée et il était le seul à avoir un sandwich entre les mains. Nous étions habitués à toujours manger la même chose et il avait probablement refusé le riz et les ignames. Il mordit dans son sandwich et se mit à mâcher, jetant de temps en temps un regard le long de la table comme si les nouveaux arrivants ne le concernaient en aucune manière. Un des membres de l'équipage se leva pour s'adresser aux visiteurs. Il ne pouvait pas se tenir tout à fait droit, le plafond n'étant pas assez haut pour lui.

— Bienvenue, les accueillit-il.

Ce devait être le capitaine.

— C'est mon fils, qui est assis là, dit Ambrose.

— Notre passager clandestin ! Je suis heureux d'apprendre que quelqu'un en a la responsabilité !

Le capitaine souriait, on n'aurait su dire s'il exprimait une critique ou pas.

— Asseyez-vous, je vous en prie, les invita-t-il.

Il ouvrit la paume de sa main et indiqua la table. Des hommes firent place ici et là, libérant deux sièges voisins. Ambrose n'avait pas l'intention de rester, mais il était difficile de refuser l'invitation à s'asseoir autour de la table. Il s'exécuta donc et Declan l'imita. Peut-être une caisse de Fanta surgissait-elle lors d'occasions spéciales, des invités inattendus par exemple, car deux nouvelles bouteilles firent leur apparition devant eux, décapsulées avant d'accueillir une paille. Comme aucun homme du Donegal digne de ce nom ne boirait à l'aide d'une paille, Ambrose la repoussa sur le côté et but directement à la bouteille. Declan fit de même. Les marins burent également, satisfaits avec leur paille. Ils considérèrent le natif du pays avec une patience polie et Ambrose finit par dire :

— Alors, vous avez apprécié votre séjour ?

Le capitaine hocha la tête de manière songeuse avant de répondre :

— Nous apprécions votre culture.

— Je suis confus des difficultés que mon fils a causées, prononça alors Ambrose.

Il voulait poser un regard sévère sur Brendan, mais le moment était mal choisi. Il ne perdait rien pour attendre.

Le capitaine eut un geste magnanime.

— Il ne faisait pas un bon passager clandestin, expliqua un des membres de l'équipage. Nous l'avons trouvé juste après le départ.

Declan considéra Brendan d'un œil glacial. Le garçon adorait disparaître sans prévenir, la plupart du temps personne ne savait où il était. S'il avait vraiment essayé, il aurait sans doute pu trouver un recoin adapté sur un si grand bateau. Il conclut que Brendan avait fait exprès de se faire prendre, essayant de récupérer une partie de l'attention des habitants de la ville.

— C'est moi qui l'ai trouvé le premier, dit un des matelots en relevant ses bras en arrière. J'ai sursauté !

Il se mit à rire, frappant de sa main l'épaule de son voisin de siège jusqu'à ce qu'il se fût également esclaffé à plusieurs reprises. Les Nigérians étaient pressés de rentrer chez eux, mais ils se montraient indulgents. Leur bateau n'était pas allé loin : s'ils avaient suivi la côte vers le sud avant de trouver le garçon, ils n'auraient pas réagi de la même façon. Tous les yeux se tournèrent vers Brendan quand il finit de manger, ne manifestant toujours pas la moindre honte, ni même le fait de les écouter. Il essuya ses lèvres sur sa manche.

— Il nous dit qu'il est venu de la mer, dit l'un des Nigérians.

— Non, c'est vrai ? réagit Ambrose en lui lançant un regard.

Declan rit et se tapa sur la tête, un geste signifiant qu'il était simple d'esprit, mais que les Nigérians ne semblaient pas comprendre.

Ambrose se leva et ordonna à Brendan de l'imiter. Ils le firent passer devant eux et les Bonnar partirent, le capitaine les accompagnant sur le pont. Les garçons descendirent d'abord, puis Ambrose serra la main du Nigérian avant d'enjamber la rambarde. Le capitaine y resta accoudé en les regardant partir, par pure politesse, s'assurant qu'ils s'éloignaient sans encombre. Ambrose aurait préféré qu'il retourne dans la salle, mais il continua de les suivre du regard jusqu'à ce qu'ils soient sur l'embarcation à clins. Il dut tirer sur le démarreur à sept reprises, huit, et même plus.

— *God bless !* s'écria le capitaine à un moment.

Quand Ambrose fut enfin parvenu à lancer le moteur, il prit le gouvernail et se dirigea vers la jetée. Declan était sur le banc le plus proche de son père, Brendan allongé en partie sur la proue au milieu du matériel habituel de Concannon, le menton sur le bras, les yeux braqués vers l'eau que l'étrave fendait. Ambrose ne dit rien jusqu'à ce qu'ils soient à une bonne distance du cargo puis il hurla :

— Qu'est-ce que tu t'imaginais faire, bon sang de bois ?

Sa voix porta sur un mille dans la baie, peut-être pas les mots exacts mais leur force… leur fureur absolue.

Brendan se retourna et cria :

— Personne n'en a rien à fiche de ce que je fais, de toute façon !

Une lueur apparut dans ses yeux, il pivota vers la proue, se concentra sur l'eau et cessa de communiquer.

— Suppose que tu te sois retrouvé en Afrique ! tonna Ambrose. Qu'est-ce qu'aurait dit ta maman ?

N'obtenant pas de réponse, il garda le silence, furibond, mais il était difficile de crier sur ce gamin car il avait la capacité de s'extraire d'une situation et on se faisait juste l'impression d'être idiot.

Au bout d'une minute, Brendan eut un geste inattendu. Il tendit un bras, se leva à la proue et, sans un bruit, il bascula au-dessus du bastingage, la tête la première dans la baie, tel un sac tombant à l'eau.

Ambrose bondit, abandonnant le gouvernail, il poussa Declan hors de son chemin et sauta droit devant lui, plongeant ses bras dans la mer pour essayer de rattraper son fils. L'épuisette avait disparu en même temps que lui, un arceau qui ressemblait beaucoup à un panier de basket. Peut-être s'était-elle entortillée autour du garçon, pensa Ambrose, mais non, Brendan l'avait agrippée volontairement en se jetant à l'eau. Ambrose saisit la cheville de son fils d'une main, la taille du pantalon de l'autre et, retrouvant la rapidité et la force d'un jeune homme, il l'arracha aux remous et le fit basculer à nouveau dans le hors-bord. Au moment même où il y retombait, Brendan lâcha l'épuisette et quelque chose fut soudain libéré dans le fond du bateau. Une masse musculaire et flexible, tel un bras énergique. C'était un poisson blanc, et de bonne taille : dans les quatre-vingts centimètres de long. Il était stupéfiant que Brendan ait pu ne serait-ce que s'en approcher, sans parler de l'avoir attrapé avec l'épuisette. Ses nageoires se débattaient avec frénésie pendant que la bête se contorsionnait et se retournait dans le fond du bateau. Brendan s'écarta pour faire de la place à Ambrose.

— Conduis, ordonna Ambrose à Declan.

Et se jetant sur la créature, il l'immobilisa entre ses genoux.

Il y avait des couteaux rangés dans des encoches derrière la contremarche. Ambrose s'empara du plus court, enfonça la lame derrière la nageoire pectorale et trancha la tête. Le corps continuait de pomper du sang froid qui éclaboussait le visage de Brendan et ruisselait sur les mains d'Ambrose. Quand celui-ci lâcha le couteau, un craquement s'entendit au moment où il sépara la tête du corps. Le poisson n'acceptait pas de mourir, un spasme le secoua de la nageoire caudale jusqu'à l'endroit où la tête aurait dû se trouver, et alors seulement la créature cessa de lutter.

De la proue, Brendan regardait, appuyant avec ses mains sur son pantalon pour en chasser l'eau de mer, les cheveux plaqués sur le crâne, le visage éclaboussé par le sang du poisson.

— Je n'avais jamais vu ça, affirma Ambrose en jetant la tête par-dessus bord. Tu as plongé et tu l'as attrapé.

Il luttait pour neutraliser son ravissement devant ce que Brendan venait de réaliser, se rappelant qu'il était censé être furieux.

Les mains de Declan tenaient le gouvernail sans y consacrer aucune énergie, également stupéfait de la capture que Brendan venait d'accomplir. Son père était recroquevillé au fond de l'embarcation, cachant de son dos une vue dégagée sur le poisson blanc, mais Declan savait quand même que le poisson était gigantesque. Il regarda Brendan qui, au-delà de son père, était assis à la proue, et il sentit quelque chose de glacial lui parcourir tout le corps : Brendan l'observait. Leurs yeux se croisèrent. Durant quelques longues secondes un sourire gagna le visage de Brendan jusqu'à ce que ce soit le plus grand que Declan lui eût jamais vu. Un sourire qui n'avait rien d'amical.

Ambrose ramassa le couteau, en enfonça l'extrémité dans l'anus du poisson et appuya sur toute sa longueur en l'éventrant complètement. À mains nues, il arracha les intestins, le foie et l'estomac qu'il jeta à la mer. La vessie natatoire, telle une gelée à demi solidifiée, se répandit toute seule et Ambrose se servit d'une de ses mains pour la faire transiter par l'autre avant de jeter l'ensemble également par-dessus bord. Plus haut, les mouettes rôdaient, proches, mais les oiseaux de mer étaient de piètres charognards comparés à Brendan Bonnar.

— Ça nous fera au moins notre repas de ce soir, celui de demain aussi, déclara Ambrose en tendant ses mains au-dessus des remous et en acquiesçant à ses propres mots. Tu l'as pris à mains nues, comme un pêcheur né !

— C'est vrai, dit Brendan. Je l'ai attrapé, et après tu m'as attrapé. Travail d'équipe.

— Parfaitement, confirma Ambrose, et il rit si fort qu'on l'entendit de la jetée.

Son ravissement était désormais total, sa colère oubliée, il brillait tel le phare de la pointe de St John. Il leva le poisson dans ses deux mains pour l'examiner, se rendre compte de son poids énorme.

— Mais toi, fils, peut-être qu'ils ont dit vrai depuis toujours, tu es le garçon venu de la mer.

Declan avait entendu son père prononcer cette phrase par le passé, mais uniquement sur le mode de la plaisanterie. Cette fois, c'était différent, il y avait une réelle fierté dans ses paroles. Il observa Ambrose qui levait le poisson au-dessus de sa tête afin que tous, sur la jetée, puissent l'admirer.

Cette nuit-là, Ambrose se rendit à l'auberge du Bateau pour boire une pinte, sa première visite depuis des mois. Il parla à peine de son passage chez les Nigérians, pressé d'en arriver au récit de Brendan pêchant le poisson blanc à mains nues.

— C'est un phénomène, dîmes-nous en marquant notre admiration par des tics de la tête sur le côté.

C'était bien de voir Ambrose en bonne forme, et nous appréciions son histoire, même si sa façon de la raconter était un peu surexcitée et si nous n'avions pas besoin d'absolument tous les détails. Notre ville était riche en histoires maritimes, l'équipée des Bonnar fut ajoutée à toutes les autres et nous passâmes à autre chose. Ambrose lui-même ferait bientôt de même.

Une seule personne ne le fit pas. Il se rejoua la scène entre Ambrose et Brendan un nombre infini de fois dans sa tête : la capture ; le sang ; le sourire malicieux. Declan rumina longtemps cet événement et, un soir, il entra dans la cuisine pour parler à ses parents. Le fourneau était allumé, alimenté par du bois de récupération. L'odeur de la peinture qui se boursouflait n'était pas idéale, mais la chaleur faisait du bien. Dehors, il pleuvait, la vue sur la mer était dissimulée par l'obscurité. Ambrose se trouvait assis à la table, Christine venait de poser une tasse de thé devant lui, et Declan en demanda une, lui aussi.

— Tu te mets au thé, maintenant ? lui dit-elle tout en lui en tendant une.

— J'envisage de travailler dans la baie, dit-il à son père. Je vais avoir dix-sept ans. Je suis prêt.

La première réaction d'Ambrose fut la curiosité.

— Je croyais que tu étais opposé à la pêche. Tu as dit que ça représentait une vie de misère.

— J'ai changé d'avis.

— Tu as dit que c'était une manière stupide de gâcher sa vie.

— J'ai eu tort.

— Seul un idiot accepterait de le faire, tu disais, insista Ambrose avec un sourire. Tu étais très remonté…

— Je veux devenir pêcheur, déclara Declan d'un ton ferme.

Ambrose se tourna vers Christine qui s'était assise près du fourneau. Elle lui rendit son regard, mais elle n'était pas encore prête à s'investir dans ce projet.

— Bien, dit Ambrose qui but une gorgée de thé, prêt au moins à caresser cette idée. Je pourrais demander ici et là. Voir si je peux te faire monter à bord du Girl Jacqueline, ou du Far Horizon. Ils ont de bonnes rentrées d'argent.

— Non, l'interrompit Declan dont les yeux commençaient à s'arrondir, peiné qu'il était par cette erreur de compréhension. Je veux pêcher avec *toi*, voilà.

Les traits du visage d'Ambrose s'effondrèrent comme si on venait de lui annoncer qu'il était atteint d'une maladie incurable. Declan, qui ne s'attendait pas à pareille réaction, se tourna vers sa maman, mais elle aussi était prise de court.

— Ce n'est pas parce que ton père ne veut pas de toi sur le *Dawn*, lui dit-elle en se redressant. Il n'est simplement pas sûr qu'il soit possible de gagner sa vie comme ça.

— Mais je veux travailler avec lui, pas avec n'importe qui d'autre.

Il semblait avoir le cœur brisé.

Tout le monde réfléchit un moment. Declan ne buvait pas son thé. La pluie frappait fort contre les fenêtres et en éclaboussait le rebord. De temps à autre, une bourrasque s'engouffrait dans la cheminée et le fourneau projetait une bouffée de fumée dans la pièce. Christine finit par dire :

— Prends-le avec toi, Ambrose, laisse-le pêcher.

— Mais, l'école ? interrogea Ambrose avec surprise. Tu as toujours dit qu'il devait y aller.

— Declan n'a jamais été fait pour l'école. Son futur est ici, dans la baie. Pourquoi attendre ? Et l'argent, nous en avons besoin. Attribue-lui une bannette, comme ça une part plus grande nous reviendra.

— Il arriverait en plus : ce ne serait pas un remplacement et l'équipage n'accepterait pas qu'une part entière soit donnée à un jeune à qui ils devraient enseigner le métier et sur lequel ils devraient veiller. Ce ne serait qu'une fraction de part.

— Nous avons besoin du moindre penny.

Ambrose baissa ses yeux sur le thé, prenant conscience de ce qui venait de se passer. Le manque d'argent avait fini par vaincre sa femme. Quand il était jeune, la pénurie ressemblait toujours à ce qu'on lisait dans les livres d'histoire : les gens pauvres n'avaient pas d'électricité, pas de compte bancaire, pas de dents, mais ils n'avaient pas non plus de dettes. Ils vivaient hors du monde de l'argent, dans des cottages dont ils avaient hérité, aidés par leurs proches et leur communauté. Mais ces gens n'existaient plus, tout le monde avait de l'argent de nos jours, juste pas suffisamment. Le manque était devenu pernicieux et plus difficile à identifier. Il s'insinuait dans votre cerveau et ne vous laissait aucune paix, vous maintenant tout le temps conscient de ce que votre foyer était facilement destructible. Et il était pratiquement impossible d'en parler. Beaucoup de familles étaient comme ça, mais on se sentait quand même seul dans cette situation, si seul.

— C'est entendu, on va faire ça, dit Ambrose.

Chacun but son thé.

II

Il n'y avait aucune raison que Declan se rende à l'école le lendemain, mais il se dit qu'il apprécierait un ultime au revoir. Dix minutes lui suffirent pour comprendre son erreur. Assis à sa table, il avait l'air d'être le même, mais à l'intérieur, il ne savait plus où se mettre. Il était devenu quelqu'un qui devait gagner son pain, un homme, plus ou moins, et il ne paraissait pas normal d'être parmi des écoliers et des écolières, vêtus de leurs uniformes, installés dans leurs rangées. Quand il confia à ses camarades de classe qu'il abandonnait ses études, les garçons parurent impressionnés, mais les filles le mirent mal à l'aise en le regardant comme si elles étaient désolées pour lui. Rose O'Driscoll était visiblement triste. Ils étaient récemment sortis ensemble à la discothèque Limelight et il espérait continuer, mais il comprit que c'était peine perdue. Il lui dit qu'il gagnerait un bon salaire mais elle se détourna. À midi, il quitta l'école pour ne plus jamais y revenir.

De retour chez lui il trouva sa maman dans la cuisine.

— Te voilà, alors ? demanda-t-elle.

— Il faut croire, répondit-il en s'asseyant lourdement et en laissant ses bras tomber sur la table comme s'ils pesaient une tonne.

Sa première sortie sur le Dawn aurait lieu le lendemain.

Christine le détailla attentivement du regard.

— Ça va bien se passer, lui dit-elle.

Son mari se trompait en partie sur ce qui incitait Christine à soutenir Declan dans sa demande d'aller pêcher : il y avait plus d'émancipation, dans ce choix, qu'il ne s'en rendait compte. Christine n'était pas une simple victime de l'économie, même si elle avait appris la nécessité d'une gestion rigoureuse, dans les finances modernes, et dans l'évaluation de ce qui est réalisable. Elle avait depuis bien longtemps rendu les cassettes de Linguaphone. Elle pensait qu'elle savait réellement ce dont Declan avait besoin, et plus vite il l'aurait mieux cela vaudrait : un rôle dans la vie, le sens de ce qui compte. Elle devinait une fragilité en lui. Les manières de son frère, sa propre existence, l'avaient sapé ; ces années passées à économiser des pièces de monnaie l'avaient rendu inquiet. Son travail à l'école ne lui procurait aucune fierté. Il ferait aussi bien d'apprendre un métier et de gagner de l'argent, cela lui procurerait une certaine assurance. Elle reconnaissait qu'elle avait devant elle vingt-cinq bonnes années de matriarcat et qu'elle s'en servirait toujours pour le guider sur des routes menant à l'estime de soi. Si nulle bonne source n'était disponible elle s'arrangerait au moins pour qu'il ait une occupation. Comme pêcheur, il pourrait probablement rester au Donegal et continuer de vivre chez eux jusqu'à ce qu'il se marie, ce qui serait très bien car elle garderait l'œil sur lui jusqu'à ce moment-là, et peut-être plus si son épouse était du genre humble.

Et elle ne le laisserait pas faire n'importe quoi. Environ deux heures plus tard, elle le trouva derrière la maison avec un briquet, tentant solennellement de mettre le feu à sa chemise d'uniforme. Elle s'avança à pas décidés et la lui arracha des mains en disant qu'elle irait à Brendan dans un an ou deux. Phyllis, qui se trouvait à la porte de derrière, rit de bon cœur en constatant que la cérémonie marquant son dernier jour d'école était désormais annulée. Les deux sœurs le poussèrent vers sa chambre et le firent asseoir sur son lit pendant qu'elles se démenaient autour de lui.

— Fais-lui manger un steak ce soir, dit Phyllis.

— Absolument, répondit Christine.

Elle renversa le cartable au-dessus du sol : il serait parfait pour emporter ses affaires sur le bateau.

— Mets-lui plein de chaussettes et de slips, dit Phyllis.

Pendant que Christine continuait de s'activer, Phyllis s'adressa à Declan.

— Ces gars de la ville, dit-elle en voulant parler de l'équipage du Dawn, ils vont te raconter des âneries épouvantables. Ne les crois pas. Dis-leur d'aller se faire voir, s'ils t'embêtent.

— Je le ferai, répondit Declan.

— Bien sûr que non, contra-t-elle.

Elle aimait tendre des pièges de ce genre, tourner ses phrases de telle manière qu'on réagissait d'une certaine façon, puis elle vous tombait dessus en défendant le contraire.

Ambrose entra.

— Qu'est-ce que tu dirais de ça ? proposa-t-il à son fils. On va en ville et je te paye ta première pinte.

Phyllis émit un gloussement qui signifiait: *Écoutez-moi cet idiot.*

— Sa première pinte, il l'a bue il y a bien longtemps, compléta Christine.

Ambrose les regarda sans comprendre.

— Si quiconque se présentait à l'auberge du Bateau sur un tricycle, ils lui mettraient une pinte sous le nez.

Christine adhéra à ces paroles en émettant un bruit méprisant. Ambrose battit en retraite et sortit de la chambre.

— Tu fumes aussi depuis un bon moment, déclara Phyllis à Declan.

Christine n'avait pas l'intention de lui parler de ça et elle garda le dos tourné, pliant et empilant ses vêtements.

— C'est une habitude détestable, se borna-t-elle à dire.

— Ne passe pas ton temps à ne rien faire quand tu y seras, lui dit Phyllis, surtout sur le pont.

— Ne t'en fais pas, dit-il en soufflant de manière exagérée pour se rebeller.

Elles se regardèrent et rirent de cette tentative de se mettre en avant.

— C'est qu'il est devenu grand, tout d'un coup! se moquèrent-elles.

Il comprit qu'elles le considéreraient toujours comme un gamin, avec son visage d'enfant qui resterait présent derrière celui de l'adulte, ce visage qu'elles verraient d'abord et auquel elles s'adresseraient. Il se réfugia dans la cuisine. Brendan avait approché une chaise du comptoir et écoutait la radio sur les ondes longues. Les prévisions météo s'achevaient. Il regarda Declan et lui refit le même fameux sourire.

— Cinq, six par endroits. Faible à modéré.

— Va te faire foutre, réagit Declan, mais ce fut lui qui quitta la pièce.

N'ayant nulle part où aller, il se tint dehors sous la bruine. Il tourna son regard vers l'ouest mais la baie était une brume grise, l'horizon invisible. De la fumée descendait par la cheminée et l'odeur familière du foyer lui causa un instant de faiblesse. Au bout d'un moment, Phyllis sortit aussi, s'apprêtant à repartir vers le haut de l'allée. Elle sembla comprendre que le moment était venu d'avoir une approche plus douce et elle s'avança vers lui en sortant quelque chose de sa poche. Elle passa la médaille consacrée, attachée à l'extrémité d'un cordon, autour du cou de son neveu.

— Ton grand-père l'avait toujours sur lui, elle te protégera.

La médaille glissa sous le tricot de corps et Phyllis appliqua des petites tapes sur son torse à l'endroit où elle se trouvait. Elle était riche de souvenirs et de continuité familiale. Il sentait ces forces lui parcourir la peau.

Sa tante s'écarta de lui et désigna du bras l'Atlantique.

— Ne va pas t'enticher des vagues, des nuages, ni de tout ça, lui dit-elle. Ce ne sont pas des poèmes que tu vas chercher. Il y a des hommes à qui ça fait tourner la tête, ces choses-là.

— Ne t'en fais pas pour ça.

— Je n'en suis pas si sûre, lui répondit-elle, l'étudiant de très près en haussant un sourcil. Tu te souviens de la fois où tu as fait pipi dans ta culotte, à *Superman III*?

Lors de sa première sortie en mer, il fut trop malade pour servir à grand-chose. Il ne pouvait que se plier en deux au-dessus de caisses ou du bastingage, transpirant de tout son corps et bavant comme un chien. Les couleurs palpitaient violemment contre ses rétines : le rose des branchies des poissons, le jaune de la moustache de Tim, l'orange des bouées. Les bruits aussi étaient agressifs. Une caisse cognant contre une autre ; le sifflement de son père ; la succion de ses propres bottes de caoutchouc. Le vertige qui accompagnait le mal de mer était un réel danger, on pouvait faire une erreur dans l'arc décrit par un mât de charge qui oscille, se tromper sur la distance qui vous sépare d'un barreau d'échelle. Il était essentiellement laissé à lui-même pour s'habituer à tout cela, jusqu'à Ambrose qui ne veillait pas beaucoup sur lui, exactement comme ça lui était personnellement arrivé quand il avait mis les pieds sur un chalutier pour la première fois. Devenir un marin signifiait corriger complètement ce qu'on était en fonction d'un nouvel environnement ; et, en fin de compte, il fallait y parvenir seul. Mais même lorsqu'il vomissait par-dessus bord, il était inflexiblement heureux de pêcher avec son père. Brendan était peut-être le garçon venu de la mer, mais c'était lui, Declan, dont elle serait l'élément.

Même s'il ne mangeait que du pain blanc, son estomac lui mena une bataille gastrique pendant la totalité du premier voyage, et lors du deuxième, ses boyaux voulurent souvent se vider et y parvinrent fréquemment. Un goût acide se logeait en permanence entre ses dents. La tradition voulait que ce soit toujours au plus jeune de préparer les repas, mais personne ne désirait que Declan s'approche de sa nourriture, de sorte que Stevie Shine fut contraint de s'en charger.

En réalité, Stevie n'alla jamais en Angleterre, il se maria, s'installa, eut une fille. Tim, lui, avait travaillé sur plusieurs autres bateaux, mais il avait fait du grabuge et était revenu sur le Christine Dawn. Nous n'ignorions pas que jamais plus Ambrose ne commanderait le meilleur équipage de la ville, et il le savait également. Il avait récemment pris à son bord Big Jimmy qui n'était pas mauvais du tout pour s'occuper des cordages, même s'il était le plus vieux matelot de Killybegs. Le Dawn était un bateau de petite taille qui avait vingt ans et ne figurait pas au nombre de ceux qui rapportaient le plus. Désormais, ils restaient dans la baie du Donegal durant chaque voyage, n'allaient jamais plus loin qu'Inishmurray tandis qu'Ambrose profitait du seul avantage dont le Dawn pouvait s'enorgueillir : un faible tirant d'eau. C'était le seul d'un petit groupe de chalutiers à être capable de suivre un banc de poissons sur le pourtour des rivages sableux de la baie. Tim appelait ça de la pêche pour retraités.

— Ça me convient tout à fait, disait-il. Je m'habitue doucement à la retraite.

Arrivé à son cinquième voyage, Declan ne vomissait plus toutes les demi-heures, il était habitué à se sentir épuisé et à faire preuve d'initiative. Ils avaient connu une saison assez décente et Declan passait des heures dans la cale à mettre les poissons dans de la glace et à classer les caisses avec des doigts douloureux à l'intérieur de ses gants. Il était rapide avec une aiguille et rangeait un petit couteau dans son bonnet de laine au-dessus de l'oreille.

— On croirait que tu es né pour ça, lui dit Ambrose.

Par un matin calme, les marins du Dawn se tenaient à la poupe à manger du pain sans levure avec des tranches de fromage et ils s'apprêtaient à procéder au premier déploiement du chalut. Le temps était si clair qu'ils auraient pu compter les vaches sur les collines. Au loin, il y avait un agréable miroitement argenté sur l'océan, alors que tout près, l'eau était transparente jusqu'à presque trois brasses de profondeur. Ils distinguaient la succession de bulles que faisaient les mouettes en plongeant. Ambrose et ses hommes voulaient pêcher des soles.

— C'est des sélars queue jaune qu'il te faut, râla Tim. Le prix est beaucoup plus intéressant.

Declan ne voyait aucun obstacle à cette proposition, mais son père s'était attaché à étudier l'horizon aussitôt que Tim avait pris la parole. Big Jimmy et Stevie indiquèrent leur accord par des inclinaisons de tête prolongées, mais aucune réponse verbale ne fut prononcée.

Tim n'en démordait pas :

— Au large, l'océan en est plein.

Ambrose retira la protection d'une tranche d'EasiSingle, puis il replia le fromage et le mit dans sa bouche.

— Un garçon comme toi a besoin de voir l'Atlantique, insista Tim en s'adressant maintenant directement à Declan. Tu ne seras pas vraiment un pêcheur tant que tu n'y seras pas allé ; tu aimerais aller plus vers le large, hein ?

Declan s'exprima lentement en faisant attention de ne pas trop s'aventurer.

— Il y a un lieu de pêche que j'aimerais essayer.

Ambrose se tourna et regarda son fils. Aimer étant un mot très fort, tout le monde écoutait avec intérêt.

— Rockall, prononça Declan.

Son père fut le premier à rire et ce fut ce qui pouvait arriver de pire. C'était son grand rire ordinaire, jovial et communicatif, mais Declan en fut blessé. Jimmy afficha également un grand sourire pendant que Stevie ricanait en disant :

— Si seulement on avait emporté des pulls supplémentaires, on aurait pu continuer jusqu'au cercle arctique et pêcher un peu la baleine.

Tim secoua la tête en ajoutant :

— Imaginez une caisse comme la nôtre sur les mers qu'il y a autour de Rockall !

D'habitude, Ambrose aurait pris la défense du Dawn, mais il souriait, se réjouissant de ces plaisanteries. La meilleure option, pour Declan, aurait été de rire avec eux de sa naïveté, mais il n'en était pas capable. Se sentant rougir, il se tourna vers le bastingage.

Ambrose ayant oublié qu'il avait été le premier à mettre la vision de Rockall dans la tête de son fils, et à lui associer une sorte de légende, ne comprit probablement pas ce qui se passa ensuite, à savoir que le désir de son fils n'avait même pas grand rapport avec la pêche. C'était plus le fait que Rockall représentait quelque chose qu'eux deux, uniquement eux deux, pas Brendan, pourraient à nouveau partager. Mais Declan lui-même ne le comprenait pas davantage ; ce que nous recherchons se cache souvent dans le brouillard.

N'imaginant toujours pas ce qui se passait, Ambrose commença réellement à considérer de partir plus loin, pas jusqu'à Rockall, bien sûr, ce serait de la folie, mais au large des côtes. Peut-être Tim avait-il mis le doigt sur quelque chose : ce serait une bonne chose, pour Declan, d'avoir une expérience des océans infinis. Durant les semaines suivantes, il s'entretint avec plusieurs capitaines qui lui parlèrent de différents endroits, à cinquante ou soixante milles de la côte.

— Pourquoi on n'essayerait pas ? annonça-t-il un jour à l'équipage. On va pousser plus loin.

Les premiers voyages furent des réussites, des coups de maître, les filets remontèrent pleins comme des montgolfières. Ambrose sentit une partie de son ancien optimisme renaître et ce fut seulement alors qu'il comprit à quel point cela lui avait manqué. Les Bonnar achetèrent une nouvelle voiture d'occasion et Big Jimmy s'offrit ce qu'il voulait depuis des années, une télévision couleur. Mais ces endroits devinrent fréquentés. Mal Doran entra en collision avec un bateau espagnol, ce qui laissa de profondes entailles dans les deux coques, et l'affaire s'envenima sérieusement sur les ondes courtes. Avec quatre-vingts caisses déjà dans la cale, Ambrose prit la décision de pousser plus loin encore. Il consulta son journal de bord et constata qu'exactement six ans plus tôt, il avait rencontré une grande procession de poissons au nord-ouest. Ils allaient jeter un nouveau coup d'œil là-bas, ils feraient le trajet de nuit et y parviendraient tôt le matin pour passer à l'action. Il rangea le journal à sa place et modifia le cap du Dawn.

Deux nuits plus tard, les informations de neuf heures débutaient quand Joe McGee, de l'Association des Pêcheurs, frappa à la porte des Bonnar. Le ciel était noir. Il y avait des pluies intermittentes et des bourrasques de vent. Christine resta sur le pas de la porte pendant que Joe lui annonçait que le Dawn n'avait pas honoré un contact convenu antérieurement et que depuis plus de quarante-huit heures, personne ne les avait vus ni n'avait reçu de message venant d'eux.

— Personne ne les a vus ni n'a reçu de message depuis plus de quarante-huit heures, répéta-t-elle.

Il lui dit qu'une recherche serait lancée aux premières lueurs du jour, qu'une douzaine de bâtiments irlandais et anglais y participeraient, et que le bateau de sauvetage en exécuterait qui seraient ciblées, avec sonar, d'est en ouest.

— Ciblées avec sonar d'est en ouest, répéta-t-elle.

Joe s'interrompait après chaque phrase, puis Christine répétait d'un ton neutre tout ce qu'il disait. Quand il n'eut plus rien à ajouter, elle regarda vers la mer et ne vit pas réellement les ténèbres, mais elle les sentit ; un trou noir fonçait vers eux, qui engloutissait la terre. Il finirait par atteindre leur porte, rien ne l'en empêchait jamais.

Brendan étant parti quelque part, Christine était seule. Elle enfila son manteau pour monter jusqu'à la maison des Lyons, les bras croisés, les joues fouettées par la pluie. La plantation d'épicéas émettait des craquements car les arbres étaient battus par un vent fort. À l'intérieur, Eunan était dans son fauteuil, il regardait les nouvelles, et Phyllis était penchée sur son livre de mots croisés. Si seulement Christine était venue plus tôt, elle n'aurait pas été là pour ouvrir la porte à Joe, même si elle savait que cela n'aurait fait aucune différence, car il aurait ensuite essayé chez les Lyons. Phyllis la regardait, remarquant probablement la manière dont ses bras pendaient sans vie le long de son corps, et son expression anéantie. Les rideaux étaient tirés, le chauffage était réglé haut et les murs jaunes de la pièce faisaient penser à une caverne, trop étouffante, mais un bon endroit pour se rouler en boule sur soi-même. Christine fut tentée de le faire immédiatement, mais elle resta debout et dit :

— Le Dawn est porté disparu.

Phyllis éteignit la télévision et se leva pour mettre la bouilloire sur le feu. Eunan gardait le regard fixé sur l'écran qui s'assombrissait, mais il ne protesta pas, il avait donc dû entendre les paroles de Christine. Elle alla chercher le tabouret dans le coin, le posa directement devant son père et s'assit dessus, la tête plus basse que la sienne de quelques centimètres. À une époque, le tabouret avait fait partie des objets dont il se servait pour s'asseoir, mais il avait maintenant besoin d'un contact avec le sol et, de toute façon, il semblait trop frêle pour s'en servir ; s'il levait les jambes, il y avait des risques qu'il se brise en morceaux. Il avait continué de s'affaiblir, perdant l'usage des mots, et sa mâchoire inférieure était agitée d'un tremblement. Christine se pencha et leva le visage vers lui.

— Personne n'a eu de nouvelles d'eux depuis des jours, dit-elle, je crois qu'ils sont perdus.

L'esprit de Eunan n'avait plus les nuances qu'il avait pu avoir, et sa vie n'était plus que quelque chose de mécanique, entraînée par un fonctionnement qui n'était plus dirigé par la pensée. Il présumait donc qu'il en allait de même pour tout le monde. Nous étions réglés à l'avance pour chercher des conditions tolérables, que nous dupliquions automatiquement, et c'était à peu près tout. Il se produisait de mauvaises choses, mais nous ne devions pas développer des idées noires, les idées noires empêchaient la machine de fonctionner. Eunan ne devait pas pouvoir s'empêcher de penser : les pêcheurs se noient souvent, ils connaissent les risques, leurs femmes aussi, et de toute façon qu'est-ce qu'Ambrose était allé faire à des milles en mer dans un bateau comme le Dawn ? Toutefois, Eunan devait avoir gardé juste assez de bon sens pour se rendre compte que ce ne serait pas bien de le dire. Ce qui convenait le mieux était de rester silencieux et, par conséquent, c'était ce qu'il faisait.

Christine leva les yeux et vit sa sœur, debout sur le seuil, qui essayait d'arracher une réponse à leur père. Christine serra les lèvres jusqu'à ce qu'elles ne soient plus visibles et que ses yeux soient devenus ronds et abattus.

— Je vais le coucher et après nous irons chez toi, dit Phyllis.

En revenant, elles virent que toutes les ampoules de la maison Bonnar étaient allumées, des flaques de lumières provenant des fenêtres éclairaient le sol et plusieurs voitures garées. Les deux sœurs se regardèrent. La porte d'entrée était ouverte et deux ou trois silhouettes remuaient dans la pièce principale. Elles virent Noreen Coyle dans le corridor, qui avait le balai à la main et le laissa tomber pour serrer Christine dans ses bras.

— On a nettoyé un peu mais on n'a touché à rien, dit-elle.

À l'intérieur, Sheila Gallagher préparait du thé avec des sachets qu'elle avait apportés.

— Il y a encore de l'espoir, dit-elle en serrant les mains de Christine.

Mary Breslin était là, les Breslin de la location d'autocars, pas ceux de la quincaillerie, même si cela n'importait guère car leur Mary arriva peu après. Bella Power entra dans le séjour.

— Pas de nouvelles ? demanda-t-elle.

Les autres répondirent que non.

Christine n'avait même pas besoin de parler pour son propre compte. Les femmes le feraient aussi à sa place. Elle s'abîma dans son fauteuil et demeura silencieuse. Bella regarda la fenêtre de façade.

— Je vais fermer les stores, annonça-t-elle.

Bella n'avait jamais mis les pieds dans la maison avant ce jour et elle revendiquait l'autorité sur les stores, mais Christine était heureuse de s'y soumettre.

— Mauvaise, cette mer, dit Bella quand elle lâcha le cordon.

Certaines femmes ne se montrèrent pas, des femmes qui avaient été endeuillées par la pêche, dont le mari et les enfants avaient disparu en mer. Peut-être avaient-elles le sentiment que leur venue serait un signe de trop mauvais augure pour Christine, ou peut-être ne s'en sentaient-elles pas capables, mais d'autres femmes vinrent et repartirent durant toute la nuit, plusieurs pour rester à méditer avec elle, d'autres pour aider dans la maison. Leur coordination était parfaite, comme celle de leurs maris, sur la baie, quoique s'organisant par des murmures et des concessions plutôt que des cris et des moqueries. Elles avaient tendance à vouloir garder les yeux baissés, à faire en sorte que leur présence soit utile, à sécréter le soutien sans ostentation. À un moment, la baignoire fut nettoyée vigoureusement et quelqu'un, sur la marche du haut, battit le paillasson. Il y avait des scènes identiques dans les maisons de Stevie et de Tim. Big Jimmy n'avait pas de famille mais dans les pubs, parmi les buveurs invétérés de notre ville, il était beaucoup question de lui en des termes affectueux.

— Et lui qui venait de s'acheter une télé couleur, commenta Manus McManus.

Là-haut, chez les Bonnar, Christine ne présenta qu'une seule requête.

— Est-ce que quelqu'un pourrait me trouver Brendan ?

Elle le voulait tout près, dans ces murs, même si ce n'était que dans sa chambre. En des moments tels que celui-là, une maison devient une forteresse, tous ceux qui y vivent sont rappelés, et une fois qu'ils sont là, ils n'en bougent plus. Ses membres réunis doivent accepter d'être confinés dans l'attente.

— Où pourrait-il être ? demanda Justine O'Donnell.

— Il fréquente depuis quelque temps des marginaux, répondit Phyllis, un aveu qu'elle émit à son corps défendant. Il y a des bruits qui courent.

Les gens partirent se renseigner jusqu'à ce que Brendan soit retrouvé et rendu à sa famille par un marginal qui arriva dans une de leurs voitures à bout de course. Il n'était pas exclu que le garçon ait bu, ou fumé quelque chose de fort. Il se tenait au milieu de la pièce sans savoir où se mettre, son inconséquence soulignée par les femmes qui agissaient et se concentraient sur ce qu'elles faisaient. Phyllis posa sur lui un regard réprobateur.

— Tu es tout le temps à traîner et à faire n'importe quoi alors que ton père et Declan, ceux qui rapportent de l'argent, sont portés disparus.

— Phyl, arrête, ordonna Christine.

Brendan parla lentement, faisant attention à la façon dont il articulait ses mots.

— Les conditions étaient bonnes depuis leur départ.

Christine hocha la tête pour confirmer. Il n'était nul besoin d'ajouter que deux douzaines de périls pouvaient survenir en mer, les conditions météorologiques n'en représentant qu'un seul. Tout le monde le savait.

Un élan décisionnel s'empara du garçon.

— Nous allons espérer que tout se passe pour le mieux, dit-il en s'approchant de Christine, la main tendue vers son épaule, mais l'expression qu'elle lui présenta lui fit suspendre son geste.

— Non, je t'en prie, lui dit-elle.

Bon. Voici ce qui était arrivé au Dawn et à son équipage, l'histoire complète. Les zones de pêche du nord-ouest étaient poissonneuses, mais il y avait eu un problème la deuxième nuit. Le Dawn disposait de deux réservoirs de carburant et le tuyau qui les reliait s'était rompu, déversant ce liquide dans le fond de la cale. Ambrose et Jimmy étaient tous deux de quart et ils auraient pu sentir l'odeur de la fuite s'il n'y avait eu la pompe d'assèchement qu'Ambrose avait fait installer récemment en se disant que ce serait une sécurité supplémentaire. Elle s'était déclenchée quand le capteur avait détecté du liquide, ne faisant pas la différence entre l'eau et le carburant. Allègrement, elle avait pompé tout le carburant présent sous les pieds des marins et sans prévenir, à l'aube, le moteur avait cessé de fonctionner. Le silence avait réveillé Stevie et Declan, ils étaient descendus de leur bannette pour trouver Tim qui, lui, remontait de la cale après avoir identifié le problème. La mer était modérée, mais sans la puissance du moteur le Dawn avait commencé à rouler bord sur bord. Comme ils étaient trop loin pour que leur radio puisse atteindre une station côtière, Ambrose n'avait pas cessé de parcourir les fréquences en tentant de joindre les bateaux qui pourraient se trouver sur zone. Il n'avait pas très envie de lancer un “Mayday” car cela lui paraissait un peu mélodramatique, mais la voix de Joseph s'était imposée dans son imagination, lui disant que l'utilisation de “Mayday” serait raisonnable au vu de la situation. Ambrose l'avait fait, mais apparemment sans grande conviction comme si, en réalité, il ne s'agissait que d'une semi-urgence. Il n'y avait pas eu de réponse : aucun bateau à portée des ondes radio. Declan avait préparé du café pour tout le monde.

— Les gars, on va rester tranquillement assis jusqu'à ce qu'il y en ait un qui passe assez près de nous, avait-il dit. Ça pourrait prendre quelques heures.

Ambrose était resté à la barre, même si cela ne changeait pas grand-chose, et tout près du poste. Personne ne voulait dormir et il n'y avait rien à faire hormis fumer des cigarettes, ce dont ils ne s'étaient pas privés. La brise était froide mais la lumière et la nuit clémentes, les rouleaux prévisibles, ce qui les empêchait de devenir trop pénibles.

— En tout cas, le temps est calme, avait dit Ambrose sur un ton de gaieté qui semblait étrange.

Ses hommes lui demandaient régulièrement dans quelle direction ils tentaient d'aller et sa réponse était l'ouest. Une douzaine de fois la question lui avait été posée et la réponse avait toujours été l'ouest, mais Ambrose n'affichait pas d'irritation quand on la lui posait à nouveau.

— Cela ne me déplairait pas de faire un tour au Canada, avait-il répondu.

Huit heures s'étaient écoulées. Ambrose avait été content de voir que Declan s'adaptait à la situation, qu'il ne posait jamais de questions sur la direction dans laquelle ils allaient. Il s'était installé dans la cuisine, ne bougeait pas beaucoup, ne parlait pas beaucoup. Il ferait un homme digne de ce nom. Seul Stevie avait laissé entrevoir ses sentiments à un moment de la soirée.

— J'ai les nerfs en lambeaux, avait-il dit soudain à haute voix en versant une cuillerée de sucre dans sa tasse de thé.

— Ça fera une sacrée histoire à raconter à tes petits-enfants, l'avait encouragé Ambrose en riant.

Toute la nuit, ils avaient dérivé sans le moindre contact radio. Étant conscient du niveau des batteries, Ambrose ne transmettait que pendant trente secondes toutes les dix minutes, puis toutes les vingt minutes. Quand personne ne regardait, il pressait ses mains fort l'une contre l'autre, un tic nerveux qu'il réservait généralement aux salles d'attente des banques et des hôpitaux, et qu'il n'avait jamais utilisé en mer. Le visage de Christine lui était venu à l'esprit mais il avait chassé cette vision entre ses mains.

— Un jour de repos et de relaxation en plus, avait-il annoncé quand le ciel s'était éclairci à l'est.

Comme Stevie était dans un sale état, Declan faisait la cuisine, prenant tout son temps pour le petit déjeuner, coupant le gras avant de faire griller les tranches de bacon. Il préparait des toasts et quelque chose qui n'avait jamais été servi auparavant sur le Dawn : des œufs pochés. Toutefois, l'équipage n'avait pas montré beaucoup d'enthousiasme. Tim, lui, avait mangé sa part en une seule bouchée.

À un moment de la journée, Stevie était sorti sur le pont et avait été pris d'une crise d'angoisse lorsqu'il avait vu un jumbo jet passer à dix mille mètres d'altitude. Il avait commencé à se tordre les doigts, menaçant de s'effondrer totalement jusqu'à ce qu'un rugissement furieux de Tim le fasse sortir de cet état.

— Ils ne s'intéressent pas à nous, pourquoi on s'intéresserait à eux !

Tim se roulait maintenant des cigarettes aussi fines que des aiguilles à tricoter. Big Jimmy était presque à court d'histoires drôles. Declan demeurait stoïque.

Au début de l'après-midi, des couleurs inquiétantes étaient apparues qu'Ambrose avait commencé à voir filtrer à travers les embruns. Des roses, des nuances d'orange avec quelque chose qui ressemblait à de l'or pur, celles du soleil, mais plus denses et arrivant trop tôt. Quelques heures plus tard elles étaient apparues en l'air aussi, les teintes menaçantes d'un ciel qui se plombe. Le bruit de la mer, un ondoiement crépitant, se renforçait, et le baromètre indiquait une pression plus forte. Ambrose avait rejoint ses hommes dans la cuisine. La lumière dorée rendait visible chacun de leurs poils de barbe. Un moment, il était resté perdu dans les détails des visages, surtout celui de Declan. Son fils était beau, splendide, même. Il était appuyé sur le seuil.

— Bon, les gars, avait dit Ambrose avec énergie, le moment est venu de faire un peu d'exercice. Il y a une petite zone de basses pressions, il semblerait qu'on s'en éloigne, mais fermons les écoutilles. Après, vous serez mieux en bas, pour la soirée.

Big Jimmy les avait parcourus un par un du regard pour s'assurer qu'il avait bien entendu, ses oreilles n'étant pas les meilleures qui soient.

Tim avait semblé s'offusquer, comme s'il avait su tout du long que les choses allaient empirer.

Declan n'avait pas dit un mot.

Stevie s'était frotté les yeux avec le bas de ses paumes.

— Ma femme ne sait pas où j'ai caché le cadeau d'anniversaire de Jenny, avait-il dit.

— Oh, arrête avec ça ! lui avait ordonné Ambrose.

Une vague haute était passée sous la coque où elle était restée longtemps, très longtemps, avant de perdre lentement de l'ampleur.

— Elles vont enfler bien plus encore et on ne peut pas manœuvrer, avait déclaré Tim d'une voix claire. On va peut-être mourir cette nuit.

Ambrose avait fait entendre un bruit agacé avant de secouer la tête.

— Exactement comme n'importe quelle autre nuit, alors, avait-il répondu comme si le commentaire de Tim n'avait rien d'inquiétant.

Stevie avait replié ses bras sur la table et y avait enfoncé son visage.

Declan avait rassemblé tout ce qu'il avait pu dans la cuisine avant d'aider à descendre les panneaux de séparation dans la cale, afin que l'eau qui s'abattait sur le pont s'évacue le plus vite possible. Des rouleaux de mer arrivaient déjà sur eux en projections denses et en lames violentes, en déferlements qui traversaient l'air tels des fouets. Le haut des vagues se brisait bruyamment et la couleur dorée prenait une teinte plombée. En dépit d'une mer déchaînée, la vitesse du vent était basse, ce qui était déconcertant. Une accumulation de nuages noirs se formait au nord-est ; ils l'avaient surveillée jusqu'à ce qu'elle disparaisse derrière les paquets de mer, l'horizon passant souvent au-dessus de leurs têtes. Declan avait eu le sentiment qu'il distinguait trois strates dans l'élément liquide. Le niveau situé le plus près de la surface était fin et sans consistance, changeant de direction et refluant, entouré d'écume. Le deuxième, peut-être à six mètres de profondeur, filait surtout vers l'ouest, on en décelait la puissance qui provoquait les vagues. Le troisième descendait de plus en plus bas avant d'enfler massivement, c'était là que la grosse mer rassemblait toute sa force et les secouait aisément en tous sens. Declan était allé rejoindre son père dans la timonerie. Ils avaient entendu Tim jurer sur le pont.

— Il n'a plus de tabac, avait expliqué Declan.

— Dis-lui qu'il y en a une blague d'urgence dans la trousse de premiers secours.

Le Dawn avait plongé dans un creux, le pont était inondé, et le père comme le fils s'étaient raccrochés aux parois. Lorsque le pont avait refait son apparition, de l'eau écumante avait ruisselé violemment de droite et de gauche en recherchant le moyen le plus rapide de s'échapper, et ils avaient entendu Tim continuer de jurer. Ambrose et Declan avaient retrouvé leurs appuis même s'ils étaient encore très près l'un de l'autre.

— Tu fais un très bon pêcheur, avait dit le père au fils.

— Ce n'était pourtant pas la meilleure carrière à choisir, avait répondu Declan.

Ambrose avait eu un geste de mépris vers les vitres.

— J'ai navigué sur des mers bien pires que celle-là, avait-il affirmé.

— Oui, mais toujours avec un moteur, avait précisé Declan.

C'était indéniable. Ambrose avait envoyé Declan dans la cale.

Il y avait uniquement trois stations de bateaux de sauvetage sur toute la façade océanique de l'Irlande, mais l'une d'elles était sur Arranmore. Ambrose avait des cousins au sein de l'équipage et il savait qu'ils étaient à leur recherche ou prêts à partir. Un avion de surveillance Nimrod était peut-être arrivé du nord pour exécuter un balayage électronique, et on avait dû également leur envoyer un hélicoptère. L'Irlande en avait quelques-uns, mais leur autonomie était limitée et, pour une raison ou une autre, ils étaient stationnés sur la côte est. Jamais avant ce jour Ambrose n'avait été en colère contre cet état de fait, mais il avait décidé qu'aussitôt revenu chez lui, il enverrait au ministre un courrier de protestation dans lequel il ne mâcherait pas ses mots. Christine l'y aiderait, elle était douée pour ce genre de choses. Il avait froncé les sourcils : il venait de commettre une erreur, son esprit s'était tourné vers elle et il était trop épuisé pour chasser son image. Comment s'était-il comporté quand elle les avait déposés, Declan et lui, à la jetée ? Il avait sûrement dit : "Prends soin de toi." C'était toujours ce qu'il lui disait, un choix de mots qui le peinait maintenant. *Prends soin de toi.* Combien de temps s'était-il passé depuis qu'ils avaient partagé une bonne baise ? Des mois.

Peu après Declan, les autres étaient descendus dans la cale où ils avaient aussi grimpé dans leur bannette, Ambrose demeurant dans la cabine de pilotage près de la radio et contrôlant la barre. Il n'y avait rien que l'équipage pût faire hormis prêter l'oreille aux vagues en furie et en encaisser les heurts. Les bannettes étaient comme des cercueils, construites en contreplaqué pour que chaque homme bénéficie d'un espace individuel. Elles se situaient pour l'essentiel sous la ligne de flottaison, les flots bouillonnant à quelques centimètres seulement des visages. Declan les imaginait submergés, se noyant, donnant des coups de pied dans l'eau glaciale ; il n'était pas difficile de se représenter ce spectacle. Des lampes torches scotchées au plafond de chaque bannette leur fournissaient un peu de lumière. Il s'était tourné vers Tim et Jimmy, allongés sur le dos, les genoux relevés et les yeux ouverts. Juste au-dessus, il voyait la main de Stevie crispée sur le bois.

Chaque bannette était équipée d'un rideau monté sur une cordelette extensible. Declan avait fermé le sien et s'était recroquevillé contre son oreiller.

Le Dawn encaissait des coups si violents que Declan et Stevie étaient parfois soulevés de deux ou trois centimètres au-dessus de leur matelas.

— Encore un coup de boutoir, annonçait chaque fois Big Jimmy qui ne sursautait pas, car il était trop lourd pour ça.

Tim aussi était plaqué sur son matelas, mû par la nature de son ressentiment, forte comme l'acier. Il y avait peut-être eu quinze minutes de calme relatif au cours desquelles ils avaient échangé quelques mots, mais la coque avait fini par recommencer à être secouée et ils faisaient à nouveau silence depuis un bon moment. Ils savaient quand le pont était détrempé, ils éprouvaient une pression sur leurs tympans et en sentaient l'écho brutal. Une fois, alors qu'ils étaient restés très longtemps sous l'eau, ils avaient eu la certitude qu'ils étaient fichus.

— Allez, vas-y, termine le boulot ! avait crié Tim, et ses mots avaient résonné comme dans une grotte.

Dans ces moments-là, Stevie pensait à sa fille et à la manière dont il avait failli à sa première et plus importante responsabilité : demeurer en vie. Big Jimmy pensait à quelque chose de très différent. Une affiche qu'il avait vue un jour. Jeune, il avait travaillé un an à New York et, le week-end, il aimait marcher par les rues et boire une bière dans l'après-midi. Une fois, il était entré dans un bar et avait été subjugué par une affiche de Katharine Hepburn qui couvrait tout le mur du fond. L'actrice ne le séduisait pas particulièrement (même s'il n'aurait pas dit non, il n'aurait pas dit, *Non merci, Katharine, vous êtes très bien comme ça, là*), mais cette image l'avait profondément marqué. C'était l'exubérance éhontée, la célébration pure de sa beauté, et la confiance absolue qu'il y avait à placarder cette affiche en sachant que tout le monde y adhérerait. Katharine Hepburn, sur le mur, dix fois grandeur nature. Il ne s'en était jamais complètement remis.

Au moment où l'eau de mer avait déferlé au-dessus de sa tête, Jimmy avait parlé :

— Ne vous en faites pas pour moi, les gars, j'ai eu une vie bien remplie.

Declan, poings crispés et yeux clos, donnait dans la religion. Il avait fait sa première communion et sa confirmation sans être impressionné, mais il succombait maintenant. "Si la survie m'est accordée, je ferai des tas de bonnes actions, avait-il dit à Dieu, le genre de choses qui Vous contentent." Il avait tenté de trouver un exemple dans sa tête, parvenant quand même à éviter de penser à Brendan et songeant plutôt à Doris Kane. Je lui rendrai l'argent, avait-il promis en désespoir de cause, je le lui rendrai !

Au-dessus, Ambrose regardait la proue refaire surface. L'eau s'insinuait par les jointures des fenêtres et les cloisons de la timonerie ruisselaient. Il avait retiré son pull détrempé, mais il lui avait bien fallu accepter la présence d'eau dans ses bottes. Le mélange d'épuisement et d'adrénaline le faisait par moments sauter d'un pied sur l'autre et ses oreilles étaient douloureuses à cause de la furie de la mer démontée : un grondement concret auquel s'ajoutait une impression de violence. Un crépitement semblable à celui de l'électricité dansant au-dessus de la surface. Le Dawn avait tendance à rouler de travers dans le creux des vagues, ce qui le maintenait horizontal, mais une dernière déferlante plus mauvaise pouvait le surprendre, comme celle qui arrivait précisément. Par les vitres de devant, il analysait son adversaire, une lame blanche et étincelante qui témoignait d'une détermination prédatrice. Au moment où la vague s'était abattue sur la proue, le chalutier avait été ébranlé comme un avion qui décolle. Ambrose regardait le mur marin qui fonçait sur lui.

— En tout cas, le pont va être sacrément propre, avait-il prononcé à haute voix.

L'océan avait percuté la timonerie, les vitres étaient devenues toutes noires, puis vertes, avant de s'éclaircir à nouveau. Ambrose était dans l'Atlantique jusqu'aux chevilles, mais le Dawn tenait bon. La proue s'était redressée, l'eau avait reflué en sifflant le long du pont et une force venue d'en bas avait projeté Ambrose sur le sol. Alors la radio avait fait entendre des sons stridents et une voix s'était élevée.

En bas, les hommes se cramponnaient dans leur bannette quand Ambrose avait soulevé l'écoutille du pont, passé la tête par le trou et crié :

— Bonnes nouvelles ! La RAF nous a repérés et un remorqueur va arriver. Il devrait être là dans une heure environ.

— Une heure environ, avait repris Tim. Remarquable.

En se baissant pour leur communiquer la nouvelle, Ambrose avait omis un autre élément essentiel. Une seconde vague monstrueuse s'était cachée derrière la précédente et avait frappé à ce moment-là. Englouti sous des tonnes d'eau, le Dawn avait été propulsé contre le mur liquide. Deux des vitres de la timonerie avaient été projetées hors de leur châssis, la mer s'était ruée à l'intérieur, avait inondé la cuisine, foncé dans la cale qu'Ambrose venait tout juste d'ouvrir et dévalé telle une cascade sur la bannette de Declan. Renversée sur le côté, l'alcôve était maintenant noyée comme une baignoire et il se trouvait dessous, dans l'incapacité d'entendre les autres qui hurlaient et juraient. Il avait cru que le bateau était emporté vers le fond, qu'il sombrait. Terrorisé par la peur et l'eau de mer glaciale, il avait tenté son ultime promesse : je serai à l'avenir gentil avec Brendan, je serai gentil avec mon frère.

Durant de longues secondes, le bateau était resté couché sur le côté, puis lorsqu'il s'était redressé, on avait entendu comme une déchirure et une succion contre les bordés. L'eau avait jailli de l'alcôve de Declan, rejoignant la piscine au fond de la cale, éclaboussant les livres de poche détruits et les bouteilles de Lucozade vides. Il s'était redressé, avait passé la tête dehors, toussé, crachoté.

L'océan avait continué de pénétrer par l'écoutille jusqu'à ce qu'Ambrose la referme d'un coup de pied, lequel avait semblé activer une forte lumière blanche et il avait dû se concentrer pour comprendre qu'il n'y avait pas de rapport entre les deux phénomènes. Il avait cligné des paupières pour chasser l'eau salée, s'était remis debout et avait sorti la tête par une des vitres manquantes, ressentant aussitôt une projection d'air vers le bas. Un hélicoptère de la Royal Air Force, d'un jaune vif, braquait son projecteur droit sur eux. Les lumières éclatantes, l'étrangeté de la scène : le cerveau d'Ambrose avait lutté pour accepter ce que ses yeux voyaient. La porte de la soute de l'hélicoptère s'était ouverte et le responsable du treuil avait jeté un regard à l'extérieur, serrant la courroie de son casque sous son menton. Ils avaient échangé un pouce dressé vers le ciel.

Le Dawn fut encore bousculé pendant un bon moment, mais la pompe automatique se racheta un peu en libérant la cale de l'eau de mer et en redressant le bateau. Les gars de l'équipe de sauvetage décidèrent qu'il serait plus dangereux de les hisser dans l'hélicoptère que de les laisser à bord et, par conséquent, personne ne fut hélitreuillé. Deux chalutiers de Greencastle arrivèrent sur site pour prendre le Dawn en remorque, le halèrent jusqu'à l'endroit où un remorqueur les remplaça. Des téléphones se mirent à sonner tout du long de la côte, et la nouvelle du sauvetage nous parvint.

Ce fut après la tombée du jour, le lendemain soir, que le Dawn revint enfin, six jours après son départ et deux depuis que l'alarme avait été émise. Seul Joe McGee était sur la jetée pour les accueillir, car nous voulions être discrets.

— Nous étions au large, hors de portée des ondes radio, quand nous avons perdu toute la puissance du moteur, expliqua Ambrose à Joe sur la jetée. Nous avons passé une mauvaise nuit avec quelques vagues, mais le Dawn s'est bien comporté, personne n'a été vraiment blessé. Un hélicoptère a capté notre signal, il nous a repérés et un remorquage a été organisé. Tout le monde va bien, mais nous avons dû rejeter nos prises à la mer.

Joe conduisit Ambrose chez lui, s'arrêtant au bas de l'allée car Christine et Brendan s'y tenaient. Ils étaient sortis pour l'attendre au coin, ressemblant à des fantômes quand ils furent éclairés par les phares. Même Joe, qui n'était qu'un témoin, sentit l'émotion l'envahir en les voyant et, quand Ambrose mit pied à terre, il fit demi-tour et repartit rapidement, projetant quelques gravillons derrière ses pneus. Ambrose s'avança vers Christine et Brendan, sa respiration se fit haletante et quelque chose obstrua sa gorge, presque comme une crise de panique, menaçant de le terrasser. Il s'immobilisa à quelques pas de Christine. C'était comme s'il la voyait pour la première fois. Il voulait tendre les bras vers elle, mais c'eût été trop précoce. Il avait certainement été changé à jamais par tous ces événements.

— J'ai fini par m'en tirer, dit-il.

— Où est Declan ? demanda-t-elle.

— Il est allé au bar de la Jetée avec plusieurs copains à lui.

— On pourrait penser qu'après avoir failli mourir il laisserait sa mère s'assurer qu'il va bien, dit-elle.

Mais elle savait que ce serait probablement toujours sa façon de se comporter : solide, inflexible, mais seulement jusqu'à un certain point. Au moins, il avait trouvé sa place.

— Que s'est-il passé ? demanda Brendan.

— Nous étions hors de portée des ondes radio quand nous avons perdu la puissance du moteur. Nous avons passé une mauvaise nuit, mais le Dawn s'est bien comporté, personne n'a été vraiment blessé. Un hélicoptère a capté notre signal, et un remorquage a été organisé. Tout le monde va bien.

La fois suivante où ces questions lui furent posées, il abrégea davantage les faits, puis la fois suivante encore, jusqu'à ce qu'il réduise sa description au point de regarder au loin et de dire :

— Une mauvaise nuit.

Sur la table de la cuisine se trouvait une tourte à la viande dans un plat en céramique, cuisinée par une des femmes de la ville. Ambrose voulut le ranger dans le réfrigérateur, mais il n'y avait pas assez de place car cinq autres plats identiques y avaient déjà été mis. Christine demanda à Brendan de le porter à Phyllis. Elle ressentit un besoin puissant monter en elle, mais elle dit à Ambrose de se laver d'abord tandis qu'elle patientait devant la porte, tendant l'oreille pendant qu'il s'enduisait de savon, sentant qu'elle avait retrouvé son équilibre avec le retour de sa masse physique dans la maison. Elle retira ses vêtements et, quand il apparut, elle l'entraîna vers le lit, l'allongea, s'agenouilla au-dessus de lui et se mit à le caresser avec ses mains. Elle donnait l'impression d'être prise d'une hâte désespérée. Ambrose se soumit, il ne voulait ce soir aucune responsabilité d'aucune sorte, peut-être n'en voudrait-il plus jamais. Il parvint à émettre quelques soupirs quand elle l'embrassa dans le cou. Elle avait dénoué ses cheveux et la sensation de leur caresse sur son corps, presque semblable à un souffle, fut proche de le faire éjaculer. Il avait un peu de graisse, maintenant, mais en pétrissant son corps, elle retrouva du muscle et cela fit ressurgir le désir comme par le passé. Ses hanches à elle avaient aussi perdu de leur fermeté, mais il la saisit à pleines mains et trouva cela agréable. Elle se positionna jusqu'à ce qu'il la pénètre.

Pendant un certain temps, Christine et Ambrose prirent beaucoup de plaisir, motivés par ce à quoi ils avaient échappé de justesse, la mort et le veuvage. Il arrivait que des bourrasques sur les plaques du toit les réveillent à quatre heures du matin et ils recommençaient sans prononcer un mot, se mettant en condition réciproquement avec leurs doigts, faisant naître des frissons. Rien de particulièrement imaginatif, ils savaient ce qu'ils aimaient.

Un matin, à l'aube, après une autre agréable séquence intime, Ambrose s'allongea sur le dos en travers du lit et Christine sur le côté, contre lui. Ils étaient très satisfaits d'eux, nus et électrisés comme de jeunes amants. Elle se redressa, posant la tête sur sa main afin de bien étudier son mari. La lumière du petit matin rehaussait les contrastes et faisait ressortir ses vieilles cicatrices. Il y en avait une, sur l'avant-bras, qui était très marquée, un peu boursouflée et violacée, de la longueur et de l'épaisseur d'un crayon. Elle la parcourut de l'index.

— Comment tu t'es fait ça, déjà ? lui demanda-t-elle.

— Une brûlure de corde, sur le Ard Ciarán, il y a très longtemps. On pêchait le haddock.

Il releva un coude en arrière pour soutenir sa tête et obtenir une meilleure vue de sa femme. Il utilisa son autre main pour se rendre maître de ses doigts, comme pour les embrasser, mais il les inclina vers la lumière afin de regarder la trace blanche qu'elle avait sur la phalange.

— Rappelle-moi comment tu t'es fait ça, lui dit-il.

— Couteau à éplucher, répondit-elle. En m'attaquant à des carottes.

Ambrose avait une cicatrice d'une longueur de presque trois centimètres sur une de ses mains, et il la mit à côté pour les comparer.

— Celle-là aussi, c'est une lame qui a dérapé pendant que je vidais des poissons. Tommy m'a fait deux points de suture.

Christine étudia la blessure d'un œil irrité pendant quelques instants, puis elle se releva sur les genoux et écarta ses cheveux de son épaule.

— Celle-là, on ne dirait pas une blessure mais c'en est une, dit-elle en pointant le doigt vers ce qui ressemblait à une concentration de taches de rousseur sur le haut du bras, légèrement gonflée et marron. Je faisais des frites pour les garçons et j'ai reçu une projection d'huile qui a jailli de la poêle. À l'époque, je ne me suis même pas aperçue que c'était arrivé.

— C'est stupéfiant ce qu'on ne remarque pas quand les nerfs sont détruits.

Toujours sur le dos, il leva la jambe sans effort apparent jusqu'à ce qu'elle se trouve à angle droit avec le reste de son corps. Ils pouvaient être surprenants, ces marins-pêcheurs entre deux âges, avec leur début d'embonpoint alors qu'ils étaient capables de lever les jambes comme des danseurs étoiles. Des années passées à rouler et tanguer rendaient cet exercice possible, et Ambrose avait des jambes particulièrement fines. Maintenant qu'il perdait ses cheveux, c'était ce qu'elle préférait chez lui. Il lui prit la main pour lui faire sentir la zébrure gonflée au milieu des poils noirs du mollet.

— Ça, je me le suis fait en pêchant, une fois. J'ai cru que j'avais perdu mon hameçon et je le cherchais partout. Il était enfoncé là, pas plus loin que dans ma jambe !

— J'en ai une cachée ici, dit-elle en libérant son index et en prenant un des doigts de son mari pour le guider le long de sa ligne d'implantation de cheveux. C'est Declan qui est tombé d'une chaise, je l'ai rattrapé au vol mais je me suis cogné la tête contre la table.

Ambrose caressa à deux reprises le renflement dur. Puis il montra à son tour une courte cicatrice rose sur son épaule.

— Celle-là, elle était mauvaise, dit-il. Je soulevais une caisse pour la mettre sur mon épaule et je n'ai pas vu l'écharde qui dépassait.

Prenant à son tour les doigts d'Ambrose, Christine les guida vers sa cuisse et une fine ligne qui donnait l'impression d'être un fragment de fil collé sous sa peau.

— Celle-là, c'était une barrière en fil de fer barbelé. Brendan, il avait quatre ou cinq ans, est entré dans le pré de

Mack et a refusé d'en sortir, il a fallu que j'aille le chercher. J'y ai aussi laissé ma jupe, évidemment.

Il croisa ses mains derrière sa tête et leva son autre jambe. Ils observèrent tous les deux sa cheville en la tournant d'un côté et de l'autre, la lumière soulignant une ligne de petites marques. Elles ressemblaient à de menues griffures datant d'un mois mais c'étaient en fait les traces de dents d'un requin-taupe qui remontaient à dix ans. L'animal avait été trouvé vivant dans un filet et il se débattait sur le pont pendant qu'Ambrose sautait en tous sens, tentant de le rejeter par-dessus bord. Il y était parvenu, mais pas avant que le poisson ne l'ait mordu à travers sa botte.

— Une sacrée bagarre, commenta-t-il.

Il continua de regarder sa jambe plus longtemps que nécessaire, et Christine la reposa à sa place avant d'appuyer les doigts de ses deux mains en écartant les chairs pour révéler une épaisse cicatrice sombre. Elle faisait quinze centimètres de long, était lisse au toucher, un petit peu grumeleuse par endroits, et il y avait, plus bas et plus haut, les traces laissées par six agrafes. Elle lui rappelait des heures de douleur et d'effroi. C'était là qu'un chirurgien avait tranché dans son abdomen et son utérus, lui ouvrant le ventre pour en extraire Declan qui refusait de sortir de quelque autre manière.

— Ça, c'en était vraiment une, de bagarre, conclut-elle.

12

La ronde des saisons se poursuivit et il y eut une semaine de tempêtes qui empêcha tous les bateaux de prendre la mer à l'exception des plus gros. La pluie tombait sans discontinuer et nos enfants sortaient avec la fermeture éclair de la capuche de leur parka fermée si haut qu'il n'y avait qu'un petit cercle, semblable à un hublot, par lequel regarder tandis qu'ils réunissaient les joncs pour fabriquer des croix de sainte Brigitte. Notre cinéma avait fermé il y avait des années, mais maintenant que les sièges en avaient été retirés, le bâtiment avait rouvert pour devenir une boutique de meubles de seconde main. Nous allâmes tous y jeter un coup d'œil et fûmes surpris de la petite taille de la salle. Tank McHugh sortit de St Conal et fut confié à la garde de sa mère.

Finalement, il n'y eut plus moyen d'y échapper. Ambrose alla sur la jetée pour voir le Dawn. Le bateau avait un air las, un cadre de fenêtre sans vitre peut provoquer ce genre de réaction et il en manquait deux. Les câbles de remorquage avaient creusé des rigoles dans la proue, et le bras avait été arraché du mât de charge. La majeure partie des dommages étaient superficiels, mais Ambrose avait le sentiment que quelque chose d'essentiel dans le bateau s'était brisé. Il fut surpris de l'absence de chagrin qu'il ressentait. Il mit le Dawn en vente. Nous vîmes une annonce, dans *The Skipper,* qui en parlait comme d'un chalutier robuste nécessitant un passage au radoub.

— Moi, je ne laisserais pas mes enfants y monter, déclara Bella Power.

Il n'y eut aucune offre et les frais d'amarrage devinrent un problème. C'était ainsi que les bateaux de dix-sept mètres malmenés par les éléments finissaient abandonnés dans des baies protégées le long de la côte ; leur propriétaire déclarait qu'il le laisserait paisiblement mouillé là en attendant d'avoir l'argent pour le réparer, ou de le vendre, mais nul ne trouvait jamais l'argent, ni ne le vendait, et le bateau finissait par s'affaisser dans une inclinaison paresseuse et par se désintégrer. Il y avait beaucoup d'épaves de ce genre sur les îlots sableux autour du Donegal. Certains les considéraient comme pittoresques, et il arrivait qu'une épave soit photographiée et finisse sur une carte postale. Ça avait autant de sens que de publier une carte postale d'une mine de charbon britannique abandonnée, mais bien sûr, ça se produisait forcément aussi.

Ambrose n'abandonna pas si vite. Il publia une annonce sur les listes officielles de la marine anglaise, affirmant que le Dawn était susceptible d'être transformé en navire d'agrément. Beaucoup de nos vieux chalutiers finissaient ainsi, même si nous ne parvenions pas à nous adapter à semblables reconversions. Nous considérions nos bateaux de pêche comme de glorieux travailleurs, chacun représentant une histoire et des récits familiaux. Nous n'appréciions pas de les voir privés de leur consécration et rendus frivoles, réduits à accueillir une foule de jeunes cadres londoniens et leurs distractions tapageuses. Buvant des cocktails, sniffant de la “coke”, organisant des orgies et autres choses de ce genre.

Tard le soir, Christine et lui parlaient de l’avenir et du travail dans lequel il devrait se reconvertir pendant les dix ou vingt années où il aurait encore de la force. Il ne voulait pas travailler dans le conditionnement, mettant en avant le fait que la paye était faible, mais elle savait qu’il ne pourrait supporter, sur la côte, un métier ennuyeux dans l’industrie du poisson. S’il ne pouvait plus être capitaine de son bateau, il ne voulait plus s’occuper de poissons. Beaucoup de ses frères travaillaient dans les métiers du bâtiment en différents endroits d’Angleterre. Il n’était pas facile de parvenir à suivre tous ces changements, mais il finit par dénicher son carnet d’adresses et téléphona à tous ou leur envoya un message.

— J’envisage d’aller en Angleterre, annonça-t-il à Christine.

Elle en fut surprise.

— Tu manquerais aux garçons, lui dit-elle.

— Ils sont grands.

— Brendan est encore à l’école, bon sang !

— Il ne va pas y rester longtemps.

Elle le scruta, observa son attitude étonnamment épanouie.

— Il y a de l’argent à se faire sur les chantiers, ajouta-t-il.

Il voulait être utile et avait conclu qu’être un simple pourvoyeur d’argent était le meilleur rôle qu’il pouvait remplir, peut-être la seule chose qu’il serait capable de bien faire. Qu’il ait presque noyé un équipage était un fait troublant, d'autant que son fils avait été parmi eux, et un élan de tristesse lui donnait l'impression que sa famille s'en porterait mieux s'il s'éclipsait pendant un certain temps. Il enverrait l'argent à la maison jusqu'au dernier penny, pourvoirait à leurs besoins. Brendan s'en tirerait, Ambrose se persuadant qu'il n'était pas si facile à influencer qu'il l'avait redouté. La tendance du garçon à se sonder lui-même était en réalité une sorte de sang-froid, cela exigeait beaucoup de courage d'être aussi différent, et cela lui serait toujours profitable. Il semblait bien s'entendre avec les marginaux qui constituaient un groupe très particulier, mais Ambrose était content qu'il se soit choisi une tribu, quel qu'en soit le genre.

— Et Declan ? demanda Christine.

Ambrose hocha la tête et échafauda des plans.

— Il a de grandes qualités, dit-il. Il lui faut simplement un emploi. Laisse-moi m'en charger.

Le lendemain, il alla en ville, se gara près de la jetée et franchit le seuil de la nouvelle criée qui, à ce moment-là, n'existait que depuis peu. C'était un lieu impressionnant qui occupait la moitié de la digue. Il n'y avait pas eu de retour de pêche ce jour-là ; l'écho rappelait une cathédrale et l'endroit sentait le désinfectant et le sel. L'un des fils Hart, vêtu d'une blouse blanche et de bottes en caoutchouc jaunes, utilisait un grand balai, lui aussi en caoutchouc, pour chasser les flaques sur le sol de béton lisse en les poussant dans les drains d'évacuation. Tommy discutait avec un vendeur et deux Asiatiques en costume, mais il laissa la conversation en suspens quand il vit Ambrose s'approcher. Ils échangèrent une poignée de main. Ambrose n'eut pas besoin de demander à Tommy de marcher un peu avec lui, il fit un geste du menton et ils franchirent les portes situées à l'opposé. Cette partie de la jetée était dominée par le Warrior III, vert, blanc, massif, dépassant facilement les soixante mètres de long, le plus grand chalutier de cette époque, en Irlande, tout juste rentré de deux jours d'essais en mer.

— Je vais m'attaquer aux merlans bleus et aux sélars queue jaune, expliqua Tommy. Bruxelles n'a pas encore de quotas pour ces poissons-là, et mes clients japonais en sont fous.

Clients. C'était le genre de termes qu'on entendait dans la bouche de Tommy.

— Il faut avoir un temps d'avance sur les quotas, acquiesça Ambrose.

— Il est construit pour maximiser l'efficacité de la capture, la sécurité de l'équipage et son confort, assura Tommy. Tu veux voir l'intérieur ?

— Ah, non, tu as plein de choses à faire, je serai heureux de l'observer d'ici, répondit Ambrose.

Le chalutier était comme une unique machine, ses éléments s'imbriquant les uns avec les autres, et la mécanisation était partout évidente. Les marins étaient de simples assistants pour ces matériels, et un tiers d'entre eux étaient des techniciens. Les treuils étaient deux fois plus grands que les hommes, et au milieu du bateau se dressaient deux gigantesques pompes qui serviraient à aspirer les poissons prisonniers des filets et les feraient descendre juste en dessous, afin qu'ils soient stockés dans des conteneurs d'eau de mer froide, sans qu'il soit nécessaire de vider ni de préparer ce genre de prises. Les quartiers de l'équipage étaient comme un hôtel. Il y avait un salon et vous étiez mis à l'amende si vous gardiez vos bottes aux pieds sur la moquette : il fallait enfiler des pantoufles. Le cuisinier était un authentique chef.

— La plupart des hommes donneraient leur… donneraient presque n'importe quoi pour y travailler, dit Ambrose en parcourant des yeux le chalutier de la proue à la poupe. (Nous avions cessé d'utiliser l'expression "donner son bras droit" depuis l'accident de Francis O'Connell sur le Siobhán. C'eût été jugé de mauvais goût.) Les hommes se bagarrent pour avoir une place, je suppose ?

Tommy marqua un temps de silence avant de dire :

— Il m'en reste une, sans aucun problème.

Une expression amicale apparut dans son regard et il écarta un peu les jambes pour assurer son équilibre.

Rapidement, Ambrose lui expliqua :

— Pas pour moi, c'est à Declan que je pense.

Tommy rejeta l'air contenu dans ses poumons et secoua la tête.

— Tu ne veux pas tirer un trait sur le passé ? demanda-t-il alors que des années de frustration ressortaient. Ce serait bien qu'on travaille à nouveau ensemble, toi et moi.

Ambrose croisa les bras. Les techniciens devaient tester le radar du Warrior III, les barres horizontales tournaient au-dessus de leurs têtes et ils les entendaient brasser l'air.

— Declan se débrouille super bien en mer, insista Ambrose. Il garde la tête baissée, fait ce qu'il a à faire, rien ne le trouble.

Tommy hocha tristement la tête. Bien sûr qu'il prendrait un de ses fils, il se risquerait même à embaucher Brendan si Ambrose le lui demandait.

— Je serai très content d'accueillir Declan à bord, dit-il.

Heureux, Ambrose rentra chez lui, et il sifflotait quand il entra dans la maison. Declan épluchait des pommes de terre devant l'évier et il se tourna en entendant la mélodie enjouée.

— J'ai une bannette pour toi sur le nouveau Warrior, annonça-t-il. Tu restes un pêcheur !

Les bras de Declan en tombèrent et, dans son regard, la lumière disparut.

Ambrose fit comme s'il n'avait rien remarqué, mais Christine entra dans la cuisine et vit aussitôt l'expression de son fils.

— Qu'est-ce qui se passe ? s'enquit-elle.

— Je l'ai tiré d'embarras ! annonça Ambrose. Un poste sur le Warrior.

Declan se tourna vers sa maman, peut-être allait-elle dire quelque chose, suggérer une autre possibilité. Il voulait pêcher avec son père, il ne voulait pas que les choses tournent de cette manière. Christine étudiait attentivement son fils. Puis elle lui dit :

— Ce sera quelque chose dont tu pourras être fier, l'assura-t-elle.

Declan se tourna à nouveau vers l'évier et recommença à éplucher.

Ambrose avait désormais la satisfaction que ses fils ne soient plus dépendants de lui. C'était une façon fort triste de se représenter les choses et nous le lui aurions dit si nous avions été du genre à nous mêler des affaires des autres. De plus, ce n'était pas vrai, les deux garçons étaient trop jeunes. S'ils avaient été plus âgés, totalement adultes, qu'est-ce que cela aurait changé ? Les parents restent des parents jusqu'à ce qu'ils meurent et, ce qu'il y a de navrant, c'est que les enfants restent leurs enfants même après cette épreuve.

Pendant la semaine suivante et peut-être une autre encore, les frères d'Ambrose lui répondirent en lui proposant des emplois, et il choisit simplement celui qui payait le mieux et où le logement était le moins onéreux. Il en parla à Christine pendant qu'ils regardaient le *Late Late Show*, lui disant qu'il pourrait aussi bien partir bientôt, qu'il n'y avait pas de raison de faire traîner les choses. Elle se leva, coupa la télévision et se tourna pour lui faire face. Ambrose avait espéré échapper à cette scène.

— Je pourrai rentrer régulièrement, dit-il, dès que nous aurons un peu d'argent à la banque.

Le visage de Christine reflétait la désapprobation.

— Je vais essayer quelques mois, poursuivit-il. On verra bien où on en est à ce moment-là.

— Alors c'est comme ça ? demanda-t-elle.

— Ce n'est pas une situation rare, ce qui nous arrive, plaida-t-il.

Certes, mais elle aurait préféré entendre de la tristesse dans sa voix. Elle y reconnut le fatalisme de son mari. Il semblait se contenter de vivre dans des conditions qui échappaient à son contrôle, affirmait-il. Ses années en mer avaient eu pareille conséquence. Un pêcheur devait accepter quantité de choses qui échappaient à son contrôle, sans quoi il devenait fou. Ambrose s'était mis à parler exactement comme il avait eu l'habitude de le faire avant trois jours de pêche. Il commençait déjà à s'éloigner d'elle et de leur foyer, rien ne pourrait le retenir. Peut-être cela s'était-il profondément ancré dans son cerveau, et gagner de l'argent signifiait-il partir vers un environnement différent. L'Angleterre représentait une autre sorte de campagne de pêche.

— Où, exactement? lui demanda-t-elle.

— À Huddersfield, répondit-il.

— Où est-ce?

— Je ne sais pas, quelque part dans les terres.

Il avait dû localiser l'endroit puisque c'était là qu'il allait. Nous apprîmes qu'il travaillerait à construire des bureaux: façonner des moules, verser du béton, des travaux simples. Parfois il arrivait qu'un ouvrier ne parvienne pas à s'habituer, là-bas, et il revenait au bout de moins de quinze jours, ayant découvert qu'il avait besoin que quelqu'un lui prépare ses repas ou que sa famille l'entoure. Plusieurs, parmi nous, prédirent qu'Ambrose serait au nombre de ceux-là, mais ils se trompèrent, il s'accrocha et les mois passèrent. Il était étrange de se le représenter avec un casque de chantier, au milieu de travailleurs coiffés de même, et de penser qu'on lui disait ce qu'il devait faire. Des sommes correctes arrivaient chez Christine régulièrement car Ambrose s'arrangeait pour dépenser peu. Chaque soir il se préparait à manger sur un unique brûleur, ne s'achetait jamais un sandwich à emporter, même s'il s'accordait quelques pintes le samedi soir. Il avait une chambre dans une maison où il y avait une salle d'eau commune dans le corridor et un téléphone mural à pièces dans l'escalier, dont le boîtier était couvert d'autocollants de compagnies de taxis et de boutiques qui vendaient des plats de curry. Tous les dix jours environ, il appelait chez eux; cela coûtait cher et, de plus, il n'avait jamais été du genre bavard au téléphone. Pour lui, ces appareils ne servaient qu'à transmettre des informations brèves et essentielles. Il se souvenait des lettres qui étaient arrivées d'Amérique pendant son enfance. Il lui paraissait toujours miraculeux que ces pages pliées parviennent dans leur île et suscitent un grand intérêt, tendues de main en main par une douzaine de personnes, chaque mot soupesé et analysé, les timbres étudiés tels des objets fabriqués à la main. Comme il souhaitait perpétuer cette tradition, il dépensa de l'argent dans du papier à lettres et un stylo Parker pour communiquer chaque semaine en prenant grand soin d'écrire lisiblement. Il soupçonnait qu'il fabriquait des objets d'héritage et il avait raison, les lettres seraient toujours conservées. Jamais, dans aucune d'elles, ni au téléphone, il ne fit la moindre allusion à la façon dont il se sentait malheureux, là-bas.

Declan apprenait également à travailler dur et à ne pas s'en faire pour ce qui surviendrait ensuite. Il était désormais, comme nous disions, un homme du Warrior, un guerrier. Travailler sur le Warrior III ressemblait plus à un travail d'usine que la pêche à laquelle il était accoutumé : se lever avec la cloche, avaler un remontant dans la cuisine, prendre son poste. Le rythme du sommeil, des repas, du travail n'avait rien à voir avec l'heure qu'il était, tout était organisé entièrement en fonction du hissage des filets, et il pouvait passer quinze heures sans sortir au grand air. Lors de son premier voyage, il lui fallut étudier les plans du bateau, affichés dans les coursives, ici ou là, pour s'y retrouver. On lui avait fourni des cirés et un gilet de sauvetage, mais il ne participait qu'au tri des poissons et à la réparation des filets. Cela l'aidait de penser à l'argent qu'il gagnait, constata-t-il.

Se rappelant ses écarts de conduite passés, il mit une liasse de billets dans le tronc de la chapelle, mais seulement par manière de précaution, et il resta aussi distant de Brendan que jamais. Le dernier voyage du Dawn était devenu abstrait, comme un rêve, l'intensité de cette expérience ne pouvant simplement pas être assimilée sur la terre ferme. Ç'avait été une nuit d'émotions extrêmes, stridentes et risibles. Et les folles pensées relatives à Brendan, qui avaient pu traverser son cerveau cette nuit-là, avaient été oubliées.

C'était son troisième voyage sur le Warrior III, la matinée était d'une teinte bleue glaciale, le froid intense, et la pluie soutenue quand il avait finalement abandonné ses tâches sur le pont pour être envoyé à la poupe avec trois autres marins afin de s'occuper d'une nouvelle remontée de filets. Un centimètre d'eau coulait d'un côté et de l'autre sur la coque en acier, dessinant des sillages autour de leurs bottes. Des mouettes tourbillonnaient et criaillaient au-dessus de leur tête. La houle ne se faisait pas menaçante, des courants de couleur blanche ou grise se dispersaient dans toutes les directions. Quand le moteur des treuils s'enclencha pour décrire leur première révolution, la vitesse du Warrior ne dépassait pas quelques nœuds à peine. À la poupe, le portique encadrait l'horizon et Declan ressentit une sorte de frayeur admirative lorsque les panneaux d'acier apparurent et percutèrent les côtés, chacun d'eux pesant autant qu'une grosse voiture. Il regarda les hommes près de lui mais ils semblaient indifférents. Leur visage strié par la pluie ne laissait entrevoir que leur état de préparation. De droite comme de gauche, les tambours de treuil commencèrent à haler quatre cents mètres de câble d'acier. Sur les rampes se présentaient des douzaines de bouées sphériques orange et de disques noirs en caoutchouc, chacun d'eux de la taille d'un pneu de brouette, tous alignés. Alors le métal percuta le métal et les maillons de jonction furent hissés sur les rampes, suivis par les chaînes toujours dégoulinantes d'eau, dans un fracas assez puissant pour résonner d'un bout à l'autre du bateau. Declan regarda derrière son épaule et vers le pont, en haut, discernant Tommy à travers les reflets sur les vitres. Il était à la console qui faisait face à la poupe, commandant au matériel, surveillant tout à travers les vitres et grâce à la vidéosurveillance. Des jours pouvaient s'écouler sans qu'il le voie davantage que ça ; il avait plus d'un directeur d'entreprise que d'un capitaine de bateau. Les treuils furent immobilisés le temps que les poulies à rouleaux puissent être désengagées, Declan se mêlant avec aisance à la chorégraphie de l'opération. Le filet fut maillé à la flèche articulée qui hala le résultat de la pêche à tribord, un peu en avant de la moitié du pont. Declan suivait avec le reste de l'équipage, avançant en zigzag sur le pont instable. Il aimait se déplacer sans se raccrocher au bastingage, un des nombreux petits défis qu'il s'inventait pour passer le temps. De hautes vagues, giflant le flanc du bateau, produisaient un bruit de détonation. Tommy fit pivoter le bateau vers bâbord de sorte qu'il se trouve face aux conditions météorologiques, assurant ainsi une certaine stabilité pour l'équipage. Le filet fut enroulé complètement, quelques poissons apparurent, suffoquant à cause des mailles, puis des tonnes supplémentaires. Le fait de les arracher à la pression des eaux pélagiques leur faisait sortir les yeux de la tête et leur ventre enflait à cause de l'air sous pression inspiré à grande profondeur. Des quantités de poissons étaient coincés dans le filet, leur bouche s'ouvrant en grand et se refermant, restant parfois ouverte, leur ventre se vidant progressivement. Le second remarqua une déchirure et dit à

Declan qu'il allait avoir besoin de son aiguille. Survint alors le banc de morues, une immense sphère de poissons qui nageaient non seulement dans l'eau de mer, mais dans le sang et dans des substances grisâtres rappelant un cerveau qui aurait été prélevé. La puanteur de la vie marine devint insupportable. Declan contribua à fixer la gueule de la pompe, et le filet fut de nouveau abaissé car la prise serait mieux protégée sous les vagues le temps que la pompe effectue son travail. Tout le monde se recula, les capuches furent remontées sur les têtes pour protéger les marins de la pluie cinglante et les cigarettes furent allumées pendant que la pompe commençait de vibrer, expulsant les poissons et les projetant sous le pont. Sur les tapis convoyeurs l'équipage s'efforçait de rejeter à la mer les espèces non souhaitées, une énorme pieuvre morte qui déclencha un chahut de surprise et de rires. Elle repartit sur la rampe en compagnie d'un grand nombre d'hoplostètes orange et de longs agrégats de matière gélatineuse à demi écrasée qui tombaient en blocs putrides lorsqu'ils étaient soulevés. La puanteur était asphyxiante : dans les espaces situés sous le pont, on pouvait s'imaginer qu'elle risquait de vous tuer. Parmi ces odeurs, il y avait des effluves proches du pétrole, brassés et rendus actifs par l'abondance d'oxygène. La majeure partie des crabes survivent car ils proviennent de zones de fortes pressions, et quelques douzaines s'enfuyaient en quête de cachettes. Eux aussi étaient rejetés à la mer. Tous les poissons qui avaient de la valeur étaient dirigés vers les cales cloisonnées, et Declan se laissa glisser le long d'une échelle pour en regarder une se remplir afin d'en prélever quelques-uns comme échantillons. Il était reconnaissant au froid à ce niveau du bateau, car il atténuait les odeurs. Le Warrior avait huit cales de réception, chacune plus volumineuse qu'un bungalow de campagne, et ils allaient rentrer au port au terme d'un seul voyage avec plus de poissons que son père n'en avait pêché en vingt ans.

Tous les marins travaillèrent à installer le filet suivant car Tommy serait content s'ils parvenaient à le rendre opérationnel dans l'heure et demie suivante, et tout le monde voulait qu'il le soit. Declan était à la poupe où il réparait une déchirure avec Aloysius Concannon quand le second parla dans l'interphone et l'appela sur le pont de la timonerie. Il se tourna vers Aloysius avec appréhension, mais celui-ci lui dit qu'il avait bien travaillé.

— N'empêche que Tommy a probablement trouvé une excuse pour t'enguirlander : les capitaines aiment bien pouvoir montrer à un nouveau marin qui est le maître à bord.

C'était la première fois qu'il montait dans la cabine et ça lui rappela le laboratoire de sciences de l'école avec son bois pâle et ses postes de travail. C'était très propre et ça sentait le café. Il y avait des cartes de navigation sous plexiglas et des chaises comme dans *Star Trek*, mais plus hautes. Par les vitres nettoyées de l'intérieur il voyait les vagues déferler sur des milles et il fut à nouveau stupéfait de la stabilité avec laquelle le Warrior fendait la houle. La mer et le ciel étaient d'un gris froid identique, mais ici la lumière était chaude et provenait de multiples sources : il y avait des lampes au-dessus des cartes, des écrans de sonars qui clignotaient en présentant des taches de couleur et des données techniques. Tommy se tenait à côté d'un écran. Il appela Declan et lui expliqua comment interpréter les informations reçues, comment on faisait pour connaître la profondeur d'un banc de poissons et identifier les espèces. Declan comprit qu'il n'allait pas subir de reproches.

— Ce n'est pas facile que ton père soit loin, hein ?

— On s'en sort, répondit Declan dont l'instinct lui soufflait toujours de repousser ce qui exigeait ce genre d'introspection.

Peut-être ne l'était-ce pas, il n'y avait pas vraiment réfléchi.

— Il te manque, hein ?

Declan eut un geste de la tête qui n'engageait à rien.

— Tu penses que tu vas continuer à être pêcheur ?

— Je suppose.

Il n'y avait pas dans cette réponse la conviction que Tommy aurait aimé entendre, mais le fils d'Ambrose avait à peine plus de dix-huit ans.

Il posa son bras sur l'épaule de Declan dans un geste associant encouragement et complicité, et dit :

— Viens me voir si tu as besoin de quoi que ce soit, d'accord ?

— Entendu.

Comme Ambrose n'était pas l'homme le plus démonstratif qui soit, physiquement parlant, Declan trouva la présence de ce bras exagérée. Cela dut se voir sur son visage car Tommy le retira immédiatement, mais il n'en voulut pas au garçon qui avait toujours été peu expansif. Il sourit.

— Quoi que ce soit. Ici ou à terre.

À terre était l'endroit où nous aurions pensé que Declan en avait le plus besoin. Nous aurions jugé qu'il était plus en sécurité en mer. Il devenait fou après chaque accostage, allait droit au pub et fréquentait des buveurs qui passaient toutes leurs nuits à traîner en ville. Il avait acheté une voiture et la moindre allusion à une réunion était une excuse suffisante pour rouler à toute vitesse dans la campagne pendant des kilomètres et des kilomètres. Cela se passait avant que nous ne soyons sensibilisés aux problèmes de l'alcool au volant. Il allait boire une pinte au bar de la Jetée ou à l'auberge du Bateau et, deux jours plus tard, quand Tommy partait en quête de son équipage, il était possible qu'il fasse griller du boudin noir, pour un lot d'inconnus venus de la péninsule, qu'il sorte avec une fille ou qu'il attende l'aube dans un débit de boisson quelque part.

"Des jeunes qui tournent mal sans leur père, il y en a des tas", prédisaient certains d'entre nous. "Il finira par se calmer", disaient les autres. Mais nous savions tous qu'il y a des jeunes qui ne s'assagissent jamais. Nous en avions en permanence parmi nous qui continuaient, et Declan nous faisait penser à eux, des gars qui semblent avoir des attaches mais ne tiennent jamais en place. Détestant leur propre compagnie, ils avaient perpétuellement besoin d'errer en ville. Beaucoup de malheurs se produisent quand quelqu'un est tout simplement incapable de rester chez lui, la plupart des soirs, dans un état de quiétude raisonnable. Peut-être ces gars-là étaient-ils incapables de comprendre leurs propres compulsions, ou peut-être savaient-ils exactement quand leur dernière chance d'atteindre un jour au contentement leur avait échappé, perdue à jamais lors du rejet d'une proposition de mariage ou à cause d'un chagrin inconsolable. Par conséquent il leur fallait quelque chose d'immédiat, expériences, couleurs, rires, impressions rehaussées par l'alcool, besoins qui les forçaient à continuer de boire et de bouger, même si ce n'était que dans le sud du Donegal ou, de temps en temps, aussi loin que Letterkenny.

Il y en avait parmi les adeptes d'une vie marginale qui étaient également comme cela et, prenant conscience de ressemblances réciproques, il arrivait que les deux groupes se confondent et partagent des occupations équivalentes. Les marginaux devaient obéir à des exigences plus grandes encore ; aucun n'était de la région et cela exigeait beaucoup de force, pour quiconque, de venir dans notre recoin reculé. Nous aimions le Donegal, mais la plupart d'entre nous étions prêts à avouer que nous étions surtout là parce nous y étions nés. Quelques marginaux semblaient avoir traîné d'épouvantables problèmes dans leur sillage, ils avaient le regard triste et beaucoup de difficultés à conserver un emploi. À Drumbeg, un homme s'était avancé dans la mer avec ses vêtements et s'était noyé, ses chaussures et ses chaussettes soigneusement disposées sur un rocher. Nous y pensâmes tous, mais nul ne fit la moindre remarque.

Ils ne se comportaient pas forcément tous comme ça, quand même, la plupart étaient assez détendus, quoique sans racines, ou alors c'étaient des jeunes gens qui voulaient voir un peu le monde. Ils venaient de l'autre bout de l'Europe et, une fois de loin en loin, d'Amérique. Il y en avait qui aimaient les vêtements de style hippy mais beaucoup s'habillaient comme nous, normalement, et nous leur parlions normalement aussi, jusqu'au moment où ils disaient quelque chose de bizarre, et là, nous savions. Nous ne les voyions jamais à la messe. Nous avions tendance à apprécier la politique locale alors qu'ils préféraient avoir une vue globale. Ils étaient contre les armes nucléaires et, bien sûr, nous aussi ; nous n'éprouvions simplement pas le besoin d'en parler tout le temps. Beaucoup étaient contre la télévision et nous nous sentions un peu ridicules si nous leur demandions ce qu'ils pensaient des événements qui s'étaient produits dans le dernier épisode d'une série télévisée grand public. Les plus sans-gêne d'entre nous pouvaient éventuellement leur demander : "Qu'est-ce qui vous amène ici ?" Ils répondaient souvent qu'ils voulaient vivre plus près de la nature, et il était vrai que, pour cela, nous étions bien placés. D'autres disaient qu'ils étaient attirés par nos vies plus simples, mais nous leur démontrions rapidement qu'ils se méprenaient à cet égard, nous faisions juste semblant de faire comme si elles l'étaient.

Une fille venue du continent figura un moment dans leur groupe, elle avait un oiseau tatoué sur la main et des tresses dans les cheveux. Hollandaise, allemande, danoise, une de ces nationalités. Elle avait l'esprit libre, elle apparaissait à l'auberge du Bateau et s'asseyait avec nous côté bar, mais il était difficile de deviner ses formes car elle était toujours drapée dans d'amples vêtements de laine. Un soir, elle avait causé un grand tapage quand elle avait sorti un sifflet en fer-blanc de sa manche et avait soufflé dedans. Il n'y avait eu aucune mauvaise pensée de sa part, elle devait juste imaginer que ça nous amuserait. Cela avait incité Manus McManus à aller s'installer au salon et il en était revenu plus tard tel un explorateur, nous disant qu'en réalité le salon était très agréable. En dépit de la menace du sifflet, Declan s'enticha d'elle et tenta de devenir son ami, au bar. Il avait un style qui convenait fort bien aux filles du coin. Il avait une voiture et un travail fixe, il semblait incarner la stabilité et, confronté à la perspective d'une relation amoureuse, il était capable de lancer des remarques d'un humour caustique.

Toutefois, il pouvait paraître trop fruste pour une marginale, ou semblable à tant d'autres qui avaient tendance à préférer les cheveux longs, le socialisme, les joueurs de guitare, ce genre de choses. La situation n'allait pas dans le sens qu'il aurait souhaité quand elle lui avait dit qu'il fallait qu'elle rentre et était descendue aussitôt du tabouret. Il avait fait une ultime tentative, lui proposant de la reconduire. Elle avait accepté de monter dans la voiture mais n'avait pas cessé de parler pendant tout le chemin pour détourner son esprit de quelque pensée déplacée.

Elle habitait avec quatre ou cinq autres marginaux dans un petit bungalow qu'ils louaient le long de Binroe, l'ancienne maison des McGettigan, qui étaient partis en Angleterre. Elle était presque encerclée par des ajoncs, les buissons sur l'arrière laissant la place aux rochers puis au rivage. Une serre avait survécu à l'époque où il s'était agi d'une demeure familiale respectable ; plusieurs vitres en étaient fendues. Declan avait été déçu de voir quatre voitures et une camionnette garées dans l'allée. Il y avait une soirée en cours et il devinait les silhouettes à travers les vitres. Il avait espéré pouvoir passer un moment seul avec elle, mais il s'était décidé quand même à entrer. Il y avait presque deux douzaines de personnes dans la grande salle de séjour. Ils s'étaient visiblement retrouvés dans un pub et étaient revenus ensuite ici où ils pouvaient fumer des “joints” et boire des canettes de bière bon marché. Quelques locaux étaient venus avec la troupe. Derek Gill se tenait à côté de la porte de la cuisine avec une canette à la main et un rictus sur le visage, l'air ravi de se trouver là mais craignant de bouger. C'était une espèce de lourdaud ronchon qui était néanmoins toléré. En le voyant, Declan comprit l'impression qu'il ne souhaitait pas donner et il s'assit donc sur une chaise, au centre de la pièce, sans demander si c'était celle de quelqu'un d'autre. Quatre ou cinq conversations se déroulaient autour de lui, il y avait sur la chaîne stéréo un chanteur à la voix voilée, trop bruyante, et une forte odeur de haschich. La fille venue du continent tendit une bière à Declan avant de disparaître, il n'allait plus jamais la revoir. Il regarda autour de lui. Il y avait une très grande harpe, un pupitre, des centaines de livres posés sur leur tranche, une fascination pour les bougies partiellement fondues, et un exemple de la pièce d'ameublement la plus inepte jamais introduite en contrebande dans le Donegal, un pouf en forme de poire. Un jeune qui y était assis ressemblait à un parfait idiot. Pour couronner le tout, ils avaient un furet apprivoisé nommé Bullett, lequel était au moment présent allongé sur les genoux de Sandra où il profitait d'une débauche de caresses. Sur le canapé en face de Declan, Sandra donnait l'impression de venir des côtes méditerranéennes alors qu'elle était en réalité de Dublin. Elle devait avoir vingt-sept ans et aurait pu être jugée séduisante si elle n'avait pas eu un anneau dans le nez et la tête rasée, ce qui était assez repoussant. Elle devait être influencée par cette chanteuse, O'Connor. Sandra était affublée de badges politiques, et on l'avait entendue une fois se montrer grossière à l'égard d'une nonne. Justin le Hippy était à l'autre bout du canapé. Il portait une longue barbe grise. C'était un Américain venu à l'origine en Irlande pour échapper à la conscription. Entre eux deux se trouvait Brendan Bonnar. Il avait l'air à son aise et chez lui, même s'il était défoncé, les pupilles dilatées. Comme il était clair qu'il fumait du hasch, Declan prit la décision de ne pas le faire, peut-être même jamais, il s'en tiendrait à la boisson, et il ouvrit sa canette d'un geste décidé. Lui et Brendan se regardèrent mais ne dirent rien.

Sandra sourit pour l'accueillir, c'était elle qui vivait dans la maison depuis le plus longtemps et elle tenait le rôle de maman. Elle avait dû reconnaître Declan pour l'avoir vu sur la jetée, car elle dit :

— Il y a beaucoup de maquereaux en ce moment ?

— Tout maquereau qui serait dans le coin en ce moment se sentirait très seul. Les bancs sont au large de la Norvège.

Il était content que leur premier échange lui offre la possibilité de corriger ce qu'elle disait, car il était certain que tout le monde, dans cette pièce, pouvait être corrigé sur un sujet ou un autre. Il n'y avait qu'à regarder leur dégaine : les hommes gloussaient bêtement comme des filles et la moitié d'entre eux étaient au chômage.

Sandra continua de le regarder, s'attendant à ce qu'il lui en dise davantage, mais comme ce ne fut pas le cas, elle posa la main sur le poignet de Brendan et dit :

— Lui, c'est le garçon venu de la mer. Tu l'as déjà rencontré ?

Declan envisagea la possibilité qu'on le testait, mais il décida que ce n'était pas le cas. La plupart des gens de la ville connaissaient les Bonnar et leur histoire, mais d'autres, arrivés plus tard comme Sandra et Justin, pouvaient tout à fait ne rien savoir. La musique était trop forte et, les conversations se poursuivant, personne ne pourrait informer Sandra. L'expression de Brendan était vide, il semblait drogué, mais Declan le soupçonnait d'écouter en attendant qu'il prétende ne pas le connaître, et de le juger pour cela. Comme il ne souhaitait pas lui donner cette satisfaction, Declan ne répondit pas directement à la question.

— Ce n'est pas son vrai nom, déclara-t-il.

Sandra sourit.

Ces marginaux étaient capables d'une grande condescendance.

— Non, ce serait bien trop long à prononcer, dit-elle. Il s'appelle Brendan.

Declan porta la canette à ses lèvres et ne répondit pas.

— Il a grandi ici, reprit Sandra, toi aussi ?

Elle ne voulait pas lâcher le sujet. Elle était en présence de deux locaux qui avaient à peu près le même âge et elle refusait d'accepter qu'ils ne se connaissaient pas.

— Il me connaît, dit Declan.

Tout à coup charmée, elle serra ses mains l'une contre l'autre.

— J'adore la manière dont plusieurs d'entre vous retournez les choses, vous dites *il me connaît* au lieu de *je le connais.*

C'était une tournure que Declan utilisait souvent, mais il n'avait aucune envie de s'expliquer à cette visiteuse venue d'une contrée lointaine. De plus, il ne connaissait pas la réponse, c'était juste une façon de s'exprimer qu'il avait empruntée à son père. Son silence donna à Justin le Hippy l'occasion de proposer une théorie.

— Il y a quelque chose de profondément contraire chez les gens d'ici, ce qui peut rendre leur manière de parler plus dure à comprendre.

Declan n'appréciait pas pareille stupidité dans laquelle il était sûr de percevoir de l'hostilité ; autant pour la légende disant que les hippies étaient des gens faciles à vivre et accommodants. Le besoin de trouver une réplique fit surgir une idée avisée.

— Non, c'est parce que nous ne nous prenons pas pour des gens qui savent tout sur tout. Les gens ont une vie privée qui leur appartient. On ne prétend pas comprendre quelqu'un de fond en comble, comme s'il était transparent pour nous, ce qui serait arrogant. On ne prétend pas *connaître* une autre personne.

— Mais cela ne vous ennuie pas de dire que d'autres vous connaissent ? dit Sandra.

— On est prêts à reconnaître que d'autres peuvent disposer d'une meilleure compréhension que nous, répondit Declan, mais ce n'est pas pour nous rabaisser, c'est pour nous montrer généreux.

— Voilà qui est fascinant, dit Sandra comme une anthropologue prenant conscience qu'elle venait de trouver un sujet de livre.

Il fallait espérer qu'elle était assez intelligente pour comprendre que les quartiers respectables de Dublin donnaient également naissance à des tribus, avec leurs façons de s'exprimer qui n'étaient en rien moins fascinantes.

Durant tout ce temps, le seul mouvement de Brendan avait consisté en un occasionnel et lent clignement de paupières. Sandra s'adossa au canapé et recommença à caresser le furet, l'animal s'étirant de tout son long avec un plaisir extatique. Declan remarqua que la jambe de Sandra, du genou jusqu'à la hanche, était en contact avec celle de Brendan, d'une manière plus intime qu'il n'était nécessaire, et que sa tête et son épaule étaient aussi inclinées vers lui. Ils n'entretenaient quand même pas une relation, si ? L'esprit de Declan vacilla à cette possibilité. Pareille chose serait-elle seulement légale ? À ce moment-là, elle posa sa main sur le bras de Brendan, et Declan se sentit devenir fou à tenter d'analyser ce geste tout en agissant comme s'il ne l'avait pas remarqué. Elle ne donnait pas vraiment l'impression de se comporter comme une petite amie, plutôt comme quelqu'un qui poserait sa main sur un oncle sénile dans une maison de retraite, mais son geste subsistait quand même. Elle approcha davantage son visage de celui de Brendan, puis plus encore, et s'arrêta en étudiant son expression semi-comateuse.

— Il s'est retiré vers des eaux cachées, dit-elle comme s'il s'agissait d'un diagnostic. Quand le garçon venu de la mer disparaît de la sorte, cela signifie qu'il est à la source. Notre corps est surtout constitué d'eau et si nous le serrons contre nous, nous pouvons directement accéder à la mer où la vie a commencé et où l'on trouve la sagesse. Brendan est en communion avec la mer, là, il est possible de l'interroger sur des soucis que nous pouvons avoir. Il essayera de canaliser cette sagesse et de te venir en aide.

Brendan avait donc trouvé une nouvelle audience à ses affirmations. Ses besoins, sa désespérance, Declan les dédaignait même si, un moment plus tard, il se souvint que Brendan n'était pas idiot et avait le bon sens de rester à l'école. Son ressentiment, jamais dissimulé bien loin, refaisait surface. Il venait de passer six jours à lutter contre l'ennui et la nausée vers le banc de Porcupine.

— J'ai obtenu de bons tuyaux de sa part, à deux ou trois reprises, dit Justin le Hippy qui, bien que souriant, n'était pas aussi révérencieux que Sandra.

D'autres gens présents dans la pièce remarquèrent que quelque chose digne de leur attention se passait, et ils firent silence. Ils n'auraient peut-être pas pris cela au sérieux non plus, mais ils ressentaient de la curiosité. La musique fut interrompue et tous les présents se tournèrent vers Declan.

Il comprit que c'était la raison pour laquelle la chaise était restée inoccupée.

— Y a-t-il quelque chose que tu souhaites demander au garçon venu de la mer ? demanda Sandra à Declan, et tout le monde attendit qu'il s'exprime.

Declan regarda Brendan. Il avait effectivement une question pour elle. Il posa sa canette sur le plancher, mit une main sur un genou et se pencha, un changement de position minime mais suffisant pour voir que les yeux de Brendan suivaient ses mouvements et, pour la première fois, il eut la certitude qu'il avait bien été identifié par lui. Il se servit de son autre main pour adresser un geste jovial en direction de Sandra en lui demandant :

— Tu baises avec lui ?

Brendan sortit brusquement de sa transe. Le premier instant de choc passé, Sandra se raidit et devint glaciale.

— Bonté divine, dit-elle, la main suspendue en l'air au-dessus du furet.

La créature se tourna pour regarder Declan avec colère en montrant ses petites dents, et Justin le Hippy afficha une attitude similaire.

Declan se fichait complètement de ce qu'ils pouvaient tous penser, il était content de son effet. Le visage de Brendan s'animait à nouveau. Apparemment, il était de retour des eaux cachées.

— Ne faites pas attention à lui, il n'en vaut pas la peine, déclara Brendan à tous les gens présents. Je le connais, je le connais mieux que quiconque.

13

Longtemps après la nuit dans la maison de Sandra, Brendan repensa à ce qu'il avait dit au sujet de Declan. Oui, il était transparent pour lui, mais pour des raisons enviables : Declan était ordinaire, sans complication aucune, il semblait se maîtriser totalement ; les gens trouvaient ces traits de caractère sympathiques. Avec Declan, nous voguions confortablement, mais Brendan savait que sa propre personnalité passait moins bien : il était gauche et n'avait aucune confiance en lui. Il était imprévisible, même pour lui-même. Quand il rencontrait quelqu'un, c'était comme s'il se retrouvait face à une machinerie complexe, avec des engrenages cachés, des boutons dépourvus d'indications, un mécanisme qui n'avait rien d'évident. Cela se voyait dans son regard quand on lui parlait, il se demandait ce qu'on lui voulait, ce qu'il était censé faire. Nous pensions qu'il aurait pu travailler auprès de son père, lui aussi, comme Declan, il aurait été guidé, ne serait-ce que par son exemple, mais Ambrose se trouvait toujours en Angleterre.

Sans avoir la moindre idée de ce qu'il pourrait faire d'autre, Brendan avait commencé à se complaire dans le snobisme, décrétant que nous étions trop stupides pour comprendre une individualité comme la sienne. Les marginaux avaient un peu plus d'imagination, et il se sentait attiré par eux, eux aussi avaient rompu tout contact avec les conventions. Mais cette attraction était devenue un besoin, et Brendan se rendait compte qu'il commençait à les décevoir. Il avait juste seize ans, était frêle pour son âge. Il lisait la désillusion sur leur visage lorsqu'il arrivait sans avoir prévenu à leur porte, ayant besoin d'un endroit où il se sentirait dans son élément, mais sans avoir grand-chose, voire rien du tout, à offrir en retour.

Tard, un soir, il se rendit chez Sandra et trouva les lumières allumées, mais il n'y avait personne dans la salle de séjour. La porte de derrière était restée ouverte. Il n'y avait personne dans la cuisine non plus. Il sursauta en entendant un hurlement prolongé qui provenait du rivage, derrière les buissons d'ajoncs. Pas une clameur animale, mais humaine, à laquelle succédèrent des cris d'approbation et des rires. Il se crispa, pas à cause de la vocifération, mais de ce qui l'avait suivie : il n'y avait eu aucune générosité dans ces approbations, nulle complicité dans le rire. Il se dirigea vers la route défoncée qui traversait les buissons, sa progression éclairée par la lumière restée allumée dans la cuisine derrière lui. Une silhouette venue du rivage s'approcha en trébuchant, bras levé pour protéger son visage contre les ajoncs. C'était Derek Gill. Il vit Brendan et dit :

— Ne descend pas là-bas, ils sont devenus complètement cinglés.

Puis il partit en courant.

Brendan continua d'avancer. Des algues marines montait une odeur nauséabonde mais doucereuse comparée à la puanteur des ossements pilés, des têtes et des viscères que répandait l'usine de nourriture pour poissons proche. La nuit était paisible, l'odeur dense et forte, et l'atmosphère en était totalement imprégnée. Les lumières de la ville traçaient des lignes tremblantes sur l'eau noire, et les signaux lumineux rouges de la baie indiquaient la flèche des grues, à la ferme des saumons. Justin le Hippy était accroupi sur un grand rocher tandis que cinq autres marginaux se tenaient plus bas que lui, près d'amas d'algues congelées. Il repéra Brendan et cria, un accueil dans le genre dominateur qui lui rappela la cour de l'école. Comme Sandra était également présente, Brendan s'approcha. Elle avait apporté une chaise longue sur laquelle elle était assise, une tasse de thé à la main, comme si elle ne participait pas vraiment à la scène, se contentant d'observer.

Justin se leva, les mains sur les hanches, puis il se pencha en arrière pour lancer dans les airs un hurlement impressionnant et soutenu comparable à celui d'un loup, avec des échos de deuil sûrement audibles loin de l'autre côté de l'eau. Brendan en resta statufié. Les marginaux qui se tenaient plus bas levèrent leurs bras ou firent des commentaires approbateurs tandis que le hurlement s'atténuait. Un peu après, le souffle court, Justin pointa l'index sur Brendan et lui dit :

— À ton tour.

— À mon tour de quoi ? demanda Brendan avec un sourire gêné.

— De laisser libre cours à ta douleur ! lui répondit Justin avec un large geste vers l'ouest, au-dessus de la surface de l'eau. Hurle comme tu l'as fait le jour de ta naissance !

Quelque chose dans cette scène transporta Brendan l'espace d'une seconde. Il lui vint une vision si claire de la plage de galets qu'il recula d'un pas. Il avait retrouvé la réalité quand Sandra lui dit :

— Justin, ça lui prend de temps en temps.

C'était exact. Il y avait eu d'autres nuits où de tels excès s'étaient produits. Depuis des mois, nous entendions à l'occasion des hurlements, quand la nuit était calme et les emportait jusqu'à la jetée. Nous ignorions qui, ou ce qui, les motivait, mais nous n'étions pas stupides. Un visiteur de Galway qui avait suggéré une intervention de sorcières avait été promptement ridiculisé. Nous avions fini par comprendre que c'étaient les marginaux qui en étaient responsables.

— Les voilà qui remettent ça, disions-nous comme si nous parlions du temps.

Nous trouvions cette manifestation publique excessive et puérile. Hurlez si vous en avez envie mais, bon sang, faites-le chez vous après avoir fermé les fenêtres. C'était ce que nous faisions.

— Allez, tous ensemble, leur ordonna Justin. Montrez-lui comment il faut faire !

Les autres se mirent à hurler des lamentations s'étirant épouvantablement en longueur et faisant saillir les tendons à leur cou. Certains visages devinrent si rouges qu'on pouvait craindre pour leur santé. Sandra se mêla à eux, même si ses hurlements avaient un côté féminin, plutôt distingué, limité par sa position assise et son refus de poser sa tasse de thé. Les autres étaient crispés, de la pointe des pieds jusqu'à leur face congestionnée, leurs hurlements se couvrant les uns les autres. S'il fallait accorder des points, Justin en aurait marqué beaucoup pour la manière, mais ses vociférations étaient trop étudiées, préparées pour leurs auditeurs plutôt que vécues sans artifice, et on voyait que ce rite ne lui était plus d'aucun secours, ce qui expliquait peut-être son insatisfaction. Les autres n'étaient pas aussi talentueux mais leurs tentatives avaient le mérite d'exister. Ces cris déconcertants leur causaient visiblement des douleurs voire des blessures, mais ils brûlaient d'une honnêteté sincère. Leurs clameurs avaient du sens.

Brendan ne vit pas grand-chose de cette démonstration. Effrayé, il avait déjà battu en retraite et disparu.

À la maison, Declan mentionnait parfois les marginaux.

— Tu devrais garder tes distances avec eux, disait-il à Brendan.

— Ce sont mes amis, répondait Brendan, même s'il n'était guère convaincant.

— Tu n'es qu'une sorte d'animal domestique pour eux, ils pensent que tu as le cerveau dérangé.

— Ça suffit comme ça, les garçons, intervenait Christine.

Au moins parlaient-ils. Il y avait des moments où Declan se comportait comme un frère : un frère ergoteur, mal intentionné, à la langue agressive et apte à des sautes d'humeur, mais tout de même un frère. Christine se demandait si c'était l'absence de leur père qui rendait cela possible. Sans lui, qu'ils cherchaient à s'approprier, ils finiraient peut-être par s'accepter, en fin de compte. Un soir, Declan prépara même à manger pour Brendan, ou plutôt il ne protesta pas quand elle lui demanda de le faire. Il était rentré avec une bouteille de vin blanc et des sacs de queues de lottes, toutes lui ayant été données par le cuisinier d'un bateau français. Il posa deux queues sur la planche à découper.

— Brendan est là aussi, dans la chambre, il fait ses devoirs, lui dit-elle. Si tu me nourris, il faut que tu le nourrisses aussi.

Declan fit claquer une queue de plus sur la planche avant de sortir une poêle, un pot et une pince qu'il s'était achetés.

— Je pars sur le Warrior à minuit et serai absent une semaine, annonça-t-il.

Il était d'humeur à se plaindre, mais il ne voulait pas que Brendan entende à quel point il haïssait la pêche, ce serait comme lui concéder une victoire. Il ferma la porte avant d'ajouter :

— Et chaque seconde de cette semaine, la terre ferme va me manquer.

— Une telle extravagance n'est pas nécessaire, dit-elle, assise à la table, en regardant tous les ustensiles qu'il venait de préparer.

Beaucoup de mamans auraient apprécié pareil changement de rôle, et bénéficier d'un repas préparé spécialement, mais Christine était agitée, agacée par tous ces objets dont il allait se servir pour ne nourrir que trois personnes, sachant que ce serait à elle qu'il reviendrait de les laver. Et elle ne voulait pas non plus l'entendre grommeler de nouveau contre son travail car elle passait l'aspirateur dans l'hôtel à longueur de journée et personne ne l'entendait se plaindre.

— Le seul fait d'être à bord est assommant, déclara-t-il en passant une lame de couteau dans l'aiguiseur. La monotonie, la lassitude, la puanteur.

Il coupa l'extrémité des arêtes, retira la peau noire et argentée, trancha les nageoires. Il plongea alors les queues de lottes dans la poêle chaude avec du beurre, cautérisant leurs flancs avant d'ajouter du bouillon qu'il avait gardé. Le presse-ail n'était pas encore apparu dans nos cuisines, mais il mit les gousses l'une après l'autre au contact de la râpe jusqu'à ce qu'une quantité exagérée d'ail finement coupé soit déposée dans la poêle. Il l'inséra telle quelle dans le four chaud, ajouta plein de riz, coupa des fleurettes de brocoli qu'il versa dans la plus petite casserole. Les Bonnar n'avaient pas de cocotte-minute mais, en ajoutant juste un peu d'eau dans le fond, il obtiendrait le même résultat.

— Les gars n'arrêtent jamais de se moquer. Ils se postent près des tapis roulants, te surveillent en faisant la grimace, ils attendent que tu commettes une erreur pour éclater de rire.

Il tendit la main dans le réfrigérateur, en sortit du persil, le jeta sur la planche et le trancha à une vitesse frénétique, la lame devenant floue comme si elle était entraînée par une machine. Quand le poisson fut cuit, il déboucha le vin et en fit couler un peu dans la poêle. Il mit plusieurs assiettes dans le four afin de les réchauffer, fit glisser le persil de la planche dans la poêle, ajouta une touche de crème. Puis il assaisonna la sauce. Christine n'aimait pas ça car elle savait qu'il protesterait quand elle ajouterait du sel, disant que la nourriture était déjà assez “équilibrée”. Cela déclencherait davantage de problèmes encore si elle tendait la main vers le ketchup.

— Je pense souvent que je deviens fou, là-bas, reprit-il. Une fois, j'ai rêvé que nous coulions. Quand je me suis réveillé et que ce n'était pas le cas, j'ai réellement été déçu.

À trois reprises il mit du riz dans un bol qu'il renversa sur les assiettes sorties du four afin qu'il se présente comme un dôme régulier. Certains auraient pu trouver cette présentation agréable, mais Christine n'y voyait que la présence d'un bol qu'il faudrait laver sans véritable raison. Il déposa les brocolis et les poissons à côté du riz avant de répartir la sauce fumante sur les assiettes, le persil égayant les teintes ternes de l'ensemble.

— Tommy me dit de m'accrocher, il m'affirme qu'il faut du temps pour muscler les jambes, mais honnêtement, je ne suis pas sûr d'être fait pour être marin.

Le torchon de cuisine toujours posé sur l'épaule, il alla porter les assiettes une par une sur la table avant de s'asseoir avec sa maman.

— Je ne vois pas ce que tu pourrais faire d'autre pour gagner ta vie, lui répondit-elle.

Une minute plus tard, Brendan arriva et s'assit. Il s'était mis dans l'idée de laisser pousser ses cheveux. Ils commencèrent à manger. Brendan semblait impressionné, étudiant chaque fourchette pleine de nourriture avant de la savourer en émettant des bruits appréciateurs. Christine, usée par les tâches, mangeait plutôt comme son père l'avait fait, vite et sans joie, quoique sans les bruits. Elle finit la première, partit dans sa chambre pour s'occuper de quelque corvée, laissant les garçons seuls à table. Quand Brendan en arriva à sa dernière bouchée de poisson, il la leva sur sa fourchette, l'étudia pensivement et parla. Declan fut surpris par la façon dont il se référait à leurs parents, sans dire Papa ni Maman.

— Christine et Ambrose Bonnar, dit-il. Ils ont leurs propres problèmes et ne comprendront jamais ce qui serait le mieux pour toi. Si tu n'es pas fait pour être marin, tu ferais mieux de trouver ta propre voie.

Brusquement, Declan se mit dans une colère noire.

— Tire-toi, dit-il, même si c'était lui qui s'était levé de table.

Ses épaules étaient crispées. Il alla à la fenêtre d'où il se détourna pour fusiller Brendan du regard. Brendan leva les mains dans un geste d'apaisement, signifiant qu'il n'avait rien voulu dire de désagréable. Le terme de passif-agressif ne s'utilisait pas encore, mais l'attitude elle-même avait fait son chemin. Brendan, pourtant, n'avait rien dit de mensonger, il avait partagé une vérité. Declan lui-même le pensait. Après quelques instants de silence, Brendan recommença à manger, profitant des dernières bouchées du dîner, indifférent à la haine qui émanait de l'autre côté de la pièce.

Le téléphone sonna. Leur père avait déjà appelé cette semaine, mais c'était son heure, en soirée, et c'était très vraisemblablement lui. Brendan se leva pour aller décrocher, mais Declan parvint avant lui dans le corridor, déterminé à être le premier à parler à leur père, il aurait au moins ça. Il s'empara du combiné, mais l'interlocuteur n'était pas Ambrose, c'était un de ses frères et il demanda à parler à Christine. Declan et Brendan attendirent près de leur maman, sachant qu'il s'était passé quelque chose. Le correspondant parlait fort et Brendan entendit ses mots clairement lorsqu'il dit :

— Ambrose nous a quittés.

— Quittés ? répéta-t-elle.

Nous connaissions la mort. Notre manière de vivre attirait le trépas. Qu'il s'agisse de nos jeunes ou de nos vieux, cela n'avait rien d'un processus dissimulé, qu'ils prennent de l'âge et nous quittent. Vous devez aussi considérer les routes dangereuses, le travail en mer que nous faisions, et la distance avec les hôpitaux; nous savions que n'importe lequel d'entre nous pouvait être emporté à tout moment. Examinez les pierres tombales de nos cimetières et vous verrez les âges qui y sont inscrits. Pourtant, une mort restait un choc à son point de contact, celui des familles qui restaient après. Nous savions qu'Ambrose n'avait pas quitté ses fils en laissant un lien affectif très puissant derrière lui et, à ce moment précis, ils en auraient eu l'usage. Pour nous tous, un décès était le moment où nous étions les plus proches de la communauté et où nous nous activions. Notre première tâche était de nous assurer que tous ceux qui devaient être prévenus l'étaient, la seconde que ceux qui voudraient être au courant le seraient aussi. Pour Ambrose, cela se montait à un grand nombre de personnes, il était bien connu et apprécié, issu d'une famille très nombreuse, et il avait travaillé sur de nombreux bateaux: des quantités de gens devaient être contactés. Les réseaux familiaux activés, communiquant l'information aux oncles, tantes, cousins, et par leur intermédiaire. Si vous n'aviez pas le téléphone, quelqu'un prendrait sa voiture pour venir jusque chez vous ou appellerait votre voisin. Si vous étiez très loin, nous faisions un effort supplémentaire, une chaîne téléphonique plus large, explorant chaque indice et possibilité jusqu'à ce qu'on réussisse à vous joindre.

Tout le monde demanda comment il était mort. Il travaillait sur un chantier quand un plancher d'échafaudage avait flanché sous le poids d'un fût en acier rempli, et il avait cédé. Ambrose n'avait pas chuté dans le trou mais il avait reculé d'un bond, ce qui l'avait projeté dans le vide sur six barres de fer qui renforçaient du béton armé, le renforçaient verticalement. Il aurait pu survivre à celle qui lui avait percé le flanc, mais celle qui lui avait traversé le cou avait été de trop, il avait perdu beaucoup de sang et cela avait été la fin d'Ambrose, il n'était plus. "Au moins, ç'a été rapide", fut notre commentaire. Cette semaine-là, toutes les conversations de la ville se tournèrent immédiatement vers lui, on entendait cette phrase dans la rue et les magasins: "Au moins, ç'a été rapide."

Son corps fut ramené à Dublin en avion et Barney Lamb alla le chercher pendant qu'on préparait la maison Bonnar. J.J. Brown fut d'une grande aide, arrivant avec une fontaine à thé et un jeu de draps blancs en lin irréprochables. Le lit fut recouvert par les draps qui étaient de taille suffisante pour descendre jusqu'à terre et recouvrir aussi la tête de lit, faisant penser à un autel; paisible, où reposer. Phyllis fit disparaître tout ce qui aurait pu nuire à l'effet recherché. Les pantoufles près de la porte et le rouge à lèvres posé sur la commode furent rendus invisibles ou totalement retirés de la pièce. Plus tard, Christine remit le poste près de la couche, il paraissait trop affreux de le priver de sa radio. Les sœurs vinrent à la fenêtre de la pièce principale quand Barney gara le fourgon mortuaire devant la maison. À l'époque, Barney préparait son fils à prendre sa succession et était venu avec lui pour lui apprendre à manœuvrer le cercueil.

— J'espère que ce petit jeune est capable de le porter, dit Christine en scrutant la bière où reposait son mari.

— Les garçons devraient être là pour aider, déclara Phyllis d'un ton glacial.

Christine ne réagit pas. C'eût été bien s'ils avaient été ensemble quelque part, mais elle savait qu'il n'en était rien.

Declan devait certainement se trouver dans un pub, même s'il était encore tôt, tandis que Brendan serait seul, sur le rivage ou à errer par les ruelles.

Les angles étroits de la maison étaient difficiles à négocier, mais ils ne posèrent aucun problème à Barney Lamb, qui expliqua patiemment à son fils comment procéder à la navigation. Nous avions eu tout le temps du monde pour juger des talents de Barney comme entrepreneur de pompes funèbres, mais n'avions aucune assurance que son fils parviendrait un jour à maîtriser une compétence aussi précieuse. Ils posèrent le cercueil sur le drap et Barney demanda, avec la voix très douce qu'il savait adopter, si Christine désirait qu'ils en retirent la partie supérieure. Elle répondit par l'affirmative mais quitta la pièce. Quand les Lamb en sortirent, elle leur proposa du thé. Le fils aurait accepté et cherché un biscuit du regard, mais Barney savait exactement quand il devait dire oui ou quand le moment ne s'y prêtait pas. Là, ce n'était pas le bon moment. Il remit à Christine une enveloppe contenant le rapport du médecin légiste, et les Lamb se retirèrent. Christine, alors, s'approcha du cercueil. Il était là, de toute sa masse, Ambrose Bonnar. Ses cheveux étaient plaqués sur son crâne, sa peau avait un étrange lustre et les soins appliqués ne pouvaient complètement masquer l'ecchymose sous un de ses yeux. Elle leva la main à son propre visage, ne la portant pas à sa bouche à cause de l'émotion, mais l'appuyant contre sa joue comme si elle était confrontée à un problème.

Phyllis se tenait auprès d'elle.

— Ils ont fait du beau travail pour le rendre présentable, dit-elle.

Ses plus grandes louanges étaient toujours réservées à l'habileté professionnelle.

— Mais sa beauté n'y est plus, dit Christine.

Il portait un costume et une cravate, pour la première fois depuis la confirmation de Brendan, son col de chemise remonté haut pour dissimuler son cou. Phyllis ajusta les manches blanches afin que les revers descendent à la même hauteur des deux côtés.

— Je suppose que ça n'a jamais été vraiment dû à la forme de son visage, dit pensivement Christine. Ça venait plus de la façon dont on se demandait ce qu'il pensait.

Elles le regardèrent un peu plus longtemps.

— J'aimerais qu'on remette le couvercle, mais ceux de sa famille vont réclamer que le cercueil soit ouvert dès leur arrivée.

— Ils ne sont pas encore là.

Le soulevant chacune d'un côté, elles sentirent une complicité se transmettre de l'une à l'autre à travers le bois laqué.

— Ils sont du genre à vouloir en plus qu'on lui mette des pièces de monnaie sur les yeux, dit Christine, mais je ne veux pas. Je trouve ça horrible.

— Ne t'en fais pas, je l'interdirai, répondit Phyllis.

Elles replacèrent le couvercle et se reculèrent pour inspecter l'ensemble.

Phyllis respira à fond et dit, d'un ton de finalité absolue :

— Bon.

Trois soirs de suite la maison se remplit. Tous, nous allâmes les voir au moins une fois. À tout moment il y avait une ou deux personnes qui, du corridor, posaient un dernier regard sur Ambrose, de même qu'une douzaine dans le séjour. Nous préférions rester debout mais nous nous servions du thé à la fontaine et mangions un sandwich. Nous racontions des histoires illustrant le caractère du défunt. Stevie Shine parla du jour où il avait demandé aux membres de l'équipage de le tenir par les chevilles et de le descendre dans l'eau pour qu'il puisse démêler le matériel qui s'était pris dans l'hélice. Big Jim parla de sa passion de gober des œufs crus en les aspirant directement dans leur coquille. Tim O'Boyce signala qu'il était juste dans ses décisions. Joseph McBride parla de leur voyage à Arranmore pour sauver le fourneau du grand-père, celui-là même qu'on voyait dans la cuisine. Beaucoup voulaient raconter cette histoire, mais comme Joseph s'était trouvé là en personne, tout le monde lui laissa la priorité. Christine n'écoutait que d'une oreille distraite. Elle se tenait occupée, se récitant tout bas une liste de tâches à accomplir, renouvelant le thé ou lavant des tasses. Des femmes la prenaient dans leurs bras et elle leur donnait une accolade rapide avant de s'écarter. Nous ne vîmes pas Declan le premier ni le deuxième soir, tandis que Brendan n'apparut que le deuxième, et ce, juste une demi-heure avant de disparaître à nouveau. Faisant comme si elle devait se plier à une corvée de plus, Christine se démena pour le chercher et le trouva assis sur le siège arrière de la voiture.

— C'est à cause de tous ces gens, hein ? lui dit-elle en tendant sa main. Tiens. Sors, je vais te montrer comment il faut faire.

Obéissant, il sortit de la voiture et resta planté là. Il frissonnait à cause du froid.

— Ton père n'a jamais pu supporter qu'un homme ait la main molle, dit-elle en avançant la sienne. Voilà. Et regarde-les dans les yeux. Après moi. *Merci d'être venus, comment allez-vous ?*

— Merci d'être venus, comment allez-vous ? prononça Brendan en n'appliquant qu'une légère pression sur les doigts de Christine.

— *Ça va aller, et vous ?* fit-elle en serrant plus la main et en levant puis rabaissant la sienne pour lui donner l'exemple jusqu'à ce qu'il y mette autant de force qu'elle.

— C'est ça, ajouta-t-elle.

Phyllis faisait son possible pour garder la maison des Bonnar vide de boissons alcoolisées, mais naturellement, il y en eut qui vinrent après avoir bu des pintes. Tommy fit son apparition tard, le deuxième soir, avec un visage montrant qu'il avait bu, même s'il se déplaça dans la pièce sans le moindre faux pas en direction des sandwichs. Nous lui dîmes bonjour, mais il ne nous répondit que par un mouvement d'épaules fuyant. Il était en mauvais état et incapable d'échanger, il restait là à broyer du noir, le visage crispé, ne parlant que pour nous corriger lorsque nous ne gardions pas le souvenir exact d'un bateau ou que nous ajoutions une légère exagération à un des récits.

— Il n'y a pas de mal, lui disions-nous précautionneusement.

Quand Christine apparut, Tommy se dirigea droit vers elle avec une expression qui semblait éperdue, et elle eut peur de lui avant de voir qu'il pleurait.

— Je l'ai toujours considéré comme mon frère, lui dit-il. Est-ce que tu crois qu'il le savait ?

— Je crois que oui, Tommy, je crois que oui.

Le troisième soir, Declan fit une apparition et, en plus de cela, les frères et sœurs d'Ambrose étaient arrivés et suffisaient à envahir la pièce. Nous ne parvînmes jamais tout à fait à établir de manière certaine combien de frères et de sœurs ils étaient, mais au moins une douzaine, avec des visages similaires et des corps massifs. Comme Ambrose nous avait toujours paru unique, il était étrange de découvrir que pendant tout ce temps-là ces êtres semblables à lui avaient vécu sur terre, parlé et marché, y compris les versions féminines de lui-même. Tous vivaient en Angleterre. Les frères dans le bâtiment ou travaillant dans des usines, et les sœurs infirmières ou membres des professions de santé. Le National Health Service devait être en sous-effectif, ce week-end-là. Que les sœurs vivaient en Angleterre, cela se voyait à leurs chaussures inhabituelles, à leurs manteaux aux jolies couleurs vives et à leurs accents, mais les frères auraient pu descendre du ferry d'Arranmore l'instant d'avant, l'Angleterre n'avait pas fait la moindre différence sur leur prononciation, leurs habitudes vestimentaires ou leur comportement. La plus âgée de tous arriva en dernier et s'assit à la table. C'était une femme corpulente qui donnait l'impression de ne pas aimer se lever une fois qu'elle était assise. De son siège, elle faisait alterner des phases de silence affable, d'oreilles tendues suivant toutes les conversations, et de soudains accès de commandements sonores et dictatoriaux dirigés essentiellement vers ses frères et sœurs, mais plusieurs d'entre nous eurent également droit à un aperçu. Nous imaginâmes qu'elle ne s'en laissait pas beaucoup conter par des malades en Angleterre, et qu'il fallait avoir les deux jambes amputées pour qu'elle vous laisse vous asseoir dans un fauteuil. Quand Brendan passa près d'elle, elle le saisit par le poignet.

— C'est toi qui es arrivé dans un tonneau ? demanda-t-elle.

— Oui, répondit-il.

Elle l'attira vigoureusement contre elle, contraignant ses genoux à chanceler, et coinça la tête du garçon sous son menton en le serrant fort pendant trois secondes. Puis elle le repoussa, mais sans lâcher son poignet.

— Je me souviens d'Ambrose enfant, rapportant chez nous une mouette qu'il avait trouvée. Elle avait une aile brisée et il essayait de la soigner. Il la nourrissait, lui parlait.

— Est-ce qu'il a réussi ? s'enquit Brendan avec empressement. Est-ce qu'il l'a sauvée ?

— Il ne pouvait pas la sauver, bien sûr que non, répondit-elle, agacée par la tentative du garçon de donner à son histoire une signification peu académique sur la guérison, car elle n'avait voulu qu'illustrer la gentillesse et la naïveté du jeune Ambrose. Une mouette aurait été trop grosse, trop sauvage. Notre père a mis fin à ses souffrances.

Elle fit une grimace, recourba ses doigts et mima le geste de frapper avec une pierre.

— Ce n'était pas Ambrose, dit un autre frère qui était assis sur le siège près du fourneau de Christine. C'est moi qui avais ramené chez nous la mouette à l'aile brisée.

— Tu veux bien te taire ! exigea la sœur en colère. Je ne voulais pas lui raconter une belle histoire, peut-être ?

— J'avais l'intention de l'apprivoiser, continua son frère tout à ses souvenirs. Je l'avais appelée Bob. Mais notre père avait raison, bien sûr, il n'y avait pas moyen de la guérir. Il a eu le geste le plus attentionné qui soit.

La sœur affirma sa prise sur le poignet de Brendan et invita aussi Declan, qui était assis seul sur le rebord de la fenêtre, à s'approcher. Il obéit mais resta à une petite distance.

— Prenez soin de votre maman, tous les deux, leur dit-elle. Vous êtes les hommes de la maison, maintenant.

Brendan et Declan se regardèrent. Ils ne dirent rien.

Certains ne pouvaient s'empêcher de penser qu'il aurait été préférable qu'Ambrose soit mort en mer. Nous n'en parlâmes pas dans la maison où se tenait la veillée mortuaire, mais plus tard, à l'auberge du Bateau. Nous détestions nous dire que sa vie l'avait quitté alors qu'il était étendu sous une fine couche de poussière de béton, au milieu de piliers et d'angles droits, si loin de son élément. La noyade aurait été plus appropriée, même si cela aurait signifié le lourd prix à payer de ne pas avoir de corps à enterrer. Cette opinion déclencha des réactions hostiles, ébranlant des hommes qui ne l'étaient pas souvent, et des voix s'élevèrent. John Cotter apparut derrière le bar. M. Cotter n'avait pas besoin de dire quoi que ce soit, nous fîmes silence dès que nous le vîmes.

— Un homme est mort, dit-il. Cela n'a rien à voir avec l'impression que ça donne. Cela n'a rien à voir avec ce qui est *approprié*.

Pourtant, en privé, beaucoup continueraient de parler ainsi de sa mort, et en sentiraient sa violence tragique encore plus fortement. Ne les jugez pas, c'était une manière d'affronter l'épreuve. La réalité brutale du décès d'Ambrose sur un chantier de construction, dans un pays qui le considérait comme “non qualifié”, intensifiait sa perte en la rendant plus violente et plus absolue. Nous étions saisis d'angoisse.

Nous vînmes tous pour les funérailles. Il y eut plus de monde que pour celles de Tom Hunt en 1979. On fit taire quiconque osait affirmer le contraire. Il y avait une telle multitude qu'il faisait trop chaud dans la chapelle et qu'il n'y avait pas d'écho. Son cercueil avait été posé sur un chariot devant l'autel et, au-dessus, un soleil décent brillait aux vitraux des fenêtres. La famille immédiate et les frères et sœurs occupaient le banc de devant. Declan conduisit Eunan dans son fauteuil roulant au bout de la travée et entoura ses jambes d'une couverture. Nous ne l'avions pas vu depuis longtemps. Sur son menton et à ses oreilles, des fils fins retenaient la lumière quand il regardait autour de lui, surpris par la voûte du plafond et par la foule. Il ne portait pas ses lunettes. Son visage était pâle, mais les poches sous ses yeux grandes et roses.

Le prêtre vint à son pupitre. Il dressa un beau portrait d'Ambrose, soulignant l'amour qu'il portait à sa famille et à ses amis, et faisant une allusion à l'adoption de Brendan. "Accueillant en son foyer un être sans défense trouvé à même la roche", fut l'image qu'il choisit. Il ne s'accompagna pas de grands gestes des bras, contrairement à ce qui lui arrivait parfois, ses paroles furent bien reçues et nous fûmes satisfaits de lui. Après le service, nous fîmes la queue devant le banc de la famille pour les poignées de main et il nous fallut une demi-heure entière pour défiler devant eux. Les frères et sœurs d'Ambrose paraissaient amicaux, ils serraient nos mains entre les leurs. N'étant plus en état de le faire, Eunan levait et abaissait le bras sur leur passage comme quelqu'un qui serait fatigué de saluer. Brendan avait fort bien appris le geste, même s'il avait un aspect un peu mécanique, tandis que Declan montrait la robustesse à laquelle on pouvait s'attendre de sa part. On remarqua que les garçons se tenaient aux deux extrémités du banc. Trop seuls, ainsi que nous l'avions redouté, et nous craignions que leur maman ne puisse les aider au moment présent. La poigne de Christine était ferme, mais à voir son visage, on aurait pu croire qu'elle ne reconnaissait aucun d'entre nous.

Le cercueil d'Ambrose fut poussé dans l'allée sur son chariot et nous le suivîmes dehors, nous disposant en cercle devant la chapelle quand le moment vint de le hisser dans le fourgon mortuaire. Notre cimetière était situé à environ un kilomètre de la chapelle et, d'ordinaire, nous montions dans nos voitures et nous nous retrouvions pour l'enterrement, mais un besoin spontané nous prit et, sans qu'un mot ou presque eût été prononcé, nous suivîmes à pied le corbillard. On pouvait faire confiance à Barney pour analyser une situation comme il convenait. Il se trouvait en haut de la route quand il vit la foule dans son rétroviseur extérieur et il s'arrêta pour que nous ayons le temps de le rattraper avant de poursuivre à la même vitesse que nous. C'était une belle matinée, sans pluie, et nous ne pûmes nous retenir de sourire lorsque nous nous regardâmes de droite et de gauche, impressionnés par notre procession et le nombre incroyable que nous représentions.

Parvenu au cimetière, Barney en franchit le porche en marche arrière et ouvrit les portes arrière du corbillard. Les frères d'Ambrose vinrent se grouper autour du cercueil. Tous portaient des vestes noires, et leurs larges dos dessinaient des murs, l'un d'eux s'écartant pour laisser passer Declan et, de l'autre côté du cercueil, Brendan. Nous sentîmes tous nos cœurs se serrer et fûmes à nouveau frappés par cette perte. Nul besoin de commandement, la bière s'éleva doucement entre tous les hommes de la famille Bonnar. Puis quelque chose d'inexcusable se produisit. Alors que le cercueil était au-dessus de leurs têtes, entre eux, Declan regarda de biais avec fureur vers Brendan et émit un grognement digne d'un animal. Brendan le fixa, abasourdi. Declan avait les deux mains sur une des poignées du cercueil, mais il en retira une et s'en servit pour repousser brutalement Brendan qui trébucha. Il ne tomba pas mais lâcha prise. Sa contribution au maintien du cercueil dans les airs était faible, ce fut davantage la suppression de la force appliquée par Declan qui déséquilibra le cercueil. Chacun de nous, dans la foule, poussa le cri que nous utilisions quand nous voyions quelque chose s'incliner dangereusement, exclamations inarticulées, jurons, geignements, et nos bras se tendirent. Les frères d'Ambrose ajustèrent rapidement leur prise avec des grognements de concentration, l'urgence étant trop grande pour des mots. Le cercueil resta dans les airs et Declan y reposa aussitôt ses deux mains. Brendan était penché. Nul ne vit qu'il avait serré le poing avant de se redresser, de faire un pas sous le cercueil, de prendre son élan avec son coude et de frapper Declan. Ce coup l'atteignit dans le haut de la poitrine et le fit reculer d'un pas. Les frères d'Ambrose répartirent davantage encore leurs forces pour faire face au danger, le cercueil subit une embardée du côté opposé et nous poussâmes à nouveau nos cris éperdus.

Quelques-unes des sœurs d'Ambrose s'avancèrent sans hésitation, elles prirent les deux fils Bonnar par les avant-bras et leur lancèrent des mots tranchants aux oreilles. On entendit l'une d'elles dire : “Vous êtes là pour faire votre part du boulot.” Le cercueil demeura dans les airs et la bagarre cessa, mais la journée avait pris un vilain tour et elle n'en resta pas là. Declan et Brendan ne furent pas remplacés comme porteurs, mais on ne les lâcha plus du regard. Ils se tournèrent et regardèrent devant eux, le visage crispé pendant que le cercueil reposait sur les épaules de tous, Brendan limité à plaquer ses mains sous la charge car il était le plus petit. Ils marchèrent jusqu'à la tombe, les rites furent exécutés et Ambrose fut enterré. Une analyse exhaustive des faits eut lieu le soir même à l'auberge du Bateau, surtout en ce qui concernait le comportement au bord de la tombe. Il fallut très longtemps avant que nous pardonnions à ces gosses l'attitude qui avait gâché ce qui aurait pu être les funérailles les plus émouvantes depuis des années.

14

LA pauvre Christine ne put pas leur parler à l'un ni à l'autre. Elle ne put gérer ses fils ce jour-là, ni les suivants ; il allait falloir qu'ils règlent leurs affaires eux-mêmes. Elle avait une autre préoccupation : elle était incapable de cesser de penser au rapport du médecin légiste. Elle ne l'avait pas réellement lu, il était encore scellé dans l'enveloppe, mais elle était obsédée par la question de savoir si elle devait en prendre connaissance ou pas. Elle redoutait les précisions concernant le décès d'Ambrose, mais elle pensait aussi que lire ce document serait comme de se trouver aussi proche de lui que si elle avait été présente, lui avait tenu la main pendant qu'il était sous l'échafaudage, et elle aspirait à pouvoir le faire. Elle laissa l'enveloppe dans un tiroir de la cuisine, la prenant parfois dans sa main avant de la reposer sans l'avoir ouverte.

Une semaine après l'enterrement, elle s'aperçut que des idées normales s'insinuaient dans son esprit : il n'y avait plus de pain, la voiture n'était plus assurée, les racines de ses cheveux étaient visibles. Et avec de telles idées qui s'incrustaient, elle sentait un vide sévère qui semblait s'élargir en elle jusqu'à devenir douloureux. Elle s'approcha du tiroir, ouvrit l'enveloppe d'un geste sec et lut le compte rendu. La première ligne identifiait Ambrose comme étant un "homme de race blanche", ce qui la fit sourire. Il aurait argumenté : un homme du Donegal, c'était ça qui correspondait à son identité ethnique. Elle poursuivit sa lecture. Comme l'écriture n'était pas très lisible, il fallait davantage de concentration, avec pour conséquence que des termes en devenaient extrêmement violents : "insertion d'objets contondants", "destruction de la veine jugulaire", "muscles tranchés", "traumatismes internes". Le texte ne contenait que quelques paragraphes mais il fit pénétrer des images dans sa tête : les résultats causés par des objets qui s'étaient enfoncés dans son corps. C'était une erreur de l'avoir lu.

Christine ne dormit pas et, le jour suivant, elle se demanda si une deuxième lecture chasserait les images de ses pensées. Cette fois, elle lirait le compte rendu lentement. Une exposition complète et sans peur qui, espérait-elle, la désensibiliserait. Elle s'assit à cet effet avec une tasse de thé, se prépara, se lança. Mais cette deuxième lecture n'aida pas, bien au contraire, elle grava les images plus profondément. Elle se leva du siège et s'approcha de la fenêtre. Plusieurs heures lui échappèrent.

Les objets métalliques commencèrent à l'indisposer. Le métal, avait-elle appris, voulait perforer votre corps, l'envahir, il fallait s'en méfier. Les couteaux et les fourchettes du tiroir commencèrent à lui causer des palpitations. Même les cuillères étaient un souci : elles avaient le potentiel de creuser et il fallait donc être sur ses gardes. Dans les moments où elle rassemblait mieux ses esprits, elle savait qu'elle ne pouvait avoir peur des couteaux toute sa vie, que si elle ne parvenait pas à juguler ses angoisses il faudrait qu'elle les reconfigure, qu'elle reconsidère l'angle sous lequel les affronter. Et donc, un soir tard, pour chasser tout cela, elle lut une nouvelle fois le compte rendu. Sans qu'il y eût là quelque chose de surprenant, cela détourna son hypersensibilité des lames de couteau, mais elle se prit à avoir peur de tout. Notre ville entière était un piège mortel : des à-pics sans garde-fou, des camions de dix tonnes, des vagues monstrueuses et des virages mauvais. Un soir, tard, elle se souvint de la grille tordue et brisée qui était entremêlée dans une haie sur le bord de la route qui menait en ville. La grille n'était plus retenue par ses gonds et se trouvait au cœur de la végétation avec cet espace, derrière elle, depuis longtemps obstrué par la multiplication des buissons d'épines et de ronces. Durant toute sa vie, la grille avait été là, et c'était à peine si elle l'avait remarquée, mais maintenant elle ne pouvait plus supporter d'y penser. Les barreaux qui dépassaient avaient un potentiel si dangereux. Tant de déchirures, de lacérations, de coupures, d'infections dues au tétanos. Si on tombait dessus selon un angle particulier, elle pouvait vous tuer sur le coup. Elle se rendit dans la chambre des garçons et réveilla Brendan. Assise au bord de son lit, elle commença à parler de la grille sans cligner des yeux, comme si elle se souvenait d'un rêve tenace. Le réveil indiquait deux heures du matin mais Brendan ne protesta pas, il se dressa sur son séant et l'observa attentivement.

— Tu veux bien venir avec moi ? lui demanda-t-elle. Je veux m'en débarrasser.

Lentement, il acquiesça.

— Où est Declan ? demanda-t-elle en regardant le lit qui n'était pas défait.

— Cela fait plusieurs jours qu'il n'est pas rentré, répondit Brendan.

— Il travaille ?

— Ou il s'amuse en ville.

Ils formaient une étrange petite procession, la maman et son fils sur la route déserte. Christine parlait d'une voix convaincante, comme si elle essayait de lui vendre quelque chose, tandis qu'il faisait son possible pour la persuader d'en rester là de ses justifications, qu'il était d'accord pour se charger de cette tâche. Ils s'arrêtèrent à la grille, dont la vue réduisit Christine au silence. Elle s'était munie de deux paires de gants en caoutchouc dans la cuisine. Ils les enfilèrent pour se protéger et, côte à côte, se penchèrent pour agripper la grille et tirer dessus. La rosée sur les ronces fut secouée et tomba comme de la pluie sur la haie. Ils insistèrent jusqu'à ce que l'entremêlement cède et que la grille se libère. Il y avait une benne vide, près de l'atelier d'électronique, et c'est là qu'ils la jetèrent. Elle fit un bruit métallique en percutant le fond.

— Du moins, cette saleté n'est plus là, dit-elle, satisfaite de leurs efforts nocturnes, tirant sur les gants tachés de rouille jusqu'à ce qu'ils se libèrent dans un claquement.

— Tu crois que tu vas pouvoir dormir, maintenant ? lui demanda Brendan.

— Je crois que oui, répondit-elle.

Et elle dormit.

Le temps qu'une messe soit dite pour son mari, trois semaines plus tard environ, les précisions du médecin légiste s'étaient entièrement consumées dans l'esprit de Christine. Lui étant devenues lointaines, elle pouvait penser au rapport, en parler même, sans ressentir une trop grande détresse. Tôt un matin, elle aborda le sujet avec le frère aîné d'Ambrose quand elle le conduisit à la ville de Donegal où il allait prendre le car pour l'aéroport. Il était resté longtemps après les funérailles parce que c'était sa première visite en onze ans et, avait-il ajouté avec réalisme, ce serait probablement la dernière. Assis sur le siège passager, il commenta d'un ton approbateur chacune des portions de routes qui avaient été élargies, de même que la signalisation soignée. L'économie nationale était à l'agonie, mais la pêche massive de poissons pélagiques ne cessait d'injecter des liquidités dans notre région, d'énormes maisons continuaient d'être bâties par ceux qui faisaient ou avaient fait de l'argent. Le frère d'Ambrose était surpris et amusé de les voir.

— Encore une demeure gigantesque, disait-il à chaque virage.

Ce frère avait travaillé avec Ambrose et il avait été le dernier à le voir vivant. Christine l'interrogea sur l'ecchymose, en dessous de l'œil, qui était visible quand le corps leur avait été rendu.

— Il n'en est pas fait mention dans le compte rendu du médecin légiste, dit-elle.

— Parce qu'il l'avait déjà, ça n'avait rien à voir avec sa chute, ça s'est produit le week-end d'avant.

Comme il ne disait rien de plus, elle lui demanda plus d'explications.

— Juste une égratignure, rien de grave, fit-il.

À nouveau, il n'en dit pas davantage et, à nouveau, elle demanda des précisions. Il lui avoua alors qu'Ambrose s'était bagarré dans la rue, le samedi soir qui avait précédé l'accident.

— Pour se défendre, sûrement ? insista-t-elle.

Le frère pinça les lèvres et eut un geste de la tête : *pas forcément.*

— Mais il n'a jamais frappé personne de sa vie !

— Dans ce cas, il se rattrapait, conclut le frère.

Elle n'avait pas remarqué qu'elle avait laissé leur vitesse décliner avant d'entendre la voiture klaxonner derrière eux.

Elle garda le silence, le genre de silence qui souligne les combats intérieurs et qui dure rarement longtemps.

— Je dirais que pour une fois, il cherchait les ennuis. Nous le surveillions, mais il se fichait en rogne très facilement et s'en prenait à quiconque se trouvait près de lui. Ce n'était jamais très méchant. Enfin bon, personne n'a porté plainte.

À l'arrêt du car, Christine se gara derrière le suivant qui attendait. Le désodorisant en forme de sapin qui se balançait sous le rétroviseur intérieur s'immobilisa. Il pleuvait, les gouttes sur le pare-brise fusionnaient et réfractaient la lumière matinale, grises et bleues à l'exception des taches rouges des feux arrière du car. Pour Christine, tout était terriblement réel et irréfutable : la texture du tableau de bord, les mégots dans le cendrier rétractable, ses propres doigts pâles sur le volant. Ils regardèrent le chauffeur du car ouvrir les portes du compartiment à bagages, et les passagers hommes et femmes, ayant essentiellement entre vingt et trente ans, pousser leurs sacs à l'intérieur, s'en allant pour quelques mois ou quelques années.

— À leur âge, c'est une aventure, dit le frère. C'est plus difficile pour les gens qui sont plus vieux, aucun de ceux qui ont atteint la cinquantaine n'a envie de repartir à zéro dans un nouveau pays. J'ai vu bon nombre d'hommes comme ça, sur des chantiers au fil des ans. Ils viennent, ils font de leur mieux, mais leur esprit est obnubilé par les obstacles qui les ont chassés de chez eux, et l'Angleterre est toujours là pour leur rappeler que ça n'a pas marché pour eux. Ils ne peuvent pas s'en affranchir, leurs espoirs ont été trahis.

Il alla prendre sa valise. Après avoir échangé des au revoir, et après le départ du car, Christine reprit la route de chez elle. À mi-chemin, elle ressentit comme un engourdissement au visage et s'arrêta sur un emplacement où elle pouvait se garer. L'engourdissement disparut mais elle resta là cinq minutes. Cette sensation, se rendit-elle compte progressivement, était due à la rage, une rage si pure qu'elle ne l'avait pas reconnue. D'après ce qu'avait dit le frère, Ambrose aussi l'avait ressentie, parfois, ces derniers mois, et en conséquence, alors qu'elle n'y croyait plus, elle partagea quand même un moment ultime d'intimité avec son mari. Elle lui saisit la main. Le sentiment partagé était celui d'être absolument contre tout.

Elle décida qu'elle avait besoin de garder du temps pour elle, fit demi-tour et roula sans savoir le moins du monde où elle allait.

15

DECLAN était sous la surface. Le fait de savoir que l'océan montait plus haut que sa tête lui donna un immense sentiment de solitude, mais aussi de normalité. Son chagrin était quelque chose de très solitaire. Il ne parlait pas beaucoup avec les autres marins du Warrior. Devant les conteneurs, il restait au tout dernier poste de l'alignement et se trouva rapidement exclu des plaisanteries et des bavardages. Il se concentrait sur ses tâches, ne s'autorisait pas à être autre chose qu'un appendice de la machinerie, juste quelques muscles et os reliés à un cerveau, alimentés par du ragoût et une enveloppe hebdomadaire d'argent liquide. Cela aussi lui paraissait solitaire, cela lui paraissait normal.

Les conditions étaient correctes et ils venaient de connaître quatre jours d'excellente pêche. Il nettoyait énergiquement les passages entre les conteneurs de poissons quand Tommy fit son apparition. Tommy passait essentiellement son temps dans la timonerie, mais il descendait à l'occasion pour prendre sur le fait les tire-au-flanc et les auteurs de procédures irrégulières. Une nouvelle grosse prise était en cours de répartition et ils regardaient les couches supérieures semblables à des tapis tissés de poissons argentés et bleus. Declan savait que Tommy se préparait à dire quelque chose sur son père et, comme il ne voulait pas savoir ce dont il s'agissait, il demanda :

— Vous croyez qu'on a dépassé le quota, pour les maquereaux ?

Tommy eut un petit hochement de tête, prenant en compte la question, mais sans s'engager. Il repartit vers la cabine.

Dix-neuf heures plus tard, à quelques milles au large de Tiree, une petite embarcation vint se ranger le long de la coque et deux inspecteurs montèrent à bord. Ils avaient des casques de chantier, un gilet de sauvetage et l'un d'eux portait un sac à dos en coton qui renfermait des formulaires roses, verts et blancs. C'étaient des Écossais qui représentaient les autorités européennes. Après avoir refusé du thé poliment, ils vérifièrent les livres de bord et marchèrent entre les conteneurs. Kevin Beatie, le second, pliait déjà son tablier et enfilait ses chaussettes de ville. Ils savaient tous qu'ils avaient dépassé les quotas et il n'y aurait pas moyen d'y échapper.

Pendant que les inspecteurs complétaient leur rapport, l'équipage reçut l'ordre de se regrouper dans la salle à manger. Tout le monde prit place autour de la grande table ovale, mais personne n'avait envie de jouer aux cartes, les paris avaient perdu leur attrait car cette interdiction de pêcher pourrait nuire à leurs gains. La télévision ne captait aucune chaîne. Tommy avait dépensé une fortune pour les équipements électroniques du Warrior, mais il n'avait pas branché de magnétoscope au cas où les membres de l'équipage tenteraient de regarder des films pornographiques. Les heures d'attente étaient ennuyeuses à mourir, le Warrior n'avançait pas à plus de deux nœuds. Il n'y avait rien d'autre à faire que de rester assis en se regardant, de boire du thé et de fumer, chacun faisant tomber la cendre de sa cigarette en la tapotant avec une force qui n'était pas nécessaire. Rory Murrin s'était assis à côté de Declan et, au grand désagrément de ce dernier, il se mit à lui poser des questions sur Brendan. Ce n'était pas pour l'embêter; il n'avait visiblement pas entendu parler de l'échauffourée le jour de l'enterrement. Rory était âgé de cinq ans quand Brendan était arrivé, et il avait été profondément touché par l'excitation qui s'était emparée de la ville, ses souvenirs d'enfance les plus vivaces étant ceux des bougies aux vitraux de la chapelle qui était remplie de monde. Rory avait obtenu des bénédictions de Brendan à plusieurs reprises et il ressentait maintenant de la nostalgie pour ce rituel.

— Dommage que ton frère ne soit pas ici, dit-il.

Il ne remarqua pas la façon dont Declan tentait de ne pas le regarder, fixait à la place le centre de la table en faisant fléchir ses doigts. Rory n'était pas le plus observateur de tous.

— Avec le garçon venu de la mer, on se sentirait mieux, ajouta-t-il.

Declan se leva brusquement de table et, à l'encontre des ordres reçus, il se rendit dans la cale. Plus tôt, il avait vu quelques petits calmars dans un récipient de prises aléatoires qu'il se mit à chercher. Il préleva ces créatures dont la chair ressemblait à de la gelée froide et les emporta dans la cuisine. Il les vida et les nettoya, faisant couler l'encre dans l'évier, puis il utilisa un couteau cranté pour trancher les tentacules et couper les corps. Il alluma la friteuse et l'odeur d'huile chaude se répandit. Pour chaque voyage, une seule bouteille de bière était autorisée à bord, pour la pâte à frire, et le cuisinier se mettrait forcément dans une colère noire, mais Declan se dit qu'il n'avait pas d'autre option que de l'utiliser : il ne préparait pas ce délice simplement pour se calmer, il lui fallait s'affirmer comme celui qu'il était véritablement. Ce n'était pas quelque chose à quoi nous étions d'ordinaire sensibles, mais Declan avait besoin de s'exprimer. Il prépara la pâte à frire, fit cuire et dorer les fragments de calmars, les jeta sur des serviettes en papier pour éponger l'excès d'huile avant de les disposer sur le plus grand plat, il saupoudra le tout de sel gemme et ajouta plusieurs tranches de citron. Tenant son plat en l'air devant lui tel un serveur chic, il revint à la table et posa le tout au milieu.

L'équipage regarda l'amoncellement de céphalopodes frits. Des lèvres se retroussèrent, des visages se pincèrent, Aloysius Concannon émit le genre d'exhalaison que vous produiriez si vous regardiez par la fenêtre et voyiez quelqu'un uriner dans votre jardin.

— Tu ne me verras jamais manger un de ces trucs, déclara-t-il.

Cet avis était largement partagé. Des beignets d'oignons auraient été acceptables, mais là, c'était tout à fait exclu. Kevin Beattie poussa le plateau vers l'autre bout de la table afin qu'il ne reste pas près de lui, ce qui n'empêcha pas le plateau de revenir dans un sens et dans l'autre à plusieurs reprises avant de se trouver un lieu globalement plus accueillant. Humilié, Declan sentit ses entrailles se contracter. S'il avait été plus âgé, il aurait tourné les marins en dérision, mais il n'avait ni la confiance en lui, ni le statut suffisant.

Seul Rory Murrin prit un morceau de calmar qu'il grignota, visiblement pour faire preuve de politesse.

— Je suppose que ton frère doit aimer les fruits de mer, hein ? dit-il.

— Ce n'est pas mon frère ! hurla Declan de sorte que Rory recula sur son siège et que tout le monde tourna son regard vers eux.

Declan s'attendait à de la gêne, peut-être à une excuse, mais au lieu de cela, Rory se redressa et afficha une expression indulgente proche du sourire.

— Ouais, si tu veux.

Declan regarda autour de lui, mais les autres détournèrent les yeux, nul ne voulant s'impliquer dans cette histoire.

L'intercom crépita et la voix de Tommy retentit.

— Messieurs, nous rentrons chez nous.

L'équipage se leva pour aller nettoyer et ranger le matériel, heureux d'avoir une tâche toute trouvée. Les inspecteurs repartirent sur leur propre bateau et le Warrior devint plus stable à mesure que sa vitesse augmentait. Declan repensa à l'expression, sur le visage de Rory, mais quand il s'en ouvrit à Aloysius il n'obtint qu'un :

— Laisse-le faire.

Mais il ne voulait pas le laisser faire, trop, c'est trop. Il était lent, il ressassait pendant son travail. Trop lent, même si personne ne l'enguirlandait. Le Warrior fonça sur le chemin du retour et, quand tout le monde en profita pour dormir, Declan resta éveillé dans sa bannette, écoutant les ronflements et se concentrant sur l'expression de Rory.

Le lendemain soir après le dîner, les autres marins étaient de meilleure humeur, ils se servaient mutuellement du thé et discutaient de manière affable : il était toujours bon de rentrer à la maison, quelle qu'en soit la raison. Au-delà des vitres, seules les ténèbres étaient visibles, et la salle des repas, dont toutes les lampes brillaient, offrait son atmosphère protégée et attrayante. C'était le seul point de lumière à cinquante milles à la ronde. Pendant que les bols de glace à la vanille étaient distribués sur la table, Declan quitta son siège et alla s'asseoir près de Rory. Cela ne ressemblait en rien à une démarche sociable, et chacun épia les événements avec des regards obliques.

— Alors, lui dit Declan, tu as quelque chose à dire, sur Brendan ?

Rory aurait amplement préféré la paix. Il prit une cuillerée de glace à la vanille et fit non de la tête, comme un grand enfant.

L'équipage fit silence. Ils ne pouvaient pas prétendre n'avoir pas remarqué l'agressivité de Declan, même s'ils ne voulurent pas rencontrer le regard de Rory lorsqu'il chercha un soutien. Declan prit conscience d'un fait. Rory avait peur de lui. Il sentit un ajustement probant se produire dans son être, une lourde dalle qui se soulevait pour révéler de nouvelles possibilités. Il n'avait pas réalisé qu'il avait assez acquis en présence physique pour représenter une menace crédible, n'avait pas saisi qu'un regard mauvais sur son visage pouvait intimider. Mais maintenant, il le savait. Et il s'en souviendrait. Son pouls s'accéléra d'un cran mais sa voix baissa d'un ton.

— C'est juste que j'ai l'impression que tu ne me dis pas tout, dit-il.

Rory gardait les yeux baissés sur son bol, son visage s'empourprait, et Kevin Beattie décida qu'il était de son devoir de mettre un terme à ce spectacle pénible.

— Écoute, Declan, sans mentir, personne ne juge ton père. C'était quelqu'un de bien, il n'y en a pas beaucoup, des gens de sa trempe.

De nombreux murmures d'assentiment fusèrent.

— Un exemple pour beaucoup, déclarèrent plusieurs d'entre eux.

Declan, égaré, regarda autour de lui.

— Personne ne dit le moindre mal de lui, vrai de vrai, dit Aloysius, excepté les bons apôtres.

— Et personne n'écoute ce qu'ils disent, les bons apôtres, renchérit Kevin.

— Qu'est-ce que vous racontez tous, demanda Declan en scrutant leurs visages les uns après les autres.

— Tout le monde sait qu'un homme peut succomber à la tentation, continua Aloysius après avoir décidé que la nouvelle devait être délivrée avec un minimum d'analyse psychologique. Il peut se faire des idées, tu le sais.

Declan parcourut les visages en essayant de comprendre, et il y parvint lentement.

— Ambrose était le vrai père de Brendan, poursuivit Aloysius.

— C'est pour ça qu'il l'a adopté, compléta Rory en s'écartant de crainte que Declan ne lui expédie un coup de poing.

— Qui est-ce qui dit ça ? s'insurgea Declan.

— Tout le monde, répondit Kevin.

— Ce n'est pas mon frère ! asséna Declan.

Mais sa voix était montée dans les aigus préadolescents, toute la force en avait disparu.

— Tout le monde dit que si, assura Aloysius.

Un long gémissement s'échappa des lèvres de Declan, sans sa permission ni son encouragement. *Mon frère.* Il étouffa ce gémissement en se levant et jeta aux membres de l'équipage un dernier regard de frénésie totale avant de fuir la pièce. Il faillit tomber en dévalant les marches, puis trébucha en parvenant en bas. Les lumières lui piquaient les yeux, le sol se dérobait, les rampes d'escalier paraissaient grasses au toucher. Le générateur de glace, à la poupe, était l'endroit le plus froid et le plus isolé du bateau. Declan y entra, en referma violemment la porte derrière lui et, tout de suite, la température glaciale le saisit. Des éclats de glace étaient amoncelés dans la pointe de la pièce froide qui se terminait en V, et il sentait, à travers l'acier, les eaux qui se séparaient au-dessus de sa tête. Il respira à fond et laissa le froid se refermer sur ses viscères. Son père avait-il pu être dissimulateur à ce point ?

Nul ne peut supporter moins cinq degrés pendant très longtemps, et le seul autre endroit où aller étant sa bannette, il se dirigea vers la cabine qu'il partageait, monta se coucher et abaissa le store. Oui, son père avait pu être aussi dissimulateur. Tout le monde était capable de sournoiserie, c'était même Ambrose qui avait instauré cette défiance dans son cœur, l'imprimant profondément en lui le jour où il était arrivé en tenant cet autre enfant dans ses bras. Declan resta allongé, le dos tourné à la cabine, les bottes aux pieds, et décida qu'il refuserait de bouger s'il était appelé à exécuter la moindre tâche.

Ce ne fut pas nécessaire. Aucun membre de l'équipage ne dit rien, soulagé d'être débarrassé de lui. Nul ne vint le voir pendant tout le trajet jusqu'à la baie de Donegal.

Lorsque le Warrior entama ses manœuvres pour accoster à la jetée, Declan émergea de la bannette et regarda par un hublot. C'était une nuit pluvieuse, mais nous étions nombreux à les attendre, avec nos visages mouillés et pleins d'énergie. Une camionnette de la RTÉ était garée au milieu de la foule, la caméra installée sur un trépied et protégée par une feuille de plastique pendant que le projecteur illuminait le bateau et que les traits de pluie fendaient son faisceau de lumière tels des fils d'argent traversant le noir de la nuit. L'équilibre mental de Declan était à ce point fragilisé qu'il imagina les journalistes venus pour lui et se préparant à diffuser un sujet humoristique juste avant la météo : l'histoire d'un homme qui a adopté un garçon afin de l'élever sans avoir à reconnaître qu'il en est le vrai père. Cela donnait l'impression que la ville entière était au courant. Mais il vit alors nos panneaux en carton qui disaient URGENT : AUGMENTER LES QUOTAS, LA MER REGORGE DE POISSONS et autres slogans du même genre. À Dublin, les gens de la télévision avaient décidé que l'interdiction de pêcher du Warrior valait un reportage et, quand nous avions appris qu'une de leurs équipes était sur la jetée, nous avions organisé une manifestation afin que les spectateurs soient au courant de notre opinion.

Tommy abaissa une des fenêtres, il se pencha, sourit, et nous le couvrîmes d'exclamations, criant “Bravo, mon gars !” Nous avions le sentiment qu'il considérait cette attention méritée, comme s'il pensait qu'il devrait y avoir une équipe de télévision et des supporters fanatiques chaque fois que le bateau entrerait au port la cale pleine. Notre ville comptait sur des hommes comme lui, après tout. Il s'écarta de la fenêtre, refit son apparition sur le pont puis monta sur la jetée. Il avait fière allure sous le projecteur, le regard un peu modeste mais des dents comme en ont les acteurs de cinéma, probablement pas la tête d'affiche mais l'ami qui règle les problèmes au moment décisif. Il tourna son regard vers l'équipe de la télévision et nous le vîmes décider qu'une tâche lui incombait. Quand il marcha droit vers la caméra, nous devînmes très excités, pensant qu'il allait s'exprimer face à l'objectif, directement à la nation. Mais non, ç'aurait été un peu exagéré ; il s'immobilisa à côté du journaliste. Nous fûmes un grand nombre à nous regrouper derrière lui afin que nos messages et nos visages solennels constituent son arrière-plan à l'image, même si deux ou trois gars plus jeunes nuisaient à cet effet en faisant des grimaces et en se tenant mal. Nous leur fîmes la leçon plus tard.

Le reporter demanda ce qui s'était passé et Tommy répondit :

— Nous étions des travailleurs sur un bateau qui travaillait et nous étions occupés à travailler. Cela faisait des années, des décennies que le pays était content que nous le fassions. Dans des baignoires en bois, à remplir quelques bassines de poissons. À partir de ça, et grâce à notre rude besogne, nous avons construit une industrie sûre et profitable. Maintenant, on vient nous dire que nous sommes trop volumineux, que vous préfériez avant. Les scientifiques européens nous disent qu'il n'y a plus assez de poissons, que les stocks s'épuisent, et on leur accorde le droit de nous confisquer notre tonnage. Moi, je les invite à venir avec nous pour qu'ils puissent regarder ce que nos scanners disent et ce que nos filets disent. En attendant, tout le monde devrait nous laisser continuer, pour qu'on puisse faire le métier que nous faisons le mieux.

Il désigna le Warrior d'un geste du bras et il y eut des cris d'approbation.

— Maintenant, si vous voulez bien m'excuser, dit Tommy pour terminer son discours, j'ai des poissons à décharger et il y a beaucoup de gens qui ont besoin de protéines.

Sa harangue s'acheva là, il se détourna, leva une main royale vers nous et nous l'applaudîmes tous.

Tous à l'exception de Declan, qui était déjà parti.

Il était monté sur la jetée, avait traversé la ville et était rentré chez lui sans parler à personne. En approchant du virage mauvais, il avait le vent froid dans le dos et des bourrasques soufflaient deux fois par minute, sonores et amplifiées dans ses oreilles car la pluie crépitait sur sa capuche. Devant la maison Bonnar, il vit que la lumière provenant d'une nouvelle lampe était placée près de la fenêtre. À l'intérieur, et même dans son état d'esprit actuel, il remarqua un coussin neuf sur la chaise où sa maman s'asseyait, la théière en porcelaine à portée de la main et, à ses pieds, un nouveau petit tapis en peau de mouton dont la présence n'avait aucun sens ; il était certain que les escarbilles projetées par le fourneau allaient le piqueter de leurs brûlures, que nulle part il ne serait à sa place dans la maison car il était ridiculement doux et lumineux. Christine ne se leva pas, ce qui est inhabituel quand un homme s'en revient de la mer. Elle le regardait avec une certaine insolence, s'attendant à des commentaires négatifs sur ses achats extravagants.

— Papa était le vrai père de Brendan ? exigea-t-il de savoir.

Christine cligna des yeux.

— Non, absolument pas.

Declan avait encore sa capuche sur la tête et la pluie qui dégoulinait dessinait un large cercle par terre.

— Des gens en ville prétendent que si.

— Eh bien, ce n'est pas vrai.

— Ils disent que c'est pour ça qu'il l'a adopté.

— Je l'aurais su, affirma-t-elle.

Elle n'avait pas cédé à la panique, contrairement à lui, elle avait simplement soupesé cette hypothèse le temps qu'elle méritait de l'être, un dixième de seconde, avant de la rejeter. Ambrose n'avait pas représenté un mystère, du moins pas pour elle. La suggestion qu'il aurait fréquenté une autre femme, même brièvement, était risible. Elle n'avait jamais douté de lui.

Declan se laissa choir sur le canapé, ses bras retombant le long de son corps.

— Tu mouilles le coussin.

Il se leva, retira le vêtement et se laissa à nouveau choir sur le canapé.

— Des gens le disent.

— Certains, peut-être. Le genre à n'avoir rien d'autre à faire, le genre à n'avoir rien dans la tête. Est-ce que tu t'imagines que ça aurait pu rester caché pendant tant d'années ? Bien sûr que non. C'est juste parce qu'il n'est plus là, ça leur donne une occasion de tenir des propos malveillants, mais une telle invention ne durera pas longtemps. Tout le monde connaissait Ambrose et savait qu'il n'était pas quelqu'un à avoir des secrets ; même les plus stupides d'entre eux vont comprendre très vite que cela n'a aucun sens.

Elle avait raison, c'était une évidence. Des larmes de soulagement montèrent aux yeux de Declan. Christine les observa un moment.

— Ça ne vaut pas la peine de pleurer, dit-elle.

Declan se réveilla d'excellente humeur le lendemain matin et prit le temps de s'étirer dans son lit. Il avait découvert que son père n'était pas un menteur et que Brendan n'était pas du même sang que lui, mais il ne voulait pas simplement en revenir à l'endroit où il s'était trouvé avant d'avoir été entraîné sur une fausse piste. Ayant pendant vingt-quatre heures totalement cru à cette histoire, le sentiment qu'il avait échappé à pareille situation était suffisamment violent pour qu'il fût plus fin et plus ouvert à la compassion. Il voyait bien à quel point ils avaient du mal à s'en sortir, avec la mort d'Ambrose. Tous trois partaient dans des directions délirantes en s'éloignant les uns des autres. La veille au soir, sa maman avait avoué que, se sentant en colère contre Ambrose, elle s'était rendue en voiture à la boutique chic de Strabane, au-delà de la frontière, pour y dépenser beaucoup d'argent en sachant qu'il aurait détesté ça. Declan avait alors décrété qu'il allait remettre de l'ordre chez les Bonnar. En commençant par ce qui le concernait. Il comprit qu'il devrait être reconnaissant. Il était le fils naturel de la maisonnée, personne ne pourrait jamais lui enlever ça, et il pouvait choisir de se montrer généreux envers le fils adoptif de la famille. Il sortit du lit et partit à sa recherche, le trouva à la cuisine copiant des chiffres dans un manuel scolaire, s'assit en face de lui et demanda :

— Qu'est-ce que tu fabriques, là ?

Brendan leva un regard méfiant vers lui, fit de même pour le manuel et revint sur Declan, toujours aussi méfiant.

— De la comptabilité, répondit-il.

Traditionnellement, c'était une profession réservée aux filles et Declan aurait dû se moquer de lui, ou au moins émettre un bruit méprisant, mais au lieu de cela, il dit :

— C'est bien. Ça ne peut pas faire de mal d'avoir des notions de ce genre de choses.

Ce caractère studieux était une nouveauté chez Brendan. Il n'avait jamais été qu'un élève moyen, et après la mort d'Ambrose, il avait totalement négligé les tâches scolaires. Ses examens blancs avaient été un échec et Christine avait dit qu'elle allait parler à un ou deux capitaines de bateaux pour lui trouver un poste à bord. Cela avait déclenché chez lui un élan d'initiative et il s'était fixé un cursus à suivre.

— J'ai envoyé ma candidature pour suivre une formation à la fin de l'école, annonça-t-il sans lâcher le stylo pour comptabiliser une colonne de chiffres dans son cahier de brouillon. Trois mois, après, on me proposera une place.

— Magnifique, dit Declan.

Avant, pareille réception aurait entraîné des sourires chez Brendan et des déclarations du même ordre, mais un trop grand nombre d'années s'étaient écoulées. Le plus jeune observa l'aîné d'un regard neutre, notant son expression relâchée, pas très maligne, et ne dit rien. Il voulait voir Declan s'humilier davantage.

— Écoute, je suis désolé, pour l'enterrement, déclara Declan. De t'avoir poussé et tout, je ne sais pas ce qui m'a pris.

Brendan continua de ne rien dire, le crayon toujours au contact du papier. Il aurait pu retourner ces excuses, mais il n'en éprouvait pas l'obligation, c'étaient les comptes de Declan qui étaient dans le rouge. Il attendit.

— Je suis désolé pour des quantités de choses, poursuivit Declan avec un geste de la main impliquant une longue histoire mais sans parvenir à trouver les mots justes.

C'était le plus grand étalage de sa personnalité qu'il eût jamais tenté, et ses inhibitions se manifestaient physiquement :

une rigidité dans le haut du corps et la gorge sèche. Cela l'aidait d'être penché en avant, et quand il reprit la parole, ce fut avec précipitation.

— Désolé de n'avoir jamais fait des choses avec toi. Désolé de m'être comporté comme un connard. Désolé d'avoir enregistré sur le contenu de tes cassettes et d'avoir bousillé ton jeu de console *Astro Wars*. Désolé : c'est moi qui avais écrit la lettre d'amour en faisant croire que j'étais Irene Tully.

Il s'arrêta là.

— De toute façon, j'avais deviné que c'était sûrement toi, répondit Brendan.

Ce n'était pas une grande ouverture, mais Declan s'en saisit, décidé à croire qu'ils avaient une conversation.

— Bravo, dit-il.

Et avant que quoi que ce soit puisse gâcher cet instant, il se leva d'un bond et quitta la pièce.

Sa bonne humeur ne dura qu'une journée car il y avait toujours quelque chose qui le tracassait. Il avait mis fin à la bataille l'opposant à son frère, mais il s'était construit une infrastructure si complète, relative à ces joutes, qu'il ne pouvait tout démanteler aussi facilement que ça, toute sa personnalité reposait dessus. L'idée que nous racontions n'importe quoi sur sa famille était sa nouvelle source d'exaspération. Sa famille, pour Declan, incluait maintenant Brendan, et sa colère se reporta sur nous.

Presque plus personne ne croyait à l'idée qu'Ambrose était le vrai père. Le seul physique de Brendan le prouvait bien assez, son nez fin très distinctif et ses cheveux épais, noirs et ondulés, ne ressemblaient en rien à ce que l'on avait pu voir chez les Bonnar. De plus, Brendan bronzait facilement alors qu'Ambrose, comme Declan, virait au rouge lorsque les nuages laissaient pointer le soleil cinq minutes. Mais notre sagesse ne nous était venue que trop tard, Declan était déjà sur le sentier de la guerre. Il voulait découvrir qui avait lancé cette rumeur, qui en était l'auteur. Que se passerait-il alors ?

Des camions circulaient dans les deux sens sur la grand-rue et cinq cents mouettes environ tournoyaient dans le ciel, criaillant et se chamaillant, quand Declan s'approcha de Cindy. Elle se tenait appuyée sur le seuil de son salon de coiffure, une cigarette aux lèvres.

— Il y a une histoire qui s'est mise à circuler, concernant mon père, lui dit-il. Vous l'avez entendue ?

— Oui, lui répondit-elle.

— Elle est partie d'ici, je parie.

— Qu'est-ce qui te ferait croire ça ? s'enquit-elle en l'observant comme si elle était vraiment curieuse de connaître la réponse et qu'elle était déterminée à attendre qu'il la lui donne.

Declan n'était pas prêt à contre-attaquer ; il avait probablement imaginé qu'elle concéderait immédiatement que les femmes aiment cancaner et déclencher des querelles, elles adorent ça. Il regarda derrière elle dans le salon où elles ne cessaient de bavarder et où la bouilloire chauffait en permanence, sûrement incubatrice d'histoires à dormir debout, mais il ignorait comment mener son accusation.

Cindy ne le laissa pas souffrir longtemps.

— Peut-être que tu as présumé trop de choses, dit-elle en aspirant la fumée de sa cigarette.

Il s'apprêtait à repartir quand elle avança les lèvres et souffla une bouffée de fumée si fine qu'il la suivit du regard.

Elle attirait son attention sur les hommes qui n'avaient pas d'emploi, assis sur leur mur.

Il traversa la rue, sa colère légitime lui revenant et atteignant des sommets. Il resta là à les fixer du regard, respirant les gaz d'échappement des camions qui passaient, et dit :

— Alors comme ça, c'est vous qui avez commencé à colporter qu'Ambrose était le vrai père de Brendan.

Ils le regardèrent d'un air de culpabilité en se curant les ongles et se grattant le nez.

— Ce n'est pas nous qui avons commencé, dit l'un d'eux.

— Qui c'est, alors ?

— Il nous a dit de ne pas le mêler à ça.

— Qui ?

— Lui, dit le troisième.

Il regardait un gars, sur le trottoir, devant chez Hegarty, qui rentrait chez lui après son examen final à l'école. Brendan Bonnar dut sentir les regards braqués sur lui car il s'arrêta et tourna la tête. Il se figea sur place.

Declan et Brendan se dévisagèrent.

Brendan recommença à s'éloigner et Declan le regarda disparaître en trottinant avant de concevoir ce qu'il s'apprêtait à faire : il voulait parler à leur maman en premier. Cela, Declan ne pouvait l'admettre et il disposait d'un atout majeur, la voiture. Il sortit du parking mais fut retardé par un embouteillage de camions et de chariots de levage. Brendan devait avoir couru plus vite que jamais dans toute sa vie, car à mi-chemin Declan ne l'avait toujours pas rattrapé, même s'il vit son cartable abandonné au bord de la route. Il l'aperçut devant lui, au virage mauvais, se découpant en sombre sur le ciel, une silhouette qui paraissait souffrir, repliée sur elle-même, les mains crispées sur l'abdomen, mais s'efforçant encore de courir. Il tourna brusquement, éprouvant de la satisfaction à effrayer Brendan qui s'enfonça dans la haie. Après avoir arrêté la voiture au milieu de l'allée, il serra le frein à main et mit pied à terre. Brendan, qui bondissait déjà à travers la bruyère, parvint le premier à la porte. Calmement, Declan le suivit tandis que le garçon venu de la mer titubait dans le corridor et s'effondrait devant Christine. Elle se tenait à côté du comptoir de la cuisine, le regardant avec inquiétude, tandis que la machine à laver faisait du bruit à la fin de son cycle d'essorage. Brendan ne pouvait s'exprimer autrement que par des haut-le-cœur. Declan entra et dit :

— C'était lui… il a essayé de faire croire à la ville entière que Papa avait mis une autre femme enceinte.

Christine regarda Brendan. Son visage, durant plus de cinq secondes, se fit anguleux et sévère.

— Ambrose t'a adopté et il t'a élevé, déclara-t-elle.

Brendan ne répondit rien, tout ce qu'il était capable de faire était de s'agripper au sommet du comptoir et de se tenir droit. Son visage se recomposa et, quand il ouvrit la bouche pour parler, sa maman pointa l'index sur la porte, comme lorsqu'on donne un ordre à un chien.

— Hors de ma vue, dit-elle.

Brendan fit ce qu'on venait de lui ordonner. Ils l'entendirent sortir de la maison au moment où le dernier déclic de la machine à laver retentissait.

— On devrait le jeter dehors définitivement, déclara Declan.

Christine ne l'entendit pas, elle continuait de regarder la porte par laquelle Brendan était sorti. Declan dut répéter ses paroles avant qu'elle en comprenne le sens et se tourne vers lui avec incrédulité.

— Je ne le flanque pas à la porte, dit-elle. Ne sois pas idiot.

Elle s'agenouilla pour vider la machine, en retira des serviettes avec de grands gestes secs et bruyants avant de les empiler dans la panière de linge. Ses lèvres étaient crispées par la déception.

— Ce bâtard a jeté la honte sur notre famille ! protesta Declan.

— La honte ?

Elle le regarda avec colère, puis se leva.

— La honte ! C'est à ça que vous pensez ? Vous êtes insupportables. Vous êtes tous les deux insupportables.

Elle eut un geste puéril qui fit sursauter Declan, expédiant un coup de pied dans la panière, et les serviettes de toilette tombèrent sur le lino.

— Tiens, lui dit-elle. Fais quelque chose d'utile, tu veux ? Pour une fois !

Elle sortit, ouvrant la porte de derrière à la volée et marchant d'un pas décidé vers les collines. Ses chaussures n'étaient pas particulièrement faites pour cet usage mais ça lui était égal. Elle se fraya un chemin à coups de pied dans les ajoncs et ne s'arrêta pas jusqu'à ce que la maison soit lointaine et petite sous le ciel gris. Avec prévoyance, elle avait pris son paquet de cigarettes sur le comptoir en partant, et elle s'assit sur un rocher pour en griller une. Elle fumait plus depuis le décès d'Ambrose. La coloration jaune de ses doigts avait gagné du terrain et elle avait cette impression huileuse de nicotine lorsqu'elle tenait le filtre entre ses doigts. Elle regardait la maison. La fumée qui montait de la cheminée s'amenuisait lentement : Declan laissait visiblement le feu s'éteindre et il n'avait pas non plus étendu les serviettes sur les fils. Au bout d'un moment, il repartit dans sa voiture, mais elle ne rentra pas dans la maison et resta à son poste stratégique tandis que le soir s'installait.

Elle se demanda quel rôle elle était censée tenir dans la fiction inventée par Brendan. Était-elle une femme stupide, qui élevait l'enfant de son mari sans rien remarquer, ou, ce qui n'était pas mieux, était-elle supposée savoir qu'Ambrose avait engrossé une fille, et avait-elle accepté de son plein gré de s'associer à un plan démentiel pour élever l'enfant en préservant le secret de cette liaison ? Tels étaient les rôles qui lui correspondaient : crétine aveugle ou chiffe molle. Vous élevez un garçon jusqu'à sa maturité et il se retourne contre vous en vous proposant ce genre d'ineptie.

Christine alluma une nouvelle cigarette.

Au bout d'un bon moment à rester dehors sous le ciel de plus en plus ténébreux, elle conclut que la vérité était autre et que ç'aurait pu être pire : Brendan n'avait simplement pas tenu compte du tout de ses sentiments à elle, il n'avait pas même imaginé une seconde quel effet ce mensonge pourrait avoir sur elle. C'était une situation fréquente pour une maman : elle inspirait de la dévotion à ses enfants et, en même temps, pour ces mêmes enfants, elle existait hors champ et sans nulle considération, comme le monde avant leur naissance, ou comme leur gros intestin. Il n'était pas ardu de deviner pourquoi Brendan avait inventé cette fable. C'était une manière désespérée de revendiquer Ambrose. Declan aussi était plus que maladroit dans ses manières de s'y prendre, il confondait l'intransigeance et la force. Les deux garçons étaient à un âge où les traits de caractère d'une personne deviennent permanents, planifiés, donc à moins qu'ils ne prennent rapidement du plomb dans la cervelle, ils n'auraient pas une belle vie. Il était évident que la solution ne viendrait pas d'elle. Elle ne parvenait à rien obtenir d'eux. Je veux rentrer chez moi, pensa-t-elle, et elle sentit son cœur se serrer quand elle s'aperçut qu'elle ne tournait même plus ses regards vers sa propre maison. Ses yeux avaient suivi la pente de la colline vers l'endroit où la cime des épicéas de la plantation pointait sur le ciel. La maison n'était pas visible, mais elle distinguait la fumée qui montait de la cheminée des Lyons.

Brendan ne revint pas cette nuit-là, faisant probablement un somme chez les marginaux, et le lendemain matin, Declan partit pour une campagne de six jours sur le Warrior III. Christine grimpa l'allée jusqu'à la maison des Lyons, percevant l'odeur d'encaustique jusque dans la cuisine.

— Tous ces gens de la ville n'arrêtent pas de parler de Brendan et de ses manigances, affirma Phyllis sans préambule. Ça fait des années que j'essaye de te mettre en garde contre lui, ce n'est pas vrai ? Ce n'est pas vrai ?

Christine n'avait aucune envie d'être prise dans cette discussion, ni dans aucune autre.

— Pourquoi tu ne sors pas un peu ? Je vais m'occuper de lui.

Avant de se rendre dans le séjour, elle attendit que sa sœur fût partie au volant de la voiture. Eunan était dans son fauteuil, aussi fragile qu'une accumulation de feuilles d'automne. Son siège avait un nouveau couvercle en plastique, facile à nettoyer, d'un bleu hôpital. La même couleur avait envahi toutes les pièces. Des lots d'alaises dans la chambre du père, des paquets de papier toilette dans les cabinets, des couteaux en plastique dans le tiroir de la cuisine. Il était frêle dans ses vêtements et avait des pantoufles aux pieds. La canne qui devait lui servir pour se déplacer était posée sur les accoudoirs du fauteuil où elle semblait le retenir prisonnier. Ses phalanges étaient proéminentes, beaucoup plus larges que ses doigts, plus sombres aussi, car son sang à la circulation lente y stagnait. Il leva les yeux quand Christine passa entre lui et la lueur de la télévision. Il émit un bruit de gorge. Des mois plus tôt, quand il avait cessé de parler, Christine et Phyllis avaient pensé qu'il était seulement de mauvaise humeur. Il leur avait fallu une semaine pour comprendre qu'il avait perdu la parole. Elle croisa les bras et l'étudia. S'accoutumer à la maison signifiait s'accoutumer à son père.

Il fit un autre bruit de gorge qui n'avait aucune signification, mais elle l'étudia un moment du regard comme s'il avait énoncé une opinion. Lorsqu'elle alla mettre la bouilloire sur le feu, il suivit du regard sa silhouette qui quittait la pièce.

Avec ou sans lunettes, il ne voyait plus bien. La télévision était souvent allumée, mais c'était juste pour bénéficier de la compagnie des voix basses et de la lumière scintillante. Tout ce qui se trouvait à l'autre bout de la pièce était perdu dans une brume, une impression qui avait deux colorations : pâle pendant la journée, jaune foncé la nuit. La brume commençait environ à un bras de distance et progressait lentement. Des formes se solidifiaient en pénétrant dans sa zone, ses filles, ses petits-fils, leurs mains et leurs doigts qui venaient toucher les siens. Pour d'autres, dans l'état qui était le sien, ces contacts auraient été identifiés comme de l'amour, insistant quoique aidant, mais lui ne ressentait pas de chaleur venant des mains de sa famille. Elles semblaient dures, cassantes, comme des alignements de corail, se tendant vers lui à travers une eau chargée de sédiments.

À onze heures, Christine vint l'aider à se lever et le maintint droit dans son périple menant aux toilettes. Il avait commencé à se voûter, la tête jetée en avant comme une proue de navire. Devant le siège, il pivota lentement jusqu'à ce qu'il lui tourne le dos, puis il attendit. Il était difficile de savoir s'il pensait à ces mouvements où s'ils se produisaient automatiquement. Christine déboutonna son pantalon, le fit descendre jusqu'à ses chevilles avant de baisser son slip. Il était mou, tel un drapeau par un jour sans vent. Utilisant les barres pour se tenir, il parvenait à se baisser mais elle resta à proximité, prête à le rattraper si nécessaire. Il s'assit, se tint immobile et, au bout d'un moment, un étron se libéra.

Christine alla dans le couloir et attendit, s'appuyant contre le mur, les mains à plat. Il y avait des années qu'elle n'avait plus eu de raisons d'habiter ici. Elle regarda la photographie encadrée qui les représentait, elle et Phyllis, avec leurs nattes ; elle avec un sourire idiot quoique des yeux inquiets, Phyllis à l'identique, mais tout était un peu plus accentué chez elle. Après un certain temps, elle tapa deux fois à la porte des toilettes avant de regarder à l'intérieur. Comme il tentait de se relever, elle l'aida. Pour l'essuyer, elle utilisa d'abord une lingette entre ses fesses, puis un essuie-main pour le sécher. Alors qu'elle vaquait à cette tâche, le père était debout, agrippé aux barres, tremblant légèrement, le regard tourné vers la porte, le visage exactement tel qu'il serait si elle lui lisait quelque chose ou boutonnait ses manchettes. Elle actionna la chasse d'eau, remonta le slip, le pantalon, puis reboutonna le devant et l'accompagna pour le voyage de retour.

Au fil des jours suivants, elle passa beaucoup de temps en haut de l'allée. Phyllis était ravie, chaque matin elle faisait du pain sans levure et elles déjeunaient ensemble. La forme enjouée de Phyllis ne passait pas inaperçue, elle bavardait beaucoup quand elle achetait de la farine, du sucre, du jambon et du lait entier chez Hegarty. L'aide apportée à leur père n'importait même pas, elle voulait juste avoir sa sœur qui vienne lui tenir compagnie. Pour sa part, Christine se sentait plus à l'aise qu'elle n'aurait pu le croire possible. C'était certainement préférable à se trouver dans son bungalow, car elle sentait que la pression montait là-bas. Declan n'allait pas tarder à revenir.

— Depuis des années j'essaye de jouer les médiatrices entre eux et ça ne marche jamais, confia-t-elle à Phyllis.

Elles étaient dans la cuisine des Lyons à boire du thé et à manger d'épaisses tranches de gâteau roulé que l'aînée avait fait.

— Mais lors du dernier drame en date, ils sont tous les deux revenus vers moi.

— Peut-être ne deviendront-ils enfin adultes que lorsque tu ne seras plus là pour leur servir de refuge, avança Phyllis.

Elle posa sur sa sœur un regard lourd de sens avant de verser à nouveau du thé.

Le lendemain matin, pendant que Phyllis partait en ville pour acheter tout le bicarbonate de soude qu'on pouvait y trouver, Christine entra dans son ancienne chambre. Elle était bien tenue et ne servait pas de débarras. Elle s'assit au bord du lit et son corps retrouva le geste suivant, la forçant à tendre la main vers la penderie et à en ouvrir la porte. Le miroir ovale à l'intérieur reçut la lumière. Elle se regarda. Elle était encore assise sur le lit quand elle entendit Phyllis rentrer et aller dans sa propre chambre. Christine reprit place sur le matelas, faisant grincer les ressorts, et Phyllis s'interrompit dans son occupation. Christine pouvait se l'imaginer regarder vers le mur, pas très sûre d'avoir entendu un bruit ou non.

— Tu es là ? demanda l'aînée à travers le mur.

— Oui, répondit Christine non sans hésitation.

Pendant tous ces jours-là, Brendan resta soit hors de la maison, soit dans sa chambre. Le bungalow des Bonnar était froid, mais ni Christine ni lui n'allumait le fourneau, pas plus qu'ils ne résistaient à l'humeur sombre qui prévalait. Il attendait qu'elle lui parle de son mensonge, Christine en était consciente : elle le voyait la regarder, mais elle s'en tenait à des échanges insignifiants au sujet des repas, des tâches à accomplir, d'aller à la poste et autres choses à l'avenant. Elle avait décidé de le laisser aborder le sujet, mais ce ne fut pas avant qu'elle se mette à préparer son sac qu'il s'y résolut.

C'était l'après-midi qui avait suivi celui où elle était retournée voir son ancienne chambre en haut de l'allée. Brendan arriva et la trouva à la table de la cuisine où elle entassait ses vêtements dans un gros sac de voyage.

— Je vais habiter avec Phyllis et Papa pendant quelque temps, lui annonça-t-elle.

Elle sentait qu'il se tenait là à la regarder, mais elle continuait de se concentrer sur sa tâche en gardant les yeux baissés. Elle craignait que Brendan ne soit blessé, mais elle ne voulait pas que sa propre résolution vacille.

— Je veux que toi et ton frère, vous fassiez l'effort de vous entendre, poursuivit-elle. Il doit rentrer ce soir ou demain matin. Tu devrais être sur la jetée pour l'accueillir quand il arrivera.

— Il me jettera probablement dans la baie, répondit Brendan.

— Pas si tu t'excuses, vite.

— Mais je ne me sens pas coupable. J'avais le droit d'avoir un père.

Elle leva la tête en entendant cette réponse. Il avait une expression neutre, ne semblait pas affecté même si ce n'était jamais facile de savoir, avec lui.

— Tu en as eu un.

— Je voulais que ce soit pour de bon, et comme il n'était plus là, ça ne pouvait pas le contrarier.

— Et moi ?

Brendan ne répondit rien.

— Tout le monde sait qu'Ambrose n'aurait pas pu garder un secret de ce genre, tu aurais dû le savoir aussi.

— Il y en a peut-être qui peuvent le penser, mais ils sont très naïfs. Tu oublies que j'ai entendu dire beaucoup de choses. La honte est partout présente, dans cette ville, et la honte incite les gens à avoir des secrets.

— Encore ce mot. D'abord dans la bouche de Declan, et maintenant dans la tienne. La honte n'était pas quelque chose d'important, pour ton père. La honte, ce serait plutôt le problème de ton frère, et le tien.

Brendan ne répondit pas.

— Ambrose marchait plus à la fierté, trop, et il aurait été trop fier pour dissimuler quelque chose comme ça. Il aurait risqué l'excommunication, ou je ne sais pas comment ils appellent ça, il aurait mis en danger notre mariage, il n'aurait pas pu résister à raconter ça aux gens, et à le dire au monde entier, si tu avais été son véritable fils. Est-ce que tu ignores à quel point il t'aimait ?

Christine n'avait pas lieu de se soucier du visage de Brendan, c'étaient ses propres mots qui la bouleversaient, elle. Un manque d'équilibre, dû à la douleur, affecta la coordination de ses gestes. Elle tira trop fort sur la fermeture éclair du sac qui sortit en partie de sa glissière. Ambrose aurait su la réparer, mais Christine ne réussit qu'à la jeter par terre.

— Je suis à peine à quelques minutes en haut de l'allée, ce n'est pas loin, dit-elle en se saisissant du sac et en prenant le chemin de la porte.

Brendan sortit sur ses talons et ils restèrent tous les deux devant la maison. Les nuages au-dessus de Crownarad étaient gris ardoise et lourds, leur partie inférieure déchiquetée par la pluie. Des aiguilles de résineux restaient collées en couche épaisse sur le sol, creusées de ruissellements d'eau. Il y eut un petit tremblement dans la voix de Christine quand elle dit :

— Je vous ai rempli le réfrigérateur, ne mangez pas que des spaghettis.

Sur ces mots, elle remonta l'allée.

16

Declan était fermement décidé à refuser de monter sur le Warrior III, à les laisser partir sans lui. Il voulait demeurer à terre pour régler la situation avec Brendan une bonne fois pour toutes. Quand il pensait à lui, ses poings se crispaient. Puis Aloysius lui avait signalé qu'ils allaient pêcher près de Rockall, et cette information l'avait attiré à nouveau vers la jetée où il avait emprunté la passerelle du Warrior. Il réglerait son compte à Brendan à son retour. Il aurait ça pour lui, décida-t-il, il serait celui qui verrait Rockall pour de vrai.

Ils gardèrent le cap au nord-ouest, tirant derrière eux leurs filets dont chacun les rapprochait de Rockall. Dans l'esprit de Declan, le rocher les attendait. Surveillant la progression du Warrior, il montait sur le pont pour le voir apparaître comme un point lumineux sur la carte numérique. Il restait là à le regarder jusqu'à ce que Tommy vienne le renvoyer à son travail. En bas, travaillant à haler les filets ou aux conteneurs, il ne cessait d'imaginer le rocher, sa façade dure perpétuellement battue par la mer qu'il était néanmoins impossible d'ébranler.

Étant interdit de maquereaux pour la saison, Tommy avait décidé d'enquêter sur les créatures étranges et peu connues qui habitaient les vallées cachées menant à Rockall. L'apprentissage de ce qu'ils devraient rejeter et de ce qu'ils pourraient garder demanda du temps à Declan et aux autres marins. L'argentine a des yeux étrangement grands ; le sabre noir semble aussi méchant qu'un démon ; l'hoplostète orange, ou empereur, est lui effectivement très orangé et affublé d'une face qui manque de dignité. Jusque-là, nous ne mangions pas ces poissons, mais Tommy pensait que des marchés pourraient s'ouvrir. Il était avisé pour ce qui était de se lancer dans la recherche de nouvelles proies. L'industrie de la pêche se développait si vite qu'une espèce entière pouvait soudain disparaître de la circulation. Personne ne l'admettait encore, mais la pêche à la morue dans l'Atlantique nord s'effondrait et il n'y en aurait bientôt pratiquement plus. Declan travaillait vite sur le cul-du-chalut ou aux cuves, pensant à Brendan pendant qu'il halait des hoplostètes morts. Il aimait le bruit mouillé qu'ils faisaient sur les plaques quand il les lançait assez fort. Un grand coup et puis s'en va.

Arrivé le quatrième jour, ils étaient proches de Rockall, et Declan profitait de toutes les occasions pour monter sur le pont ou s'approcher d'une fenêtre afin de scruter l'horizon à sa recherche. Mais il y avait toujours quelque chose pour l'en empêcher : la lumière, les conditions météorologiques ou la position du Warrior qui était un peu trop lointaine.

Lors du dernier coup de filet du voyage et du tri final de l'ultime prise, tous regagnèrent leur bannette à l'exception de Declan qui monta dans la cuisine. La nuit était tombée pendant qu'il était en bas. Il mit les paumes de ses mains en arc de cercle de part et d'autre de son visage qu'il pencha vers une des vitres, bloquant le reflet des lumières pour scruter les ténèbres. Il avait vu le trajet du Warrior indiqué sur l'écran de la timonerie et il savait qu'ils décrivaient un cercle au sud de Rockall, mais il n'y avait rien à voir, ni étoiles, ni horizon, ni rocher; tout juste quelques crêtes de vagues miroitantes révélées par les projecteurs du Warrior. Sa déception était immense. Tôt le lendemain, ils mettraient le cap sur le port et il n'avait pas encore vu le rocher. Il monta dans sa bannette et régla son réveil de manière à être le premier à se lever. Quelques heures plus tard, il était de retour à la cuisine. Il se pencha à nouveau tout près de la vitre. La lumière décolorait un ciel chargé et c'étaient les éléments qui, maintenant, se liguaient contre lui. Ils atteignaient presque 6 sur l'échelle de Beaufort, les embruns giflaient les ponts et la visibilité était faible. Il voyait de hautes bandes de mer écumante, mais seulement pendant un mille à travers l'atmosphère saturée. La cloche sonna et d'autres membres d'équipage apparurent, personne ne disant grand-chose, respectant l'humeur de l'aube. Kevin Beattie sifflant une douce et lente version du générique de *Dallas*. Le chef cuisinier faisant crachoter le grill, mais même l'odeur du bacon qui cuit ne persuada pas Declan de s'écarter de la vitre. Il resta là à scruter le nord. Alors, à un mille et demi d'eux, il vit une collision, l'eau qui percutait violemment quelque chose sur cent mètres de haut, peut-être une force massive, inébranlable. Sans se retourner, il dit:

— Je crois que je l'ai presque vu.

Les autres se levèrent pour s'approcher des vitres. Ils se groupèrent tous là, chacun présentant un pâle visage dans l'éclairage discret, cherchant Rockall du regard.

— On pourrait espérer que Tommy virerait un peu plus près pour nous donner une chance de le voir, dit Rory Murrin.

— Ce n'est pas lui qui va consommer du carburant pour admirer le paysage, répondit Aloysius.

— Mon père l'aurait fait, déclara Declan en ressentant un terrible élan de tristesse.

— C'est vrai, confirma Aloysius avant de se taire.

D'autres hommes hochèrent la tête et n'ajoutèrent rien.

Personne d'autre n'en aperçut la moindre trace et bientôt des doutes furent exprimés concernant la revendication de Declan. La mer éclaboussait en tous sens, il n'était pas facile de se faire une idée. Leur bavardage l'agaçait et il fut content quand ils repartirent tous vers la table. N'étant pas intéressé par le petit déjeuner, il s'appuya contre le chambranle de la fenêtre, se concentrant sur la distance et tentant de ne pas cligner des yeux. La vue était rendue plus compliquée par des gouttes qui hésitaient en dévalant le long de la vitre et il se dit qu'il bénéficierait de meilleures conditions dehors. Il alla vers la porte qui donnait sur l'extérieur et enfila ses bottes.

— Il est devenu fou, ou quoi ? demanda le chef cuisinier.

Mais personne n'intervint.

Quand Declan eut ouvert la porte d'à peine trois centimètres, l'air se rua à l'intérieur et le bruit de la mer devint aussitôt monstrueux, un immense fracas et une déflagration qui percutait un mur de bruit blanc comme si tous les arbres d'une forêt étaient déchiquetés, recomposés et fracassés à nouveau. Declan sortit au milieu de la tempête, referma la porte et grimpa sur le toit de la timonerie, le visage fermé pour lutter contre le vent et les projections marines. La forte mer exigeait de se cramponner des deux mains à la rampe et l'apesanteur le surprit lors des phases où le bateau plongeait dans le vide. Deux douzaines de pétrels planaient dans les creux des vagues qui étaient suffisamment profonds et continus pour que Declan ne voie aucun oiseau évoluant devant le ciel. Parvenu en haut, il s'agrippa au bastingage et tourna son regard vers le nord. Il entendit à nouveau un grand fracas, ne vit que de l'eau écumeuse, mais cela lui indiqua où il devait braquer son regard. Il le riva vers cet endroit, obtenant l'étrange sensation que l'on obtient quand, environné d'énormes clameurs et de commotions, on se concentre seulement sur un mouvement lointain rendu négligeable et silencieux à cause de la distance. Quand l'événement survint, il se produisit à la perfection. L'eau retomba, s'écartant dans toutes les directions, et Declan vit la masse sombre à lui révélée. Rockall, certainement, de la taille et de la forme de son ongle, là, totalement visible pendant douze secondes ininterrompues. Le bateau plongea, le temps d'un instant, il sentit ses pieds décoller du sol et ce moment de vol resterait à jamais pour une part dans son souvenir de Rockall.

D'en bas Tommy repéra Declan, il abaissa une vitre et lui ordonna de redescendre.

— Ta présence n'est pas requise là-haut, lui cria-t-il en forçant sur sa voix pour lutter contre le vent.

Il était stupéfait de constater que le garçon était sur le pont supérieur.

Il ne voulait pas qu'un membre de l'équipage soit exposé si ce n'était pour une cause opérationnelle, surtout dans de telles conditions. Comme Declan savait que Tommy ne comprendrait pas, il fit ce qu'on lui ordonnait, il descendit les marches et revint dans la cuisine. Il se tint au milieu de la pièce, donnant l'impression d'avoir été ébranlé comme par l'explosion d'un obus. Le moment passé dans ces conditions avait déposé une rougeur sur son visage, il respirait fort et avait oublié de retirer ses bottes. Tout le monde le regardait.

— Tu l'as vu ? demanda Kevin.

Il n'hésita pas.

— Non, répondit-il.

Quelques heures plus tard, le Warrior vira pour rentrer au port. Le fait d'avoir vu Rockall ne l'avait pas apaisé, au contraire, cela n'avait fait que renforcer sa rage. Il n'allait pas seulement chasser Brendan de la maison à coups de pied, il allait le chasser de la ville.

Il était dix heures du soir quand le déchargement s'acheva. La plupart des marins allèrent boire une pinte, mais Declan marcha à grands pas jusqu'à la maison, sa colère devenant de plus en plus noire à mesure qu'il remontait la route. Brendan n'étant pas là, il arpenta les pièces, le ventre noué par la déception. Le fourneau était froid, l'air paisible et un peu humide. Deux lettres d'aspect officiel attendaient sur le paillasson. Il y avait trois tasses non lavées sur la table et, dans l'évier, il récupéra une casserole avec une couche de cerceaux de spaghettis collés dans le fond. Est-ce que ce rat était allé en haut de l'allée ? Sans même prendre une douche ni se changer, il marcha jusqu'à la maison des Lyons et ouvrit sans s'annoncer. Brendan n'était pas là non plus, mais Christine et Phyllis se trouvaient dans le séjour après avoir mis leur père au lit pour la nuit. Elles se levèrent pour l'accueillir et Christine alla poser la bouilloire sur le feu. Empestant le poisson, l'air énervé, il composait un étonnant contraste avec l'atmosphère agréable. Une génoise fraîchement sortie du four était posée sur la table, la télévision était éteinte et un feu de charbon brûlait dans l'âtre. Declan en sentait la chaleur sur son visage. Il n'avait jamais vu de feu à cet endroit, n'avait jamais vu la grille de protection, tout avait été dissimulé pendant des années. Le fauteuil de Eunan avait été repoussé contre le mur le plus lointain et la télévision orientée différemment. Ce changement avait été exécuté afin que deux fauteuils puissent se faire face devant la cheminée où sa maman et sa tante étaient installées lors de son arrivée.

Christine vit que Declan avait compris cette nouvelle organisation et qu'il savait qu'elle allait rester là.

— Je veux que toi et ton frère, vous vous entendiez. Essaye, s'il te plaît, poursuivit-elle. Je sais que tu en es capable.

Sans prononcer un mot, il se tourna et partit. Phyllis était dans le couloir. Avant de parler, elle lui fit signe d'aller vers la porte d'entrée car elle ne souhaitait pas être entendue.

— Fais en sorte que ça s'arrange avec Brendan, d'accord ? lui demanda-t-elle avec un ton de supplication dans la voix. Comme ça, ta maman sera contente de rester ici. Elle se sent mieux avec moi, il n'y a pas longtemps qu'elle est veuve et j'ai l'habitude de m'occuper des autres.

Récupérer sa sœur était ce qu'il était advenu de mieux à Phyllis depuis vingt ans, et elle faillit pleurer quand Christine lui proposa de rester en la prévenant que ce n'était que pour un temps limité, une précision que la sœur aînée ne sembla pas entendre. La préparation de gâteaux avait continué sans interruption et les lieux étaient devenus agréables à vivre. Toutes les deux ici, Declan et Brendan en bas, ce serait une répartition plaisante. Phyllis n'était pas du genre à faire des rêves éveillés, mais à plusieurs reprises, par exemple pendant qu'elle pétrissait de la pâte, elle laissait son imagination l'emporter vers des pensées où Christine resterait pour de bon. Leur père finirait assurément par mourir et, après, elles pourraient vieillir ensemble.

Elle observa Declan en quête d'un indice sur ce qu'il pensait.

— Je ferai ce qu'il conviendra que je fasse, répondit-il, et elle recula, effrayée par l'expression de son visage.

Il fallait qu'elle remette tout de suite du pain dans le four.

Declan repartit vers la maison des Bonnar et resta quelques minutes dans la pièce principale à considérer ce que cela impliquait. Le seul bruit était celui du réfrigérateur, un ronronnement qu'il n'avait jamais remarqué à ce jour. Sa maman était partie et la maison, de fait, était désormais la sienne, décida-t-il, il n'allait pas la partager, pas même pour une nuit. Il alla chercher la valise dans les combles. Elle avait appartenu à Ambrose et était pleine de papiers concernant le Dawn. Il répandit tout par terre. Le plan du pont, les prises record, un relevé de la baie sur papier, il ne se laissa détourner par rien. Il remplit la valise avec deux couvertures, des vêtements appartenant à Brendan, son lecteur et sept cassettes enregistrées : de la musique copiée sur les collections des marginaux. C'était tout, pas même assez pour remplir la valise. Quelques objets représentatifs de l'emprise que Brendan avait sur le monde entier. Declan ne laissa pas non plus ce constat le tourmenter. Il ajouta quand même un ouvre-boîte et des pansements. Comme l'une des enveloppes posées sur le paillasson était adressée à Brendan, il la mit aussi à l'intérieur. Finalement, il ouvrit son portefeuille et posa sur le reste deux cents livres sterling en billets.

Il ferma la valise et la laissa dehors sur la marche de devant. Ce qu'il ressentit alors ne fut pas de la satisfaction, mais le sentiment d'avoir achevé quelque chose : une plaque d'acier froide qui glisse dans une fente bien calibrée. Pas besoin de message, la valise était assez éloquente en elle-même.

Il alla se coucher et resta à regarder le plafond pendant une heure.

Brendan était resté chez Sandra toute la soirée. Que la maison des Bonnar soit vide le troubla. Sa maman partie, le silence, mais il ne se sentait pas à sa place non plus chez les marginaux. Sandra adorait jouer les psychologues et elle n'arrêtait pas de lui demander comment et pourquoi tout se passait si mal dans sa famille. Brendan n'avait pas le recul nécessaire pour être en état de l'expliquer ; si c'était possible, il fuirait les explications toute sa vie durant. Il était donc rentré, arrivant après minuit. Il ne fut pas surpris par la valise, même s'il la contempla un bon moment avant de la soulever. Cet acte lui donna à lui aussi une impression d'achèvement. Il acceptait sa destinée. Il trouvait préférable d'y penser en tant que destinée plutôt que comme un triste constat de vie brisée. Tenant la valise à deux mains, il tourna le dos à la maison, remplit ses poumons de l'air en provenance de l'Atlantique et expérimenta l'étrange sensation d'être quelqu'un de spécial. Il n'avait pas de famille, pas vraiment. Peut-être que tout du long, se dit-il, il n'avait fait que passer par cette ville. Il était arrivé, flottant sur la mer, et demain il s'en irait, se rendrait dans une autre ville où un autre groupe de gens pourrait requérir son soutien. Il les aiderait, mais sans devenir trop proche d'eux, car il savait qu'il devrait repartir un jour, telle serait la vie du garçon venu de la mer.

Dans l'immédiat, il connaissait un endroit où passer la nuit au sec, un lieu où il serait seul et connaîtrait la paix. Il fredonna la musique du générique du *Vagabond* en arrivant au virage mauvais et en disparaissant.

— Je vais juste reprendre mes aventures, dit-il à haute voix, le seul bruit qui s'entendait sur la route gagnée par les ténèbres.

Le cimetière de bateaux était une anse peu profonde composée de pierres concassées où nos chalutiers réformés, privés de leurs moteurs, lumières, hélices et treuils, étaient mis au rebut. L'endroit tout entier sentait l'eau de mer stagnante et le bois qui avait gonflé. Les bateaux construits avec des arbres se dégradaient par étapes. Le pont en pin pourrissait en premier, puis, au bout d'une décennie environ, la coque, souvent en mélèze, tombait en morceaux jusqu'à ce qu'il n'y ait plus que les charpentes de chêne, demeurant nues telle une cage thoracique pendant encore des années. Onze épaves s'y trouvaient à ce moment-là. Des algues mortes obstruaient les coques défoncées, se décomposant en une pâte grise où des millions de minuscules œufs mous s'ouvraient quotidiennement en relâchant des puces grasses qui sautaient ici et là. Les bateaux naufragés n'étaient pas disposés en files, ni rangés de quelque autre façon, plusieurs avaient été lâchés là par une grue, d'autres étaient inclinés les uns contre les autres. La poupe de l'Ard Barra pointait en l'air, l'intégralité de sa timonerie qui avait été prélevée laissant un trou noir dans le pont.

Brendan suivit son chemin sans encombre sur le sol irrégulier jusqu'à ce qu'il se mêle aux ombres de l'épave la plus récente. Le Shining Light avait encore du plexiglas à ses fenêtres et un mât complet, horizontal par rapport aux pierres car il était couché sur le flanc. C'était celui qui se trouvait le plus loin de l'eau, là où même une marée renforcée par les vagues ne pouvait l'atteindre. Brendan rampa sous la timonerie, poussant la valise devant lui, puis se leva pour s'introduire par une vitre disparue et pénétrer à l'intérieur. L'eau de pluie avait gauchi le contreplaqué de la timonerie, mais la cale, par laquelle il était possible d'entrer grâce à une fente entre les planches, était sèche. Il alluma son briquet et le brandit, s'assurant que tout était comme il l'avait trouvé lors de sa dernière visite, les caisses sur lesquelles il s'était assis et les bougies qu'il avait enfoncées dans des bocaux. Les articles de pêche abandonnés étaient toujours au même endroit. Deux bottes Wellington dépareillées, trois flotteurs, une grosse clef à écrous tordue et une bobine de cordage. Ça va s'arranger, pensa-t-il en allumant une bougie. La lumière ne portait pas jusqu'aux angles mais elle projetait des motifs sur les parois de la coque. Il resta assis longtemps à les regarder. Des années passées à prêter l'oreille à nos problèmes lui avaient donné la capacité de se fermer partiellement au monde ; maintenir des fonctions essentielles tout en étant largement absent et en ne faisant qu'écouter à moitié. Ce soir-là, il condamna les parties superflues jusqu'à ce qu'il ne fasse plus que tourner au ralenti. L'estime qu'il avait pour lui-même n'en souffrait pas, en fait, elle se renforçait. Il était fier d'être au nombre de ceux qui survivent, d'être capable de tout perdre et de redémarrer.

Il s'enveloppa dans des couvertures, s'étendit sur les caisses et s'endormit immédiatement.

Au matin, il fut réveillé par des bruits de moteurs, deux machines d'une grande puissance qui n'étaient pas loin. Valait-il mieux se tenir tranquille ou s'enfuir sans demander son reste ? Ne voulant pas être vu, il fit le pari qu'il ne risquait rien sur le Shining Light et demeura donc étendu sur les caisses, levant les yeux vers la paroi de la cale, l'oreille aux aguets. Les moteurs s'arrêtèrent et il y eut un bruit d'air comprimé entrant en action dans un système de freinage. Il y eut aussi des accents de voix masculines, un éclat de rire qui les réunit tous pendant quelques secondes. Du temps s'écoula. Un bourdonnement de matériel hydraulique. Un craquement. À nouveau, du temps s'écoula. Puis les voix reprirent. Et un choc, quelque chose de très lourd. Le sol se souleva et les bocaux dégringolèrent pendant que le Shining Light était violemment secoué avant de retrouver son emplacement. Brendan fut pris d'une immense peur, mais rien n'avait véritablement souffert, du moins à ce qu'il pouvait voir. Il entendit un bruit d'eau charriée. Des mots encore dont il ne parvenait pas à comprendre le sens, mais il y détecta de la satisfaction, une tonalité de travail accompli. Des portières de véhicule claquèrent, puis deux moteurs redémarrèrent et s'éloignèrent.

Il décida de prendre le premier bus qui quittait la ville, mais comme celui-ci ne partait pas avant une heure il attendit d'être certain que personne n'était à proximité avant de sortir de la cale et de se laisser descendre hors de la timonerie. Les pierres froides sous ses mains le réveillèrent pour de bon. Il sortit en rampant, remarquant que la vue du côté de l'horizon était bloquée par une nouvelle épave qui se tenait dans un mètre d'eau. La quille s'était brisée lors de la chute de sorte que la cale touchait les pierres et maintenait le bateau en position verticale, certaines planches s'étant brisées proprement alors que d'autres avaient été pulvérisées. C'était le Christine Dawn. Brendan s'effondra sur le sol, le regard fixé sur le bateau, et un sentiment de destruction absolue l'accabla enfin totalement. Il ne pouvait lutter contre : c'était une sensation physique. Il n'arriva pas jusqu'au bus. Il resta dans le cimetière de bateaux toute la journée et jusque dans la nuit.

17

Nous reparlions autant de Brendan que quand il était arrivé, mais sans générosité ni stupéfaction. Nous étions contre les sales tours et la déloyauté, et beaucoup d'entre nous étions dégoûtés par son mensonge, surtout ceux qui y avaient cru. Nous avions un sens aiguisé de la conduite à tenir, des principes transmis qui nous avaient été inculqués sans paroles par nos parents, simplement par leur exemple. Brendan les avait tournés en dérision et, de plus, il avait brisé une règle particulière qui n'avait existé que pour lui, une règle dont nous n'avions appris l'existence que quand il l'avait transgressée : il aurait dû être plus reconnaissant. Non seulement envers Ambrose et Christine, mais envers nous tous, la ville entière. Ne lui avions-nous pas tous fourni un sanctuaire ?

— C'est sûr, dit Manus McManus au comptoir de l'auberge du Bateau, en réalité nous l'avons tous adopté.

Mais au bout d'un moment, notre attitude commença à changer et le nettoyage du cimetière de la chapelle tint un rôle important. C'était une cérémonie estivale traditionnelle et le hasard voulut qu'elle survienne le lendemain du jour où le Warrior III revint de Rockall et où Brendan quitta la maison des Bonnar pour toujours. Nous étions nombreux à nous rendre au cimetière avec des détergents, des seaux, des chiffons et des ustensiles de jardin dans notre coffre. Nous nous disions bonjour et échangions avec plaisir des remarques sur la clémence du temps avant de nous mettre au travail, lavant à grande eau la tombe de notre famille, arrachant de la mousse s'il y en avait et les mauvaises herbes des parterres : une dose généreuse d'aide et de maintenance. Nous ratissions les fragments de cailloux bleus, et Hughie Devlin arriva avec un sac de nouveaux gravillons, le portant sur son épaule depuis sa voiture jusqu'à la parcelle de la tombe familiale pour la remettre entièrement à neuf. Les ornements cassés ou défraîchis furent remplacés : les sphères de plastique contenant des fleurs artificielles étaient appréciées à l'époque. Beaucoup parmi nous vinrent avec une thermos de thé et des sandwichs au jambon, et nous y passâmes l'après-midi. Nos plus jeunes enfants pouvaient faire des galipettes dans l'herbe ou marcher ensemble entre les sépultures, leurs lèvres remuant pendant qu'ils en lisaient les inscriptions. Il y eut des discussions sur tel ou tel sujet tandis que nous travaillions, mais l'humeur générale était à la retenue, nous avions le sentiment que c'était la bonne manière de nous comporter dans ce genre d'activité. Aucune tombe ne fut oubliée, et si quelqu'un n'avait personne qui puisse y travailler, ceux qui s'occupaient des parcelles voisines s'occupaient aussi de celle-là. Les voisins de celle de Biddy Donoghue, des hautes allées, enlevèrent les mauvaises herbes qui avaient pris racine au-dessus. Ambrose était au sommet de la pente. Encore récente, sa tombe n'avait pas besoin d'être entretenue, mais peut-être la vue de son nom ciselé inspira-t-elle nos réflexions. Ça n'avait pas dû être facile pour Brendan. En dépit de nos veillées funèbres, des cercueils ouverts et des grandes cérémonies, nous n'étions pas forcément doués pour exprimer notre chagrin. La vie était une sorte de procession, nous avions tous défilé ensemble en même temps qu'elle et il fallait tenir le coup. La vérité était que nous ne nous consacrions pas beaucoup de temps les uns aux autres, nous n'en consacrions pas beaucoup à nous-mêmes, nous n'aimions pas parler de manière intarissable. Si on rencontrait des difficultés, il incombait aux membres de notre famille proche de nous venir en aide et de nous accompagner, mais toutes les familles ne fonctionnaient pas assez bien pour ça. Pendant la journée passée au cimetière, alors que nous manipulions le râteau et arrachions les herbes, nous commençâmes à pardonner à Brendan.

Quand la lumière déclina, le prêtre fit son apparition pour guider les prières au sommet de la pente, nous nous rassemblâmes et reprîmes ses paroles en chœur. Nous ne posions jamais le pied sur une tombe, évidemment, mais pour mieux voir, cela ne nous gênait pas de monter sur les parties basses, en béton, délimitant chacune d'elles. Christine arriva, ce qui nous rendit plus attentifs. Nos épaules se redressèrent, nous haussâmes la voix et saisîmes la main de nos voisins dans le rituel de la prière. Christine avait un air lointain dans son comportement, mais elle accepta nos condoléances et nous demanda des nouvelles de nos familles. Elle nous serra la main exactement comme Ambrose avait eu coutume de le faire, et nous l'admirâmes pour ça. Après le temps des prières, elle se rendit près de la tombe de son mari et y resta un moment.

Le prêtre redescendit entre les sépultures en les bénissant, projetant de l'eau bénite exactement comme l'évêque le faisait sur les bateaux. Nous suivîmes tous le mouvement, en procession le long de l'allée ou passant près des tombes, cheminant parmi nos parents, sœurs, frères et enfants.

Christine repartit ensuite par l'allée et rentra chez les Lyons. Dans la salle de séjour, son père regardait l'écran qui scintillait, entouré jusqu'au cou d'une couverture semblable à un immense bavoir. Il semblait jouir de sa chaleur lumineuse. Christine lui appliqua une petite tape sur l'épaule avant d'aller à la cuisine. Il y régnait une forte et agréable odeur de gâteaux d'avoine au sirop et de barres de céréales qui refroidissaient sur la plaque du four. Phyllis avait récidivé.

— Je veux être sûre que tu manges suffisamment, dit-elle à sa sœur avec un enjouement surfait.

Elle se tenait près de la table et avait déjà remarqué qu'il s'était passé quelque chose, Christine semblait changée.

— Je suis désolée, je crois que je ferais mieux de retourner chez moi demain. J'ai été idiote de laisser les garçons comme ça.

— Pas de problème, nous sommes juste en haut de l'allée, répondit Phyllis avec un sourire de désespoir.

— Et moi, je serai juste en bas de l'allée pour toi, répondit Christine.

— Pourquoi tu n'y réfléchis pas davantage ?

— C'est tout réfléchi.

Phyllis savait que la colère n'y changerait rien, mais elle ne put l'empêcher de pointer dans sa voix.

— Tout va bien se passer pour eux ! dit-elle.

Christine savait que Brendan n'était plus dans la maison, mais elle supposait qu'il était retourné habiter chez les marginaux.

— Si je suis là, Brendan rentrera, affirma-t-elle.

Phyllis se tourna vers le four. Son cœur se brisait.

Pendant ce temps, en bas de l'allée, Declan buvait.

Il s'était attaqué à un tas de canettes, en avait bu une grande quantité avant de passer à la liqueur à la crème qu'il avait dénichée au fond d'un placard. Elle était vénérable, la croûte qui s'était formée sous le bouchon crissa de manière audible quand il le dévissa, mais cela ne lui fit pas peur et il avala une bonne lampée. Il regarda alentour en quête d'il ne savait quoi et décida d'allumer le fourneau, plus motivé par le symbole de l'héritage que par la chaleur qu'il produisait. Il commença par prendre du papier journal qu'il roula en boules et posa sur la grille, il jeta du petit bois dessus, ajouta de la tourbe puis approcha une allumette du papier, secoua négligemment du pied la grille de la porte et ajusta le tirage jusqu'à ce que le feu prenne. Une révélation lui vint à mesure que les flammes grandissaient : toutes les décisions importantes de sa vie avaient été prises. De temps en temps, il envisageait de devenir cuisinier mais il n'avait pas de moyen facile pour y parvenir et ce qu'il lui fallait maintenant, c'était quelque chose de simple. Reconnaître un chemin facile devant lui paraissait comme un soulagement : il serait pêcheur. Il payerait l'emprunt et construirait enfin l'extension. Il ne ressentait pas le désir d'avoir des enfants ni une femme, mais savait qu'ici, ils s'inscrivaient dans la procédure habituelle ; il ne s'imaginait pas qu'il était spécial et il savait qu'une femme ou une autre finirait par le convaincre d'en passer par là. Après, il vieillirait ici, près de ce fourneau. Oui, les décisions importantes étaient prises, il n'avait plus qu'à vivre en accord avec elles. Il célébra cette nouvelle décision en portant la bouteille à ses lèvres.

Le lendemain matin, tôt, avant le réveil de Christine, Phyllis arriva à la porte de derrière. Elle observa avec désapprobation les canettes vides sur le sol.

— Pourquoi tu n'es pas allé au pub ? demanda-t-elle à Declan.

Il était allongé en travers du canapé, les jambes dépassant au-dessus d'une des extrémités, le cendrier posé sur le ventre. Son visage semblait livide et il avait des cernes jaunâtres autour des yeux.

— J'ai été heureux, ici, dit-il.

Phyllis s'approcha, mue par des pensées obsédantes, espérant que la présence de Declan les lui ferait oublier et qu'il en partagerait de ce fait la responsabilité, mais il n'était pas en état de répondre à pareils besoins. Il referma les yeux, plaça pouce et index sur ses paupières et les y laissa. Quand Phyllis parla à nouveau, ce fut d'une voix basse, comme si elle craignait qu'il y ait des micros dans la pièce.

— Si tu veux que Brendan disparaisse de ta vie, il va falloir que tu lui trouves un endroit où aller, un lieu où il pourrait trouver sa place.

Declan écarta sa main en regardant sa tante sans comprendre.

— S'il est apaisé, Christine le sera aussi et elle me laissera m'occuper d'elle, ce qui sera mieux pour tout le monde.

Declan attendit qu'elle en dise plus.

— Il n'est pas exclu que je connaisse un endroit qui lui convienne, ça pourrait fonctionner très bien pour lui, pour tout le monde, mais pour y parvenir, il nous faudrait une voiture, juste toi et moi. Là, maintenant.

Laborieusement, son neveu retira le cendrier, posa les pieds par terre et se leva. Phyllis le scrutait, redoutant qu'il la juge mal. C'eût été compréhensible, elle n'était pas satisfaite non plus de manigancer quelque chose, mais il devait savoir que son cœur penchait du bon côté, non ? Veiller sur la famille signifiait parfois prendre des décisions difficiles.

Il la regardait, sans rien dire. Puis il traversa la pièce et prit les clefs de sa voiture sur la table.

Il conduisit pendant que Phyllis lui expliquait que, quand les Bonnar avaient hébergé le bébé chez eux, au début, elle avait mené son enquête pour rechercher la mère. En dépit de tout ce mystère apparent, il n'avait pas été difficile d'obtenir quelques faits, la fille avait travaillé un mois ou deux dans une usine de conditionnement, et quiconque le souhaitait pouvait découvrir son nom, Christabel McGilloway. Elle n'avait pas laissé d'adresse, mais Phyllis avait téléphoné à plusieurs femmes qui travaillaient à la chaîne, dans l'atelier, et appris que Christabel leur avait confié d'où elle était, pas précisément, mais plus ou moins. En cherchant dans l'annuaire, elle avait obtenu le nom d'entreprises de la région, les avait toutes appelées, boutiques, pubs, garages, essayant de dénicher le numéro de téléphone des McGilloway. Cette partie-là avait été difficile, les gens n'étaient guère communicatifs, mais à la fin elle avait été convaincue que la maison de cette fille n'en était pas équipée. Elle n'avait pas non plus réussi à trouver une adresse complète, même si elle avait obtenu le nom d'une localité, et c'était probablement suffisant pour la retrouver si quelqu'un y allait et y regardait de plus près. Phyllis n'avait jamais dit à personne qu'elle possédait ces renseignements. Arrivé ce moment, Ambrose et Christine étaient décidés à adopter le garçon et elle n'avait pas eu la force d'aller jusqu'au bout. La localité se situait dans le nord-est du Donegal, sur la frontière, à environ deux heures de route.

— Je suis allée une fois, là-bas, dit-elle, quand Brendan passait son temps à bénir les gens et à se faire une haute opinion de lui-même, mais je pensais à Christine et je ne suis pas parvenue au bout du trajet. Je n'en étais plus qu'à quelques kilomètres quand j'ai fait demi-tour.

— Mais tu veux trouver sa maman, maintenant ?

Phyllis ajusta sa ceinture de sécurité.

— Ce sera la meilleure solution pour tout le monde, répondit-elle.

Ils laissèrent la mer derrière eux, les routes devenaient plus étroites et les panneaux se faisaient plus rares à mesure qu'ils grimpaient plus haut dans la région. Un paysage à ciel ouvert fait de tourbe, monotone et érodée par le vent. Pour Declan, cela évoquait l'Atlantique, l'horizon était bas et le ciel écrasait tout. Tous les trois ou quatre kilomètres ils voyaient une maison de campagne avec un tas de tourbe contre le mur, et sur le devant peut-être quelques enfants portant des survêtements boueux. Une fois qu'ils étaient passés, les enfants sortaient sur la route pour les regarder partir. Des moutons à tête noire se tenaient dans la brise et, même avec les vitres fermées, Declan et Phyllis entendaient leurs bêlements. Comme les moutons marchaient parfois librement sur ces routes, Declan ralentissait pour passer car ils refusaient toujours de céder la place. Ils paraissaient trop gros. Phyllis avait la certitude qu'un mouton qui avait les quatre sabots posés sur le sol ne pouvait pas vous regarder dans les yeux par la vitre d'une voiture, mais ceux-là le pouvaient.

Une bande foncée apparut au ras du ciel : une plantation d'épicéas, semblable à celle qui se trouvait le long de leur haie mais beaucoup plus vaste, environ quinze kilomètres d'un bout à l'autre. Au-dessus, rendu semblable à un insecte par la perspective, volait un hélicoptère de l'armée anglaise. Devant eux, la route menait droit dans les arbres. Quand ils en approchèrent, ils demeurèrent ténébreux, et juste avant de s'enfoncer dans la plantation, Declan arrêta la voiture au milieu de la route. Pas besoin de se garer sur le bord car cela faisait vingt minutes qu'ils n'avaient pas vu un véhicule.

— Qu'est-ce que nous allons lui dire, à cette femme, si elle est là ? demanda-t-il.

— Nous allons lui dire que nous savons où se trouve son fils et que nous pouvons les mettre en contact. Peut-être aura-t-il envie de rester un temps avec elle.

Il coupa le moteur et posa les mains sur ses genoux. La voiture faisait entendre de petits clics pendant que le moteur refroidissait. Ils étaient trop près de la plantation pour le voir, mais ils entendaient l'hélicoptère qui n'était pas à plus de cinq kilomètres de distance.

— Tu ne vas pas perdre tous tes moyens, dis ? lui demanda Phyllis.

Il avait les doigts fermement crispés sur les genoux.

— Non, lui répondit-il.

— Je n'en suis pas si sûre. Tu te souviens de la fois où tu as fait pipi dans ta culotte, pendant *Superman III* ?

Declan respira bruyamment, il tendit la main vers la clef de contact et démarra. Ils pénétrèrent sous les arbres.

Il n'y avait pas de poteaux indicateurs mais plusieurs carrefours, et ils se retrouvèrent bientôt à ratisser les bois plutôt qu'à rouler en sachant où ils allaient. Il y avait peu de lumière et les virages signifiaient que, même devant et derrière eux, ils ne voyaient que des arbres. Tous étaient gris-vert et plusieurs paraissaient malades, plus ternes et envahis de plantes grimpantes. Soit eux, soit le pilote avaient dû franchir la frontière car à un moment l'hélicoptère fut juste au-dessus d'eux et ils sentirent les regards scrutateurs dont ils étaient l'objet.

— Aie l'air naturel, lui dit Phyllis.

Plus loin, ils virent une vieille femme appuyée sur un pieu de clôture le long de la route, vêtue d'une veste et d'un jean sales. Ses verres de lunettes tenaient à l'aide de sparadrap, ils étaient très épais. Declan s'arrêta, abaissa la vitre et demanda le chemin de la maison de Christabel McGilloway. Elle lui fit un signe indiquant de poursuivre sur la même route avant d'aligner une succession de bifurcations à gauche et à droite. Ils repartirent, roulèrent une dizaine de minutes supplémentaires avant de retrouver la même femme appuyée sur le même pieu. Cette fois elle les regarda d'un air dégoûté, se détourna et disparut entre les arbres.

Lorsqu'ils recommencèrent, ils obtinrent un résultat différent, une route qu'ils n'avaient pas repérée précédemment.

Les rangées d'épicéas cédaient la place à une parcelle de terre défrichée et, non loin de la route, se trouvait une petite maison. Elle était exactement comme celle des Bonnar, avec un carrelage exubérant sur le mur près de la porte. Pris d'appréhension, ils hésitèrent en l'observant et firent halte sur la chaussée, près du sentier qui y menait, mais sans être fermement décidés à s'y engager. Le terrain tout autour était parsemé de chardons, de patiences et d'orties. Aucune fumée ne sortait de la cheminée et les voilages de tulle raides et ternes lui conféraient un aspect funèbre. Une moto Honda rouge et blanc était à moitié recouverte d'une bâche et, à côté d'elle, il y avait quelque chose de presque traditionnel dans certains endroits du Donegal à l'époque : une voiture dépourvue de roues perchée sur des parpaings. Un chien se mit à aboyer quelque part. Dix secondes plus tard, un homme surgit par la porte et vint au-devant d'eux. Il avait la soixantaine, était mince, pas rasé, et portait une vieille veste de costume noire sur un pull-over. À quelques pieds de la voiture, il s'immobilisa dans une pose interrogatrice revêche. Phyllis se tourna vers Declan, mais comme l'homme était de son côté de la voiture, ce fut elle qui dut baisser sa vitre.

— Nous sommes navrés de vous déranger, dit-elle en adoptant une voix bizarre, la perchant si haut qu'elle paraissait formelle ou sophistiquée. Serait-ce l'habitation de Christabel McGilloway, par hasard ?

— Vous êtes au bon endroit.

— Merveilleux, répondit-elle d'un ton qui n'était pas convaincu en se tournant à nouveau vers Declan.

L'homme se pencha en dessinant un angle droit, regardant au-delà de Phyllis et s'adressant à Declan.

— Qu'est-ce qu'elle a ? demanda-t-il en parlant de Phyllis.

— Ça pourrait venir du fait que vous n'avez pas de pantalon.

Surpris, l'homme baissa les yeux. Il n'avait pas de pantalon, mais il ne sembla pas mal à l'aise quand il eut constaté que son slip était bien à sa place, lui.

— Christabel est l'amour de ma vie ! déclara-t-il en se redressant. Entrez !

Il tourna les talons et repartit vers la maison.

Phyllis et Declan se consultèrent du regard. Tous deux avaient remarqué le nez fin et droit, le bronzage régulier et les cheveux gris, mais fournis et ondulés. Ils mirent pied à terre pour se diriger vers l'habitation. La porte était ouverte sur une maisonnée fruste, habitée mais cependant déserte. Des marques sur les murs révélaient les emplacements où il y avait autrefois eu des cadres accrochés, et le revêtement de sol moisi donnait l'impression d'avoir rapetissé et de ne plus aller jusqu'aux murs. La pièce sentait le chien, elle était vide à l'exception d'une grande télévision éteinte posée sur un support, d'un canapé pour trois personnes et d'une table basse. Sur cette dernière étaient posées quelques tasses pas lavées et une bouteille de rhum. Le sofa était couvert de miettes et de poils de chien, mais comme l'homme leur indiquait cette direction du doigt, ils s'assirent, choisissant chacun une des extrémités car c'était au milieu qu'il y avait le plus de poils. Le propriétaire avait enfilé un pantalon, ce qui représentait un soulagement, mais il ne leur proposa pas de boire du thé.

— Christabel serait-elle là, par hasard ? demanda Phyllis en regardant vers la cuisine.

— Ce n'est pas impossible, répondit-il.

Il s'assit, se pencha en avant sur sa chaise, le visage parcouru d'expressions qui semblaient curieuses ou remplies d'espoir, et demanda :

— Qu'est-ce qui vous amène ?

— Christabel a travaillé dans une usine de conditionnement de poissons à Killybegs, il y a très longtemps, répondit Phyllis.

— Alors comme ça, vous êtes de Killybegs, dit-il en se tournant vers Declan. Je parierais que vous êtes pêcheur, c'est ça ?

— Oui, tout à fait.

L'homme s'adossa à nouveau contre sa chaise et resta sans rien dire, l'attention rivée sur le visiteur. Le même message était inscrit également dans l'inclinaison du front de cet homme, dans sa façon de ne rien dire : c'était sûrement le père de Brendan.

— Sur un de ces énormes chalutiers ?

— Le plus gros.

— Vous êtes allé à Rockall ?

Déjà très décontenancé par l'aspect familier de ce visage, Declan ne put cacher sa surprise en entendant le nom du rocher prononcé ici, par cet homme. C'était comme s'il avait récité sa propre date de naissance et le nom de ses parents. Mais le propriétaire n'avait pas l'air de savoir qu'il avait posé une question inquisitrice.

— Oui, répondit Declan.

— Je l'ai vu là, répondit son interlocuteur en désignant la télévision d'un geste du menton. C'est magnifique, Rockall.

— Bon, les interrompit Phyllis, est-ce que Christabel est votre femme ?

Il se tourna vers elle comme s'il avait oublié sa présence.

— J'aurais dû l'épouser, bien sûr, officialiser les choses, dit-il en s'adressant à elle. Mais je l'ai accueillie chez moi, je l'ai nourrie et habillée, et j'ai fait le nécessaire pour que personne ne lui fasse des ennuis. Plusieurs ont essayé ! Nous avons eu la visite de son frère, ici, à plusieurs reprises, il voulait se battre contre moi.

Il grinça des dents puis détourna les yeux.

Une souris courut le long de la plinthe derrière lui. Ses visiteurs la virent mais ne dirent rien.

Il se tourna à nouveau vers Declan.

— J'ai beaucoup réfléchi, dit-il. Pendant des années, j'ai pensé à ça : j'aimerais aller vivre sur Rockall un certain temps. Je n'aurais besoin d'aide que pour m'organiser une hutte et avoir des provisions.

Cette nouvelle mention faite au rocher secoua une nouvelle fois Declan même s'il ne le montra pas.

— Quelle raison auriez-vous de faire ça ?

— Celle de le revendiquer en notre nom, répondit l'homme d'un ton raisonnable.

— Vous voulez revendiquer Rockall pour le compte de l'Irlande ?

Le maître des lieux parut énervé, ses épaules adoptèrent une posture agressive et il se repositionna en avant sur sa chaise.

— J'emmerde les Britanniques, et Dublin par la même occasion. Je le revendiquerais pour le Donegal. C'est à nous qu'il devrait revenir, pas à n'importe qui d'autre. Rockall est une île du nord-ouest, exactement comme Arranmore ou Tory. Plus loin de la côte, j'en ai bien conscience, mais il fait partie du Donegal, sans le moindre doute, il n'y a qu'à le voir pour en avoir la certitude.

Il regardait son visiteur d'un air furieux, le visage incliné d'une manière qui exigeait une réponse.

— Je comprends, dit Declan.

L'homme se calma de nouveau.

— C'est un lieu magnifique, Rockall.

— Est-ce que vous pensez que nous pourrions parler à Christabel ? insista Phyllis.

Il la regarda, écarta les mains. Il y avait un aveu dans ce geste.

— C'est la seule adresse que vous avez, pour elle ? demanda-t-il. Rien de plus récent ?

Phyllis et Declan échangèrent un regard.

— Seulement celle-là, reconnut Phyllis.

— Elle m'a quitté, dit-il en levant les deux mains et en les laissant retomber lentement. Très vraisemblablement, elle est en Angleterre. Son frère ne sait pas où, lui non plus. Il continue de me faire des histoires, à cause d'elle. Voilà ce que j'y ai gagné, à accueillir chez moi une femme plus jeune : aucune gratitude pour tout ce que j'ai fait pour elle. (Il regarda Phyllis.) Ça n'arriverait plus avec notre génération, je me trompe ?

Un silence significatif précéda la réponse de Phyllis.

— Non, ça n'arriverait plus.

— Ce n'est pas la première fois qu'elle me quitte. J'attends, c'est tout, elle finit toujours par revenir. Ce n'est pas la fille la plus intelligente qui soit, si vous voyez ce que je veux dire. Le monde, elle ne peut pas l'affronter toute seule. Une fois, il y a longtemps, elle est partie pendant un an, mais même alors elle était revenue.

— Et cette fois-ci, ça fait combien de temps qu'elle est partie ? demanda Phyllis.

Il se tourna vers la fenêtre.

— Oh, je dirais… Je ne saurais dire exactement. Un peu plus longtemps.

— Elle est partie l'année dernière ? insista Phyllis.

— Il y a plus longtemps que ça.

— L'année d'avant ?

— Ah, plus longtemps, mais certainement pas plus que… Eh bien, ce qu'il y a de sûr, pas plus que… dix ans.

Tous trois gardèrent le silence.

— Bon, vous voulez boire quelque chose ? proposa alors leur hôte pendant que ses doigts frémissaient littéralement en direction du rhum.

— Non ! Non merci, dit Phyllis

— C'est un peu tôt pour nous, déclara Declan.

Leur hôte émit un grognement et s'adossa à nouveau.

— Ce n'est pas facile d'avoir un comportement social, de nos jours, dit-il.

— Il faut que nous partions, pas vrai, Phyllis ? demanda Declan.

Elle ne tint pas compte de sa question et, au contraire, se tourna vers l'homme.

— Je ne voudrais pas être indiscrète, dit-elle, mais vous et Christabel, vous avez des enfants ?

Declan lui jeta un brusque regard.

— Non, non, dit-il. Il y avait un problème, du côté de son ventre, je dirais. C'est un grand malheur pour moi, j'y pense souvent. J'aurais fait un très bon père.

Phyllis s'apprêtait à parler…

— Vous savez quoi, les interrompit Declan. J'en boirais bien un, de verre.

L'homme jaillit de son fauteuil et approcha deux tasses.

— Vous n'auriez pas un verre, sous la main ? demanda Declan. Ce n'est pas si souvent que je bois avant midi. Je veux respecter les coutumes.

— Tout à fait d'accord ! dit l'hôte en hochant rapidement la tête.

Il faillit se ruer en courant vers la cuisine. Ils entendirent le jet du robinet.

Declan se tourna vers Phyllis et lui dit :

— Je t'interdis d'en parler.

— Je ne dirai rien, bien sûr, répondit-elle en regardant ailleurs et en prenant l'air offensé, lèvres pincées et sourcils levés au ciel. Je voulais juste avoir une compréhension complète de la situation.

Le propriétaire revint avec deux verres à peu près propres et versa une mesure dans chacun. Lui et Declan burent, leur hôte faisant un bruit appréciateur avec les lèvres comme si c'était de l'eau de source pure. Puis il s'adressa à Declan :

— Alors, vous pensez que les marins pêcheurs seraient prêts à se regrouper pour me soutenir financièrement ?

— Pour faire quoi ? demanda Declan.

— Vivre sur Rockall ! Ma présence sécuriserait vos droits de pêche dans la zone. Là-haut, je serais satisfait, je ferais quelque chose dans l'intérêt du Donegal. Je ne demanderais pas un penny pour ça, pas un penny. Je demanderais juste qu'on me fournisse de la nourriture et des objets essentiels.

Declan répondit prudemment :

— Je pourrais mentionner votre proposition à la prochaine réunion de l'Association des Pêcheurs.

— Je vous en prie. Je suis certain que je pourrais y vivre heureux.

Il regardait l'écran de la télévision en se souvenant de l'image formidable de Rockall. Son visage était gagné d'un désir irrépressible.

Peut-être la responsabilité en incomba-t-elle à la gorgée d'alcool, mais il devint très loquace et voulut à tout prix que ses visiteurs restent.

Il fallut un bon moment à Phyllis et Declan pour atteindre la porte, ce qui n'empêcha pas l'homme de s'adresser à son visiteur en le retenant par un déferlement de questions. Phyllis prit les devants. Même si c'était la voiture de son neveu, elle s'installa au volant, la fit démarrer et attendit comme un chauffeur sur le lieu d'un cambriolage. Declan dut faire cadeau à son interlocuteur d'un paquet de cigarettes et d'un billet de dix livres avant qu'il le laisse partir.

Ils roulèrent en silence jusqu'à ce qu'ils s'échappent de la plantation et Phyllis déclara :

— Ne disons rien à personne sur ce que nous avons fait aujourd'hui. À personne, jamais.

Declan confirma de la tête.

— Nous ne dirons rien.

Ils rentrèrent. Phyllis partit préparer le dîner pour son père. À la demande de Declan, elle l'avait déposé avant la ville, au virage menant à Binroe. Il commença à marcher.

En cheminant, une chose lui revint : en dépit de leurs années d'antagonisme, il avait souvent cherché Brendan, le suivant jusque chez Kathleen Cunningham, au bateau des Nigérians, chez Doris Kane, et récemment, lors de la poursuite à travers la ville, vers chez leur mère. À chaque fois, il avait été guidé par une mission qui lui paraissait importante, mais quiconque aurait documenté leurs déplacements au fil des ans aurait décelé une vérité de base dont il n'avait pas eu conscience : Brendan se déplaçait et lui le suivait, il était toujours à la traîne. À une époque, cette prise de conscience l'aurait rendu fou, mais désormais elle l'amusait et là, il suivait le même schéma, prenait le chemin de la maison des marginaux en espérant y trouver Brendan. Lorsqu'il s'en approcha, il vit Sandra qui travaillait dans la serre. Deux des panneaux étaient remplacés par du carton, mais il y avait aussi beaucoup de vitres et des plantes vertes de saison pressées contre elles. En le voyant, Sandra sortit, vêtue de son manteau des surplus de l'armée, le drapeau allemand sur l'épaule, et tenant une botte de coriandre à la main. Quand il lui demanda si Brendan était là, elle répondit qu'elle ne l'avait pas vu depuis deux jours. Il se tourna pour repartir.

— Tu la veux ? lui demanda-t-elle en lui tendant la coriandre. On m'a dit que tu es un excellent cuisinier.

— Qui t'a dit ça ?

— À ton avis ?

Declan emporta la coriandre dans un sac en papier marron et marcha jusqu'en ville. Il dépassa la banque, la chapelle, la clinique. À l'extérieur de l'auberge du Bateau, il rencontra John Cotter et lui demanda s'il avait vu son frère. John ne l'avait pas vu, mais il retint Declan pour faire la conversation car il n'avait pas souvent l'occasion de lui parler. Il lui proposa de laisser la coriandre dans son réfrigérateur et de passer la reprendre plus tard. Ils entrèrent. Au fond du salon une porte menait dans une réserve. Ou plutôt, elle servait de réserve. Sous des caisses de bière et des boîtes de chips, Declan aperçut un couvercle en acier et une plaque chauffante.

— Tout cela servait quand nous avions le bed and breakfast, lui expliqua John.

Il regarda Declan et abattit sa main sur l'acier.

— C'est triste de voir quelque chose qui n'est plus utilisé, pas vrai ? demanda-t-il.

Un peu plus tard, ils apparurent tous les deux derrière le bar. Cela nous faisait l'impression d'être un honneur spécial, de se trouver derrière le comptoir de John Cotter, et avec John en personne, de sorte que nous nous redressâmes tous à cette vue, car aucun d'entre nous ne pourrait, un jour, être reçu derrière le bar. Declan se renseigna sur le lieu où Brendan devait être : il n'ignorait pas que nous étions très observateurs, mais tout ce que nous pouvions faire consistait à nous consulter du regard en secouant la tête. À l'exception de Manus McManus qui, à l'autre extrémité du bar et sans lever les yeux de son journal, dit :

— Il se peut que je l'aie aperçu du côté du cimetière de bateaux.

— Ah, bon Dieu, fit quelqu'un.

Tous, nous le pensions : le cimetière de bateaux était dangereux.

— Hein ? réagit McManus. Je ne voulais pas être mêlé à quoi que ce soit, moi.

Declan partit le long de la route qui suivait le rivage. Le ciel rougeoyait à l'approche du soir et l'odeur pestilentielle de la végétation fongique planait au-dessus du cimetière de bateaux. La marée était basse, laissant, tendues le long de cordes et de chaînes, des courants d'algues échevelées, telles des banderoles vertes. Declan observa les épaves les plus récentes et fut parcouru d'un frisson glacé lui annonçant qu'il allait être confronté à quelque chose d'invisible encore. Le Christine Dawn était là. Il sentit ses viscères se décomposer parce qu'il était si étrange et contraire à toute logique que le chalutier soit hors de l'eau. Il savait qu'il aurait dû être prévenu de sa présence, que jamais on n'aurait dû le laisser le découvrir comme ça. Il secoua la tête. Nul n'avait voulu s'en mêler.

Il s'approcha, tendant l'oreille, mais le seul bruit était la respiration de la baie. Il appliqua la main sur la coque, puis resta là jusqu'à ce qu'il entende un hurlement, un cri proche de celui d'un animal, qui enfla avec force avant de retomber progressivement. Pendant une demi-seconde, il crut que ce hurlement était émis par lui, mais il comprit bientôt qu'il provenait du rivage. Il aurait été plus prudent, plus sec et peut-être plus rapide de passer par le sentier en faisant le tour, mais il se dirigea droit vers le cri, se hissant en trébuchant sur les gros rochers le long du rivage. Il y avait des nappes d'algues instables sous ses pieds qui glissaient sans rien qui les retienne sur la roche où elles n'étaient que partiellement fixées. Un de ses pieds plongea dans une fosse remplie de boue, noire de matières polluantes, avant d'en ressortir pleine d'eau, chaque nouveau pas déclenchant un bruit de succion entre ses orteils. Il accéléra. Il n'y avait plus le hurlement, mais quand il parvint sur la plage de galets, le garçon venu de la mer s'y trouvait, chaussé de bottes en caoutchouc mal assorties, debout dans l'eau, et il cria :

— Va te faire foutre.

Declan ne s'approcha pas davantage et s'immobilisa.

Brendan lui tournait le dos et regardait vers le large.

Declan n'aurait pu ne serait-ce que commencer à décrire ces instants. Ce n'était ni de l'amour ni de la haine. C'était un entremêlement absolu. Il était normal qu'il soit parmi les roches pendant que son frère se tenait dans l'eau, ils étaient comme le rivage et la mer.

— C'était toi qui hurlais ? s'enquit Declan.

— Peut-être.

— Ça t'a fait du bien ?

Brendan garda le silence, le regard toujours fixé de l'autre côté de la baie, cherchant dans ses entrailles si le moindre changement s'était produit. Le soleil se couchait et des lumières s'allumaient le long du rivage lointain.

— Non, dit-il.

Declan s'accroupit, cherchant son équilibre sur un gros rocher.

— Il se trouve que j'ai discuté avec John Cotter, à l'auberge du Bateau, dit-il. Il y a une petite cuisine sur l'arrière, et il m'a invité à essayer de servir à manger aux gens qui viennent dans le salon, à en faire comme une sorte de restaurant. Il ne veut même pas un pourcentage, il se dit qu'il y gagnera, avec le bar. J'ai envie de tenter le coup.

Comme Brendan ne disait rien, Declan continua.

— J'ai pensé que nous pourrions nous associer, toi et moi. Tu pourras t'occuper des comptes et tout ça.

Brendan ne disait toujours rien, le regard braqué sur les points de lumière, de l'autre côté de la baie.

— Tu ne pourras pas t'empêcher de cuisiner de la nourriture chic que personne n'aura envie de goûter, finit-il par dire. Les gens d'ici n'ont que faire de soufflés.

— Je ne ferai pas n'importe quoi, déclara Declan. De la nourriture qui tient au corps, des lasagnes, par exemple.

Dans un bruit d'eau brassée, Brendan se tourna pour le regarder.

— Il faudra que tu la serves avec des frites, lui dit-il.

La remarque fut suivie d'un court silence, mais Declan finit par acquiescer.

— D'accord, dit-il, avec des frites, il n'y a pas de mal à ça.

Quand Declan parla à nouveau, il le fit très lentement, ne voulant pas aller trop vite. Il dit :

— Peut-être qu'un soir de temps en temps, si on peut en avoir des frais, nous mettrons des pinces de crabe au menu.

Brendan réfléchit à nouveau.

Declan se leva.

Brendan dit :

— Non.

— Non ? répéta Declan, surpris.

— On vient de me proposer une place à l'université. Je vais en profiter. Je pars.

Declan se souvint de la lettre qu'il avait ajoutée dans la valise, elle portait un sigle de trois lettres qu'il n'avait pas reconnu.

— Où ça ? demanda-t-il.

— À Galway, répondit Brendan en se tournant pour montrer le sud au-dessus de la baie, là-bas.

— Comment tu vas faire pour financer ça ?

— Il y a des bourses, de nos jours, c'est l'Europe.

— Tu vas apprendre la comptabilité ?

Brendan fit non de la tête.

— L'histoire.

Bravo, pensa Declan, même s'il ne parvint pas à le dire.

La ronde des saisons se poursuivit. Il y eut des journées claires durant lesquelles nous pouvions repérer, loin au sud, les collines et monts de la baie de Donegal. Nous montrions du doigt les sommets et en énoncions le nom pour les enfants, qu'ils soient intéressés ou non. Johnny Boîte d'Allumettes eut un cancer et fut admis en soins palliatifs. Tommy O'Gara se rendait fréquemment dans un chantier naval norvégien où le Warrior IV était en construction. Phyllis Lyons trouva un emploi à la bibliothèque. Ça faisait du bien, de sortir de chez soi, mais elle nous rappelait que c'était seulement quelques heures par semaine, elle avait quantité de travail chez elle en plus. Nous fîmes des remarques relatives aux cycles annuels. La fête foraine ambulante s'installa pour quelques semaines avant de repartir. Les hirondelles de fenêtre s'en allèrent vers le sud, les maquereaux partirent vers le nord. Les enfants retournèrent à l'école et l'hôtel se vida de ses clients. Nous aurions aussi pu faire des remarques sur les rythmes plus ralentis de la ville. Les marginaux venaient et repartaient, et chaque fois qu'un homme qui n'avait pas d'emploi mourait ou préférait finalement rester à la maison, un autre qui ne travaillait pas apparaissait pour prendre sa place sur le mur du parking. Pendant ce temps, nos jeunes grandissaient, ils trouvaient des emplois, sortaient pêcher dans la baie ou s'en allaient peut-être définitivement.

Les Bonnar allaient parfois manger à midi chez Melly, Declan et Brendan assis l'un à côté de l'autre avec Christine en face d'eux, ce qui composait un équilibre plaisant que nous remarquions tous. Bien évidemment, nous aurions préféré une autre forme que le triangle qu'ils composaient, celle-ci trahissait une perte, mais les triangles sont choses robustes, on s'en sert pour les coques et les supports, vous n'avez qu'à demander aux gars qui travaillent sur le chantier naval. Christine était celle qui bavardait le plus, regardant ses fils l'un après l'autre, les choyant et les conseillant, mais elle savait bien qu'il n'était pas bon de faire la guerre au moindre souci, comme, par exemple, Brendan qui restait au lit jusqu'à midi, ou Declan qui buvait. Elle laissait filer, cela valait mieux que d'envenimer les choses alors que ça ne servait à rien. Ces habitudes leur passeraient.

— Alors, disait-elle en les regardant de l'autre côté de la table, comment vous vous en tirez ?

Brendan disait :

— On a vu pire.

Declan disait :

— Tu es bien placée pour le savoir.

À la vue d'une cicatrice ou d'un avant-bras puissant, Christine pouvait fermer les yeux et se sentir submergée de chagrin. Entendre quelqu'un nier quelque chose de manière ridicule avait le même effet, tout comme l'odeur du foie cuit à la poêle. Il y avait des moments où elle se mettait à nouveau en fureur contre lui, et elle allait dépenser d'autres sommes de son assurance-vie pour acheter des objets qu'il aurait détestés, comme un magnétoscope ou des boîtes de céréales Crunchy Nut. Elle comprit en revanche l'erreur commise avec le tapis en peau de mouton et le rapporta à la boutique, mais elle en ressortit avec un oreiller en duvet de canard qui coûtait presque autant. Il était lourd et, plutôt que de poser sa tête dessus pour dormir la nuit, elle s'allongeait tout contre. Elle ne le confia à personne, mais l'oreiller avait été acheté pour combler le vide laissé par Ambrose dans le lit, pour représenter son poids près d'elle, et cela l'aidait de l'avoir pour dormir. Parfois, la nuit, elle l'appelait de ses pensées, il serait allongé contre elle, elle sentirait son souffle sur sa joue et elle l'entendrait murmurer :

— Tu as laissé la lumière de la cuisine allumée ?

Brendan aidait Declan à réaliser son nouveau projet à l'auberge du Bateau et cela faisait du bien de les voir travailler ensemble. Nous fîmes diverses expéditions dans le salon du bar et essayâmes la nourriture, un menu raisonnable.

— Tu ne veux pas venir t'asseoir avec nous, invitâmes-nous Brendan un soir.

Il se pencha au-dessus du comptoir et fit du regard le tour des murs comme s'il réfléchissait, même si c'était peut-être simplement pour se montrer poli. Il promit de revenir.

— Il y aura toujours une place parmi nous, dîmes-nous à Brendan.

Declan avait son tablier et se tenait à la porte de la cuisine.

— On ne s'échappe jamais d'un endroit comme celui-ci. Si on n'y retourne pas, il vient vous chercher.

Par un après-midi d'automne, nous vîmes les Bonnar garés sur le parking, face à la rue, les garçons à l'avant et elle au milieu du siège arrière. Une tendance majestueuse était apparue dans le caractère de Christine, et elle ne conduisait plus si Declan était disponible, elle trouvait normal de se faire conduire. Les cheveux de Brendan étaient longs et noués sur la nuque, ceux de Declan coupés court, comme toujours. La plus grande partie de la flotte était là, nos super chalutiers avec la poupe contre la jetée afin qu'il y ait assez de place pour tous. Les bateaux constituaient une accumulation d'acier si haute et large qu'en réalité on avait l'impression que c'était la ville qui leur était amarrée. C'était le jour du départ de Brendan à l'université, son sac était posé sur ses genoux et ils attendaient le car. Christine lui parlait et il hochait la tête ou la secouait, à intervalles.

— Travaille dur, lui disait-elle.

Nous n'avions pas besoin de lire sur ses lèvres pour le savoir.

Quand le car arriva, ils descendirent et traversèrent la rue. Declan portait le sac qu'il plaça dans le compartiment à bagages. Brendan n'emportait pas grand-chose, il voyageait léger et nous imaginions qu'il le ferait toujours.

— Tu as plus besoin de ça que moi, maintenant, lui dit Declan en lui remettant une médaille bénie enfilée sur une cordelette de cuir, celle que sa tante lui avait confiée.

Brendan sourit et la passa autour de son cou.

— Je viendrai te voir pour m'assurer que tu te nourris correctement, ajouta Declan.

Brendan se dirigea vers la porte du car où Christine l'attendait. Elle lui ajusta son col et lui caressa le bras une fois, de l'épaule jusqu'au coude.

Brendan lui fit un sourire très naturel et dit :

— Prends soin de toi.

Elle ferma les yeux et, quand elle les rouvrit, Brendan était monté dans le car. Le véhicule démarra pendant qu'elle restait à le regarder. Ce ne fut que lorsqu'il eut disparu à sa vue qu'elle retourna à la voiture pour se faire reconduire chez eux.

REMERCIEMENTS

JE suis très reconnaissant à Pat Conaghan et Pat Nolan pour les informations qu'ils m'ont données au sujet des bateaux et de l'industrie de la pêche à Killybegs. Les livres d'entretiens que Pat Nolan a consacrés aux pêcheurs m'ont également été indispensables. Toute erreur me sera imputable (ou imputable à mon traducteur, complète celui-ci). Merci à Paddy Roche et Cian Brosnan pour les photos. Merci aussi à Michael O'Boyle pour les plans des ponts de chalutiers et à Claire Timoney pour me les avoir envoyés.

Mes remerciements à Irene Baldoni, pour être restée auprès des Bonnar et des Lyons, ainsi qu'à tous les autres membres de mon agence littéraire : Georgina Capel, Rachel Conway, Polly Halladay et Simon Chaps. La brillante équipe Picador a également investi beaucoup de temps dans ce livre. Toute ma gratitude à Sophie Jonathan, Mary Mount, Camilla Elworthy, Daisy Dickeson, Mary Chamberlain, Laura Carr, ainsi qu'à Reagan Arthur et à l'équipe de Knopf : Izzy Meyers, Samantha Bryant et Kathryn Zuckerman.

Mes remerciements vont également à Aisling Reid, Orla Fitzpatrick, Eve Patten, Laura Sheary, Emma

Devlin, Rebecca Hunter, Emily Byers-Ferrian, Louise Kennedy, Ian Sansom et Glen Patterson, de même qu'à mes autres collègues, étudiants et membres du Centre Seamus Heaney à Queens, à Belfast. Je suis redevable à Damian Smyth, du Arts Council de l'Irlande du Nord. Un grand hourra pour mes voisins : les Yardies.

Grand merci également à tous les traducteurs et traductrices qui vont permettre de lire *Le Garçon venu de la mer* dans d'autres langues.

Merci à tous les Carr et tous les Sumpter. Amour et gratitude à mes deux fils, Lorcan Patrick Carr et Fabian John Carr. Ce livre est venu de vous. Et comme toujours, merci à Caroline, tu as rendu ce livre possible.

DERNIÈRES PARUTIONS

Vera Buck, *La Cabane dans les arbres*
Jon Hickey, *Big Chief*
Leo Giorda, *L'Ange gardien*
Lea Carpenter, *Troie*
Peder Frederik Jensen, *La Volonté de Ran*
Kent Wascom, *Le Glorieux État de Floride Occidentale*
Eowyn Ivey, *Une histoire d'ours*
Pete Fromm, *Impératrice des airs*
Keith McCafferty, *La Rivière au cœur froid*
Ruby Todd, *Objets Célestes*
Piergiorgio Pulixi, *Stella*
Alex Taylor, *Gasping River*
Velma Wallis, *Seules dans le Grand Nord*
Elena Fischer, *Paradise Garden*
Peter Swanson, *Ceux qu'on sauve*
Chris Offutt, *La Loi des collines*
Ellen Gustavsen, *L'Héritage sans nom*
James McBride, *L'Épicerie du Paradis sur Terre*
Lizzie Pook, *La Glorieuse Vengeance de Maude Horton*
Elliot Ackerman, *Halcyon*
Jean Hegland, *Le Temps d'après*
John Gierach, *Nous avons tant pêché*
Peter Benchley, *Les Dents de la mer*
Jake Hinkson, *Ainsi va le monde*
Craig Johnson, *Le Dernier Combat*
Piergiorgio Pulixi, *La Librairie des chats noirs*
Jaap Robben, *Au crépuscule*
Vera Buck, *Les Enfants loups*
Maren Uthaug, *11%*
Ayana Mathis, *Les Égarés*
Mark Haskell Smith, *Mémoires*
Andrew J. Graff, *Plein Nord*
Ferran Guallar, *La Part sauvage*

(CET OUVRAGE A ÉTÉ COMPOSÉ PAR ATLANT'COMMUNICATION (VENDÉE)

Achevé d'imprimer
par Dupliprint à Domont (95)
en avril 2025
Imprimé en France
Dépôt légal : •••• 2025
N° d'impression : 2025041579